»Manchmal hat man einen Hai am Haken, der einen beißt und wieder ins Wasser springt. Trotzdem bleibt es bloß ein Fisch und bedeutet nicht, dass man aufgrund dessen mit dem Angeln aufhören sollte. Man fischt einfach weiter und versucht zu fangen, was gerade anbeißt.«

– Hal Furbita

KAPITEL 1

Seit einer Stunde hatte Hal keine Menschenseele mehr gesehen. Ab und zu ein Reh oder einen streunenden Hund. Hier und da mal Essensreste am Straßenrand, die bewiesen, dass hier jemand leben oder wenigstens gelebt haben musste. Überall nur Wald und weite Ackerfelder. Die Straßen waren sehr alt, aber noch gut in Schuss. Sie schienen nie viel befahren worden zu sein.

Vor zehn Minuten hatte ihm sein Handy mitgeteilt, dass es keinen Empfang mehr hatte. Und nun – passenderweise mitten im Lied *Graveyard* von *The Devil Makes Three* – fing auch sein Radio an, nur noch verstört die Sender ertönen zu lassen. Hal probierte herum, doch schließlich schaltete er es ab. Abgesehen vom Motor seines alten, dunkelblauen Ford Mustangs erfüllte nur noch die Ruhe des Ortes seine Ohren.

Es war gegen Mittagszeit, als er das Dorfschild mit der Aufschrift *»Drewhound«* passierte. Er hatte sich informiert. Drewhound war ein Kaff mit knapp über sechshundert Einwohnern, bot jedoch locker Platz für sechzigtausend. Es war im Internet nicht viel darüber zu finden. Es gab weder Zeitungsartikel noch schien jemals irgendetwas Erwähnenswertes in Drewhound geschehen zu sein. Wer nichts mit der Welt zu tun haben wollte oder versuchte, sich vor ihr zu verstecken, für den konnte diese Landstadt ein wahr gewordener Traum sein.

Nach weiteren fünf Minuten entdeckte Hal endlich ein Haus in der Ferne. Er bog in den ungepflasterten Weg ein und folgte ihm bis zu ebendiesem Gebäude. Der Weg teilte ein großes Ackerfeld, das noch keinerlei Ertrag abwarf, obwohl sich der Frühling bereits dem Ende zuneigte. Es war einfach nur erdig und roch stark nach Gülle. Das Haus selbst schien erst kürzlich in einem frischen Rot angestrichen worden zu sein, aber das war auch das einzig Neue daran. Einige wild gewachsene Bäume umzäunten das Konstrukt aus längst vergangenen architektonischen Zeiten. Ein rostiger Pick-up Truck mit einem noch rostigeren, verbeulten Kühlschrank auf der Ladefläche stand in der Einfahrt. Und an einem großen Schuppen lehnten zwei alte Fahrräder, deren Lack so weit abgeblättert war, dass sie fast dieselbe Farbe hatten.

Hal hielt neben dem Truck an und stieg aus.

Er trug ein blaues Hemd mit hochgekrempelten Ärmeln, besaß einen kräftigen, stabilen, wenn auch nicht wuchtigen Körperbau und hatte schwarze Haare, die sich langsam, aber sicher in ein, wie er es beschrieb, »pures Silber« verwandelten.

Wie ein Cowboy seinen Revolver trug Hal ein Dreierset Wurfmesser an seiner Hüfte.

Er schaute sich um, konnte aber niemanden sehen. Nicht einmal die Vögel, die den Ort mit ihrem erheiternden Gezwitscher vor bloßer Trostlosigkeit retteten.

Hal machte sich auf zur Haustür. Auf halber Strecke nahm er wahr, wie ein sonderbarer Hund um die Ecke des Hauses gebogen kam. Er sah aus wie eine Mischung aus einem Schäferhund und einem Dalmatiner.

Der Schäfertiner unterzog Hal angespannt einer Untersuchung. Sie dauerte nicht lange, da klappte er die Ohren an, versteifte seine Rute und kräuselte die Lefzen. Dann raste er los.

Vom Schrecken gepackt, sprintete Hal zurück zu seinem Wagen. Im Rennen holte er bereits seinen Schlüssel hervor, schloss für sein Empfinden viel zu langsam auf, schwang sich auf den Sitz, wobei er sich sein rechtes Knie am Lenkrad anstieß, und schaffte es gerade noch rechtzeitig, die Tür wieder neben sich zu schließen. Etliche Male sprang der Hund gegen die Fensterscheibe. Hals Herz schlug bis zum Himmel. Erst allmählich beruhigte er sich wieder. Ganz anders als der Hund. Dieser schien immer aggressiver zu werden.

Hal wäre wohl einfach wieder weggefahren, hätte er nicht gesehen, dass der Attackierende ein Halsband trug. Also fing er an zu hupen.

Der Schäfertiner erschrak und ließ vom Auto ab, behielt Hal jedoch weiterhin im Auge. Kurz darauf begann er zu bellen und ein Farmer in Latzhose trat aus dem Haus, mit einer Schrotflinte im Anschlag. Die wenigen Haare, die er noch hattte, waren ungekämmt über seinen Schädel gestrichen. Er trug einen Fünftagebart und eine Übermacht an Zahnlücken füllte seinen Mundraum aus.

Als Hal ihn sah, hörte er mit dem Hupen auf und kurbelte sein Fenster herunter. Sofort stürmte der Hund erneut auf ihn zu. Der Farmer rief ihm zwar mehrmals zu, gefälligst stehenzubleiben, woraufhin zusätzlich noch wütende Schimpfwörter folgten, doch es half nichts. Hal gelang es nicht einmal mehr, noch rechtzeitig das Fenster wieder zu schließen. Und so hatte er für kurze Zeit einen Großteil des Hundemauls in seinem Wagen. Er wusste, ginge das Fenster zu Bruch, hätte er ein ernsthaftes Problem, aber so war das Schlimmste der Sabber, den ihm die Töle entgegenspuckte.

Erst als der Farmer seinen Hund am Halsband packte, brutal von Hal wegzerrte und laut »Aus!« rief, gab er nach. Nicht zuletzt deswegen, weil ihm sein Herrchen dadurch schier die Luft abdrückte.

»Wer sind Sie?«, fragte der Farmer und klang dabei, als könnte man ihn mit keiner Antwort zufriedenstellen.

Hal kurbelte das Fenster herunter.

»Guten Tag. Ich bin von weit her gereist und kenne mich hier überhaupt nicht aus. Entschuldigen Sie bitte, wenn ich Sie gestört haben sollte. Ich habe nur eine Frage an Sie.«

Hal holte einen Stapel mit Spielkarten aus seiner Jackentasche und zeigte dem Farmer die oberste davon.

»Haben Sie diesen Mann gesehen?«

Der Farmer war zunächst genervt, dann verwirrt. Die vermeintliche Spielkarte war in Wirklichkeit ein Steckbrief im Miniformat. Unter dem Wort »*WANTED*« gab es ein Bild von einem Mann mit Brille, schulterlangen braunen Haaren und sehr tiefen dunklen Augenringen. Darunter standen einige Informationen:

DR. GURTIS HEAVEN
KOPFGELD: 260.000 Sinner
GRÖßE: 2,20 m, GEBURTSDATUM: 27.11.1972
TATBESTAND: Massenmord, illegale Experimente an Menschen, Herstellung und Verkauf von harten Drogen, schwere Körperverletzung, Menschenhandel
BEWAFFNUNG: nicht festlegbar, gefährlich
SONSTIGES: hochintelligent, wahrscheinlich in Begleitung einiger Handlanger

Hal hatte diese Karte bereits so oft durchgelesen, dass er sie auswendig kannte. Auf solch einer Karte stand immer nur das Gröbste. Das wirklich Wichtige und Detaillierte bewahrte er in seinem Computer zu Hause auf. Heaven war äußerst schwer zu finden, wie das Ungeheuer von Loch Ness. Vier Jahre dauerte diese Suche nun schon an. Ein paarmal hatte Hal sich seinem Ziel bereits nahe geglaubt, doch entweder waren die Tipps unnütz gewesen oder er war einfach zu spät gekommen und Heaven hatte sich bereits wieder ein neues Versteck gesucht.

»Noch nie gesehen«, sagte der Farmer.

»Sind Sie sich sicher? Ich weiß aus sicherer Quelle, dass er sich seit einigen Wochen hier aufhalten soll.«

»Wenn ich sage, dass ich ihn noch nie gesehen habe, dann raten Sie doch mal, wen ich Gott verdammt noch mal noch nie gesehen habe.«

»Entschuldigen Sie bitte vielmals, ich wollte nicht unhöflich erscheinen.«

»Ich glaub Ihnen kein Wort. Sie gehören doch mit Sicherheit auch zu diesen eingebildeten, ungehobelten Fatzken, die hier neuerdings überall wie Pest verseuchte Ratten in unser Dorf einfallen und die ganzen ehrbaren Einwohner hinausjagen.«

»Ich kann Ihnen versichern –«

»Einen Scheiß können Sie! Überall einbrechen, das können Sie, ja! Ich will Ihnen mal was verklickern. Nich' alle von uns lassen sich herumschubsen. Mich kriegen Sie hier nich' wech. Da brauchen Sie gar nich' ers' mit irgendwelchen Freundlichkeiten anzutanzen. Wenn Sie mein Haus haben wollen, dann müssen Sie es sich schon mit Gewalt holen. Und Folgendes können Sie sich auf die Hand tittowiehern lassen, damit Sie es nich' mehr vergessen: Sollte auch nur noch eines von euch miesen, dreckigen Arschlöchern auf mein Grundstück kommen, baller ich ihm seine vermaledeite Birne quer über meinen Acker!«

Hal zeigte dem Farmer seine Lizenz, woraufhin dieser mit einem Mal ganz kleinlaut wurde.

»Sie sind ein Bulle? Warum haben Sie das nich' gleich gesagt? Hier gab es ewig keine Bullen mehr.«

Wenn er zum Lesen zu blöd ist, spiel ich eben nach seinen Regeln, dachte Hal.

»Ja, ich bin ein sogenannter Bulle, aber wir bevorzugen die Bezeichnung Polizist oder Officer.«

»Ja, ja, schon gut.«

»Sie sagten etwas von Einbrüchen, deshalb bin ich hier. Können Sie mir Genaueres darüber erzählen?«

»Was fragen Sie mich? Müssten Sie nich' eigentlich mit den Betroffenen sprechen und in den Häusern Durchsuchungen durchführen oder so?«

»Ja, das ist korrekt und das wird auch gemacht, allerdings haben die Ermittlungen bislang noch keine nützlichen Resultate erbracht, weshalb wir nun auf andere Weise vorgehen. Sie erwähnten, hier seien neue Leute hergezogen. Und ab da begann also diese Reihe von Einbrüchen, richtig?«

»Richtig. Das war zu zweihundert prozentig dieses elende Pack.«

»Zu zweihundert prozentig also. Nun, dann scheinen Sie sich ja recht sicher zu sein. Erzählen Sie mir doch bitte etwas über dieses Pack.«

»Herr Officerpolizist, es ist so: Vor mehreren Wochen sollen wohl einige *Fremde* hierhergekommen sein und nach freien Wohnungen und Häusern gefragt haben. Ich muss dazu sagen, dass ich alles nur vom Hörensagen mitgekriegt hab, aber den paar Leuten, mit denen ich Worte wechsle, denen vertraue ich auch, und das sollten Sie genauso tun. Alles gute Menschen. Die wollen ihr ruhiges Leben und sonst nichts. Ich bin an sich auch ganz friedlich, das müssen Sie mir glauben.«

»Unwichtig. Was ist mit den *Fremden*?«

»Na ja, als alle Wohnungen und Häuser dann von ihnen besetzt waren, kamen immer mehr Leute in unser Städtchen. Sie fingen an, den Bewohnern zu drohen.«

»Wie genau?«

»Na, mit Gewalt natürlich. Sie zerstörten deren Eigentum, verprügelten sie und so 'n Zeug. Viele sind weggezogen.«

»Wissen Sie, wie viele *Fremde* hier jetzt wohnen?«

»Boah! Sie fragen Sachen.«

»Ungefähr?«

Man sah dem Farmer förmlich an, dass er versuchte, jede einzelne Information, die er im Zusammenhang mit den *Fremden* in den letzten Wochen gehört hatte, in seine Rechnung mit einfließen zu lassen.

»Also so Pi mal grünen Daumen … etwa vierzig. Nein, halt! Es sind weniger. Etwa fünfundvierzig.«

»Fünfundvierzig. Sie entschuldigen mich kurz?«

Im einen Moment schaute Hal den Farmer noch freundlich an, dann schlug er einmal kräftig gegen das Lenkrad. »Scheiße!«

»Schon in Ordnung. Mich ärgert es auch.«

»Entschuldigen Sie bitte meinen Ausraster. Das war unprofessionell von mir. Wo waren wir? Die ungezogenen *Fremden*. Wenn diese Leute solch eine Unruhe stiften, warum wurde dann nicht schon früher die Polizei alarmiert?«

»Wir kamen in den letzten Jahrzehnten immer ohne sie zurecht. Aber ich muss zugeben, dass ich doch etwas erleichtert bin, dass Sie uns nun mit Rat und Tat zur Seite stehen.«

»Selbstverständlich.«

Vielmehr an neuen Informationen bekam Hal nicht aus ihm heraus. Der Farmer beschrieb ihm noch den Weg in das kleine Innere der Landstadt und er setzte seinen Weg fort.

Gestern Abend hatte Hal noch gemütlich in einer Sweeper Bar gesessen und ein paar Biere mit einem Kollegen getrunken, um seinen vorläufigen Ruhestand einzuläuten. Er war nicht dagewesen, um irgendwelche Infos zu kaufen oder tauschen, und trotzdem war ein Vermittler einfach an seinen Tisch herangetreten und hatte ihm eine Info gegen Bares andrehen wollen. Hal hatte abgelehnt. Erst als der Vermittler angedeutet hatte, dass es sich um den Aufenthaltsort von Heaven handele, war er hellhörig geworden. Sie waren ins Gespräch gekommen und eines hatte zum anderen geführt.

KAPITEL 2

Einsame Straßen, Wiesen, Mais- und Weizenfelder und Bäume über Bäume über Bäume über Bäume. Hal verstand ziemlich schnell, dass die Abwechslung nicht mit sich verhandeln ließ. Den Kühen auf den Weideflächen war das bestimmt egal. Sie waren an der frischen Luft und mussten sich um nichts Sorgen machen.

Die meisten Häuser standen weit auseinander. Hal fuhr zwei Stunden lang auf jeden einzelnen Hof, den er sah, und befragte dort die Menschen. Die meisten plauderten ungeniert aus dem Nähkästchen, andere hatten Angst, dass er ebenfalls einer der bösen *Fremden* sein könnte. Er erzählte ihnen, dass er ein Sweeper sei, aber damit konnten sie nichts anfangen.

Hinterwäldler. Kennen nicht mal den Fachausdruck.

Als er ihnen dann erklärte, dass er nichts anderes als ein Kopfgeldjäger sei, erschraken erst die Erwachsenen, weil sie nicht wussten, ob man den Worten dieses Fremden Glauben schenken durfte. Da konnte auch die Sweeperlizenz nicht helfen, denn diese könnte ja gefälscht sein. Ganz anders waren die Kinder. Sie bekamen große Augen und besonders ein zehnjähriger Junge mit einem Pflaster auf einem Auge war ganz außer sich. Er wollte einfach alles von Hal wissen. Um Vertrauen aufzubauen, erzählte er ihm und seinen Eltern ein wenig vom Sweeperleben. Und nach nur wenigen Minuten sprudelten auch deren Erlebnisse und Eindrücke von den *Fremden* aus ihnen heraus.

Andere Leute brachten keine solche Begeisterung auf. Sie beharrten darauf, dass sie nichts wüssten und Hal sich besser davonmachen solle.

Eine alte alleinstehende Frau war dermaßen erfreut über seinen Besuch, dass sie ihn gar nicht mehr fahren lassen wollte. Sie schien dement zu sein. Anders konnte er sich nicht erklären, warum sie so vertraut mit ihm redete. Er wurde das Gefühl nicht los, dass sie glaubte, er und sie seien verwandt. Stets in der Hoffnung noch einen Funken an neuen Informationen zu erhalten, versuchte er, irgendeinen Sinn für sich in dem Gespräch zu finden, doch vergebens. Dreißig Minuten waren für die Katz gewesen. Im Nachhinein hätte er wohl spätestens abhauen sollen, als sie ihm versichert hatte, dass sie noch nie etwas von Drewhound gehört habe und hier in einer Kleinstadt namens *Green Falls* lebe.

An sich konnte Hal in diesen ganzen Gesprächen aber einiges an Informationen gewinnen. So habe es zwar mehrere Einbrüche gegeben, doch sei nie etwas geklaut worden. Die Haustür oder ein Fenster seien aufgebrochen beziehungsweise eingeschlagen worden, aber das schien auch das Einzige gewesen zu sein. Ein junger Mann erzählte, dass man sich vor wenigen Tagen auch bei ihm Zutritt verschafft habe. Es sei mitten in der Nacht gewesen und er habe Schritte in seinem Haus gehört. Als er sich den Geräuschen genähert habe, habe er geglaubt, gehört haben zu können, wie einer sagte: »Nein, lieber da drüben.« Als sie ihn kurz darauf auf der Treppe gehört hätten, hätten sie aber blitzschnell die Beine in die Hand genommen.

Die Anzahl der hergezogenen *Fremden* schwankte von Person zu Person. Es gab Angaben zwischen »ein gutes Dutzend« und »Hunderte, wenn nicht sogar Tausende. Die vermehren sich so schnell, so schnell kann man gar nicht gucken, geschweige denn zählen. Mein Bruder hat gesehen, wie eine von ihnen schwanger war und am nächsten Tag war ihr Bauch weg und sie spazierte mit sieben Bälgern durch das Dorf. Und nun kommt's noch dicker. Am darauffolgenden Tag war sie wieder trächtig wie 'ne Kuh.«

Laut den Angaben von – wie Hal sie beschreiben würde – »nicht Gehirn amputierten Hinterwäldlern« konnte er die Anzahl mittlerweile grob einordnen. Es waren mindestens zwanzig, jedoch keinesfalls über fünfzig neue Einwohner.

In einer Sache waren sich jedoch alle einig: Niemand hatte Heaven gesehen.

Als sie erfuhren, dass sich bei ihnen vielleicht ein Straftäter aufhalte, der mehrere Morde auf seinem Konto zu verschreiben hat, waren die meisten in heller Aufregung. Sie beklagten sich, fragten nach Ratschlägen oder baten Hal noch einmal direkt, möglichst schnell zu arbeiten. Ein Familienvater fragte ihn sogar, ob es nicht ratsamer sei, wenn sie vorerst wegziehen würden. Hal antwortete ehrlich, dass er es nicht wisse. Eine schlechte Idee sei es auf jeden Fall nicht.

Der Sweeper konnte sich eines kleines Lächelns nicht erwehren, als er gegen Nachmittag endlich die Innenstadt erreichte. Ein paar gepflasterte Straßen waren von genügend Häusern umringt, um zumindest ansatzweise dem Wort *Zivilisation* gerecht werden zu können.

Sein alter Ford Mustang sorgte für einiges Aufsehen. Alle Augen waren auf ihn gerichtet.

Hal kam an einem Diner vorbei und beschloss, sich vorerst eine kleine Pause zu gönnen.

Als er *Drews Diner* betrat, sah er lediglich eine weitere Person. Eine Frau im mittleren Alter, die einen roten Strickpullover trug, saß an der zum Eingang gerichteten Thekenecke und las die neueste Ausgabe der örtlichen Zeitung *»Drew-*

hound D(rew)aily«, von der Hal nicht glauben konnte, was für einen bescheuerten Namen man ihr gegeben hatte. Die Frau inspizierte den neuen Gast kurz mit einem scharfen Blick, dann wandte sie sich wieder ihrer Zeitung zu.

Hal begrüßte sie mit einem freundlichen »Hallo«. Ohne den Kopf von ihrer Lektüre abzuwenden, erwiderte die Frau seinen Gruß, nur war ihr »Hallo« eher trocken und kurz.

Hal spazierte an der Theke entlang und entschied sich, auf einer der ungemütlich harten Sitzbänke Platz zu nehmen.

Eine Minute lang starrte er Löcher in die Luft, dann richtete er erneut das Wort an die Thekendame.

»Kommt hier auch noch mal eine Bedienung oder sind die alle im Urlaub?«

Ohne ihn weiter sichtlich zu beachten, schrie die Frau plötzlich: »Da wartet ein Gast auf dich!«

»Ja-ah!«, schrie es aus Richtung der Toiletten zurück.

Keine Minute später stampfte die Person hinter der zweiten Stimme aus der WC-Tür. Die weibliche Bedienung war Anfang zwanzig, hatte zwei seitlich abstehende Zöpfe, die mit knallbunten Schleifen gebunden waren, und was ihr an Oberweite fehlte, machte sie mit ihrem fetten Bauch wieder wett. Sie trug ein zu enges und viel zu kurzes, graues Top. Ihr Bauch hing heraus und offenbarte ihren Bauchnabel. Dieser war stark nach außen gerichtet, was ihn jedoch nicht davon abgehalten hatte, reichlich an Fusseln zu sammeln. Diesem Kombinationswunder aus Körperfülle und Kitsch stand die Langeweile zutiefst ins Gesicht geschrieben.

Erst kurz bevor sie an Hals Tisch anhielt, bemerkte er, dass er sie die ganze Zeit über mit einem geschockten und dennoch hypnotisiert faszinierten Blick angestarrt hatte. Er hoffte, sie damit nicht verletzt zu haben, aber ihrem Ausdruck und ihrer Sprechweise nach zu urteilen, hatte sie dies gar nicht bemerkt und falls doch, interessierte es sie wohl weniger als gar nicht.

»Herzlich Willkommen in Drewhounds Diner Nr. 1, dem besten seit 1997. In dem Jahr ist nämlich der andere weggezogen.«

Sie sprach, wie zum tausendsten Mal wiederholt. Ihr Bauch hatte dabei des öfteren den Tisch berührt, obwohl sie gut fünfundzwanzig Zentimeter davon entfernt stand. Hal musste sich stark zusammenreißen, um nicht auf ihren dreckigen, quasi ins Auge springenden Bauchnabel zu glotzen.

»Dorothea, das habe ich gehört. Gib dir gefälligst mehr Mühe. Das ist ein Gast. Er soll sich hier wohlfühlen«, schimpfte die Frau an der Theke.

Dorothea setzte ein breites, geheucheltes Lächeln auf, das mehr verstörend denn sympathisch war.

»Es ist so schön, dass Sie sich für *Drews Diner* entschieden haben. Ich bin überglücklich.«

»Kein Sarkasmus«, kommentierte erneut die Zeitungsfrau.

Dorotheas Lächeln verschwand. Sie hielt kurz inne. Dann zeigte sie wieder ihr schlecht gekünsteltes Strahlen.

»Was kann ich Ihnen bringen, Sir? Vielleicht erst mal einen Kaffee?«

»Ich nehme lieber eine Sprite. Und die Karte bitte.«

Dorothea notierte »Sprite 1« laut mitlesend auf ihrem Schreibblock. Danach wandte sie sich der Theke zu. Sie lehnte sich über sie und versuchte, eine der Speisekarten zu greifen. Hal konnte sich nicht entsinnen, wann ihn in seinem Leben schon einmal eine rissige Leggings und ein tiefes Bauarbeiterdekolleté derart paralysiert hatten.

Nachdem Dorothea ihren gesamten Körper ein paarmal kräftig hatte wabbeln lassen, kam sie schnaufend mit einer Speisekarte zurück.

»Danke«, sagte Hal freundlich und erhielt ein kurzes halbes

Lächeln, bevor sich seine Bedienung wieder davonmachte.

Als sie ihm fünf Minuten später sein Getränk mit einem übergroßen Eiswürfel darin brachte, bestellte er sogleich sein Essen. Während Dorothea auch dieses haarklein aufschrieb, bemerkte Hal die unzähligen Schnittwunden an ihren Unterarmen. Einige waren bereits seit Jahren vernarbt, andere keine zwei Tage alt.

Das Essen schmeckte zu seiner Überraschung besser als erwartet. Die Spiegeleier waren auf die Minute genau zubereitet, der Kartoffelbrei zerging förmlich auf der Zunge und der Spinat hatte einen natürlichen, kräftigen Geschmack. Als Hal dafür ein Lob aussprach, erklärte ihm Dorothea in ihrer gelangweilten Art, dass die Eier, Kartoffeln und selbst der Spinat alle in Drewhound angebaut worden seien. Hier achte man noch auf guten biologischen Anbau.

»Genau. Bei uns bekommen die Gäste nur das Beste«, sagte die Frau an der Theke und löste dabei weiter ihr Kreuzworträtsel.

Als Hal mit dem Essen fertig war und begann, seine Zähne mit einem Zahnstocher von den Spinatresten zu befreien, winkte er noch einmal die Bedienung zu sich.

»Möchten Sie noch einen Nachtisch?«, fragte sie.

»Nein, ich wollte Sie eigentlich fra– Ach, warum nicht? Was können Sie mir denn empfehlen?«

»Das Dessert des Tages ist Schoko-Bananenkuchen. Ich habe ihn heute Morgen selbst gekocht.«

»Dann probier ich den doch mal.«

Nachdem Hal auch hiermit fertig war, begann er erneut, seine Zähne zu säubern. Zu seiner Überraschung fand er hierbei weitaus mehr Spinat als frische Kuchenkrümel.

»Zahlen bitte!«, rief er mit erhobener Hand.

Dorothea las ihm die Rechnung vor und nebst einem Trinkgeld von fünfzig Prozent legte Hal auch die Steckbriefkarte von Heaven hin.

»Haben Sie diesen Mann schon einmal gesehen? Vielleicht war er hier zu Gast.«

Dorothea sprangen schier die Augen aus dem Kopf und ihr Mund fiel so weit nach unten, dass Hal das Zäpfchen in ihrem Rachen sehen konnte.

»Boah! Da kneif mich doch einer! 260.000 Sinner! Wo gibt's denn so was? Heilige beschissene Kuh, ist das viel! Okay. Okay. Okay. Okay. Ganz ruhig atmen. Ganz ruhig atmen. Ganz ruhig. Okay. Okay. Wer sind Sie?«

Hal verstand nicht, wie ein Mensch in so kurzer Zeit und ohne sich zu bewegen, dermaßen ins Schwitzen geraten konnte.

»Mein Name ist Hal und ich verdiene meinen Unterhalt als Sweeper. Weißt du, was das ist, Dorothea?«

»Ja. Sweeper fegen mit Besen die Straßen sauber.«

Nach einer kurzen Pause, die Hal Dorotheas Dummheit widmete, sprach er in einem ruhigen Ton weiter.

»Nein, nicht die Art von Sweeper, obwohl das Wegfegen des Schmutzes von den Straßen gut als eine passende Metapher verstanden werden kann.«

»Me-taph-pher«, wiederholte Dorothea, als wäre es etwas Besonderes, womit sich das Verdienen von 260.000 Sinner erklären ließe.

»Unwichtig. Sweeper sind Kopfgeldjäger.«

»Du meinst, du köpfst Menschen und erhältst dafür Geld?«

Dorothea setzte sich, Hal gespannt anstarrend, auf die gegenüberliegende Sitzbank. Hal bekam allmählich Kopfschmerzen von der Unterhaltung, dennoch versuchte er, höflich zu bleiben.

»Nein. Kopfgeldjäger fangen Verbrecher, auf denen ein

Kopfgeld ausgesetzt ist, und kassieren dieses dann für die Ergreifung. Keine Köpfungen oder andere Morde. Nichts dergleichen. Sweeper sind friedlich und nur, wenn ihnen nichts anderes mehr übrigbleibt, greifen sie zur Gewalt.«

»Und damit verdient man dann 260.000 Sinner?«

»Nein. Die Schwere der Verbrechen und die Gefährlichkeit einer Person bestimmen die Höhe der Prämie. Und dieser Mann ist äußerst gefährlich.«

Dorotheas Enthusiasmus senkte sich wieder. »Ist er wirklich hier in Drewhound?«

»Das kann gut sein. Und deshalb bin ich jetzt auch hier.«

Dorothea las die Karte erneut durch. »Massenmord, illegale Experimente an Menschen, Menschenhandel. Was genau hat dieser Dr. Heaven getan?«

»Ich ziehe es vor, davon lieber nicht zu sprechen. Entschuldige, aber ich will nicht noch mehr Angst verbreiten als nötig. Wenn du dir sein Bild anguckst, kannst du dich dann entsinnen, ob du ihm schon mal begegnet bist?«

Dorothea guckte sich das Bild ganz genau an und die Antwort, die sie gab, war ihr unangenehm.

»Ich weiß es nicht. Meistens schaue ich den Leuten nicht ins Gesicht, weil mir so langweilig ist. Oder die Leute sind so langweilig, dass ich sie sofort wieder vergesse.«

»Bitte denk noch einmal nach. Er ist 2,20 Meter groß, hat lange Haare und tiefe Augenringe. So eine Person fällt auf.«

Während Dorothea erneut ihre Erinnerungen durchforstete, kamen die sehnlichst erwarteten erlösenden Worte aus Richtung der Theke: »Genau so ein Kerl hat hier bereits fünfmal gespeist.«

»Echt?«, fragte Dorothea überrascht.

»Du müsstest es doch wissen, immerhin hast du ihn und seine Begleiter jedes Mal bedient.«

»Echt?«

»Ja. Benutz einmal dein Gehirn, Kind!«

Hal stand auf und zeigte der Zeitungsfrau die Steckbriefkarte. »Sind Sie sich sicher, dass es dieser Mann war?«

Die Frau warf einen kurzen Blick darauf. »Ja, das ist er. Er und seine Begleiter waren auch die Ersten, die hier neu hergezogen sind. Ab dann kamen sie einer nach dem anderen.«

»Wann waren sie das letzte Mal hier?«

Die Frau überlegte kurz. »Vor fünf oder sechs Tagen.«

»Kommen sie in geregelten Abständen?«

»Eigentlich nicht. Einmal kamen sie an drei Tagen gleich zweimal her und dann ließen sie sich wochenlang nicht mehr blicken.«

»Wissen Sie vielleicht, wo sie wohnen oder wo sie sich gerne aufhalten? Haben Sie bei einem ihrer Besuche eventuell mal in diese oder einer anderen erwähnenswerten Richtung etwas mitbekommen?«

»Wenn diese Männer hier waren, haben sie sich meistens nur über irgendeinen Quatsch unterhalten oder so leise gesprochen, dass ich nichts mit anhören konnte. Ich hatte den Eindruck, dass ein paar von ihnen auf Drogen waren.«

»Und deren Wohnsitze? Gab es dazu mal Andeutungen?«

»Daran kann ich mich beim besten Willen nicht erinnern. Ich wüsste auch nicht, wer das wissen könnte. In der Innenstadt leben sie auf jeden Fall nicht. Ihnen als Außenstehender ist das vielleicht nicht bewusst, aber Drewhound ist größer, als es scheint. Wir sind nicht viele Einwohner, aber selbst ich, die hier schon ihr ganzes Leben wohnt, habe noch nicht jede Person kennengelernt oder weiß, wo jeder wohnt.«

Das war ernüchternd. Hal hatte insgeheim schon das Fleisch gerochen, doch dann war es nur ein Knochen gewesen.

»Hätten Sie vielleicht einen Stadtplan für mich?«, fragte er.

»Ich hol' dir einen.«

Dorothea joggte in einen Nebenraum. Dort verweilte sie eine Minute. Dann kam sie mit einer großen Karte zurückgewabbelt. Schnaufend überreichte sie sie Hal. »Hier, bitte.«

Obwohl seine Augen durch den Anblick von Dorotheas herauf- und herabbrechenden Körperfluten noch vergiftet waren und er dadurch kurzzeitig die Fähigkeit zu zwinkern verloren hatte, brachte er ein ernst gemeintes »Danke« heraus.

»Sag mir nicht, dass du die Karte in meinem Büro von der Wand genommen hast«, sagte die Thekenfrau empört.

Dorothea schwieg.

»Keine Sorge, ich bezahle sie auch.« Hal holte sein Portemonnaie hervor. »Vierzig Sinner dürften wohl genug sein.« Er gab der Frau zwei Geldscheine und sie schien zufrieden mit dem Tausch.

»Kann ich dir vielleicht sonst noch irgendwie behilflich sein?«, fragte Dorothea. »Ich meine, jeder braucht eine helfende Hand.«

Hal überlegte kurz.

»Du könntest möglichst viele Personen befragen, ob sie wissen, wo welche von den neuen Einwohnern eingezogen sind. Und bestenfalls natürlich herausfinden, wo er hier sich aufhält.« Hal hob noch einmal demonstrativ die Steckbriefkarte von Heaven hoch. »Für jeden Wohnsitz und jede weitere nützliche Info zahle ich dir einhundert Sinner. Sollte eine Information Heaven betreffen, erhältst du sogar zweihundert. Wie klingt das?«

»Nach zu wenig. Der Kerl ist 260.000 wert. Warum sollte ich mich da mit zweihundert zufriedengeben?«

»Ich habe jetzt keine Lust, darüber zu diskutieren. Entweder du machst es oder nicht. Und sollte ich tatsächlich nur durch dich an Heaven herankommen, dann kann ich dich von mir aus auch reicher entlohnen.«

»Okay.«

»Aber ich stelle auch zwei Bedingungen. Erstens: Du wirst dich nicht an jemandes Fersen heften, nur um zu sehen, wo diese Person wohnt. Das ist zu gefährlich. Die Konsequenzen wären nicht abzusehen. Und zweitens: Du wirst niemandem von mir erzählen. Wenn du eine dieser Regeln brichst, gilt unsere Zusammenarbeit sofort als beendet. Bist du damit einverstanden?«

Selbstbewusst gab ihm Dorothea ein »Ja« zur Antwort.

»Gut«, sagte Hal und wandte sich daraufhin wieder der Frau mit der Zeitung zu. »Was ist mit Ihnen, schöne Frau? Wollen Sie mir vielleicht auch helfen? Das Angebot gilt ebenso für Sie.«

»Nein, keine Zeit. Ich muss auf den Diner achten. Und um genau zu sein, kann sie Ihnen auch nicht helfen. Sie ist mitten in ihrer Arbeitsschicht. Ich will nicht, dass sie diese einfach so abbricht.«

»Wenn es nur darum geht.« Hal zog erneut sein Portemonnaie hervor und drückte der Frau einhundert Sinner in die Hand. »Hier. Ich kaufe sie Ihnen für heute einfach ab.«

»Damit bin ich einverstanden.«

Die Frau steckte, ohne eine emotionale Regung zu zeigen, das Geld ein.

Als nun auch dieses Problem gelöst war, richtete Hal noch ein paar letzte Worte an seine neue Partnerin. »Okay, hör zu. Morgen Mittag treffen wir uns wieder hier und besprechen, was du in Erfahrung bringen konntest. Viel Erfolg.«

KAPITEL 3

Zurück im Wagen und sich langsam auf der Straße fortbewegend, ließ Hal seinen Blick über die Bewohner schweifen. Sie alle schienen nur dafür zu leben, damit ihr abgeschiedener Ameisenbau weiterhin existieren konnte. Sie wussten, wie trist ihr Leben war. Seit der Kindheit hier aufgewachsen, den Eltern und Großeltern beim Arbeiten zugesehen, sich geschworen, niemals mit solch einem ereignislosen Lebensinhalt zu verenden, und trotzdem nie fähig, die Kraft aufzubringen, von hier wegzuziehen, da bis zum Erwachsenwerden so viel Zeit vergeht, dass die Ödnis bereits eines jeden Seele einnehmen konnte.

Hal hielt vor einem kleinen Lebensmittelladen mit Namen *Drew-Mart*. Er nahm sich einen von sechs Einkaufswagen, von denen keiner jünger als dreißig Jahre sein konnte, und betrat den Laden mit einiger Anstrengung, denn sein Wagen hatte drei sperrige Räder sowie ein nicht vorhandenes.

Es gab einen Schalter zum Bezahlen, doch dieser war nicht belegt. Ein Mann sortierte eine Palette Pudding in ein kleines Kühlregal. Sein Gesicht war grün und blau geschlagen. Er trug ein knitteriges gelbes Hemd, das genauso ausgebleicht war wie seine Haare. Aufgrund seines Alters nahm Hal an, dass es sich um den Inhaber handeln könnte. Als dieser Hals quietschenden Einkaufswagen hörte, sah er ihn kurz Unheil erwartend an, begrüßte ihn mit einem zum guten Benehmen nötigen »Tag« und konzentrierte sich dann wieder auf seine Arbeit.

»Tag«, erwiderte Hal.

Er manövrierte seinen Einkaufswagen ungelenk in den Gang des vermeintlichen Inhabers. Ohne ihm direkt in die Augen zu gucken, wusste Hal, dass er sich darüber amüsierte, es jedoch nicht wagte, es auch direkt zu zeigen.

»Ich muss bescheuert aussehen. Sie können ruhig lachen. Ich gehöre nicht zu den Leuten, die Ihnen das angetan haben.«

Der Inhaber schaute ihn prüfend an. »Sind Sie neu hierher gezogen?«

»Nein, ich statte dem Ort nur einen geschäftlichen Besuch ab.«

»Darf ich fragen, um was für Geschäfte es sich dabei handelt?«

»Geschäfte, die Ihnen zugute kommen sollen.«

Hal zeigte ihm Heavens Steckbriefkarte.

»Was soll das bedeuten? Sind Sie der neue Sheriff?«

»Der neue? Mir war nicht bewusst, dass Ihr Dorf jemals einen Sheriff hatte.«

»Wir hatten einen, bis die Barbaren einfielen, die mir und einigen anderen das angetan haben.« Als der Inhaber dies sagte, deutete er auf sein demoliertes Gesicht. »Unser Sheriff war gleich der Erste, der sich aus dem Staub gemacht hat. Und seine zwei Helfer verschwanden kurze Zeit später. Ob sie entführt oder umgebracht wurden oder einfach nur aus dem Dorf geflohen sind, weiß keiner. Unser Sheriff hatte nie etwas zu tun. Die ersten Jahre fuhr er noch jede Straße ab, um nach dem Rechten zu sehen, aber dann merkte er, dass seine Position vollkommen überflüssig war. Es passierte nichts, was er hätte ahnden müssen, deshalb blieb er irgendwann einfach zu Hause. Er lag der Gemeinde auf der Tasche und strapazierte die Nerven seiner Familie so lange, bis sie sich von ihm trennte. Und gerade als er sich nach Jahrzehnten des Suffs beweisen und für alles revanchieren konnte, gerade dann, als seine Gemeinde ihn das erste Mal wirklich brauchte, dachte er nur an sich selbst und haute ab.

»Mein Name ist Hal Furbita. Ich bin Sweeper. Ich jage Verbrecher und übergebe sie der Polizei. Der Mann auf der Karte ist Dr. Gurtis Heaven. Wie Sie lesen können, hat er so einige höchst kriminelle Machenschaften in seinem Lebenslauf vorzuweisen. Ich habe den starken Verdacht, dass dieser Mann die Wurzel allen Übels ist. Er ist der Grund, warum so viele *Fremde* hierhergezogen sind, Ihre Nachbarn vertrieben und Sie verletzt wurden. Auch steckt er hinter den ganzen Einbrüchen, allerdings weiß ich noch nicht, wie diese ins Bild passen. Anzunehmen, dass es einfach nur um die Verbreitung von Angst geht, ist, glaube ich, zu klein gedacht.«

Hal wollte eigentlich weiterreden, aber der Inhaber unterbrach ihn. »Ich kenne ihn.« Umgehend legten sich Hals Ohren an und er erstarrte in der Bewegung, ähnlich einem Jagdhund, der ein Beutetier wittert. »Er kaufte hier ein paarmal ein. Ich erinnere mich gut an ihn, denn solch einen großen Menschen hatte ich noch nie zuvor gesehen. Er war überaus freundlich, aber irgendwie auch unheimlich.«

»Was hat er gekauft?«

»Im Grunde das Gleiche wie die meisten auch. Etwas zu essen und trinken. Und einmal eine Packung Toilettenpapier, glaub' ich.«

»Also nichts Außergewöhnliches?«

»Hier gibt es nichts Außergewöhnliches. Er trug immer eine Sonnenbrille, wenn Ihnen das weiterhilft.«

»Nicht wirklich. Führten Sie mal ein Gespräch mit ihm?«

»Einmal wollte ich ihn fragen, wo er herkommt und was er hier macht, aber am Ende hab ich mich nicht getraut. Wie gesagt, er war mir unheimlich.«

»Wahrscheinlich hätte er Ihnen ohnehin nichts gesagt oder Sie einfach angelogen. Kommt er in absehbaren Abständen?«

»Bis vor wenigen Wochen ja, aber seit die *Fremden* anfingen, mir zu drohen, nicht mehr.«

»Hmm ... Als er Sie noch besuchte, haben Sie da jemals darauf geachtet, mit was für einem Auto er da war?«

»Es war jedes Mal ein weißer Kleinbus.«

»Kamen die anderen *Fremden* auch stets mit diesem Fahrzeug?«

»Ich meine nur ein einziges Mal und ansonsten in einem alten schwarzen Porsche oder zu Fuß. Jedes Mal nahmen sie Proviant mit, ohne dafür zu bezahlen.«

»Wissen Sie, ob noch andere Leute aus Ihrer näheren Nachbarschaft erpresst wurden?«

»Ein paar. Zum Beispiel Mr. Lutely, der Besitzer des Klamottenladens, einige Meter die Straße weiter runter.«

»Erinnern Sie sich eventuell auch an die Kennzeichen der Autos?«

Das Gesicht des Inhabers verkrampfte sich, als ob er so viele arbeitende Zellen wie nur möglich in sein Gehirn drücken wollte.

»Ist okay, lassen Sie sich Zeit.« Hal hatte die Befürchtung, dass der Kopf des Inhabers kurz vorm Explodieren war.

Und er ließ sich Zeit. Er ließ sich sogar so viel Zeit, dass Hal irgendwann sagte: »Ich geh mal eben schon einkaufen. Bin gleich wieder da.«

Dann begann er, seinen fast unmanövrierbaren Einkaufswagen mit einigen Wasserflaschen, Trockenfleisch, einer Tafel siebzigprozentiger Edelbitterschokolade, einer Tüte Chips mit Käse-Zwiebelgeschmack und einer Limonadendose zu füllen. Zwischendrin hörte er den Inhaber laut »Ich bin mir sicher, dass es irgendwas mit Buchstaben und Zahlen war« denken.

Als Hal fertig war, legte er zwanzig Sinner auf den Schalter.

»Müsste so stimmen. Wenn's etwas mehr ist, ist der Rest für Sie.« Aber der Inhaber hörte ihm überhaupt nicht zu.

Hal schob den Einkauf vor sein Auto, verfrachtete alles hinein, stellte den dreirädrigen Einkaufswagen wieder zu den anderen und spazierte zurück in den Laden. Er legte seine Hand auf den Schalter und holte den Inhaber aus seiner Trance.

»Egal. Die Kennzeichen könnten mir eh nicht wirklich helfen. Ein weißer Kleinbus und ein schwarzer Porsche sind schon markant genug.«

Hal hatte den Inhaber zwar nicht nach den Kennzeichen gefragt, um ihn zu ärgern, doch genau den Eindruck bekam dieser gerade. Es bedurfte keiner besonderen Beobachtungsgabe, um ihm anzusehen, dass Hal es sich mit ihm verscherzt hatte und eine künftige Zusammenarbeit nicht mehr in dessen Interessengebiet fiel. Also verabschiedete sich der Sweeper, aber erst nachdem er sich noch einmal für die Mithilfe bedankt hatte.

KAPITEL 4

Der Klamottenladen sollte Hals nächste Anlaufstelle sein. Er war nicht schwer zu finden. Ein Schild mit der Aufschrift *»Gute Kleidung«* zierte über der kleinen Eingangstür. So unkreativ dieser Name auch war, irgendwie mochte Hal ihn.

Als er eintrat, erklang ein hölzernes Glockenspiel. Der Laden bot kein großes Sortiment an. Die meiste Kleidung war recht farblos und die, die es nicht war, stach einem deshalb sofort ins Auge. Flanellhemden, allgemein Kariertes sowie Westen und Cordhosen bildeten die Basis der Auswahl. In einer Ecke hatte es vor kurzem gebrannt. Die verkohlte Wandstelle reichte bis zur Decke.

Vier weitere Personen standen mit ihm im Raum. Drei von ihnen hatten sich bei seinem Betreten kurz zu ihm umgedreht und schauten sich nun wieder das Sortiment an. Zwei schienen gute Freundinnen zu sein. Sie waren erwachsen, aber jung. Die Eine hatte sehr lange, pechschwarze, zu einer großen Schleife gebundene Haare, trug eine Brille und ein weißes Hemd mit einer locker gebundenen, goldenen Krawatte. Die Andere hatte ihr blondes Haar zu drei offenen Zöpfen gebunden, die bis knapp unter ihren Nacken herabhingen, und sah, abgesehen von einem starken Pickelproblem, ebenfalls durchaus ansehnlich aus. Der Dritte war ein korpulenter Mann in den Dreißigern mit einem erstaunlich runden Gesicht. Zuletzt war da noch ein Mann mit weißem Bart, Halbglatze und Falten, die von einem Leben voller Tabak erzählten. Dieser wischte mit gekrümmtem Rücken etwas Kot vom Boden auf. Als Hal näher kam, sah er ein Rebhuhn in dessen Gang umherflanieren.

»Ist das der Ort, an dem du hinmachen sollst?«, fragte der Mann mit Bart das Rebhuhn. »Nein. Du sollst hierhin, hierhin dein Geschäft erledigen.« Dabei zeigte er auf ein selbst gebautes Katzenklo aus Pappe, das nur ein paar Meter weiter in der Ecke hinter der Kasse stand. Danach richtete er sich auf. Er streckte den Rücken gerade. Dabei entdeckte er Hal. Etwas überrascht, aber freundlich begrüßte ihn der bärtige Mann. »Oh, hallo. Ein neues Gesicht.«

»Hallo. Sie sind bestimmt Mr. Lutely. Ich habe nur Gutes über Sie gehört.«

»Ist das so? Was haben Sie denn gehört und von wem?«

»Ich war gerade im *Drew-Mart*. Dort sah ich, dass der Inhaber furchtbar verprügelt worden ist, und fragte ihn, was denn passiert sei. So kamen wir ins Gespräch. Dabei erwähnte er auch Sie und meinte, dass Sie sich genau wie er nicht einfach so verscheuchen lassen würden. Aber wie ich sehe, haben diese Mistkerle Sie gar nicht angerührt, nur Ihren Laden.«

»Sie sind gut. Ganz recht. Sie haben es mit Brandstiftung versucht. Wäre mein Nachbar nicht mit seinem Wasserschlauch gekommen, würden wir mit Sicherheit jetzt nicht hier stehen.«

Das Rebhuhn spazierte auf Mr. Lutely zu.

»Na, du und ich, wir lassen uns nich' verjagen, hm?«, sprach er zu dem Huhn. Dann begann er, es zärtlich zu streicheln. »Das ist Miss Baroque. Eines Tages spazierte sie einfach so mutterseelenallein in meinen Laden hinein und ehe ich mich versah, hatte sie schon mein Herz gestohlen.«

»Niedlich.«

Mr. Lutely verstand dies als eine Art Bitte, weshalb er Miss Baroque auf seinen Arm nahm.

»Sie können sie ruhig streicheln. Sie tut nichts.«

Hal streichelte sie erst nur, um nicht unfreundlich zu erscheinen, doch dann fand er tatsächlich Gefallen daran.

Nachdem er ein paar Sekunden lang seine sanftmütige Seite verwöhnt hatte, kam er zurück zum ernsten Teil.

»Mr. Lutely, hätten Sie etwas dagegen, wenn Ich Ihnen einige Fragen stellen würde?«

»Nur zu. Was für Klamotten suchen Sie? Ich kann auch welche bestellen, aber das dauert dann einige Tage.«

Hal zeigte ihm ein Lächeln und holte seine Steckbriefkarten hervor. »Ich muss Sie enttäuschen. Zum Stöbern bin ich nicht gekommen, sondern zum Jagen.«

»Und was wollen Sie jagen?«

»Menschen.«

Schlagartig wurde Hal für alle zum Mittelpunkt der Aufmerksamkeit. Mr. Lutely, die beiden jungen Frauen sowie der korpulente Mann, sie alle sahen ihn nun mit einem gewissen Schrecken in den Augen an.

»Genauer gesagt, jage ich in erster Linie diesen Menschen.«

Er zeigte Mr. Lutely die Karte von Heaven. »Sie anderen drei, bitte seien Sie so freundlich und werfen auch gleich einen Blick darauf. Sie brauchen keine Angst zu haben. Ich bin dafür zuständig, dass die bösen Buben bei der Polizei landen und ihrer gerechten Strafe zugeführt werden. Ich bin Kopfgeldjäger.«

»Sie sind kein Kopfgeldjäger«, konstatierte die junge Frau mit den schwarzen Haaren für den gesamten Laden. »Ein richtiger Kopfgeldjäger würde sich selbst nicht als Kopfgeldjäger bezeichnen, sondern den Fachausdruck *Sweeper* benutzen.«

Hal war sichtlich erfreut über dieses Wissen. Offenbar gab es auch gebildete und attraktive Menschen in diesem Nest. Er zog die Sweeperlizenz aus seiner Sommerjacke und hielt sie hoch, sodass die Ungläubige und ihre Freundin sie trotz Kleiderständern sehen konnten.

»An einem Ort, an dem noch keiner das Wort *Sweeper* jemals gehört zu haben scheint, bringt es einen nicht weiter, dieses zu benutzen. *Kopfgeldjäger* hingegen kennt fast jeder, der schon einmal einen Western gesehen hat.«

Die beiden jungen Frauen und der dicke Mann gingen nun in Hals Richtung. Die Schwarzhaarige inspizierte haarklein Hals Lizenz.

»In Ordnung, Mr. Furbita. Ich nehme alles zurück. Bitte entschuldigen Sie.«

»Da gibt es nichts zu entschuldigen. Im Gegenteil, ich empfand Ihren Einwurf eher amüsant und professionell gedacht, als in irgendeiner Weise beleidigend. Sie sind die Erste aus Drewhound, die solch ein Wissen mitbringt.«

»Wir zwei sind nicht von hier, sondern nur auf der Durchreise.«

Hals Bild von der Landstadt, das nur Sekunden zuvor mit wunderschöner Farbe übermalt worden war, begann bereits wieder abzublättern.

»Dann habt ihr von der momentanen Situation wahrscheinlich noch nichts mitbekommen, nehme ich an.«

»Nein, was soll denn sein?«

»Seit Wochen geht es hier drunter und druber. Die Bewohner werden bedroht, verletzt und verdrängt. Und die Ursache dafür liegt bei ihm.« Hal reichte Heavens Karte herum. »Sein Name ist Dr. Gurtis Heaven. Wenn er verschwindet, verschwinden auch alle anderen.«

»Sie meinen wie bei einer Spinne?«, fragte der dicke Mann mit der fast tellerrunden Kopfform. »Wenn der Kopf ab ist, bewegen sich auch die Beine nicht mehr. Ist es so was?«

»Ganz genau. Und ich glaube, wir könnten uns gegenseitig helfen. Sie müssen mir nur sagen, wo sich Heaven aufhält, und ich werde den Rest erledigen.«

Die anderen betrachteten noch einmal das Foto auf der Karte, doch sie wussten nichts.

»Irgendwelche anderen Infos über ihn vielleicht?«

Nur Kopfschütteln.

»Auch nicht? Zur Not reicht mir auch der Aufenthaltsort von einem derjenigen, die neu hergezogen sind. Aus denen könnte ich schon alles herausquetschen, was ich wissen muss.«

Mr. Lutely freute sich, als er dies hörte. »Meine Kinder beherbergen welche in ihrem Gasthof. Um genau zu sein, haben sie von ihren zehn Gästezimmern alle an *Fremde* vermietet.«

»Perfekt.«

Hal holte seinen Stadtplan aus der Jacke und breitete ihn neben der Kasse auf dem Schalter aus. Dann nahm er einen schwarzen Filzstift und hielt ihn Mr. Lutely hin. »Bitte zeichnen Sie ein, wo sich der Gasthof befindet.«

»Selbstverständlich.«

Mr. Lutely orientierte sich kurz auf der Karte und zeichnete schließlich einen Kreis um ein abgelegenes Gebäude. »Das ist es.«

»Das sind etwa zwanzig Minuten mit dem Auto, oder?«

»In etwa. Rechnen Sie aber lieber mit ein paar Minuten mehr. Die Straßen sind meistens schlecht gepflastert oder kaputt.«

»Gut«, sagte Hal und legte die Karte wieder zusammen. »Vielen Dank.«

»Kein Problem. Meine Tochter meinte, dass die Kerle sich immer wieder unflätig an sie heranmachen würden. Mein Sohn hat natürlich versucht, sie zu beschützen, aber seitdem haben sie ihn auch auf dem Kieker. Wann immer die ihn jetzt sehen, sollen sie ihn wohl zwingen, ihren persönlichen Sklaven zu spielen, und sich von vorne bis hinten bedienen lassen. Was ist nur los mit diesen Leuten?«

»Tut mir leid, das zu hören. Ich werde mal sehen, was ich machen kann.«

»Verzeihung«, sagte der Mann mit dem runden Kopf. »Ich will Ihnen nicht zu nahe treten, aber halten Sie es wirklich für eine gute Idee, dort hinzufahren, obwohl Sie genau wissen, dass da zehn von diesen gefährlichen Männern wohnen? Das grenzt ja fast schon an Selbstmord.«

»Sie brauchen sich keine Sorgen um mich zu machen. Ich bin sehr erfahren in diesen Dingen und werde gut auf mich aufpassen. Außerdem muss es ja nicht heißen, dass die mich gleich zu zehnt angreifen und umbringen wollen, nur weil ich dort mal ganz unverbindlich aufkreuze.«

Hal sah in den runden Augen des runden Gesichts den Zweifel ein wenig weichen, doch ein Schatten der Besorgnis blieb zurück. Als er die Mädchen ansah, schienen auch sie sein Vorhaben für zu gefährlich zu halten. Das Befinden des dicken Mannes war ihm relativ egal, denn Hal hätte niemals Interesse daran gehabt, mit ihm ins Bett zu hüpfen. Die Exemplare des weiblichen Geschlechts hingegen sollten sich keine Sorgen machen müssen.

»Wenn Ihr wüsstet, wer ich bin, würdet Ihr eure Gedanken nicht an irgendwelchen Zweifeln hängen lassen. Ich hasse es zwar, mich mit Lob zu übergießen, aber um euch zu beruhigen, lege ich mal kurz die Karten auf den Tisch. Ihr habt hier eine waschechte Berühmtheit vor euch. Ich habe Hunderte Verbrecher gefasst und sah schon Dutzende Male dem Tod ins Auge. Meine Feinde fürchten und meine Kollegen bewundern mich. Zweimal wurde ich bereits zum Sweeper des Jahres gekürt. Nicht ein Mal, nein, zwei Mal. Das alles kommt nicht von ungefähr. Wenn ich also sage, dass ich das hinbekomme, dann vertraut mir einfach.«

Diese Rede hatte ihre Wirkung nicht verfehlt. Besonders bei der Schwarzhaarigen schien seine Angeberei Eindruck zu hinterlassen. Hal nutzte die Gelegenheit, lehnte seinen Mund nah an ihr Ohr und flüsterte: »Ich bin übrigens gerade Single.«

KAPITEL 5

Nachdem er sich von den zwei Mädchen, die ihre Pause auf »irgendwo außerhalb von Drewhound« verlegen wollten, verabschiedet hatte, nahm Hal Kurs auf den Gasthof.

Mr. Lutely hatte recht gehabt. Die Straßen waren zwar nicht sonderlich oft befahren, dafür aber seit dem Erbau auch nicht mehr repariert worden, wodurch sich mit der Zeit viele Risse gebildet hatten. Hal musste vorsichtig fahren und einige Male sogar auf die Gegenspur wechseln, um den häufig auftretenden Löchern auszuweichen.

Nach nicht ganz einer halben Stunde erreichte er sein Ziel.

Auf dem Parkplatz stand ein brauner Lieferwagen.

Der Eingangsbereich des Gasthofs war klein, aber reichlich gefüllt. Eine Sitzbank gab es zu jeder Seite sowie zwei große Topfpflanzen. An den schlecht tapezierten grünen Wänden hingen mehrere Gemälde von Blumensträußen, Wäldern und einzelnen Gebäuden Drewhounds.

Hinter dem Empfangsschalter stand ein Mann mittleren Alters, der Mr. Lutely, abgesehen vom Weiß seiner Haare, das hier ein schwaches Blond war, sehr ähnlich sah. Er war nervös und zeigte Hal ein gezwungenes Lächeln.

»Guten Tag, Sir. Rein zufällig hörte ich gerade Ihren Wagen. Ich habe mich extra beeilt, damit Sie nicht erst warten mussten. Was kann ich für Sie tun?«

»Guten Tag. Ich war gerade bei Ihrem Vater. Er meinte, dass Ihr kompletter Gasthof an neu in das Dorf hergezogene Idioten vermietet worden sei. Das wollte ich mit meinen eigenen Augen sehen. Falls Sie sich fragen, ob ich ebenfalls zu diesen Männern gehöre, muss ich Sie enttäuschen. Ich bin Einzelgänger und habe nicht vor, Ihnen oder Ihrem Gasthof in irgendeiner Weise Probleme zu machen. Ich bin lediglich auf der Suche nach Ihren Gästen.«

»Da muss ich Sie leider enttäuschen. Wären Sie heute Morgen gekommen, hätten Sie sie bestimmt noch erwischen können.«

»Sind sie gerade unterwegs? Das ist kein Problem. Im Gegenteil, ich würde es sogar sehr begrüßen, wenn ich sie erst etwas später hier antreffen würde.«

»Aber nein, Sir. Sie haben alle ausgecheckt.«

»Ausgecheckt?«, fragte Hal etwas lauter als beabsichtigt. Mr. Lutely Junior, dem in den letzten Wochen seine devote und ängstliche Seite gezwungenermaßen immer tiefer in Fleisch und Blut übergegangen war, erschrak bei Hals kleinem Ausraster und zeigte sich unterwürfig.

»Ja, bitte sehen Sie hier. Alle Schlüssel hängen an der Wand.«

»Haben sie gesagt, warum sie auschecken wollten?«

»Nein, tut mir leid.«

»Es war auch für mich überraschend. Heute Nachmittag bekamen sie mal wieder Besuch von einem ihrer Bekannten und kurze Zeit später standen sie mit gepackten Sachen hier in der Lobby und gaben die Schlüssel ab.«

»Haben Sie mitbekommen, wo sie hin wollten? Ach, was sag ich denn da? Natürlich haben Sie das nicht. Oder etwa doch?«

»Nein.«

»Nein. Natürlich nicht.«

Hal war aufgebracht, verwirrt und besorgt zugleich. »Lassen Sie mich nachdenken.«

Er begann, auf und ab zu gehen. Als er zum dritten Mal an einer der Topfpflanzen vorbeikam, gab er einem großen Blatt eine Schelle. Dann nahm er auf einer der Sitzbänke Platz.

Das ergibt keinen Sinn. Es gibt exakt zwei Möglichkeiten: Entweder sie haben mitbekommen, dass ich in der Stadt bin, und sind deshalb weg; was aber merkwürdig wäre, denn sie hätten gute Chancen gehabt, mich zu kriegen. Oder sie sind unabhängig von meiner Ankunft fort von hier; aber dann stellt sich die Frage, was der Grund dafür gewesen sein könnte.

Als Hal mit seinen Emotionen wieder im Reinen war und sein weiteres Vorgehen geplant hatte, stand er auf.

»Ich hätte gern ein Zimmer für die Nacht.«

Nachdem er einen Zimmerschlüssel erhalten hatte, zeigte er Mr. Lutely Junior das Bild von Heaven und klärte ihn über das Nötigste auf. Wie zu erwarten, war auch hier Hals Kopfgeldträger ein unbeschriebenes Blatt. Weder Bruder noch Schwester, die er im oberen Stockwerk antraf, als sie mit zwei vollgepackten Müllsäcken Zimmer Nummer 8 verließ, hatten Heaven jemals gesehen.

Als sie ihn fragte, welches Zimmer er bekommen habe, war sie erleichtert, dass es Nummer 9 war.

»Die Vormieter haben überall ein schreckliches Chaos hinterlassen. Es wird Tage dauern, bis das alles bereinigt sein wird. Aber Nummer 9 ist, den Umständen entsprechend, in Ordnung. Zumindest ist es von allen noch am saubersten. Dass es im Moment nicht in einem piekfeinen Zustand ist, werden wir bei der Rechnung berücksichtigen.«

»Zu ordentlich ist auch nicht schön«, charmierte Hal.

Unbekümmert schloss er nur Sekunden später die Tür zu seinem Zimmer auf. Ein Geruch von Urin und Erbrochenem attackierte seine Nase mit einem Überraschungsangriff, den er in hundert Jahren nicht erwartet hätte. Der Vormieter schien versucht zu haben, aus dem Fenster zu pinkeln, während es noch geschlossen war, und das mehrmals. An der Scheibe, auf dem Sims und auf dem Boden darunter waren verschiedene Urinflecken zu sehen. Neben dem frisch bezogenen Bett lagen noch kleine Reste von übernatürlich großen Brechattacken, die ihre Spuren auf ewig im Teppich hinterlassen hatten. Mit den Schuhen hereingebrachter Dreck war hier täglich über Wochen hinweg platt getreten worden. An den Wänden sammelten sich Asseln zu einem sich ständig verändernden Bild und der Einrichtung nach zu schließen, war jemand äußerst wütend auf die Möbel gewesen.

Hal ging zurück in die Lobby, hängte seinen Schlüssel eigenständig wieder auf, dankte dem Geschwisterpaar innerlich dafür, dass er wegen ihnen nun für die nächsten Stunden den Geruch des Zimmers nicht mehr aus der Nase bekommen würde, und machte sich aus dem Staub.

Er arbeitete, bis die Sonne unterging, aber fand nichts Neues über Heaven und seine Männer heraus. Er lernte lediglich die

Umgebung besser kennen. Als der Hunger schließlich seinen Magen wie eine Krankheit befiel, suchte er Medizin in einem griechischen Restaurant etwas abseits der Innenstadt auf. Während der Erkundungstour hatte er das Restaurant einmal passiert und sich vorgenommen, später dort zu essen.

Noch bevor er einen Grillteller mit Pommes, Tsatziki und einem Krautsalat sowie ein großes Feierabendbier, das er sich redlich verdient hatte, bestellte, stellte er dem Kellner seine üblichen Fragen. Seine Antworten waren erfreulich, aber keineswegs überraschend. Heaven habe hier oft mit mehreren gegessen, doch es sei nicht abzusehen, ob er innerhalb der nächsten Woche wieder vorbeischauen werde. Auch sonst seien dem Personal keine Informationen über dessen Aufenthaltsort zu Ohren gekommen.

Fernab von irgendwelchen Häusern, zwischen einem Feld und dem Anfang eines Waldes ließ er seinen Mustang schließlich rasten.

Der Mond schien prachtvoll über das Land und eine schier unendliche Symphonie der Sterne erfüllte den fast wolkenlosen Nachthimmel.

Hal öffnete sein Fenster einen Spaltbreit; genug um frische Luft und Geräusche, aber keine aggressiven Hunde hineinzulassen. Dann schob er seinen Sitz nach hinten und lehnte sich so weit wie nur möglich zurück. Er schloss die Augen und sah seinen Gedanken beim Spielen zu. Irgendwann drehten sie sich nicht mehr um Heaven, sondern um etwas, das seine Seele immer wieder auflachen ließ. Es war die Geschichte, wie er und sein metallenes Tier zusammengefunden hatten.

Vor vielen Jahren, als Hal ein sechzehnjähriger Junge gewesen war, hatte er hier drin sein allererstes Mal Sex gehabt. Und das mit seiner heißen Sportlehrerin. Es war jedoch nicht bei dem einen Mal geblieben. Über viele Monate hatte sich ihre heimliche Beziehung hingezogen. Die beiden waren sehr glücklich gewesen, bis zu dem verhängnisvollen Tag, an dem sich alles geändert hatte: Der Tag, an dem Hal seinen Führerschein bekommen hatte. An diesem Tag hatte er seine Geliebte erpresst. Entweder sie werde ihm ihr Auto schenken oder er werde allen von ihrer Affäre erzählen. So kam es, dass er seiner ehemaligen Lehrerin das Herz gebrochen hatte, um noch glücklicher zu werden. Doch was tut man nicht alles, um mit seiner wahren Liebe zusammen zu sein?

Nach zwei Stunden gelang es Hal schließlich für einige Minuten wegzunicken, aber Albträume bestimmten seinen Schlaf. Als er aufwachte, wurde er das Gefühl nicht los, dass ihn jemand aus dem Wald beobachtete. Er leuchtete mit seinem Fernlicht hinein, aber sah dort nichts. Er schrieb es dem ganz verständlich auftretenden Verfolgungswahn zu, doch um wirklich sicherzugehen, fuhr er mit seinem Wagen zurück, bis er etwa zweihundert Meter vom Wald entfernt war. Dann griff er sich seine zuvor gekaufte Chipstüte und knabberte den Inhalt auf.

KAPITEL 6

Ein lautes Geklopfe gegen Hals Fensterscheibe riss ihn aus dem Schlaf. Ein Mann mit besonders kratzigem Stoppelbart und einer abgeranzten Schirmmütze, auf der *»HISCULES FANCLUB«* stand, hatte ihn geweckt. Er hielt eine Mistgabel in der Hand und machte aus seiner miesen Laune keinen Hehl.

»Sie sind auf meinem Land, Mister. Runter!«

Als Hal, vom Schlaf noch etwas benommen, auf eine nicht gestellte Frage antworten wollte, bemerkte er, dass er bis vor kurzem noch auf seine Jacke gesabbert hatte. Sie war vom vielen Speichel ganz nass.

»Ich bitte um Verzeihung. Einen guten Morgen wünsche ich. Es tut mir aufrichtig leid, aber ich versichere Ihnen, dass ich nicht die Absicht hatte, Sie –«

»Eine Minute. Wenn Sie sich bis dahin nicht von meinem Acker gemacht haben, werde ich ganz andere Seiten aufziehen. Und Folgendes versichere ich Ihnen: Meine Mistgabel ist nicht für Ihre Reifen gedacht.«

Hal startete widerstandslos den Motor und fuhr, sich den Schlaf aus den Augen reibend, von seinem nächtlichen Ruheort.

Das Wetter war wie sein Morgen: bewölkt und ohne Aussicht auf Sonnenschein.

Es war kurz nach halb neun, als er eine Bäckerei betrat und seinem Job wieder nachging. Im Austausch für das Zeigen von Heavens Steckbriefkarte und dem Zahlen einiger Sinner erhielt er zwar keine Informationen, dafür aber mehrere geschmierte Brötchen. Sein Frühstück nahm er in seinem Wagen ein.

Danach steuerte er die einzige Tankstelle des Ortes an. Dort ließ er seinen Mustang so lange frühstücken, bis dieser randvoll war. Jetzt, wo beide satt waren, suchte Hal die Toilette auf. Neben der üblichen Tätigkeit an solch einem Ort gönnte er sich auch eine Katzenwäsche am Waschbecken, putzte sich die Zähne, rollte sich mit Deodorant ein und zog frische Kleidung an, die er vorsorglich in seinem Kofferraum mitgenommen hatte. Seine schwarze Jeans behielt er an. Sein blaues Hemd tauschte er gegen ein dunkelblaues ein.

Als er wieder halbwegs frisch aus der Toilette trat, schauerte Regen. Hatte gestern noch die Sonne geschienen und die Landstadt zumindest äußerlich idyllisch erscheinen lassen, ließ nun der dunkle Himmel mit seinen fortgeschickten Regentropfen eine depressiv machende Melancholie herabfallen.

Als Hal den Schlüssel für die Toilette zurückgab, zeigte sich der Kassierer offen für ein Gespräch. Er erfuhr, dass dieser erst seit vier Monaten hier arbeite, und das nur, weil seine Mutter ihm ständig in den Ohren gelegen habe, sich endlich einen Job zu suchen. Während dieser Zeit habe er bereits zwei bewaffnete Raubüberfälle miterlebt. Er habe sich jedoch an die Polizei von auswärts gewandt, da der ehemalige Sheriff nicht gut auf ihn zu sprechen sei.

»Ich hatte während seiner Ehe eine fünfjährige Beziehung mit seiner Frau«, erklärte er.

Hal erfuhr zudem, dass man im Dorf munkele, dass sich das Lutely-Geschwisterpaar, welches den Gasthof besaß, ein Bett teile. Und die Beweislast schien erdrückend zu sein.

Für diese und noch mehr Informationen musste Hal fast gar nichts tun. Erst viel später hakte der Kassierer nach und Hal holte seine Steckbriefkarten heraus. Die nächste Viertelstunde sprachen sie über Heaven. Er sei hier schon einige Male zum Auftanken erschienen, doch der Kassierer habe nie etwas Schlimmes geahnt. Er habe sogar mehrere kurze Gespräche mit ihm geführt. Dass er nun solch ein Verbrecher sei, überrasche ihn zutiefst. Er wollte unbedingt Genaueres über ihn und seine Taten wissen und ließ nicht locker, bis Hal sich breitschlagen ließ, ihm das zu geben, wonach er bittend verlangte.

Nach diesen fünfzehn Minuten standen dem Kassierer selbst die nicht vorhandenen Haare zu Berge. Er hatte das Gefühl, in Heaven dem Teufel persönlich begegnet zu sein. Hal nahm an, dass er nun wieder gehen könnte, aber da irrte er sich. Die

Neugierde und Gesprächslust des Kassierers biss sich an ihm fest wie eine Zecke, die an einer Stelle des Körpers Blut saugt, an der man sie alleine nicht mehr loswerden kann. Und so wurde er mit Fragen über Fragen bombardiert.

»Wie kamen Sie auf die Idee, Sweeper zu werden? ... Arbeiten Sie immer allein? ... Wie viel verdienen Sie so im Monat? ... Und wie hoch war Ihr bislang höchstes Kopfgeld? ... Wie wird man überhaupt Sweeper? ... Benutzen Sie wirklich nur die Messer? ... Können Sie Karate? ... Wie alt sind Sie? ... Haben Sie eine Familie? ... Und was denken die darüber? ... Wurden Sie schon mal schwer verwundet? ... Wie angelt man sich am besten eine Frau? ... Mit oder ohne Noppen? ... Wie viel Rente werden Sie mal bekommen? ... Kann ich Ihr Partner werden? ... Nein? Warum nicht? ... Müssen Sie so direkt sein? ... Haben Sie schon mal jemanden umgebracht? ... Was tun Sie zur Erholung? ... Warum Sprite? ... Was ist Ihre Lieblingssendung? ... Wie viele Verbrecher haben Sie schon gefasst? ... Wie sieht die Rückseite einer Pflaume aus? ... Auch von hinten? Tut das nicht weh? ... Was machen Sie, wenn Sie diesen Heaven geschnappt haben? ... Sagen Sie mir bitte Bescheid, wenn Sie ihn haben. Dann teilen wir das Honorar. Kleiner Scherz ...«

Am Ende zog Hal einen Schlussstrich unter die Unterhaltung. Sein Mund war bereits ganz trocken vom vielen Reden. Er verabschiedete sich und machte sich auf den Weg zu seinem Date mit der wunderunschönen Dorothea.

KAPITEL 7

Hal ließ sich Zeit, zum Diner zu kommen. Auf dem Weg besuchte er noch zwei weitere Häuser. Er befragte die Leute, aber auch sie wussten nichts Wichtiges.

Es konnte an sich nicht mehr lange dauern, bis er jedes Gebäude des Ortes untersucht haben würde. Morgen, spätestens übermorgen würde er überall gewesen sein. Und irgendwo musste Heaven oder zumindest einer seiner Handlanger oder allerwenigstens eines der Autos, die der Kassierer im Lebensmittelladen beschrieben hatte, doch stecken. Natürlich konnte es auch sein, dass irgendjemand alle *Fremden* versteckte oder sie sich, solange Hal zugegen war, einen Unterschlupf in einer anderen Stadt gesucht hatten. Vielleicht lebten sie auch in einem der großen Wälder, was die Suche in jedem Fall noch einmal um mehrere Tage verlängern würde. Sie konnten dort Fallen aufgestellt haben oder in einem unterirdischen Bunker hausen, den man nur schwer finden kann. Auch spielte er mit dem Gedanken, dass unter den Personen, die ihm bislang begegnet waren, bereits einer der *Fremden* gewesen sein könnte.

Als der Sweeper *Drews Diner* betrat, war von seiner Assistentin noch nichts zu sehen. Die Frau von gestern saß erneut an ihrem Platz an der Theke und las die Zeitung von heute. Ihre Begrüßung war kalt. Sie erklärte Hal, dass Dorothea es nie so genau mit der Zeit nehme und er sich schon mal auf eine gewisse Wartezeit einstellen könne. Zu seiner Verwunderung fragte sie ihn, ob er etwas zu trinken oder essen haben wolle.

Hal nahm das Angebot dankend an, allerdings bestellte er nicht alles auf einmal. Zuerst nahm er in der am weitesten von ihr entfernten Ecke Platz. Dann begann er, alle paar Minuten eine Kleinigkeit zu bestellen. Er tat dies nur, um die Frau zu ärgern. Sie hasste es, immer wieder aufstehen zu müssen, weshalb sie auch anfing, Hal allmählich zu hassen. Doch was für sie nervig war, war für ihn nichts weiter als ein amüsanter Zeitvertreib. Und so sah er aus dem Fenster den Passanten zu, die durch den Regen spazierten, dazu eine Tasse Kaffee. Eine Sprite. Ein Stück Tomatenkuchen. Ein Wasser. Einen Espresso. Eine Kugel Blaubeereis. Eine weitere Kugel Blaubeereis. Ein alkoholfreies Alster. Eine Kugel Blaubeereis. Ein weiteres Stück Tomatenkuchen, bei dem er beim Erhalten vehement darauf bestand, es nicht bestellt zu haben, obwohl er genau wusste, dass er es getan hatte, und es, da der Gast immer wie ein König zu behandeln sei, einfach wieder zurückbringen ließ. Einen frisch gepressten Orangensaft. Ein Stück warmen Apfelstrudel. Mit Sahne. Sowie die Zeitung der Frau, die mittlerweile das Interesse am Lesen verloren hatte und lieber in der Küche Messer schärfte – was auch immer sie damit wohl gemeint haben mochte.

Um Punkt halb zwei trat Dorothea endlich durch die Tür und strahlte Hal mit ihren über Jahre aus Desinteresse nicht ausreichend versorgten Zähnen an.

Zum ersten Mal war er dankbar für das schlechte Wetter, denn es hatte Dorothea veranlasst, etwas anzuziehen, das ihren Bauch verdeckte. Es wäre aber wohl zu schön gewesen, um wahr zu sein, wenn sie sich auch eine neue, nicht zerrissene Leggings angezogen hätte. Wie gestern trug sie Schleifen im Haar, nur dieses Mal waren sie stechend pink mit Babykatzen darauf. Hal war sich nicht sicher, doch er befürchtete, dass Dorothea heute ihr Oberteil, das für seine Vorstellungskraft viel zu tief geschnitten war, nur ausgesucht hatte, um ihm zu imponieren. Er konnte sich denken, dass er für sie in dieser bisweilen langweiligen Landstadt wie ein Held erscheinen musste, um sie, die arme eingesperrte Prinzessin, zu retten. Nichts hätte Hal allerdings ferner gelegen, als ihren Prinzen zu spielen. Wenn es das war, was einen Helden ausmacht, würde er auf der Stelle mit Heaven auf Brüderschaft trinken und die Welt in Chaos versinken lassen. Es schüttelte ihn regelrecht bei dem Gedanken an ihre Gedanken. Um ihr die Grenzen klar zu machen und sie oder vielmehr sich selbst zu beschützen, nahm Hal sich vor, möglichst kalt und abweisend zu sein.

Nur das Geschäftliche abwickeln. Also kurz rein und wieder raus.

Bei den Worten *kurz rein und wieder raus,* die sich in seinem Kopf ohne sein Einverständnis verbildlichten, kam ihm ein kleines Stück Apfelstrudel mit Magensäure den Hals wieder hoch. Er erschrak und überlegte, ob er es ausspucken sollte, entschied sich dann aber, es wie ein Gentleman wieder herunterzuschlucken.

»Hal! Hal-lo! Wie geht es dir?«

»Anscheinend nicht so gut wie dir.«

Dorothea setzte sich zu ihm an den Tisch. Sie war vom Regen noch ganz nass, allerdings schien es ihr nicht wirklich etwas auszumachen, im Gegensatz zu Hal, dem normalerweise bei einer nassen Frau sofort anrüchige Fantasien im Kopf herumschwebten. Wie auch in diesem Fall. Hätte er doch nur viel mehr Stunden vor dem Fernseher verbracht, damit seine Gehirnzellen nicht mehr fähig gewesen wären, so etwas zu erschaffen.

»Du bist zu spät.«

»Willst du mir nicht erst mal was bestellen?«

»Warst du erfolgreich?«

»Ja, sehr.«

»Echt?«

»Ich habe gearbeitet wie ein Tier.«

Du siehst ja auch wie eines aus.

»Gestern hatte ich leider keinen Erfolg, aber heute das genaue Gegenteil.«

»Du weißt, wo sich Heaven versteckt?«

»Nein. Aber ich weiß eine Handvoll Orte, wo seine Männer wohnen.«

»Das ist gut. Wie hast du das angestellt?«

»Ich hab bei meiner alten Schule vorbeigeschaut und dort mit ganzen Gruppen von Schülern, Lehrern und Eltern gesprochen. Ich nahm an, dass zumindest irgendeiner von denen mit einem der *Fremden* benachbart sein musste. Und wie gesagt, der Plan ging auf.«

Tatsächlich hatte Hal diese Strategie bereits vor vielen Jahren einmal ausprobiert. Doch es hatte sich herausgestellt, dass erwachsene Männer auf Schulgeländen, die Kinder und Teenager ansprechen, nicht gern gesehen werden und mehr Ärger verursachen, als man sich vorstellen kann.

»Es gibt hier eine Schule? Wie groß ist die bitte bei einer Einwohnerzahl von knapp sechshundert?«

»Pro Jahrgang gibt es zwischen vier und acht Schülern, zumindest war es bei mir damals so. Falls es dich interessiert, ich war jedes Jahr Klassensprecherin.«

»Ja, herzlichen Glückwunsch.«

»Und Abschlussballkönigin.«

»Ja, ganz wunder– O mein Gott, du warst Abschlussballkönigin?«

»Ganz recht. Du sitzt hier vor einer waschechten Ballkönigin. Es gab zwar nur mich zur Auswahl, aber dennoch war die Konkurrenz ziemlich groß.«

Hal brauchte einen Moment, um ihrer Logik folgen zu können, doch er hatte ihre Spur verloren und im Grunde keine Intention, ihr weiter nachzujagen.

»Okay, zurück zum Thema. Du konntest also in Erfahrung bringen, wo sich welche von ihnen aufhalten?«

»Ja-ah.« Ihr Gesicht strahlte.

»Bitte sag mir, dass du auch die Adressen notiert hast.«

»Hab ich. Du bekommst sie, sobald du mir das Geld gegeben hast.«

»Und von wie vielen Adressen sprechen wir hier?«

»Du tust doch immer so klug. Ich hab es bereits erwähnt.«

Hal überlegte kurz. »Eine Handvoll. Also genau fünf Stück.«

»Richtig.«

Hal zückte sein Portemonnaie und holte fünfhundert Sinner heraus. Das Gesicht seiner Geschäftspartnerin leuchtete hell auf, als ob sie ein komplettes gegrilltes Schwein vor sich auf dem Teller zu liegen hätte; zumindest konnte Hal sich diesen Vergleich bei ihr vorstellen. Allerdings drückte er ihr das Geld vorerst noch nicht in die Hände. Sie verstand und holte einen zusammengefalteten Zettel aus ihrer Leggings.

Warum muss sie ihn genau da aufbewahren? Warum?!

Dorotheas fröhliches Gemüt wich jäh, als Hal sie mit seinem Blick fixierte.

»Wenn ich herausfinde, dass du mich belogen hast, dann komme ich wieder und hole mir mein Geld zurück.«

Dorothea musste schlucken und den einen oder anderen Urintropfen in ihrer heute mit Absicht nicht angezogenen Unterhose verdauen.

»Ich schwöre dir, ich foppe dich nicht. Man hat mir versichert, dass an diesen Adressen neu hergezogene Personen wohnen. Wenn dem nicht so sein sollte, dann wurde auch ich belogen und du bekommst selbstverständlich dein Geld zurück.« Ein unsicheres Grinsen unterstrich ihre Nervosität.

Hal lächelte zurück und ließ von seiner vorangegangenen erschreckenden Persönlichkeit nichts mehr erkennen.

Sie tauschten Papier gegen Papier. Hal breitete seinen Stadtplan auf dem Tisch aus und begann, die Adressen von der Liste zu markieren. Während er dies tat, ließ er sich von Dorothea über die genauen Informationen zu den einzelnen Häusern unterrichten.

Im ersten Haus seien drei Bewohner. Bis vor einer Woche

hätten sich die ursprünglichen Besitzer noch gesträubt wegzuziehen. Als sie jedoch ihre Katze gleichzeitig auf mehreren Bäumen wiedergefunden hätten, sei alles ganz schnell passiert. Sie hätten sich von allen verabschiedet und seien dann fortgegangen.

Das zweite Haus beherberge eine Frau und einen Mann mittleren Alters. Sie hätten Flecken im Gesicht, die die Nachbarn auf einen starken Drogenkonsum schließen ließen.

Im dritten Haus wohne ein großer Mann, der oft Holz hacke. Er sei sehr verschlossen, aber nicht unhöflich. Die Nachbarn hätten die Vermutung, dass er den Vormieter getötet hat.

In Haus Nummer vier würden vier Anfang bis Mitte zwanzig Jahre alte, lautstarke Buben leben. Die Nachbarn hätten sich bereits des öfteren wegen der nächtlichen Lautstärke beschwert, allerdings seien ihre Bitten und Aufforderungen bislang immer nur mit dreisten Beleidigungen und Gewaltandrohungen beantwortet worden.

Das letzte Haus habe lange Zeit keinen Besitzer mehr gehabt, doch seit einigen Wochen brenne dort hin und wieder ein Licht. Die mehrere Hundert Meter entfernt wohnenden Nachbarn hätten dies bei Spaziergängen schon einige Male beobachten können.

Nachdem Hal auf der Karte alles eingezeichnet und die Eckinformationen der Nachbarn notiert hatte, packte er seine Sachen wieder ein.

»Du führst so viel Bargeld mit dir herum. Hast du keine Angst, ausgeraubt zu werden?«, fragte Dorothea.

»Nein.«

»Bist du etwa so reich, dass du es dir ohne Weiteres erlauben kannst, ein paar Tausend Sinner zu verlieren?«

»Das geht dich nichts an. Danke für deine Mithilfe. Ich gehe jetzt. Hab noch einen schönen Tag, Dorothea.«

»Wollen wir uns vielleicht morgen wieder hier treffen? Ich könnte noch mal gegen Bezahlung her–«

»Nein.«

»Können wir uns dann wenigstens zum Abschied noch einmal umarmen? Immerhin sind wir doch jetzt schon fast so etwas wie Freunde.«

»Nein.«

Beim Hinausgehen musste Hal an eine alte Weisheit denken: Manchen Frauen muss man einfach das Herz brechen, um nicht brechen zu müssen.

KAPITEL 8

Der Regen prasselte auf das Blech und bestimmte die Musik, zu der Hal tanzen musste. Ohne ein Wort zu sagen, gab er sich ganz dem betrübenden Wetter und der einsamen Fahrt hin.

Bereits im Diner hatte er sich entschieden, mit Haus Nummer fünf anzufangen. Die Tatsache, dass nahezu nichts darüber bekannt war, weckte einfach seine Neugierde.

Der alte Mustang galoppierte durch vom Regen verschlammte Waldwege. Ringsum beobachtete ihn eine hochgewachsene Tannenarmee. Jeder dieser grünen Soldaten schien Wache zu stehen für das Haus, das Hal aufsuchen wollte. Gleichsam wirkte es aber auch so, als ob die Tannen ihm Platz machten, da sie sein Kommen bereits erwartet hatten.

Hal las auf dem Stadtplan die etwaige Entfernung bis zum Ziel. Er wollte mit dem Wagen nicht direkt vor dem Haus parken, da er vorerst nicht entdeckt werden wollte. Aus diesem Grund fuhr er an den Rand des Weges und parkte dort.

Als er ausstieg und die ersten Meter zu Fuß ging, vernahm

er ganz leise den Klang einer Flöte. Je weiter er sich dem noch nicht zu sehenden Haus näherte, desto klarer konnte er die Musik hören. Sie war weder fröhlich noch traurig. Sie klang einsam und verträumt. Die Melodie und die Art, wie sie gespielt wurde, beruhigte und fesselte Hal zugleich. Ohne Probleme hätte er sich hier nun mitten in den Schlamm legen und einfach nur zuhören können.

Die ganze Situation mit dem Regen, dem Wald, dem einsamen Weg und diesem Lied entwickelte für ihn eine Art Ästhetik, die ihm eine Gänsehaut zauberte. Und so genoss er Schritt um Schritt dem Anwachsen der Lautstärke. Er fragte sich, wer die Quelle dieses fast schon sirenenhaften Flötenspiels war. Wer vermochte es, solch magische Töne zu erschaffen?

Als er schließlich das alte, aus Holz bestehende Anwesen zu Gesicht bekam, fand er auf der unterdachten Veranda, ein paar Meter von der Eingangstür entfernt, auf dem Boden sitzend und sich gegen die Wand lehnend, die Person mit dem kleinen Instrument, das solch himmlische Klänge erzeugen konnte. Hal wollte seinen Augen nicht glauben, denn sie mussten einfach lügen. Vor ihm saß ein kleiner Junge.

Er schätzte den Flötenspieler auf sieben Jahre. Ein kleiner Ring war durch seinen Nasenrücken gepierct. Sandalen, eine kurze Hose und ein schwarzes Unterhemd mit Pflastern darauf waren alles, was er anhatte. Seine erdnussfarbenen Haare hingen ihm über seinen geschlossenen Augen. Hal kannte sich zwar nicht mit Flöten aus, aber er war sich sicher, dass diese zur Familie der Okarinas gehörte. Er war zutiefst fasziniert von dem Jungen und wollte ihn nicht stören. Lieber lauschte er ihm noch ein Weilchen.

Nachdem das Lied ein passendes Ende gefunden hatte, hörte der Junge auf zu spielen. Er guckte Hal an, als ob es ihn nicht überraschte, dass ein fremder Mann, der Messer an seiner Hüfte trug, plötzlich vor ihm stand.

»Das war unglaublich«, begrüßte ihn der Sweeper. »Wie lange spielst du schon?«

»Ich fing an, kurz nachdem ich mich hier hingesetzt hatte.«

»Nein, ich meinte, wie viele Jahre du schon insgesamt Flöte spielst.«

»Das weiß ich nicht mehr.«

Hal hatte noch nie einen so entspannt redenden kleinen Jungen gesehen. Wäre er ihm nicht persönlich begegnet, hätte er niemandem diese Geschichte geglaubt. Es wirkte so, als säße dort ein alter weiser Mann, der genießt, wie die Zeit vergeht und die Welt sich langsam, doch stetig verändert, ohne dabei irgendeine Furcht oder Unsicherheit zu empfinden. Für einen kurzen Moment dachte Hal daran, dass Heaven ihn unter Drogen gesetzt haben könnte, nur danach sahen seine Augen nicht aus, und selbst wenn, solch eine Ruhe hätte damit nicht erklärt werden können.

»Deine Flöte sieht sehr wertvoll aus.«

»Ist sie aber nicht. Bitte nimm sie mir nicht weg.« Dies sagte der Junge in einer Weise, als ob ihm der Inhalt seiner Bitte völlig gleich wäre und er lediglich der Norm eines Jungen in seinem Alter entsprechen wollte.

»Keine Sorge. Ich werde sie dir nicht wegnehmen und dir werde ich auch nichts tun. Man sagte mir, dass hier manchmal ein Licht im Haus brenne, deshalb wollte ich mal nachsehen. Wohnst du hier?«

»Ja.«

»Alleine?«

»Ja.«

»Seit wann?«

»Ich kann nicht zählen.«

»Ach so. Wo sind denn deine Eltern?«

»Irgendwo oder nicht.«

»Hast du hier mit deiner Familie gewohnt?«

»Nein. Als ich herkam, stand das Haus leer.«

»Und wo warst du vorher?«

»Ich kann mir nicht gut Namen merken.«

»Aber du kannst hervorragend gut Flöte spielen. Wer hat dir das beigebracht?«

»Meine Träume.«

»Deine Träume?«

»Wenn ich träume, spiele ich Flöte, als ob ich es schon seit Jahren tun würde. Und wenn ich wach bin, spiele ich es nach.«

»Erstaunlich. Warst du schon immer allein?«

»Manchmal.«

»Wie versorgst du dich? Ich meine, du musst ja essen und das kostet Geld.«

»Ich klaue. Und manchmal, wenn ich klaue, bekomme ich auch Sachen geschenkt.«

»Hast du im Moment Hunger?«

»Hast du Süßigkeiten?«

»Ich habe eine Tafel Schokolade.«

»Welche Sorte?«

»Edelbi–«

»Mag ich nicht.«

»Ich habe Trockenfleisch.«

»Ich auch. Willst du welches?«

Hal musste schmunzeln. »Nein, danke. Wie alt bist du, Junge?«

»Siebzig.«

»Du siehst aber aus wie sieben.«

»Dann wirst du wohl recht haben.« Der Junge klang nicht so, als gäbe er Hal recht. Normalerweise hätte er Mitleid mit diesem vereinsamten Kind gehabt, nur das Gefühl wollte bei ihm einfach nicht aufkommen.

»Wie heißt du?«

»Ich habe noch keinen Namen. Du kannst dir einen für mich aussuchen, wenn du willst.«

Hal konnte sich nicht erinnern, jemals mit einer so faszinierenden und mit der Zeit mehr Fragen als Antworten aufwerfenden Person geredet zu haben. Es war suspekt, doch er genoss jedes einzelne Wort, das der Junge sprach.

»Du hast wirklich keinen Namen? Wie wirst du denn dann angesprochen?«

»Nicht bei einem Namen.«

Hal konnte den Jungen nicht einfach mit der Beschreibung *schlagfertig* abtun. Vielmehr war es die Fähigkeit, mit außergewöhnlichen Aussagen die Realität ins Surreale zu ziehen. Er bezweifelte jedoch, dass der Junge ihn mit Absicht verwirrte.

»Hast du einen Lieblingsnamen?«, fragte Hal.

»Ich kann mir nicht gut Namen merken.«

»Hast du vielleicht ein Lieblingstier?«

»Kamele.«

»Kamele?« Hal hatte noch nie gehört, dass ein Kind am liebsten Kamele mochte. »Was gefällt dir denn an Kamelen?«

»Sie sind groß, haben Höcker, ein schönes Fell, sind immer entspannt und die idealen Reittiere in Wüsten.«

»Das stimmt natürlich. Und ich glaube, der Name passt zu dir. Ab heute ist dein Name Kamel.«

»Ich glaube, das kann ich mir merken. Danke.«

»Kein Problem. Gern geschehen.«

»Und wie lautet dein Name?«

»Ich habe auch noch keinen. Wenn du willst, kannst du jetzt auch einen für mich aussuchen.«

»Dann nenne ich dich … Hal.«

Hal erschrak. Kamel hatte ihn angesehen und ernsthaft überlegt, welcher Name am besten zu ihm passen würde; das hatte er dem Jungen angesehen. War Kamel ein so guter Schauspieler, dass er selbst den Menschenkenner Hal hinters Licht führen konnte?

»Woher kennst du meinen Namen?«

»Ich fand, er passt zu dir.«

»Nein. Du wusstest, dass das mein Name ist.«

»Also hast du gelogen, als du meintest, dass du noch keinen Namen hast. Das ist nicht nett.«

»Tut mir leid, ich wollte mir einen Spaß erlauben. Aber verrate mir doch bitte, woher du meinen richtigen Namen kennst.«

»Ich bin gut im Raten.«

»Das ist alles?«

»Ja. Beunruhigt dich das?«

»Wenn du so gut raten kannst, dann rate doch mal, ob ich eine Tochter oder einen Sohn habe.«

»Er ist nicht dein Sohn.« Hal fiel aus allen Wolken. Wer war dieser Junge? »Kleiner Scherz«, beruhigte ihn Kamel und zeigte dabei zum ersten Mal ein unvorhergesehenes, leicht amüsiertes Lächeln. »Woher sollte ich denn so etwas wissen?«

Hal erwiderte sein Lächeln. »Mit dem Jungen hattest du zumindest recht.«

»Die Chancen standen eins zu eins.«

»Eigentlich nicht. Ich hätte auch keine Kinder oder mehr als eins haben können.«

»Wieso hättest du mich reinlegen sollen, nachdem ich dir vorher gesagt hatte, dass es nicht nett ist zu lügen?«

»Vielleicht, um dich zu testen.«

»Dann will ich dich jetzt testen. Was bin ich? Ein Junge oder ein Mädchen?«

Hal hatte schon recht früh eingesehen, dass es jedes Mal unmöglich war vorauszuahnen, was der Junge als Nächstes sagen würde. Doch selbst unter diesem Gesichtspunkt überraschte ihn die Frage nach Kamels Geschlecht auf eine Art, die ihn erst mal stocken ließ. Nach einigem verunsicherten Hin und Her gab Hal schließlich die Antwort, die an sich auf der Hand lag.

»Ein Junge.«

»Falsch.« Kamel sprach das Wort mit einer Intensität, dass man ihm sofort Glauben schenken wollte.

»Lügst du mich gerade an?«

»Wonach sehe ich denn aus?«

»Nach einem Jungen.«

»Dann wirst du wohl recht haben.« Wieder sagte der Junge diesen Satz, ohne so zu klingen, als ob er Hal auch wirklich recht gäbe.

»Kamel, bitte lass uns noch einmal auf meinen Namen zurückkommen. Von wem hast du diese Information? Es ist mir wichtig. Bitte verrate es mir.«

»Von jemandem, dem du hier in Drewhound begegnet bist. Beruhigt dich das, wenn ich das sage?«

»Irgendwie beruhigt mich alles und gar nichts von dem, was du so von dir gibst. Wer genau hat dir von mir erzählt?«

»Diese Person möchte von mir nicht genannt werden.«

»Egal. Bitte ignorier das einfach und sag es mir. Es ist wirklich wichtig. Bitte.«

»...«

Hal gab es auf, danach zu fragen. Weiteres Hinterherbohren machte keinen Sinn. Also entschied er sich, Kamel nun die Steckbriefkarte von Heaven zu zeigen. Er war gespannt, was ihm der Junge über Heaven sagen würde.

»Hast du diesen Mann schon einmal gesehen?«

Kamel schaute sich die Karte nur kurz an, dann blickte er

mit Desinteresse wieder weg. »Ich kann diese Sprache nicht lesen.«

»Was für eine Sprache kannst du denn lesen?«

»Ich kann mir nicht gut Namen merken.«

»Du kannst also eine Sprache lesen, die nicht deine Muttersprache ist, aber hast ihren Namen vergessen?«

Hal wartete ein paar Sekunden auf eine Antwort, dann sagte Kamel: »Du möchtest eine Antwort auf deine Frage, Hal?« Als er so zum ersten Mal Hal mit seinem Namen ansprach, klang es, als kennte Kamel ihn schon sein Leben lang. Es schien ihm so vertraut und persönlich von den Lippen zu kommen, dass kein Außenstehender ahnen würde, dass sich die Wege der beiden erst seit einigen Minuten kreuzten. »Entschuldigung, ich nahm an, du hast nur noch einmal die Tatsachen aufgezählt.«

»Schon okay. Das habe ich wohl auch. Kamel, auf der Karte ist auch ein Foto abgebildet. Es ist nicht nötig, das Geschriebene zu lesen, um den Mann darauf zu erkennen. Es sei denn, du bist blind, was du offensichtlich ja nicht bist. Bitte sag mir, ob du diesem Mann schon einmal begegnet bist oder sonst irgendetwas über ihn weißt. Du kannst dir das Bild so lange ansehen, wie du möchtest.«

Hal hielt ihm die Steckbriefkarte hin und Kamel nahm sie mit beiden Händen entgegen. Wie ein weiser Mönch bei der Meditation saß er da und betrachtete sie eine Weile. Dann meldete er sich wieder zu Wort.

»Ist das der Pik-König?«

»Was? Nein, das ist eine reale Person. Ich habe sein Bild lediglich auf eine Karte gedruckt.«

»Ach so. Schade. Wenn es der Pik-König wäre, könnte ich dir sagen, wo er ist.«

»Wieso glaubst du, dass ich den Kerl auf der Karte suche?

Ich habe doch nur gefragt, ob du ihm schon mal begegnet seist.«

»Ich habe es einfach nur daraus geschlossen. Was für ein Anliegen solltest du sonst haben?«

»Du bist überaus intelligent für dein Alter. Ich bin neugierig. Wer ist denn der Pik-König und woher weißt du, wo er steckt?«

»Wenn du dir die erste Frage nicht selbst beantworten kannst, dann möchte ich auf keine deiner Fragen über den Pik-König antworten.«

»Um ehrlich zu sein, weiß ich, wer der Pik-König ist. Ich wollte dich nur testen. Allerdings ist mir wirklich nicht bekannt, wo er sich zurzeit aufhält.«

»Ich möchte auf keine Lügen antworten.«

Ohne Hal überhaupt angesehen zu haben, hatte er seine Lüge durchschaut, obwohl Hal seiner Meinung nach überzeugend gespielt hatte.

»Du hast natürlich recht. Ich will mich bei dir dafür entschuldigen und verspreche dir hoch und heilig, dass ich dich ab sofort nicht mehr anlügen werde.«

»Das ist nett.«

Hal steckte seine Steckbriefkarten zurück in seine Jacke. Er sah keinen Sinn mehr darin, mit Kamel über Heaven zu sprechen. Trotzdem wollte er ihm noch die eine oder andere Frage stellen.

»Kamel, bist du glücklich?« Kamel zeigte Hal ein kurzes, aber fröhliches Lächeln. Doch das überzeugte den Sweeper noch nicht. »Bist du's?« Und erneut zeigte Kamel ein kurz andauerndes, aber fröhlich wirkendes Lächeln. »Ich deute das einfach mal als ein Ja.«

»Dann wirst du wohl recht haben«, sagte Kamel und brachte damit mal wieder Hals Auffassungsgabe ins Wanken.

»Brauchst du Geld?« Es war eine so simple Frage und Hal malte sich schon aus, dass der Junge sie verneinen würde, dennoch wollte er sie ihm einfach gestellt haben.

»Ich brauche kein Geld, aber Dinge, die ich mir mit Geld kaufen kann.«

»Also brauchst du Geld.«

»Nein, ich klaue, und manchmal, wenn ich klaue, bekomme ich auch Sachen geschenkt.«

»Hast du Freunde?«

»Genug, um glücklich leben zu können.«

»Das ist gut. Wie viele sind es?«

»Ich kann nicht zählen.«

»Ja, natürlich. Würdest du gerne in eine Schule gehen? Dort könntest du Zählen und Lesen lernen.«

»In einer Schule muss man sich melden. Das mag ich nicht. Also mag ich keine Schulen.«

»Aber die Schul–«

»Mag ich nicht.«

»Gibt es etwas, das du dir wünschst?«

»Wenn man von seinen Wünschen erzählt, gehen sie nicht in Erfüllung.«

»Das ist nur ein Gerücht. Daran glaube ich nicht. Und das solltest du auch nicht.«

»Okay.«

»Also was wünschst du dir?«

»Das sage ich nicht. Nur weil ich nicht an etwas glaube, heißt das noch lange nicht, dass ich auch richtig liege.«

»Dann versichere ich dir hiermit aus wissenschaftlich bewiesener Sicht, dass es keinerlei Zusammenhang zwischen dem Aussprechen von Wünschen und dem nicht in Erfüllung gehen gibt. Genau genommen, erhöht sich sogar die Wahrscheinlichkeit, dass sich Wünsche erfüllen, wenn man von ihnen erzählt, da andere, die von den Wünschen hören, sie einem erfüllen könnten.«

»Du verwirrst mich, Hal. Das ist nicht nett. Bitte lass das.«

Hal verwirrte den Jungen? Was? Er konnte es nicht verstehen. Die ganze Zeit über war es genau anders herum gewesen. Aber vielleicht war dies nur ein Trick von Kamel, um das Thema zu wechseln.

»Das tut mir leid, Kleiner. Darf ich dir noch eine Frage stellen, bevor ich mich, sofern du nichts dagegen hast, einmal im Haus umsehe?«

»Du darfst beides.«

»Sehr freundlich von dir. Also meine Frage lautet: Wärst du damit einverstanden, wenn ich dich mit zu mir in die Heimat nehmen, dich adoptieren und dir ein schönes Zuhause mit einem warmen Bett, leckerem Essen und vielen anderen großartigen Dingen ermöglichen würde? Du könntest ein wunderbares Leben haben.«

Hal meinte jedes einzelne Wort so, wie er es sagte. Er wusste, dass ihm dieses Kind nie wieder aus dem Kopf gehen würde, und er empfand die Vorstellung, jeden Tag mit ihm zu tun zu haben, als außerordentlich interessant und faszinierend. Was könnte es Besseres geben, als in seinem vorläufigen Ruhestand mit Kamel Gespräche zu führen und seinem Flötenspiel zu lauschen?

»Du willst mich adoptieren?« Der Junge blickte Hal leicht überrascht an.

»Ja. Das ist mein voller Ernst. Du bist ein sehr sympathischer Junge, Kamel, und ich würde mich sehr darüber freuen, dein Vater zu werden. Ich garantiere dir, ich würde gut für dich sorgen. Es würde dir an nichts fehlen.«

Kamel schloss seine Augen und rührte für eine Minute keinen einzigen seiner Muskeln. Hal wollte ihn nicht stören, denn er sah so aus, als überlegte er ernsthaft und zöge dabei jede noch so kleine Komponente in seine Entscheidung mit ein. Als er seine Lider wieder aufschlug, sah er Hal in die Augen und sprach: »Ich wünsche mir, nicht von dir adoptiert zu werden.«

Hal wusste, dass, egal was für Argumente er noch anbrächte, sie Kamels Entscheidung nicht mehr beeinflussen würden. Er war enttäuscht, doch er hatte es so kommen sehen.

»Wirklich schade. Darf ich nach den Gründen für deine Wahl fragen?«

»Darfst du. Aber ich möchte sie dir nicht nennen.«

»In Ordnung. Danke für deine Ehrlichkeit. Das ist nett.«

Als Kamel hörte, wie Hal ihn *nett* nannte, lächelte er. »Das ist nett, dass du sagst, dass das nett ist.«

»Wenn es okay ist, dann würde ich mich jetzt gerne mal im Haus umsehen. Keine Angst, ich werde auch nichts klauen.«

»Das ist nett.«

Hal betrat das Haus, dessen gute Tage bereits seit vielen Jahren hinter ihm lagen. In jedem Raum hingen unzählige Spinnennetze, das Holz knarrte bei jedem Schritt und die Wände waren feucht. Abgesehen von einem alten, offenen, leeren Schrank gab es nichts in den beiden Etagen. Im Keller standen einige verstaubte Kisten und durchgenässte Kartons, aber nichts, was Hals Interesse wecken konnte. Ganz anders sah es da mit dem Dachboden aus. Hal wäre nicht auf die Idee gekommen, ihn zu betreten, wenn nicht die Leiter herabgelassen wäre.

Der Dachboden war von nahezu allen Spinnennetzen befreit, lediglich ein paar kleine waren in gut geschützten Ecken gespannt. Es war hier auch sonst relativ sauber. Kamel schien erst kürzlich durchgefegt zu haben, obwohl es Hal seltsam vorkam, dass er bisher noch keinen Besen gesehen hatte. Vor einem der zwei schmutzigen kleinen Fenster, die zeigten, dass der Regen mittlerweile aufgehört hatte, lag eine durchgelegene Matratze mit einem fleckigen Kissen und einer staubigen Wolldecke. Daneben erweckte ein gefaltetes Stück Papier seine Aufmerksamkeit. Hal erdreistete sich, es zu entblättern und durchzulesen:

Fingernägel im Bett

Derrek Misbins lebte allein. Er hatte Freunde, Familie und einen Beruf. Alles war in Ordnung, aber er lebte allein.
Eines Nachts, als er sich schlafen legte und die Decke aufklappte, entdeckte er abgerissene Fingernägel auf dem Bettlaken. Sie passten nicht zu seinen, zumal er seine nicht so lang wachsen ließ und sie sich immer abknipste. Er warf die Fingernägel in den Müll und legte sich schlafen.

Am nächsten Abend, noch einige Zeit bevor er zu Bett ging, kontrollierte er von Neuem sein Laken. Er entdeckte keine Fingernägel und war beruhigt. Als er sich jedoch des Nachts zur Ruhe begab, spürte er auf seiner Haut etwas kleines Hartes. Es waren Fingernägel. Derrek bekam es mit der Angst zu tun. »Ist da etwa jemand?«, rief er. Doch niemand antwortete ihm. Er suchte mit einem Baseballschläger seine komplette Wohnung ab. Aber er war allein.

Am nächsten Morgen lag ein Zettel in Derreks Bett:

Tut mir leid. Es kommt nicht wieder vor.

In der darauffolgenden Nacht lagen erneut Fingernägel unter der Decke. Derrek war am Ende seiner Nerven. Bis zum Morgen machte er kein Auge zu.

Als er aus dem Bad kam, um sich aus seinem Schrank frische Kleidung zu nehmen, fand er wieder einen Zettel vor. Dieses Mal lag er auf der Decke. Er hatte dieselbe Handschrift wie der zuvorige:

Ich war das nicht!

Hat er das geschrieben? Die Handschrift sieht wie die eines Erwachsenen aus.

Abgesehen von dieser kleinen Gruselgeschichte, die, wie Hal als Fan von Kamel empfand, ebenfalls irgendetwas Magisches an sich hatte, lagen noch ein paar weitere Gegenstände neben seinem Schlafplatz: ein großes Glas mit Trockenfleisch, eine schwere alte Milchkanne, eine viel benutzte und seit längerem nicht abgewaschene Tasse sowie eine Öllampe.

Hal nahm an, dass das Licht, das die Spaziergänger gesehen hatten, von dieser Lampe stammte. So lebte also Kamel. Auch wenn Hal durch diesen Anblick in erster Linie mitfühlend hätte sein sollen, war er einfach nur neugierig. Er machte sich keine Sorgen um diesen Jungen, vielmehr fragte er sich, was für ein Mann einmal aus ihm würde.

Als sich der Sweeper wieder auf den Weg zur Eingangstür machte, erklang aufs Neue das fesselnde Flötenspiel. Es hörte sich ähnlich an wie zuvor und doch war es irgendwie fröhlicher. Hal trat auf die Veranda hinaus, nur Kamel war nicht mehr dort. Die Musik kam von einer anderen Stelle.

Hal entfernte sich vom Haus, atmete die nach dem Regenguss erfrischte Luft ein und schaute sich, von seinen Ohren leitend, um. Dann entdeckte er ihn. Kamel saß auf dem Dach. Er spielte seelenruhig seine Okarina, während er knappe zehn Meter über dem Boden mit geschlossenen Augen seine Beine am Dachrand herunterbaumeln ließ.

Hals Gänsehaut kehrte zurück und sie blieb, solange er dastand und lauschte. Und auch als die Musik ihn auf dem Weg zu seinem Wagen immer leiser werdend begleitete. Selbst als er schon längst nichts mehr hörte und bereits auf dem Weg zum nächsten Haus war. Die Gänsehaut blieb.

KAPITEL 9

Bis zum frühen Abend prüfte Hal auch die anderen Adressen und überall war es das Gleiche. Niemand war mehr dort. Die Häuser wiesen lediglich Spuren von respektlosen Bewohnern auf, deren Unordnung und Zerstörungswut vielleicht nicht nur von den *Fremden* verursacht, aber zumindest von ihnen unterstützt worden waren. Es wirkte fast so, als wäre im Voraus schon klar gewesen, dass der Einzug nicht von langer Dauer hatte sein sollen. Hinzu kam, dass alle aufmerksamen Nachbarn spätestens seit gestern zwischen Mittag und spätem Nachmittag die *Fremden* weder gesehen noch gehört hatten.

Hal fragte sich, ob tatsächlich er der Grund für das Ganze war. Zumindest war es angebracht zu erwarten, dass ein jeder der *Fremden*, inklusive Heaven, von seinem Aufenthalt in Drewhound wusste.

Hal fiel eine Bar mit dem Namen *Bar Barian* ins Auge. Etwa fünfzig Meter weiter gab es eine günstige Parkmöglichkeit, die auch andere nutzten. Es war kein ausgeschilderter Parkplatz, doch anscheinend diente dieser Boden, bestehend aus Sand und Kieseln, den Bewohnern exakt dafür.

Auf dem Dach des Gebäudes saßen mehrere Tauben und gurrten in einem asynchronen Chor vor sich hin. Von außen konnte Hal bereits durch die großen Fenster erkennen, dass die Bar recht gut besucht war. Als er sie betrat, erschrak er ein wenig, denn er hatte nicht mit so vielen grimmigen auf ihn gerichteten Augen gerechnet. Die meisten schwiegen, aber einige fingen sofort an zu tuscheln. Andere grummelten einfach nur.

Bevor ein abgeranzter Mann, dem ein Popel aus der Nase hing, »Scher dich raus! Wir wollen hier keine Frem–« beenden konnte, kam Hal ihm bereits zuvor.

»Die nächste Runde geht auf mich!«

War die Stimmung zuvor noch unangenehm und bedrückend, wurde sie nun durch Begeisterungsrufe à la »Yeah!« und »Yo!« heiter und aufgeschlossen.

Der Barkeeper begann, mit einem Lächeln Biere zu zapfen. Er hatte lockige, hellbraune Haare, einen gepflegten Dreitagebart, trug eine rahmenlose Brille, Hosenträger und ein blaues Hemd mit Schweißflecken unter den Achseln. Während er seiner lukrativen Arbeit nachging, sprach er den spendablen Herrn an.

»Gehabt Euch einen Gruß zum Wohle. Welch ein interessantes Antlitz Ihr versprühet. Erlaubet mir doch bit', dass ich Euch kundtun wollt', wie sehr es mich frohlocket, Eure Bekanntschaft machen zu dürfen.«

»... Ja, die Freude ist auch auf meiner Seite.«

»Was verzückte Euer Gemüt, uns mit Eurer offensichtlich von weit her zu stammenden Person zu beehren?«

Drei Meter von Hal entfernt saß ein Mann mit einem Vokuhila-Haarschnitt. Sein Arm war eingegibst.

»Er redet immer so«, erklärte dieser.

»Gar jeder Mann und jedwede Frau meiner Familie präferieret es, mit solch einer Zunge im Munde herumzuwandeln.«

Der Tischnachbar von Vokuhila, ein Mann mit einem nahezu eckigen Vollbart, meldete sich zu Wort. »Er ist der beste Barkeeper des Ortes. Sein Name ist Shaky. Zumindest nennen wir ihn alle so. Warum, hab ich vergessen.«

»Weil meine Okkupation es verlangt, der Kehl' erfrischende Getränke mitunter durch die Tätigkeit des Schüttelns herbeizuzaubern, als och ich den anbetungswürdigen Shakespeare lobpreise. Insofern sei es nun schon seit längerem mein Schicksal, diesen Namen zu tragen. Frügtet Ihr jedoch nach meiner ursprünglichen Benamung, so erführet Ihr sie ohn' jeglich' Gegenwehr.«

»Und wie lautet … sie?«, fragte Hal.

»Helmut.«

»Schön. Ich bleibe bei Shaky.«

»Ganz wie es Euch beliebt. Wäret Ihr nun bitte freundlicherweise gleicherweise so frei und verrietet unserer Wenigkeiten den Namen, den man Euch zurufet, seitdem Ihr Gedanken fassen konnt'?«

Hal hob seine Sweeperlizenz und wandte sich mit kräftiger Stimme in die Runde.

»Mein Name ist Hal Furbita und ich bin ein Sweeper. Diejenigen unter euch, die nicht wissen, was ein Sweeper macht, sollten jetzt besser die Lauscher aufstellen. Ich jage Verbrecher, auf denen ein Kopfgeld ausgesetzt ist, nehme sie fest und halte die Straßen so von ihnen sauber. Ihr allesamt, ihr ehrbaren Bewohner Drewhounds, euch ist mit Sicherheit die jüngste Veränderung in eurem lieblichen Ort aufgefallen. Die *Fremden*, die euch das Leben erschweren, sind Handlanger eines der gefährlichsten Männer dieses Landes.« Nun ging er herum und zeigte den Bewohnern Heavens Steckbriefkarte. »Sein Name ist Dr. Gurtis Heaven. Massenmord, illegale Experimente an Menschen, Herstellung und Verkauf von harten Drogen, schwere Körperverletzung sowie Menschenhandel, das sind seine Delikte. Ich wäre Ihnen allen sehr verbunden und bin fest davon überzeugt, dass Sie ebenfalls davon profitieren würden, wenn Sie mir alles erzählen, was Sie über diesen Menschen in Erfahrung bringen konnten. Vielleicht haben Sie ihn mal gesehen, waren sein Nachbar, haben ihm etwas verkauft, haben in einem Gespräch der *Fremden* mal etwas Sonderbares mitangehört oder wissen gar seinen momentanen beziehungsweise einen früheren seiner Aufenthaltsorte. Bitte zögern Sie nicht, mir selbst unwichtig erscheinende Kleinigkeiten über ihn oder die *Fremden* mitzuteilen. Vielleicht kann ich diese Informationen besser verwerten als Sie.«

Während Hals Ansprache hatte Shaky bereits an alle Biere verteilt und stellte nun auch dem Sweeper einen vollen Krug auf die Theke, doch dieser schüttelte den Kopf.

»Mundet Euch ein gekühltes Ambrosia aus Hefe und Weizen etwa nicht?«

»Doch schon, aber erst, wenn ich Feierabend mache.«

»Ein holdes Lob sprech' ich da aus auf Eure Affinität zur Selbstdisziplin.«

»So schwer ist das nicht.«

»Gibt es denn ein anderes flüssiges Naturell, das ich Euch zuführen dürft'?«

»Ja, ich nehm' wohl eine Sprite.«

»Eine Sprite, sehr wohl.«

»Eine Sprite?«, ertönte es abwertend von dem Mann mit dem Vokuhila. »Junge, es geht nichts über ein selbstgebrautes *Deer Beer.*«

»Deer wie Hirsch?«

»Schrecket bitte nicht ofgrund des Namens zurück. So sei es doch fälschlich anzunehmen, dass in einem Bier, welches den Namen *Hirschbier* schultert, ebendies ein Gebräu sei, in welchem Teile eines anmut'gen Wesens wie das des Hirsches zu finden seien. Vielmehr erhielt dieser Trunk seinen Titel durch den Erfinder und Bräuer selbst, der aus Leidenschaft heraus jedes Mal jubelnd in die Lüfte gesprunget, sofern er wieder auf ein Neues einen Hirsch, mit Erfolg gekrönt, geschossen.«

»Ach so. Trotzdem bitte nur –«

»Ich gehorche.«

Ein paar Sekunden später stellte Shaky Hals Getränk auf den Tresen.

»Danke.«

Nach Hals erstem Schluck redete ihn Vokuhila erneut an. »Ich wüsste da vielleicht was.«

»Über Heaven?«

»Japp.«

»Na dann, raus damit«, sagte Hal mit einer lässigen, ermunternden Schwungbewegung seiner Hand und setzte sich sogleich zu den beiden an den Tisch.

»Ne, ne, ne. Ich will dafür Kohle sehen.«

»Halten Sie das nicht für ziemlich dreist? Immerhin bin ich hier, um Ihrer Heimat zu helfen, und Sie trinken gerade ein Bier, das ich Ihnen netterweise spendiert habe.«

»Das war dafür, dass Sie in dieser Bar bleiben durften, aber nicht für das Erhalten von Informationen.«

Prompt nahm Vokuhila einen demonstrativ großen Schluck von seinem gratis Deer Beer.

»Okay. Fünf Sinner«, bot Hal ihm an.

»In Ordnung.«

»Das ist viel zu wenig«, mischte sich der Mann mit dem nahezu eckigen Vollbart ein. »Du musst auf jeden Fall mehr verlangen.«

Na toll! Rechteckbartfresse musste es natürlich versauen.

»Dann nehme ich alles zurück. Ich will fünftausend Sinner.«

»Nein, das ist viel zu viel. Zwanzig.«

»Viertausend.«

»Ich werde Ihnen niemals eine solch horrende Summe zahlen. Nicht mal ansatzweise. Wenn es hochkommt, vielleicht dreißig.«

»Ähm, zweitausend.«

»Anscheinend wollen Sie überhaupt keine Info verkaufen. Ich gehe runter auf fünfundzwanzig.«

»Aber eben waren es noch dreißig.«

»Ja und da Sie mir sowohl nicht entgegenkommen als auch meine Zeit verschwenden, können Sie sich glücklich schätzen, dass ich Ihnen überhaupt noch fünfundzwanzig zahlen würde.«

»Okay, warten Sie. Für zweihundert Sinner sag ich es Ihnen.«

»Zwanzig.«

»Hundert.«

»Zehn.«

Vokuhila lachte nervös. »Jetzt wird es aber albern. Fünfzig.«

»Wie gesagt, zehn.«

»Okay, dann einigen wir uns auf Ihre dreißig Sinner.«

»Das war vorhin. Wahrscheinlich ist Ihre Information ohnehin unnütz.«

»Ist sie nicht.«

»Das behaupten Sie jetzt, da Sie gierig sind. Aber das glaube ich Ihnen nicht. Wenn Ihnen etwas an Ihrem Dorf und seinen Bewohnern, Ihren Freunden und Nachbarn läge, dann würden Sie mir auch umsonst helfen. Insofern biete ich Ihnen fünf Sinner an. Mein letztes Angebot. Fünf Sinner haben oder nicht? Das liegt bei Ihnen. Wenn Sie sie nicht annehmen, dann pfeife ich eben auf Ihre Info. Ich komme auch ohne Sie bestens zurecht.«

Vokuhila war unentschlossen und selbst der schüttelnde Kopf seines Tischnachbarn änderte nichts daran. Dann gab er sich geschlagen.

»In Ordnung. Fünf Sinner.«

Hal öffnete sein Portemonnaie und holte einen Schein heraus. »Shaky«, sagte er, sich etwas über den Tresen beugend. »Kannst du mir den Hunderter wechseln? Gib mir dafür bitte einen Fünfer, rechne meine Rechnung ab und behalt den Rest.«

»Wie komme ich bitte zu solch einem galanten Trinkgeld, Sir?«

»Ja, komm, is' egal.«

»Ich huld'ge Euch Dank.«

»Ja, ja, bitte, bitte.« Hal nahm den Fünfer entgegen und gab ihn Vokuhila. »Was haben Sie mit ihrem Arm gemacht?«, erkundigte er sich.

»Witzig, dass Sie fragen. Damit wollte ich auch gerade anfangen. Ein irischer Wolfshund hat mich gebissen.«

»Autsch.«

»Japp, das sind die größten Hunde der Welt.«

»Nicht ganz. Das sind Doggen.«

»Na ja, hat auf jeden Fall glatt den Knochen aufgeknackt.«

»Wie ist es dazu gekommen?«

»Die *Fremden*. Muss ich da noch was erklären?«

»Die *Fremden* haben also einen irischen Wolfshund?«

»Nicht ganz. Die Schweine, die mir das angetan haben, hatten zwei von der Sorte dabei.«

»Große gefährliche Hunde stellen zwar immer eine große und gefährliche Gefahr dar, aber das wird doch wohl nicht alles gewesen sein?«

»Ne, ne. Jetzt kommt es ja. Mit dem blutenden Arm bin ich dann zum Dorfarzt hinne. Während wir uns unterhielten und ich mich über die *Fremden* auskotzte, appellierte er an mich, nicht alle *Fremden* über einen Kamm zu scheren. Er habe nämlich vor einigen Wochen, als er Angeln war, einen anderen Angler getroffen, der auch neu hier war. Sie seien schnell ins Gespräch gekommen, da sie feststellten, dass beide vom Beruf Ärzte sind. Das könnte doch auf Ihren Typen zutreffen, oder? Da stand doch ›Dr. Irgendwas Heaven‹, oder nich'?«

»Das könnte hinkommen. Einen Versuch ist es allemal wert.«

KAPITEL 10

Als Hal die *Bar Barian* verließ, war das Wetter noch immer unverändert trüb, schwerfällig und Unlust weckend. Die Tauben auf dem Dach saßen weiterhin an Ort und Stelle. Unfähig, wie normale Vögel zu singen, hielt sie das nicht davon ab, lauter zu trällern als alle anderen.

Als Hal seinen Wagen sah, zog eine plötzliche Bleiche über sein Gesicht auf. Die Fahrertür stand offen. Er musste nicht lange nachdenken, ob er abgeschlossen hatte, denn das hatte er definitiv. Jemand hatte seinen Mustang aufgebrochen. Es mussten Profis gewesen sein. Einer von der Pannenhilfe hätte es nicht besser machen können.

Hal ging mit äußerster Vorsicht vor. Zuerst prüfte er mit einem Blick durch die Fenster, ob sich keiner im Wagen versteckte, denn allein anhand der Abdrücke im sandigen Kies war dies für ihn nicht abzulesen. Als Nächstes legte er sich auf den Boden, um den unteren Teil des Wagens zu untersuchen und so der Explosion einer eventuell angebrachten Bombe zuvorzukommen. Aber auch hier gab es nichts Außergewöhnliches. Von außen sah das Auto unverändert aus, weder neue Kratzer noch eine Manipulation der Reifen.

Zwischendurch spähte Hal immer mal wieder seine Umgebung ab. Vielleicht wurde er jetzt gerade beobachtet und merkte es nicht einmal. Vielleicht war er schon die ganze Zeit über beobachtet worden.

Da er Heavens Gewohnheiten und Fähigkeiten bestens kannte, erschien es ihm gut möglich, dass irgendwo ein Betäubungsmittel hingeschmiert worden war. Eventuell waren an bestimmten Stellen Nadeln angebracht, die Gift übertrugen, wenn man sich diese unabsichtlich durch die Haut jagte.

Vorsichtig öffnete Hal den Kofferraum, nahm das Hemd, das er am Tag zuvor getragen hatte, und benutzte es, um den Griff der Fahrertür zu kontrollieren. Dann kümmerte er sich um den Motor. Jedes Rohr, jeder Behälter und allgemein jede Lücke unterzog er einer Inspektion für den Fall, dass irgendwo eine Wanze platziert worden war. Bevor er sich dem Innern des Mustangs zuwandte, sah er sich noch einmal gründlich die komplette Außenhülle inklusive Auspuff an.

Hieraufhin folgten die Vordersitze, das Lenkrad, die Lüftung, das Radio, der Schaltknüppel, die Innenseiten der Türen, die Rücksitze sowie alle anderen Verstecke, auf die die meisten Kriminellen niemals kämen. Doch nirgends war etwas von einer fremden Einwirkung zu sehen oder riechen. Selbst seine angebrochene Wasserflasche warf er weg, da hier vermeintliches Gift hineingemischt worden sein könnte. Mit einer anderen Flasche befeuchtete er sein gestriges Hemd und wischte damit alles ab, womit er normalerweise in Kontakt kam.

Im Laufe des Heraufbeschwörens seines inneren Putzteufels kamen ihm mehrere plausible Thesen in den Kopf, doch letztlich blieben es nur Mutmaßungen.

Es war fast halb acht, als Hal ausstieg und das quietschende schwarze Gittertor öffnete, um auf die Auffahrt des Doktors fahren zu können. Hohe, zum Teil ungerade geschnittene Heckenkugeln zierten das Gelände. Das eine oder andere Heckentier schob Posten, nur konnte Hal nicht genau erkennen, welche Tiere sie darstellen sollten.

Das gelbliche Haus war höher gebaut als alle anderen Gebäude Drewhounds. Es gab zwar drei Stockwerke, dafür boten sie nicht allzu viel Wohnfläche. Abgesehen von der Höhe waren alle Wände gleich lang. Das Haus erinnerte Hal an einen *Jenga*-Turm, allerdings nicht allein aufgrund der Form, sondern auch weil er befürchtete, es könnte jeden Augenblick einstürzen.

Er parkte vor der geschlossenen Garage und spazierte zur Haustür. Ein sonderbarer Türklopfer war an ihr angebracht. Er bestand aus einem eisernen, nach oben geneigten Gesicht eines Mannes mit einer großen, gerümpften Nase und einer Faust mit ausgestrecktem Zeigefinger. Mit einer nachahmenden hochgezogenen Nase rammte Hal den eisernen Finger in das Nasenloch und meldete sein Erscheinen an.

Nach einigen wahrscheinlich zu oft benutzten Klopfern öffnete ein etwa Mitte fünfzig alter Mann die Tür. Er war gesegnet mit stahlblauen Terence-Hill-Augen und eine einzelne große Locke lag auf seinem sonst recht kurzen blonden Schopf. Unter seiner Strickjacke trug er ein kariertes Hemd.

»Ist es ein Notfall?«, fragte der Mann leicht genervt.

»Nein, eher ein Glücksfall«, antwortete Hal. »Ich habe noch nie einen so großartigen Türklopfer gesehen. So einen muss ich mir unbedingt auch holen. Sagen Sie, wo haben Sie den her?«

Der Mann wollte die Tür direkt wieder schließen, als Hal ihn noch rechtzeitig davon abhielt.

»Bitte entschuldigen Sie mein unhöfliches Verhalten. Es wird nicht wieder vorkommen. Ich benötige Ihre Hilfe.«

»Sind Sie etwa krank? Also nicht geistig krank, weil das sind Sie ja mit Sicherheit, sondern krank krank?«

»Sind Sie Dr. Rotcod?«

»Ja, der bin ich. Und Sie sind?«

»Dr. Rotcod, es freut mich, Sie kennenzulernen.« Hal reichte seine Hand. Höflich erwiderte Dr. Rotcod die Begrüßungsgeste. Sein Griff war lasch. »Mein Name ist Micky Dusk. Ich bin zwar weder krank noch bin ich verletzt, aber einer meiner Bekannten war kürzlich bei Ihnen, was mich nun ebenfalls zu Ihnen führt.«

»Kommen Sie doch mit in mein Arbeitszimmer. Dort können wir in Ruhe reden.«

Dr. Rotcod führte Hal durch einen engen Flur in einen Raum mit unzähligen Büchern, Regalen, ein paar Sesseln und einem Tisch aus Kiefernholz. Obwohl die Regale randvoll mit Literatur waren, stapelten sich noch weitaus mehr Bücher uneingeordnet quer durchs Zimmer. Wo man auch hinsah, es gab kaum einen Quadratmeter, in dem nicht mindestens ein Buch herumlag.

»Micky Dusk«, sagte Dr. Rotcod halb zu sich und halb zu Hal. »Ihnen ist hoffentlich bewusst, dass Sie denselben Namen tragen wie ein nicht allzu bekannter Romanautor.«

Oh-oh!

Woher sollte er denn ahnen, dass seine Tarnung so schnell auffliegen würde?

Hal ließ sich wie Dr. Rotcod auf einem Sessel nieder.

»Ja, das hat man mir mal erzählt. Aber ich habe nie ein Buch von ihm gelesen. Sie?«

»Nur eines, aber das ist schon ein Weilchen her. Es muss hier irgendwo herumliegen. Sie können es behalten, wenn Sie es finden.«

»Sehr nett. Nur lese ich nicht gern.«

»Dennoch dürfen Sie sich geschmeichelt fühlen, der Namensvetter von dem Begründer von Sweeperromanen zu sein. Rotcod heißt keiner.«

»Ich weiß nicht mal, was Sweeperromane sind«, log Hal und hoffte, damit nicht einen Schritt übers Ziel hinausgeschossen zu sein.

»Das wissen die Wenigsten. Sweeper gelten als moderne Kopfgeldjäger. Ich persönlich hege auch kein großes Interesse daran. Aber wer weiß, vielleicht sind Sie ja der echte Micky C. Dusk«, scherzte Dr. Rotcod.

Diese Idee war Hal überhaupt nicht gekommen. Genauso wie zu behaupten, nicht dieser Schriftsteller zu sein, hätte er auch das Gegenteil behaupten können. Immerhin wusste Hal genug über seine Werke und über Mr. Dusk war so gut wie nichts bekannt. Kurz spielte er mit dem amüsierenden Gedanken zu sagen: »Ja, gut. Sie haben mich erwischt. Ich bin der Autor Micky C. Dusk«, aber dann blieb er lieber bei seinem ursprünglichen Plan. Nun im Nachhinein die vom Doktor aus Jux hervorgebrachte Theorie zu bestätigen, würde wohl eher für Zweifel sorgen, denn das Gegenteil bewirken. Also sagte er stattdessen: »Micky C. Dusk sagten Sie? Schade, ich heiße mit zweitem Vornahmen Günther.«

»Waren Ihre Vorfahren etwa Deutsche?«, hakte Dr. Rotcod interessiert nach.

»Nicht dass ich wüsste. Mein Fräulein Mutter war halt einfach für einen ungewöhnlichen, exotischen Namen.«

»Verstehe. Also, wo drückt denn nun der Schuh?«

»Der Schuh drückt in der verbliebenen Zeit, Herr Doktor. Bis morgen muss ich einen meiner Freunde wiederfinden, der hier in Drewhound seit einiger Zeit Urlaub macht. Sehen Sie, gestern fehlte er bereits auf der Junggesellenfeier einer unserer Freunde und ich bin nun gekommen, damit er morgen nicht auch noch die Hochzeit verpasst. Eigentlich wollte er längst schon wieder zurück sein. Er geht weder an sein Handy noch antwortet er auf unsere E-Mails. Da das sonst nicht seine Art ist, machen sich manche von uns sogar Sorgen, dass ihm etwas zugestoßen sein könnte. Also haben wir Strohhalme gezogen und ich habe verloren, sodass ich den weiten Weg hierher fahren durfte. Leider hat er nicht mal eine Adresse hinterlassen, weswegen sich das Finden als ziemlich schwierig erweist.«

»Verzeihen Sie, wenn ich Sie unterbreche. Zuallererst einmal sollten Sie vielleicht wissen, dass das gesamte Dorf in einem ziemlichen Funkloch steht. Nehmen Sie es Ihrem Freund also nicht übel, wenn er Ihre Kontaktversuche nicht erwidern kann. Zum anderen verstehe ich noch nicht so ganz, inwieweit ich Ihnen dabei behilflich sein kann.«

»Ich bin bereits seit einigen Stunden im Dorf und nahm an, dass ich ihn recht schnell finden würde, da hier ja nur um die sechshundert Leute wohnen und mein Freund ein sehr auffälliges Äußeres hat, aber anscheinend kennt ihn niemand. Dann habe ich in einer Bar einen Mann mit Gipsarm getroffen. Der erzählte mir, dass Sie vor nicht allzu langer Zeit eine Unterhaltung mit einem fremden, angelnden Doktor hatten, und da wusste ich, dass es nur mein Freund sein konnte.«

»Ja, ich erinnere mich. Sein Name war Gurtis. Ist er das?«

»Ja, genau. Gurtis heißt er.«

»Ein sehr netter Mann, obwohl ich schwören könnte, dass er gerne mal etwas zu viel aus dem Medizinschrank mitgehen lässt.«

»Ja, er hat leider ein kleines Drogenproblem.«

»Das haben viele Ärzte.«

Welch eine Farce. Hal wusste, Heaven war überhaupt kein Arzt. Er hatte sich lediglich einen Spaß erlaubt. Er hatte zwar mehrere Semester lang Medizin studiert, aber seinen Doktor hatte er in Biochemie gemacht.

»Sagen Sie«, fuhr Rotcod fort, »aufgrund von Drogen ist Ihr Freund aber nicht so groß geworden, oder? Mannomann, hab ich vielleicht Augen gemacht, als er aufstand und ich so weit nach oben gucken musste. Wie groß ist er genau? Wissen Sie das?«

»Ich schätze mindestens gefühlte drei Meter.«

Dr. Rotcod lachte. »Das glaube ich Ihnen aufs Wort.«

»In Ihrem Gespräch hat Gurtis da vielleicht erwähnt, wo er in seinem Urlaub wohnt?«

»Lassen Sie mich nachdenken. Neben allem möglichen Pipapo der Arbeit eines Arztes, des Angelns und der Zubereitung von diversen Fischarten hat er tatsächlich auch erwähnt – Genauer gesagt habe ich ihn gefragt und er meinte, er habe irgendwo ein ganzes Haus gemietet. Die Besitzer seien umgezogen und er habe gleich danach gefragt.«

»Er hat aber nicht speziell gesagt welches Haus?«

»Nein. Da hat er das Thema gewechselt. Und später war es mir dann auch egal.«

»Zu schade.«

»Tut mir leid, dass ich Ihnen da nicht weiterhelfen kann. Hoffentlich haben welche von den neuen Einwohnern ihm nichts angetan. Da sind nämlich einige äußerst gefährlich.«

»Der Mann aus der Bar meinte zu mir, dass Sie auf die *Fremden* nicht schlecht zu sprechen seien. Zumindest nicht auf alle.«

»Das stimmt ja auch. Zu denken, dass alle *Fremden* gleich seien, empfinde ich als eine intolerante und verquere Sichtweise. Tatsache ist aber auch, dass ich, seitdem die Neuen hier sind, noch nie so viele Verletzungen in so kurzer Zeit zu versorgen hatte. Ich weiß wohl, wen Sie mit dem Mann mit dem Gipsarm meinen, und ich muss Ihnen ehrlich sagen, Herr Dusk, dass ich es nicht wirklich nachvollziehen kann, dass dieser Mann allen neuen Bewohnern denselben Stempel aufdrückt. Immerhin versteht er sich ja auch mit dem neuen Barkeeper.«

Hals Lauschlappen stellten sich auf. »Sie meinen Shaky?«

»Ja genau, diesen Shakespeareliebhaber. Apropos Shakespeare. Ich habe alle seine Werke gelesen, manche sogar mehrmals. Sie liegen hier irgendwo herum und haben mir auch alle gefallen, trotzdem, wenn Sie mich fragen, ziehe ich persönlich es vor, Alighieri zu lesen. Er ist meiner Meinung nach eindeutig der bessere Dichter. Man muss sich bloß einmal *Die Göttliche Komödie* anschauen. Was er da an Poesie und vor allem Fantasie zusammenträgt, da kommt der William nicht mehr mit. Allerdings muss ich ehrlich zugeben, dass nur das erste Drittel, der Part in der Hölle, wirklich lesenswert ist. *Der Läuterungsberg* und *Das Paradies* sind … Ich weiß nicht recht … Die Abschnitte sind mir einfach zu Gott verherrlichend. Preiset Gott hier, er sei das Maß und die Vollkommenheit aller Dinge dort und dann ständig diese furchtbaren Kirchenlieder. Das nervt nach einer Zeit einfach nur noch. Sie müssen sich vorstellen, dass die letzten zwei Drittel des Buches im Grunde nur noch die wahr gewordene Utopie christlicher Fanatiker darstellen. So was braucht doch kein Mensch.«

Hal, der schon längst wieder zu Wort kommen wollte, rang nun endlich seine Stimme durch. »Noch einmal einen Schritt zurück. Der Barkeeper in der *Bar Barian*, Shaky, gehört zu den *Fremden*?«

»Er gehört nicht zu diesen Unruhestiftern und hat auch keinerlei privaten Kontakt zu ihnen, soweit ich weiß. Aber er soll halt wirklich zeitgleich mit den ersten *Fremden* hier angekommen sein.«

Wie von der Tarantel gestochen, stand Hal auf und bewegte sich schnellen Schrittes aus dem Zimmer. Und bevor Dr. Rotcod mitbekommen hatte, dass der Wind plötzlich aus einer anderen Richtung wehte, hörte er ein lautes »Danke!« und kurz darauf das Öffnen und ruppige Schließen seiner Haustür.

KAPITEL 11

Shaky trocknete gerade einen Bierkrug ab, als Hal mit einem überaus breiten und sympathischen Lächeln die Bar betrat. Es waren seit seinem Verlassen noch ein paar neue Gäste hinzugekommen, doch die interessierten ihn im Moment kein bisschen.

»Was erfreuet Eu'r Herz in solchem Maß, dass Ihr gar strahlet wie ein Stern vom Firmamente?«

»Shaky, mir ist etwas unfassbar Lustiges passiert. Das muss ich dir unbedingt erzählen.« Hal beugte sich über den Tresen und sprach mit leiser Stimme weiter. »Aber das ist nur für deine Ohren bestimmt. Ich habe keine Lust, dass alle davon erfahren. Können wir vielleicht kurz nach hinten gehen, um in Ruhe zu reden?«

»Oh, Ihr wisset genau, wie Ihr meine Neugierde hervorziehen könnt. Betrachtet mich als gleich wieder für euch vorhanden!«, rief Shaky in die Runde, legte sein Tuch zum Abtrocknen beiseite und verzog sich mit Hal in den kleinen Hinterhof, wo große Mülltonnen standen und sie von niemandem mehr gestört würden.

»Also, was grundet Euer Gemüt?«

Hal drehte Shaky zur Ziegelmauer. »Hände an die Wand.«

»Sie meinen?«

»Hände an die Wand, hab ich gesagt. Nicht bewegen.«

Shaky tat, wie ihm geheißen. Der Sweeper tastete ihn nach

versteckten Waffen ab, fand aber keine. Dann drehte er ihn wieder um.

»Hal-mut. Ich weiß nicht, ob das dein richtiger Name ist, aber wenn es nicht so ist, dann ist er auf jeden Fall gut gewählt. Vor meiner Nase fuchtelst du mit diesem Namen herum und lachst dir wahrscheinlich innerlich einen schlapp, weil ich den Scherz auf meine Kosten nicht mal bemerkt habe.«

»Verzeihet meine Verwirrung, doch ich vermag es nicht, Euren Gedankengängen zu folgen. Erkläret Euch mir doch bit'.« Shaky erweckte den Anschein, als wüsste er tatsächlich nicht, wessen Hal ihn gerade beschuldigte.

»Ist dein richtiger Name wirklich Helmut?«

»Zweifelsohn'.«

»Na ja, egal. Ob du hierbei nun lügst oder nicht, ist im Grunde unwichtig.«

»Verwirrung schlägt sich breit, werter Herr Kopfjäger.«

»Ich schlag dich gleich breit. Ich weiß, dass du zu Heaven gehörst. Du brauchst nichts abzustreiten. Ich kann es mir zusammenreimen. Entgegen deiner Behauptung, nichts mit den *Fremden* oder gar mit ihren Schandtaten zu tun zu haben, dient das lediglich dem Schein. Deine Aufgabe ist es, innerhalb der Bewohner zu agieren. Du bist ein Spion und sollst alle aushorchen.«

»Und ich dacht', der güldene Shakespeare sei mit einer außerordentlichen Phantasie gepriesen worden. Aber Ihr erstrecket Eure Hand ganz nah an dessen Kron', wenn nicht sogar nennt Ihr sie bereits Eu'r Eigen.«

Hal schnellte hervor und presste Shaky mit seinem Unterarm, die Kehle leidlich abdrückend, gegen die Wand.

»Was tut Ihr? Ich schwöre bei meinem eigen Fleisch und Blut, das mich gezeugt und welches ich zeugen werd', ich bin frei von jedweder Schuld, mit der Ihr mich anklaget.«

Hal ließ sich nicht erweichen, sondern drückte im Gegenteil noch stärker mit seinem Arm zu.

»Der Unterschied zwischen Polizisten und Sweepern ist, dass Sweeper immer böse sind.«

»Nun gut«, hauchte Shaky mit der letzten Stimme, die ihm noch zur Verfügung stand, »ich räume ein, die Wahrheit hat Euch liebkost. Es käme mir nicht zugute, dieses noch weiter zu verleumden. Lasset mich bitte los und wir können konversieren.«

Hal ließ ab von Shaky, der sich schmerzhaft die Kehle rieb und versuchte, wieder einen normalen Atemablauf hinzubekommen.

»Auf welche Weis' huschte es an Eure Ohrmuscheln?«

»Unwichtig.«

»Der Mediziner?«, fragte Shaky nach kurzem Nachdenken. »Das war doch das Ziel Eurer Reis', wenn es mir mein Gedächtnis recht verheißt.«

»Da war ich zwar, aber er konnte mir nicht helfen. Bei einer Zufallsbegegnung mit einem Passanten fand ich es heraus. Also, wo steckt Heaven?«

»In einem Haus an einem in klarem Blau ruhenden See.«

»Was für ein Haus am See?« Hal holte seinen Stadtplan hervor und entfaltete ihn. »Zeig es mir.«

Shaky suchte ein wenig auf der Karte, dann zeigte er auf eine Stelle. »In etwa hier.«

»Aber da ist kein Haus eingezeichnet.«

Shaky kontrollierte das Datum. »Die Karte zählt sieben Lenzen, das Haus hingegen weniger.«

Hal sah Shaky mit scharfen Augen an, um sicherzugehen, dass er ihn nicht anlog, doch er konnte ihn nicht durchschauen. Er wusste nicht, wie viel von dem, was er sagte, der Wahrheit entsprach. Heaven hatte ihn nicht ohne Grund als Spion ausgewählt.

»Wo sind die anderen?«

»In seiner Gesellschaft.«

»Alle?«

»Ausgenommen meine Dichterkeit.«

»Wie viele seid ihr?«

»Mit Gurtis summieren wir vierundzwanzig an der Zahl.«

»Ich wette, du unterschlägst mindestens zehn Komplizen.«

»Man seid Ihr gut. Fürwahr findet Ihr neununddreißig von uns.«

Hal musste innerlich schlucken. Wenn so viele mit Heaven auf einem Haufen hockten, dann musste er sich alles ganz genau überlegen und organisieren, damit er nicht den Kürzeren ziehen würde. Eventuell würde er die Mission vorerst sogar abbrechen und mit Verstärkung wiederkommen müssen. Aber um dies zu entscheiden, wollte er sich erst noch mit eigenen Augen von alledem überzeugen.

»Woher wussten alle von meiner Ankunft?«

»Mir entziehet sich dieses Wissen.«

»Erzähl mir nichts! Alle haben sich versammelt. Warum?«

»Ah, Ihr glaubt, die Welt drehe sich um Euch, nur muss ich Euch da mit Eurer Nichtigkeit konfrontieren. Ihr seid zu einem Zeitpunkt herangetreten, an dem Ihr Euch der Aufmerksamkeit meiner Sippe entzoget. Hättet Ihr mir nicht Euren holden Broterwerb gebeichtet, so wüsste ich noch immer nicht, dass Ihr auf der Suche nach meinem Meister seid. Ich hätt' gar wohl gedacht, Eurem Erscheinen nach, dass Ihr ein neuer Mann seinerseits wärt und wir insgeheim für dieselbe Sache fechten.«

»Wenn du dir so sicher bist, dass ich nicht der Grund für die schnelle Bewegung deiner Kameraden bin, dann musst du mehr wissen, als du behauptest, denn ansonsten wäre ich eine potenzielle Begründung.«

»Wohlan, so behauptet Ihr, es sei womöglich eine verstrichene Okkasion gewesen, dass, als alle verstreuten himmlischen Männer gleichsam von Euch erfuhren, sie es vorzogen, sich zu verschanzen, statt sich Euch gemeinsam entgegenzustellen?«

»Ja. Ich habe für das Ganze nur keine Erklärung.«

»Somit sitzen wir zu zweit an einem Lagerfeuer, bestaunen die funkelnden Pickel des dunklen Daches und versuchen beid', die Bilder zu deuten.«

»Ich mag deine Metapher nicht, denn ich bin davon überzeugt, dass du den Bildern schon Namen gegeben hast. Sind deine Komplizen bewaffnet?«

»Nein.«

»Du lügst.«

»So wahr ich hier stehe.«

»So wahr du hier stehst und lügst oder so wahr du hier stehst und die Wahrheit sagst?«

»So wahr ich hier stehe und die Wahrheit erzähle.«

»Das war eine Fangfrage. Ich weiß bereits, dass ihr Schusswaffen benutzt. Wenn du mich also noch einmal für dumm verkaufen willst, dann hagelt es Schmerzen.«

»Wäre Eure Wut ein Brief, so würde ich es vorziehen, diesen nicht zu erbrechen.«

»Es hat mehrere Einbrüche gegeben, aber nichts wurde geklaut. Was hat es damit auf sich?«

»Soweit es mir berichtet ward, diente dies nur dem Zwecke, den Bewohnern Angst beizujagen, damit unsereins die Heime beziehen konnt'.«

Kaum hatte Shaky seinen Satz beendet, verpasste ihm Hal einen überaus schmerzhaften Leberhaken. Shaky riss seine Augen und den Mund bis zum Anschlag auf. Die Kraft in seinen Beinen suchte das Weite und er sank in sich zusammen. Das Chaos in seinem Körper ließ ihm kaum eine Chance zum Atmen. Die wenigen Schnapper, die ihn vorm Ersticken bewahrten, führten ihm vor Augen, dass er es mit Hals Unterarm an seinem Kehlkopf noch relativ gut gehabt hatte.

»Da ist noch mehr«, begann der Sweeper, nachdem er sich sicher sein konnte, dass die Schmerzen seines Prügelopfers nicht mehr lauter waren als seine Worte. »Ich weiß, dass einer der Einbrecher sagte: ›Nein, lieber da drüben.‹ Also, erklär es mir.«

Shaky versuchte, etwas zu sagen, doch seine Stimme war schwach. »Wenn ich das preisgebe, raubt Gurtis mir mein, egoistisch gesprochen, mir unvergleichlich heiliges Leben. Also zeiget mir bitte Eu'r gutes Herz und belastet mich nicht damit. Falls es Euch jedoch so sehr zerreißet, dieses zu erfahren, dann empfiehlt es sich, einfacherweis' Gurtis selbst zu fragen, wenn Ihr ohn'hin vorhattet, ihn sogleich zu stellen.«

Hal zog Shaky an seinen Haaren wieder auf die Beine, welche immer noch wie Pudding waren. Hätte er sich nicht an eine Wand lehnen können, so wäre er wahrscheinlich wieder umgefallen.

»Benutz mal deine Gehirnzellen, denn dafür sind sie da. Ich bin weitaus gefährlicher für dich als Heaven. Im Gegensatz zu ihm verfolge und finde ich Leute, kann mich frei bewegen und habe Beziehungen, die dafür sorgen können, dass du im schlimmsten Gefängnis des Landes versauerst. Das alles kann dein Boss nicht. Wenn du von hier abhaust, dann wird er dich in Ruhe lassen. Aber wenn du nicht mit mir kooperierst, bist du Geschichte.«

»Es tut mir wahrhaft leid, nur Ihr vergesst zweierlei Dinge. Zum einen beziehet Gurtis ebenfalls Verbindungen, die mich nach nicht allzu lang vergangener Zeit wieder vor seine Füße würfen. Zum anderen seid Ihr ein Sweeper. Ihr werdet mich nicht über die Grenze des Todes schmeißen. Ihr könntet mir fürwahr Schmerzen und Verletzungen beifügen, aber auch das nur bis zu einem bestimmten Grade. Gurtis hingegen kennt keine Grenzen. Und wenn ich zu Euren Gunsten so frei reden dürfte, dann ist Euch, obgleich Ihr ein an Erfahrung beispielhafter Kopfgeldeintreiber seid, folgende Nachricht vielleicht noch nicht zu Ohren gekommen, denn ansonsten wäret Ihr nicht hier. Bitte beherzigt, Gurtis als Feind zu haben, ist schlimmer als jedes Gefängnis dieser Erde.«

Bei Shakys letztem Satz zeigte sein Gesicht eine solch merkwürdige Mischung aus tiefster Angst und übergroßem Stolz, dass Hal zum ersten Mal bewusst wurde, wie gestört Shaky eigentlich war.

»Du hast gerade nichts gesagt, dass mich davon abhalten würde, so lange auf dich einzuschlagen, bis die Wahrheit von selbst aus dir herausquillt«, bluffte Hal.

»Doch damit das nicht passieret, verrate ich Euch ein anderes Geheimnis, auf dass Ihr mich zufrieden lassen könnt. Würde Euch ein solches Abkommen nicht munden? Na?«

»Ich soll Heavens Spitzel einfach so in Ruhe lassen, obwohl ich alles, was ich wissen will, aus ihm herausquetschen könnte?«

»Das könntet Ihr nicht. So glaubet mir. Aber ich unterzeichne für Euch einen Vertrag der Garantie, dass Ihr es nicht bereuen würdet, mir Euer Vertrauen geschenkt zu haben. Des Weiteren brennet Ihr doch bereits darauf, meinem König den nur am sehnlichst erwarteten Besuch abzustatten. Da rentierte sich die Zeit, die Ihr mir zukommen ließet, keinerleiwegs. Eventuell sei dann sogar schon die Zeit so weit verronnen, dass Euer Ziel nicht mehr an dem Platze verweilt, an dem Ihr ihn vermutetet.«

»Wenn das Geheimnis unnütz oder gar gelogen ist, bist du der Nächste auf meiner Fahndungsliste, unabhängig davon, ob auf dich ein Kopfgeld ausgesetzt ist oder nicht.«

»Ihr willigt also ein? Das Geheimnis für meine Unbeschadetheit?«

»Ja. Und jetzt sing.«

»Lalalaa!«, sang Shaky, allerdings verging ihm der kleine Spaß recht schnell, als er Hals Ungeduld aufbrodeln sah. »Verzeiht! Das war bloß meine unbedachte Geckheit. Euch wurde berichtet, dass welche von den alten Bewohnern das Dorf verließen, doch ich darf mit Fug und Recht behaupten, dass das nicht wahr ist. Sie allesamt weilen noch hier.«

»Was?«

»Alle vermeintlich weggezogenen Bürger werden entgegen ihrem freien Willen in Drewhound festgehalten. Mir ist nichts Genaues bekannt, doch ist mir aus sicherer Quell' ins Wissen geflossen, dass diese Gefangenen unter Folter gesetzt würden. Nun, versprach Ich Eurer Ehrbarkeit zu viel des Guten?«

»Das war informativ. Ich danke dir.«

»Somit lasset Ihr mich gewähren?«

»Selbstverständlich. Gleich nachdem du mich zu Heavens Versteck begleitet hast.«

Hal drehte Shaky zur Wand, holte ein Paar Handschellen aus seiner Jackentasche und legte sie ihm an. Dann führte er ihn zurück in die Bar.

Die Gäste fragten sich, was los war. Einige waren sogar im Begriff, Shaky zu Hilfe zu kommen, aber Hal hielt sie mit seinen Worten davon ab.

»Euer freundlicher Barkeeper arbeitet ab heute nicht mehr hier. Ich finde, Sie alle haben das Recht zu erfahren, dass er für einen der kriminellsten und gefährlichsten Männer des Landes arbeitet. Exakt den Mann, der sich in eurem Dorf verschanzt hat und den ich versuche aufzuspüren. Shaky gehört nicht einfach nur zu den *Fremden*, er arbeitet für sie als Spitzel, als Spion. Er hat sich nur unter euch gemischt, um euch auszuhorchen. Das war alles. Er war weder jemals euer netter Bekannter, geschweige denn Freund, noch hegt er irgendeine Sympathie oder Mitgefühl für euch.« Hal sah Geschocktheit, Entrüstung und Zorn in den Gästen aufsteigen. »Ihr könnt ihn später lynchen, aber jetzt brauche ich ihn noch.«

Shaky saß gefesselt auf dem Beifahrersitz. Seine Handschellen waren zusätzlich durch den Haltegriff über dem Fenster gezogen. Am Anfang der Fahrt redete er noch über allerlei Dinge, wie dass die Autos von früher alle schöner gewesen seien, dass die Jugend von heute die Sprache verkommen ließe oder dass es viel witziger gewesen wäre, wenn Fanta den Weihnachtsmann für sich als Werbefigur genutzt hätte und dieser dann statt coca-colarot fantagelb angestrichen worden wäre. Nur ging seine Sprechweise Hal nach wie vor ziemlich auf die Nerven, weshalb er ihm nach wenigen Minuten Sprechverbot erteilte.

Merkwürdigerweise fing Hal an, sich, kurz nachdem sein Beifahrer aufgehört hatte zu quasseln, immer schlapper zu fühlen.

Irgendwann kurbelte er sein Fenster komplett herunter. Er brauchte frische Luft. Doch die Brise reichte nicht, um einen klareren Kopf zu bekommen. Eine eigenartige Wärme begann, sich in seinem Körper auszubreiten. Er zog seine Sommerjacke aus und schmiss sie auf den Rücksitz, nur wirklich helfen tat es nicht. Zeitnah hatte ihn die Wärme wieder eingeholt.

Mit jeder verstreichenden Minute wurde ihm schwindeliger. Seine Augen fielen ihm manchmal zu und sein Kopf sank nach unten oder zur Seite, woraufhin er mit einem Ruck wieder bei Sinnen war, ganz ähnlich einer Person, die zu müde ist, um wach zu bleiben.

Schließlich entschloss er sich, am Wegesrand anzuhalten. Er stieg aus und versuchte, ein paar Schritte zu gehen. Er konnte nicht aufhören, sich wie ein Betrunkener zu fühlen. Immer wenn er seinen Kopf auch nur leicht in eine Richtung bewegte, folgte sein Oberkörper gleich mit und alles artete weit größer und unbeholfener aus, als es eigentlich hätte sein sollen. Eine verschwommene Sicht sowie ein viel langsamer arbeitendes Gehirn hielten ihn jedoch nicht davon ab, Shakys zufrieden grinsendes Gesicht zu sehen und zu kombinieren, dass er irgendwann irgendwo irgendwie einen Fehler gemacht hatte.

»Was … Wie …?«, war alles, was er vor Schwäche herausbrachte.

»Mir lag der Gedanke nahe, Ihr würdet gar nicht mehr der Ohnmacht entgegenlaufen. Ich sprach unser Gespräch aus gutem Grund in die Läng'. Welch überwält'gendes Gefühl, wenn man sieht, wie alles so beglückend klappet. Was bedrücket Euer Gemüt, o holder Meister des Sweepertums? Sind es Eure schwindenden geistigen Kräfte? Ergibt für Euch vielleicht die Frage nach dem Ursprung für die momentane Verfassung Eurer sonst so klaren Sinne keinen klaren Sinn? Ist es etwa das Unvermögen, die Komplexheit unserer Genialität zu erfassen? Oder obsiegt in Euch mut'gem Mannsbild gar die Angst vor Eurem unvermeidlichen Schicksal?«

Hal schenkte Shakys Worten kaum Beachtung. Er hörte ihn ohnehin kaum noch. Seine Stimme flog irgendwo herum, doch klang sie in seinen Ohren so dumpf, als tauchte er unter Wasser. Die Luft wurde auf der einen Seite mit einem Mal ganz fest und roch entfernt nach Erde. In seinem Kopf gab es nur noch ihn selbst. Seine Gedanken waren das Einzige, was er wirklich noch wahrnahm. Und nachdem ihm seine Augen bereits zugefallen waren und sich seine restlichen Gehirnaktivitäten ihrem Ende zuneigten, krochen mit letzter Kraft ganz leise zwei Worte über seine Lippen: »Die Sprite.«

KAPITEL 12

Hal kam langsam wieder zu sich. Er lag auf einem harten Boden und verzog das Gesicht vor Kopfschmerzen. Es dauerte ein paar Sekunden, bis er nicht mehr verschwommen sah. Der Raum war quadratisch und nicht größer als fünfundzwanzig Quadratmeter. Der Boden war mit weißen Fliesen ausgelegt. Die Wände hatten einen grünen Anstrich. In einer oberen Ecke waren eine Lautsprecheranlage sowie eine Überwachungskamera angebracht. In den anderen Ecken hing jeweils ein metallenes, Ball ähnliches Konstrukt mit Löchern. Das Auffälligste in diesem Raum waren jedoch die Türen. Die eine war schwarz und eisern. Die andere lag ihr gegenüber und war eine silberne Stahltür, die nach Hals Einschätzung an die zwanzig Zentimeter dick sein mochte. Das wirklich Besondere war jedoch, dass an ihr ein Safeschloss angebracht war wie bei einem Banksafe.

Hal brauchte etwas, um sich zu erinnern, was passiert war. Er war durch die Ohnmacht noch etwas erschöpft und ein bisschen duselig im Kopf, ansonsten war er wohlauf. Er hatte weder Verletzungen noch war ihm neue Kleidung an- oder alte ausgezogen worden. Selbst seine Wurfmesser prangten noch immer an seiner Hüfte. Als er durchs Schlüsselloch der schwarzen Tür spähte, konnte er nichts erkennen. Dahinter war alles in Dunkelheit getaucht.

Die löchrigen Kugeln, wie Hal sie taufte, beunruhigten ihn. Mit genügend Anlauf sowie ein paar Schritten an der Wand schaffte er es, sie zu berühren. Wie er vermutet hatte, bewegten sie sich nicht einen einzigen Millimeter. Sie waren so fest angebracht und derart stabil, dass er an ihrer Position oder Funktionsfähigkeit nichts würde ändern können.

Anders sah es da schon mit der Überwachungskamera aus. Genau wie bei den Kugeln musste Hal auch hierfür an der Wand hochlaufen. Er berührte die Kamera und wusste, dass, wenn er sich das nächste Mal daran festhielte, er sie vielleicht nicht abreißen, aber zumindest mit einem seiner Messer kaputtmachen könnte.

Hal schaute in die Kamera. »Ich bin geneigt, die Linse einzuschlagen. Wenn Ihr also weiterhin euer Tier im Zoo beobachten wollt, dann sollte jetzt irgendetwas passieren. Schön wäre zum Beispiel meine Freilassung.«

Während er noch auf eine Antwort wartete und bereits kurz davor war, seine Ansage wahr zu machen, öffnete sich die schwere silberne Stahltür und eine seltsame Erscheinung trat herein. Sie war überaus groß, hatte ihre zausigen, braunen, bisweilen stark ergrauten Haare zu einem Pferdeschwanz gebunden und trug eine schwarze Brille mit kleinen, runden Gläsern, die jedoch nicht die tiefen, von Müdigkeit und Stress gezeichneten Augenringe verbergen konnten. Auf ihrem weißen Laborkittel klebten dunkle Blutflecken. Ihre Finger waren wie ihre Statur lang und dünn. Sie war wie ein junger Weidenbaum, dessen Äste zwar nicht dick, dafür aber stabil genug waren, um daran hinaufklettern zu können. Diese abstruse Gestalt bewegte sich irgendwie eckig. Ein normaler Mensch eignet sich mal mehr, mal weniger runde, geschmeidige Bewegungen an, doch nicht diese menschliche Hülle. Bei ihr hatte alles etwas Abgehacktes; was auf die eine Art sehr ungewohnt und eventuell sogar unangenehm anzusehen war, schaffte es auf die andere, einen durch ihre Andersartigkeit in den Bann zu ziehen. Heaven hob die Hand zur Begrüßung.

»Hi, Hal.«

Umgehend steckte ein Messer in seiner Hand. Hal hatte eines seiner Wurfgeschosse auf sie gefeuert und getroffen. Ohne eine schmerzhafte Reaktion zu zeigen, zog Heaven die rotverschmierte Klinge aus seiner Hand. Blut begann, aus der Wunde zu triefen.

»Morphium«, erklärte Heaven nüchtern. »Hal, lass uns reden oder dein Sohn ist tot.«

Hal hielt seine Hand bereits griffbereit an sein zweites Messer, doch nach der Drohung hielt er mit seinem Vorhaben inne. Heaven schloss die Stahltür hinter sich. Hal hatte zuvor einen Blick in den Raum dahinter erhaschen können. Er hatte die gleiche Größe wie der, in dem er stand, hatte ebenfalls weiße Fliesen, die Wände waren mattgelb gestrichen und auf der gegenüberliegenden Seite gab es ein weiteres Exemplar der schwarzen Tür, wie sie auch hier hinter Hal vorzufinden war.

»Gib mir deine Messer«, fuhr Heaven fort. »Ich finde, nachdem ich so nett war, dich am Leben zu lassen und dir als Zeichen der Güte nicht einmal deine Waffen abgenommen habe, hast du es dir nicht mehr verdient, diese auch benutzen zu dürfen. Na los, gib schon her. Zwing mich nicht, das Leben deines Sohnes noch einmal zu bedrohen.«

Hal band sein Wurfset ab und warf es Heaven in die Arme.

»Geht doch. Ich kann ihn dir auch gleich zeigen, damit du überzeugt bist. Ich nehme an, das ist in deinem Interesse. Aber alles zu seiner Zeit.«

»Heaven.«

»Ach, Hal. Duz mich doch einfach.«

»Ich bleibe lieber bei Heaven.«

»Gut. Dann reden wir eben nicht weiter, bis du mich mit meinem Vornamen ansprichst.«

»Gut. Warten wir halt.«

Zwei Minuten, in denen nichts passierte, später, atmete Hal genervt aus. »Gurtis.«

»Geht doch.«

»Muss ich wirklich fragen, warum ich hier bin, oder kannst du es dir ernsthaft nicht denken, dass ich diese Info gerne hätte?«

»Hal, frag mich doch einfach. Ich habe keine Geheimnisse vor dir.«

»Also, warum bin ich hier? Was hast du vor?«

Heaven betrachtete seine blutende Wunde, presste interessiert an ihr herum und testete erfolgreich die Beweglichkeit seiner knochigen Finger. »Du weißt, ich liebe Experimente. Ich liebe sie. Und das hier, das zwischen dir, mir und Drewhound, ist das größte meines Lebens. Es ist mein Geschenk an die Welt, mein Eintrag in die Geschichtsbücher, meine Symphonie, mein Thron auf der Evolution. Ich zeige dir mal die Krone, die du mir aufsetzen wirst.«

Heaven griff mit seiner verletzten Hand in die Innentasche seines Kittels und holte eine Spritze hervor, die mit einer pinken Flüssigkeit gefüllt war.

»Das wirst du dir gleich freiwillig spritzen.« Es klang nicht wie eine Anordnung, mehr wie eine Vorhersage.

»Freiwillig? Und ich werde in keinster Weise in diese Richtung erpresst?«

»Tatsächlich nicht. Ob du es tust oder nicht, wird keinerlei Einfluss haben weder auf meine noch auf die Aktionen meiner Angestellten.«

»Und was passiert, wenn ich es mir injiziere?«

»Dann passiert dir nichts. Das ist es ja.«

»Weil sonst was passiert?«

»Das, was mit allen anderen passiert ist.«

»Was heißt ›mit allen anderen‹?«

»Die komplette Einwohnerschaft von Drewhound.«

Hal erschrak. Er wurde ungeduldig und aggressiv. »Lass dir gefälligst nicht alles aus der Nase ziehen. Jetzt rück schon mit allem raus.«

»Entschuldige, Hal. Du hast natürlich recht. Die Zeit ruft. Ich genieße es gerade einfach nur, da ich mich schon so lange darauf gefreut habe. Du kannst dir nicht mal ansatzweise vorstellen, wie sehr das Dorf bis vor einer Stunde noch unter meiner Kontrolle stand. Jetzt kann ich es nicht wirklich mehr behaupten, da dort nun das absolute Chaos herrscht. Aber zu meiner Verteidigung muss ich sagen, dass ich genau das wollte. Seit Wochen haben wir alles kleinlichst vorbereitet. Überall sind Überwachungskameras justiert. Natürlich sind die bei Weitem nicht so groß wie die da oben und exzellent versteckt.«

»Waren dafür die Einbrüche?«

»Richtig. Das ist aber noch nicht alles. Zusätzlich haben meine Leute unzählige kleine Giftgasbehälter im gesamten Dorf verteilt.«

»Giftgas?«

»Keine Angst, niemand ist tot. Aber ich kann dir Brief und Siegel darauf geben, dass, abgesehen von drei Menschen, jeder es eingeatmet hat. Rate mal wer.«

»Du, ich und mein Sohn.«

»Falsch.«

»Was hast du ihm angetan?«

»Nein, nein. Ich selber habe es eingeatmet. Deinem Fleisch und Blut geht es gut. Relativ gut. Und jetzt sieh mich an. Ist irgendetwas mit mir los? Hat mich das Gas auf irgendeine sichtbare Art verändert? Nein. Und das kommt nur wegen dieses schwulfarbenen Wunderquells.« Heaven spielte zwischen seinen nahezu ekelerregend langen Fingern mit der Spritze herum und zeigte sie Hal voller Stolz. »Dieses unsagbar komplexe

Gemisch macht einen immun gegen das Gas. Mach dir wegen der Inkubationszeit keine Sorgen. Das verläuft hiermit etwas anders. Dir jetzt allerdings von der Wirkung des Gases zu erzählen, würde deine Vorstellungskraft sprengen. Du würdest mir ohnehin nicht glauben, weshalb du gleich eine Livedemonstration erleben wirst. Damit dürfte alles schneller gehen. Wie heißt es doch so schön: Ein Bild spricht mehr als tausend Worte.«

»Versuch es trotzdem mal.«

»Kurzum: Die Opfer verwandeln sich in Monster.«

»Sie werden verrückt?«

»Mehr blutrünstig als verrückt. Aber es geht eher darum, dass sie sich wortwörtlich in Monster verwandeln. Du weißt schon … Buähh!«

»Du verarschst mich doch.«

»Das ist ja das Tolle. Ich tue es eben nicht.«

»Und warum willst du mir das Antiserum geben? Womit habe ich es verdient?«

»Ach, Hal.«

»Ach, Gurtis.«

»Jedes Experiment braucht einen abschließenden Praxistest mit einer Versuchsratte. Das Weltall hat Affen und Drewhound hat dich. Ich besitze die Fähigkeit, Lebewesen auf eine Weise zu verändern, die seit jeher als unmöglich galt. Kannst du dir ausmalen, was das für eine Macht ist?«

»Und was ist dein eigentliches Ziel?«

»Die größtmögliche Faszination. Und du, der legendäre Sweeper, der wie kein anderer es vermochte, mich zu jagen, bist der faszinierendste und qualifizierteste Mensch, den ich kenne, und somit perfekt, um mein Spiel zu spielen. Ich will, dass der große Hal Furbita vor Angst schlottert. Du wirst leiden und ich werde mich dabei köstlich amüsieren. Diese Hölle ist nur für dich und du wirst darin verbrennen.«

»Gurtis, dir ist hoffentlich bewusst, dass ich dich nicht ungeschoren davonkommen lassen werde.«

»Na dann scher mich doch! Lass mich dir aber erst erklären, was du vorher noch alles zu tun hast. Um die Tür hinter mir zu öffnen, benötigst du neben vier Zahlen zwischen 0 und 99 auch die jeweilige Richtung, in die du die, ich nenne sie mal Drehscheibe, drehen musst. Ich werde dir über Funk immer wieder Aufgaben erteilen, denen Folge zu leisten ist. Als Belohnung winken dir eine Ziffer des Codes oder die Angabe *rechts* oder *links*. Solltest du glauben, dass du nicht alles tun musst, da du auch raten könntest, ob du nach links oder rechts drehen musst, wartet irreparable Folter auf meine Geisel. Das Gleiche gilt natürlich für jedwede Regelwidrigkeit wie der Versuch des Knackens des Schlosses oder das willige Zerstören einer Kamera. Solltest du versuchen, aus Drewhound zu fliehen, oder nicht vor Sonnenaufgang den Code komplettiert haben, stirbt dein Sohn und ich bin weg.«

»Was sind das für Aufgaben?«

»Das wirst du dann von mir hören.«

»Ich werde aber niemanden töten.«

Heaven grinste. »Auch nicht, um deinen Sohn zu retten? Ein Leben für das andere. Das ist nur natürlich, Hal. Auch wenn du es dir nicht eingestehen willst, aber nicht jedes Leben ist gleich viel wert. Stell sie dir wie Steinblöcke vor, die zu einer Pyramide gestapelt worden sind. Zwar besteht jeder Stein aus dem gleichen Material, dennoch sind manche von ihnen dazu berufen, auf den anderen zu liegen, und nur ein einziger darf sich rühmen, ganz oben zu sitzen.«

»Du lässt außer Acht, dass ohne die unteren Steine keine Basis existiert. Ohne sie kann es keine Pyramide geben. Hingegen ist es kein Problem, wenn der oberste Stein herunterfällt. Das stört das Konstrukt nicht.«

»Ach, Hal. Es ist nur eine Metapher. Niemand sagt: ›Ich will unbedingt auf die zweitoberste Steinreihe klettern.‹ Alle wollen nach oben. Auch du. Von da oben hat man einfach den besten Ausblick. Letztendlich kann es nur einen besten Stein geben und das haben alle Steine zu tolerieren, bei jeder Pyramide, egal ob groß oder klein.«

Heaven schaute kurz in die Kamera. Dann überreichte er Hal das angebliche Antiserum. Sein warmes Blut klebte noch daran.

»Hier ist deine Spritze. Jetzt willst du sie dir bestimmt noch nicht setzen, aber in wenigen Minuten sieht das schon ganz anders aus. Versprochen.«

Hinter Heaven öffnete sich die Stahltür. In dem gelben Raum, wo zuvor nichts gewesen war, befanden sich nun zwei Personen, die Hal mehr als überraschten. Dorothea saß gefesselt und geknebelt auf einem Stuhl in der Mitte und ein kräftiger junger Mann stand hinter ihr und hielt ihr eine Spritze an den Hals. In seinen Haaren haftete noch Gel vom Vortag und er war unsauber rasiert. Als Dorothea Hal sah, riss sie vor Freude ihre Augen auf. Sie versuchte, ihm etwas zuzurufen, aber der Knebel ließ nur ein Gemurmel zu.

»Wie sagt man doch so schön: You got punk'd! Wir haben überhaupt nicht deinen Jungen, sondern nur dieses halbwegs menschliche Geschöpf. Sie ist die einzige übriggebliebene unveränderte Dorfbewohnerin und somit ein absolutes Unikat, das es zu beschützen gilt. Ist das nicht wunderbar? Du wirst für sie nach meiner Pfeife tanzen. Für sie, Hal. Ist das nicht witzig?«

»Aber sie ist mir scheißegal. Ich hasse sie. Sie ist so was von abstoßend, dass mir egal ist, was mit ihr passiert.«

Dorotheas Augen füllten sich mit flüssigem Schmerz.

»Hal, wir wissen beide, dass du sie trotzdem retten willst.«

»Das ist es ja. Ich will es eben nicht. Mir graut es davor, dass ich es nach ihrer Befreiung ein Leben lang mit ihrer Dankbarkeit zu tun haben könnte. Von daher bring sie ruhig um oder lass sie laufen. Mir geht es am Arsch vorbei. Hauptsache ich muss nichts mehr mit ihr zu tun haben.«

Dorothea weinte. Sie spürte nur, wie ihr verkorkstes Herz auseinanderriss, und besaß nicht das analytisch-rationale Denken, das sie bräuchte, um den Sinn hinter Hals brutalem Aussprechen von Halbwahrheiten zu durchschauen. Heaven dagegen tat dies ohne Probleme.

»Weißt du, was in der Spritze ist?« Heaven deutete auf die Spritze, mit der sein Handlanger Dorothea bedrohte. »Es handelt sich um eine Säurespritze, wie man sie gerne im Iran bei Straßenhunden benutzt. Kannst du dir vorstellen, was mit ihr geschieht, wenn mein treuer Freund hier es ihr spritzt?«

»Sie stirbt.«

»Harmlos ausgedruckt, ja. Bevor sie das Zeitliche segnet, zerfallen ihre Organe auf unvorstellbar qualvolle Weise. Sie verkocht innerlich, langsam und unaufhaltsam. Und wenn du mich noch einmal belügen solltest im Hinblick auf dein Desinteresse, sie zu retten, dann geht ihr Leben indirekt auf dein Konto.«

»Und wenn sie stirbt, mache ich euch beide fertig.«

»Bevor du das schaffst, sind die Räume bereits mit Gas gefüllt und du bist des Todes.«

Heaven wechselte die Position mit seinem Handlanger und nahm dessen Spritze entgegen, sodass Hal nun mit dem anderen in einem Raum stand.

»Wenn du die erste Reifeprüfung überstehst«, erzählte Heaven weiter, »wirst du einige Dorfbewohner etwas bearbeiteter vorfinden, als es das Gas alleine hätte schaffen können. Das ist auf meinem Mist gewachsen. Übrigens brauchst du dich bei deinen Gegnern nicht zurückzuhalten. Wer einmal mutiert ist, verwandelt sich nie wieder zurück. Tob dich also ruhigen Gewissens aus. Und ich verspreche dir, ich werde ihr kein Haar krümmen und du wirst sie lebendig wieder vorfinden, sofern du natürlich die Zahlenkombination rechtzeitig eingibst. Bis hierhin noch irgendwelche Fragen?«

»Habe ich überhaupt eine Chance, es zu schaffen?«

»Die hast du wirklich. Ich will sogar, dass du es schaffst. Niemand will seinen Lieblingshelden sterben sehen. So, dann entfache ich jetzt mal das Feuer.«

Kurz nachdem Heaven seine letzten Worte gesprochen hatte, drückte sein Handlanger die schwere Stahltür zu. Die zwei eingesperrten Männer kreuzten ihre Blicke.

»Wirst du zu diesem Irrsinn gezwungen oder machst du es aus freien Stücken?«, fragte Hal.

»Alles freiwillig. Das schockiert dich, was? Tja, Meister Gurtis lässt uns in der Nahrungskette nach oben rutschen. Er macht uns zu Übermenschen. Er ist Gott, wir sind seine Engel und du bist der Teufel.«

Hal ließ sich diese Überzeugung noch in den Ohren zergehen, als plötzlich aus jedem Loch der Kugeln in den Ecken Gas entströmte und die Luft zu verschwimmen begann. Erst schützte er seine Atemwege noch mit seinem Oberteil, flacher Atmung und Luft anhalten, aber selbst die beste Gegenwehr konnte dem Gas nicht ewig standhalten. Und bereits viel früher als erwartet, öffneten seine Lungenflügel die Pforte und der ungebetene Besuch flog herein.

31 LETIPAK

Wie ein Wasserdamm, der durch ständigen Druck Risse bekommt und immer schneller bricht, flutete auch das Gas durch Hals Körper. Geschockt riss er seine Augen auf, denn seine Organe fühlten sich an, als formten sie Knoten. In seinem Kopf startete ein Flugzeug und es war kurz davor, in die Luft zu steigen und seinen Kopf gleich mit abzureißen. Das Gas ließ ihn zittern und schwitzen zugleich. Hal hätte schwören können, dass er schier verkochte. Ob er nun schrie oder nur schmerzverzerrt stöhnte, war ihm nicht bewusst; zu stark pochte sein Körper, um auch noch auf solche Nebensächlichkeiten achten zu können. Seine Muskeln verkrampften sich, aber schienen sich gleichzeitig auszudehnen. Jede einzelne seiner Zellen spielte verrückt. Es fühlte sich an, als wüchsen sie und veränderten seine Körperstruktur. Hatte Heaven etwa die Wahrheit erzählt? War es ihm tatsächlich gelungen, eine Formel zu finden, die Menschen in waschechte Monster verwandelte?

Hal packte die Panik.

Mit seinen vor Druck fast aus dem Kopf ploppenden Augen konnte er nur noch verschwommen sehen. Allerdings benötigte es keiner scharfen Sicht, um zu erkennen, dass es Heavens Handlanger nicht anders erging. Seine zuwider verkrampfte Haltung musste von einem entsetzlichen Vorgang in seinem Körper herrühren.

Hal verstand, dass die Spritze, die er irgendwann, ohne es gemerkt zu haben, fallen gelassen hatte, sein einziger Ausweg aus dieser Situation sein würde. Wieso sollte Heaven ihn diesbezüglich angelogen haben? Das Schlimmste, was passieren könnte, wäre, wenn das pinke Antiserum nicht wirkte und nur dazu diente, ihm falsche Hoffnungen zu machen, doch das bezweifelte er. Selbst wenn es kein Gegenmittel sein sollte, könnten seine Schmerzen nicht grausamer werden.

Mit dem Gedanken *Wenn ich auf der Stelle sterben würde, wäre es okay* tastete er auf dem Boden nach der Spritze. Als er sie fand, versuchte er, sie sich in die Armbeuge zu injizieren ... aber er zögerte.

Plötzlich hörte er ganz leise die Stimme Heavens. Er meldete sich über die Sprechanlage zu Wort. »Du kannst keine Vene in deinem Arm mehr erkennen, was? Dann ramm dir die Nadel in den Hals!«

Wahrscheinlich war seine Stimme lauter, als Hal sie vernahm, denn das Dröhnen in seinem Schädel ließ seine Gehörgänge verklumpen. Er zögerte kaum länger als eine Sekunde und stieß sich die Nadel seitlich in den Hals.

Als er sich den Inhalt spritzte, hätte er Heaven die Füße küssen können. Hal hatte sich für den privaten Spaßgebrauch nie für stärkere Drogen als Alkohol interessiert, aber genau so stellte er sich vor, musste sich ein Junkie fühlen, wenn er sich einen Schuss Heroin setzt. Ein Schwall der Erleichterung huschte durch seinen Körper. Als nähme ihm jemand einen viel zu schweren Rucksack nach einem viel zu langen Marsch ab. Nichtsdestotrotz spürte er noch die Nachwirkungen des Gases. Seine Zellen waren gefoltert worden und solch eine Tortur hinterlässt ihre Spuren. Aber im Moment obsiegte eindeutig die Hysterie der Rettung.

Als sich auch das Dröhnen in seinem Schädel allmählich verabschiedete, zerriss es schier seine Ohren, da er nun die immer lauter werdenden Schreie seines Raumnachbarn mitbekam.

Hatte er schon die ganze Zeit über so geschrien? Waren auch Hal solche von Qualen zerfressende Laute aus dem Rachen gekommen? Und wie laut musste Heaven in die Sprechanlage gebrüllt haben, damit Hal ihn hatte hören können?

Obwohl er sich sehr schnell von den Strapazen erholte, blieb eine sonderbare Schwummerigkeit in ihm zurück. Es war ähnlich einem gewissen angetrunken sein, doch irgendwie noch mal anders. Als hörte er unter Wasser Musik, nur dass das Wasser weniger dicht war.

Als Hal sich selbst nun auf äußerliche Veränderungen hin untersuchte und den leidenden Handlanger dabei nicht aus den Augen ließ, machte sich Heaven wieder über die Sprechanlage bemerkbar.

»So wie du aussiehst, scheint dir meine Medizin wohl geholfen zu haben. Das war Rettung in letzter Sekunde. Hättest du nur etwas länger gewartet, wäre es für dich nicht mehr möglich gewesen, die Transformation noch aufzuhalten.« Hal fiel es schwer, Heavens Worten zu folgen, da die Schreie des anderen noch immer nicht aufgehört hatten. »Du hättest geendet wie er.«

Jetzt erst sah Hal die dicken lilafarbenen Venen, die sich durch das zum Teil aufgerissene und -geplatzte Gesicht, den Hals und die Hände von Heavens Gefolgsmann zogen. Sie bewegten sich auf und ab, als versuchten Blutklumpen hindurchzufließen. Hinzu kam eine Verfärbung der Zähne und Fingernägel. Ob sie tatsächlich rasch verfaulten, konnte er nicht sagen, in jedem Fall waren sie nun schwarz.

»Siehst du, was mit seinen Augen passiert?«, fragte Heaven freudig.

Hal konzentrierte seinen Blick auf die Augen des Handlangers. Zwischen zwei rasch gewechselten kümmerlich verkrampften Haltungen konnte er erkennen, dass sich dessen Augäpfel komplett mit Blut füllten. Aus diesen nun zur Gänze rot gefärbten und fast herauszufallen drohenden Augen lief der Lebenssaft in winzigen Blutfällen über sein Gesicht. Hal hatte in seinem Leben bereits einige sehr brutale und unangenehme Szenen mit angesehen, doch diese war zu surreal, um ihn nicht zu schocken. Was allerdings danach passierte, verpasste ihm eine Gänsehaut und erschütterte ihn bis ins Mark.

Kaum hatte Heaven »Warte erst mal seine Stimme ab« verlautet, begann das Geschrei seines Handlangers, sich allmählich zu verfinstern. Die Lautstärke nahm ab und wandelte sich von einem gequälten Schmerzerguss zu einem bedrohlichen Angriffslaut, dessen Tonlage dermaßen tief wurde, dass es Hal unverständlich war, wie ein menschliches Wesen imstande sein konnte, so etwas von sich zu geben. Noch schlimmer war jedoch die Intensität, mit der die Stimme Hals Körper erschütt-tterte. Auch wenn die Lautstärke ungleich leiser war als das Aufschreien von zuvor, glich die Stimme einem starken Bass aus einer erstklassigen Soundanlage. Hal spürte jedwede Schwingung in seinem gesamten Körper, insbesondere jedoch direkt an seinem Herzen.

»Schockierend, nicht wahr?«, fragte Heaven. »Und wunderschön zugleich. Hast du schon mal solch eine göttliche Metamorphose gesehen?«

Hal blieb die Spucke weg. Es fühlte sich an, als wäre er in einem Traum gefangen. Innerhalb von nur wenigen Sekunden hatte sich sein Weltbild zu einem Großteil verändert. War es zuvor noch ein humoristischer Humbug gewesen, an so etwas wie Monster zu glauben, war es ihm nun unmöglich, diesen Wahnsinn zu dementieren, denn er sah, hörte und fühlte es mit seinen eigenen Augen, Ohren und dem Herzen. Ein Wesen, das direkt aus der Hölle entstiegen sein konnte, stand nur ein paar Meter von ihm entfernt und fixierte ihn mit Todesverachtung.

Auch wenn es absolut untypisch für den Sweeper war, so wollte er dennoch am liebsten das Weite suchen. Die Präsenz des Unmenschen war so paralysierend und bedrückend, dass er nur noch weg von ihm wollte. Entgegen seinem inneren Drang stellte er sich allerdings auf einen bevorstehenden Kampf ein. Auch wenn die Augen des Handlangers durch die Überblutung unlesbar geworden waren, so sprachen seine nach unten gerichteten Augenbrauen, die gefletschten Zähne und die zum Angriff bereit gespannte Körperhaltung eine eindeutige Sprache.

»Pass auf. Er ist jetzt sogar noch um einiges stärker, als er ohnehin schon aussieht«, drang es aus der Sprechanlage.

Hal blieb kaum Zeit, darüber nachzudenken, denn sobald Heaven »Ich gebe dir zwanzig Sekunden« gesagt hatte, stürmte er auch schon auf das Monstrum zu.

Noch immer die Spritze in der Hand haltend, wehrte er mit seinem freien Arm den Faustschlag des Handlangers ab, drückte dessen überraschend starken Arm nach unten und rammte ihm die Spritze in sein rechtes Auge. Der Handlanger stöhnte vor Schmerzen lauthals auf und brach durch sein rasches Wegdrehen die Nadel ab.

Hal warf den Rest der Spritze über seine Schulter und heftete sich an das Ungetüm, das versuchte, sich nun vom Kampfgeschehen zu entfernen. Er wühlte seine mittlerweile freie Handfläche durch die um sich wirbelnden Arme des Gegners, positionierte sie unter dessen Kinn und schmetterte den gepackten Kopf mehrmals gegen die Wand, woraufhin ein Blutfleck an ebendieser Stelle erschien. Im Anschluss fasste er mit seiner anderen Hand dem nun benommenen Gegner zusätzlich an den blutigen Hinterkopf. Dann brach er ihm das Genick, auf dass nach einem lauten Knacken sein entstellter Körper leblos zu Boden fiel.

Noch dabei zu realisieren, dass er gerade zum ersten Mal getötet hatte, schallte Heavens zufriedenes und stolzes Lachen durch den Raum.

»Hahahahahaha... Bravo! Welch ein Meister seines Fachs!«

Hal versuchte, seinen Atem zu beruhigen. Er blickte den Mann am Boden an und spürte Wut in sich aufsteigen.

»Ich verstehe es nicht. Wie kann man sich für so etwas nur hergeben?«

»Du wärst überrascht, wie viele sich mit dem nötigen Kleingeld, den richtigen Drogen und falschen Argumenten benutztzen lassen.«

»Macht es dir nicht mal ein bisschen was aus, deine Untergebenen so auszunutzen und ihre Leben zu zerstören?«

»Nicht wirklich.«

»Und hast du jetzt jeden einzelnen deiner loyalen Leute geopfert und in solche Monster verwandelt?«

»Die in Drewhound, ja. Für die Wissenschaft. In deren Augen bist du übrigens ein Monster. Ich weiß selbst nicht, wie sie das anstellen, aber sie reagieren nur feindselig auf diejenigen, die vom Gas verschont geblieben sind.«

»Ergo bist auch du in Gefahr?«

»Nun, Hal, in der Tat stehe ich genauso auf der Beuteliste wie du. Der Unterschied zu dir ist nur, dass ich weiß, dass ich heil hier rauskomme.«

»Wie kannst du dir da so sicher sein?«

»Wissen. Aber genug davon. Die Zeit läuft und bevor es aller Nächte Morgen wird, sollten wir lieber noch einmal eine extra Facette des Spiels durchgehen.«

»Die da wäre?«

»Mein guter Freund, ich versuche, es dir jetzt mal schweren Herzens unschonend beizubringen. Du wirst dich nicht nur um die Zahlenkombination des Schlosses kümmern müssen, sondern auch um deine unbeschadete Gesundheit. Und damit meine ich nicht die Auseinandersetzung mit den niedlichen Bewohnern Drewhounds, sondern vielmehr die Gefahr, die aus deinem Innern heraus wächst. Kurzum du hast doch nicht ernsthaft geglaubt, dass ich mich erstens darauf verlassen würde, dass du Sprung ins Feld in jedem Fall für diese fette Blödbratze losziehen würdest, und zweitens ich dir das Gegenmittel gebe, wodurch ich niemals in den Genuss deiner Verwandlung kommen könnte?«

»Was meinst du damit?«

»Du Hal-les Köpfchen hast mich schon richtig verstanden. Du kannst immer noch eine Karriere als freakige Zirkusattraktion anstreben. Die Spritze, die du dir verabreicht hast, hilft dir lediglich temporär. Denk doch mal nach. Eine normale Inkubationszeit dauert normalerweise mehrere Tage. Diese Injektionen hingegen halten das Virus nur auf und zerstören es nicht, denn dies tut es von selbst. Nach wenigen Minuten, wenn überhaupt so lange, versterben die Viruszellen. Das ist auch gut so, da die Opfer sich sonst einfach immer weiter verformen würden, was durch Überanstrengung unweigerlich zu einem schnellen Tod führen würde. Wenn du dir nun eine Spritze verpasst, sterben die Viren zwar noch nicht, aber du hältst quasi die Zeit an. Wenn das Intervall zwischen den Injektionen zu groß wird, verwandelst du dich und ehe es zu spät ist, bist du einer von denen. Erst wenn du dir oft genug das Antiserum injiziert hast und die Viren immer wieder stagnieren mussten, haben sie ihre Lebensenergie aufgebraucht. Ich zum Beispiel hatte eine ganz entspannte langsame Infusion. Ich lag am Tropf, bis ich immun war. Wie du mitgekriegt hast, habe ich meinen Untergebenen weisgemacht, dass sie durch das Gas viel stärker und übermenschlicher würden, und ich habe nicht gelogen. Das kann man mir nicht vorwerfen.«

»Stimmt. Du hast eine weiße Weste. Wenn man dir folgen will, darf man sich später auch nicht beschweren, wenn es für einen mal unglücklicher laufen sollte, als einem je lieb sein könnte.«

»Redest du da von dir selbst?«

»He?«

»Du bist mir gefolgt und jetzt badest du deine selbst eingelassene Badewanne aus. Klingt, als würde da jemand den Film nicht mögen, für den er das Kinoticket bezahlt hat.«

»Herr Doktor, wenn ich Sie besuche, rechne ich schon vorher damit, dass Sie mir eine schlechte Nachricht überbringen könnten.«

»Nette Formulierung«, pflichtete Heaven ihm bei.

»Also wie läuft das jetzt ab? Du stellst mir Aufgaben und wenn ich diese erfülle, erhalte ich die Ziffern und Drehrichtungen für das Schloss sowie hin und wieder als Belohnung einen Spritzer von dem pinken Zaubersaft?«

»Ganz simpel, oder?«

»Ganz simpel.« Hal sagte dies, doch im Hinterkopf malten sich bereits Unbehagen und Angst an die Wände.

»Du wirst leiden und ich werde mich dabei köstlich amüsieren. Diese Hölle ist nur für dich und du wirst darin verbrennen.«

Obwohl Hal diese Schokolade nicht schmeckte, zerschmolz sie ihm auf der Zunge und verklebte seinen Mund so sehr, dass er nicht antworten konnte. Nach einigen Sekunden, in denen er förmlich Heavens Genuss auf sich kleben spürte, fuhr Heaven fort.

»Ist dein Gehirn auf Stillstand gestellt? Den Schlüssel für die Tür hat der arme Kerl, dem du seinen Kopf verdreht hast.«

Diese kurze Ansage ließ Hals Oberstübchen wieder arbeiten. Die Pause war vorbei und er begann, die Taschen des Handlangers abzutasten. Als er dem Leichnam so nah war, konnte er nicht glauben, was ihm seine Augen hier erzählten. Die lilafarbenen Venen des Handlangers waren nach wie vor in Bewegung. Für eine kurze Zeit fragte er sich, ob der tote Körper nicht vielleicht doch noch nicht tot war und gleich wie in fast jedem Horrorschinken wieder aufwachen oder gar aufschrecken würde. Allerdings rückte dieser Gedanke recht schnell wieder in den Hintergrund, da sich die Vernunft in den Vordergrund drängelte. Er hatte diesem einfältigen Kerl das Genick gebrochen. Zudem sprach dessen absolut leer gehauchtes Gesicht genug, um zu verstehen, dass er sich nie wieder erheben würde.

Hal nahm sich die Freiheit, seine mit Blut verschmierten Hände an der fremden Kleidung zu trocknen.

Schließlich fand er einen kompliziert geschliffenen Schlüssel in der rechten Gesäßtasche. Nach kurzem Betrachten probierte er ihn an der eisernen schwarzen Tür aus und öffnete erfolgreich die Tür zu seiner Unterwelt.

41 LETIPAK

Alles war dunkel. Kein Geräusch war zu hören. Hal tastete nach einem Lichtschalter neben der Tür. Er fand einen und hoffte, dass beim Betätigen niemand Weiteres im Hellen plötzlich dastehen würde. Vorsichtshalber streckte er seine freie Hand von sich weg, um mögliche Angreifer auf Abstand halten zu können.

Er war erleichtert, als er erkannte, dass er in diesem Raum nichts zu befürchten hatte. Eine alte Glühbirne offenbarte ihm eine hölzerne Treppe, die nach oben führte, sowie einen Stapel Kartons, die unter der Treppe wüst verstaut worden waren. Dieser Raum hatte abgesehen von der schwarzen Eisentür nichts mehr mit der Raffinesse und neuartigen, qualitativ hochwertigen Bauweise des vorangegangenen zu tun.

Hal nahm sich kurz die Zeit, einen Blick in die Kartons zu werfen. Ernüchtert stellte er fest, dass sie keinerlei nützliche Gegenstände enthielten. Alle waren leer, doch immerhin versteckte sich in und unter ihnen nichts, was ihm entgegenspringen konnte. Anhand der Treppe und des Aussehens der Wände vermutete er, dass er sich im Keller befand.

Langsam bewegte er sich nach oben. Er versuchte, auf den knarzenden Stufen möglichst leise zu sein, was ihm jedoch nur bedingt gelang. Sobald das Holz wieder sein altersbedingtes Wehklagen von sich ließ, verkrampfte sich Hals Gesicht und er hielt kurz inne. Auf diese Weise arbeitete er sich Stufe für Stufe hoch, immer im Hinterkopf behaltend, dass hinter der Tür jemand sein könnte, der gute Ohren hatte.

Als er schließlich ankam, drückte er die Türklinke der Kellertür langsam nach unten. Er öffnete sie und lugte hinaus.

Kurz nachdem seine Augen etwas in den Blick gefasst hatten, zog Hal seinen Kopf schnell wieder zurück und versteckte sich hinter der fast wieder geschlossenen Tür. Er versuchte, ruhig zu atmen, bevor er erneut in das Zimmer spähte.

Es war ein großes Wohnzimmer mit einem nicht entzündeten Kamin. Die Fenster ließen etwas Mondlicht hineinscheinen, ansonsten beleuchtete nichts den Raum. Der Grund für Hals plötzliche Aktion stand zwischen einer Couchgarnitur und zwei Sesseln. Es war ein mutierter Mann in Cordhose und rot kariertem Flanellhemd, der mit dem Rücken zur Kellertür gerichtet war. Er wippte leicht nach links und rechts und murmelte dabei Unverständliches vor sich hin. Obwohl er von hinten wie ein normaler Mensch aussah, ließ seine tief durchdringende Stimme keinen Zweifel offen, ob es sich tatsächlich um einen Verwandelten handelte.

Wie es schien, hatte er Hal noch nicht gehört. Hal wog seine

Möglichkeiten und deren Erfolgsaussichten ab. Dann kam ihm eine Idee. Die Nacht war noch lang und im Grunde wusste er nicht viel über seine Feinde. Er wollte die Chance nutzen, um mehr in Erfahrung zu bringen.

Um beim Heruntergehen der Stufen nicht doch noch gehört zu werden, schloss er die Tür wieder. Seine Idee führte ihn zu den Kartons. Unter ihnen suchte er sich den Größten heraus und schlich mit ihm die Treppe wieder hinauf.

Wenn er sich darunter versteckte und nur bewegte, wenn die Dorfbewohner nicht hinsahen, könnte er eventuell unbemerkt an ihnen vorbeikommen. Vielleicht würden sie einen Karton nicht als Bedrohung ansehen. Zugegeben, wenn die Verwandelten ansatzweise ein rationales Denkvermögen besaßen, so würde die Strategie nicht funktionieren, doch vielleicht waren sie einfach nur strohdumm.

Hal öffnete die Tür zum Wohnzimmer. Wie zuvor stand der Mutierte im Raum. Sein Gemurmel kitzelte Hals Härchen in die Höhe.

Nachdem er mit einem alles überfliegenden Blick noch einmal den Rest des Raums abgesichert hatte, ließ er seinen Ober- und einen Großteil seines Unterkörpers unter dem Karton verschwinden; lediglich seine Füße schauten unten noch heraus. Durch die seitliche Öffnung des Kartons, die normalerweise als Griff fungierte, konnte er sehen, wohin er lief oder eher wie eine Ente watschelte. Seine Sicht war stark eingeschränkt. Es war unmöglich mitzubekommen, wenn sich etwas von den Seiten näherte. Auch nervte es ihn, dass er Heavens Handlanger des öfteren aus dem Blick lassen musste, wenn er sich wieder neu zu orientieren hatte, um nirgendwo gegenzurempeln. Stets bewegte er sich innerhalb des toten Winkels des Ungetüms. Auf diese Weise brachte er fast den gesamten Weg bis zur nächstgelegenen Tür hinter sich.

Dann jedoch, ohne dass es einen offensichtlichen Grund gab, drehte sich der Mann in der Mitte um. Seine Augen quollen über vor Blut und dicke lilafarbene Blutgefäße durchzogen sein Gesicht.

Sofort machte Hal sich klein, woraufhin der große Karton absolut still auf dem Boden ruhte.

Der Mutierte betrachtete die Umgebung des rechteckigen Verstecks, allerdings war es Hal nicht ersichtlich, ob seine Tarnung aufgeflogen war. Sein Herz schlug immer schneller, als sein gefahrvolles Gegenüber langsam einen Schritt nach dem anderen auf ihn zubewegte. Der Blick des Feindes war nicht fixiert genug, um mit Sicherheit sagen zu können, dass er sich gleich auf den Sweeper stürzen würde. Hal bereitete sich innerlich auf eine Konfrontation vor, hielt sich aber weiterhin versteckt. Dann auf einmal verschwand der Infizierte aus seinem Blickfeld.

Hal wurde zunehmend nervös. Er konzentrierte sich fortan auf seine Ohren. Wenn er den Feind schon nicht sehen konnte, so war zumindest sein dunkles Gemurmel laut genug, um seine Position auszumachen. Zu Hals Unmut schien der Mutierte sich ihm weiter zu nähern. Falls er aufhören sollte, Geräusche von sich zu geben, oder sich ihm schier zu sehr nähern würde, so beschloss Hal, würde er seinen pappigen Schutz aufgeben, Abstand gewinnen, sich eine Waffe suchen und den Gegner ausschalten. Plötzlich blieb der Verwandelte jedoch einfach stehen.

Es lagen laut Hals Einschätzung kaum mehr als drei Meter zwischen ihnen. Noch ein oder zwei Schritte und Hal wäre in die Offensive gegangen, aber so blieb es unklar, ob der Infizierte den Sweeper unter dem Karton nun wahrnahm oder nicht.

Hal beschloss seinen Plan zu ändern, als er überraschend

von links gegen den Kopf getreten wurde. Obwohl der Karton im Weg war und die Sicht auf seinen Kopf versperrte, wurde Hal bestens getroffen und drehte sich unsanft in eine Rückenlage.

Obgleich sein Schädel dröhnte und er seine benebelten Gedankengänge und Muskeln, die insbesondere im Gesicht um Erholung baten, erst einmal wieder ordnen musste, erkannte er recht schnell, dass der Angreifer ein weiterer verwandelter Einwohner war.

Die Fragen nach dem *Wo kam der denn her?, Seit wann ist der hier?* und *War er vorher auch schon da?* flogen leise in Hals Hinterkopf umher. Im Moment lag sein Puls bei weit jenseits von gesund.

Heavens Handlanger warf sich auf ihn drauf und begann, wie ein Irrer auf ihn einzuschlagen. Hal schützte sein Gesicht mit den Armen und versuchte, den Wilden wegzudrücken. Als er seinen linken Arm gegen die schwarzen Zähne presste, biss der Wahnsinnige so stark in ihn hinein, dass Blut floss, und ließ auch nicht mehr locker. Hinzu kam, dass Hal seine linke Seite jetzt nicht mehr so gut decken konnte. Der Vergaste nutzte dies aus und drosch mit den Außenballen seiner rechten Faust auf seinen Kopf ein.

Mit einem geschickten Ruck seines festgebissenen linken Arms riss Hal den Kopf des Verwandelten zur Seite und legte damit eine weit geöffnete Angriffsfläche frei. Daran anknüpfend, schlug er ihm, vollgepumpt mit Adrenalin, wie er war, mit der Handinnenkante gegen den Hals, woraufhin niemand mehr auf, sondern nur noch einer neben dem Sweeper lag.

Blitzschnell stand Hal wieder auf seinen Füßen. Dadurch, dass er sich hierfür noch etwas aus den Beinen des Mutierten hatte wühlen müssen, lag dieser nun mit dem Gesicht nach oben. Hal zögerte nicht und stampfte ihm auf seinen Hals.

Kaum hatte der Hacken Kehlkopf, Luft- und Speiseröhre sowie ein paar Halswirbel zerstört, tackelte ihn der Handlanger im Flanellhemd weg.

Hal hielt dagegen und konnte so verhindern, dass man ihn zu Boden riss. Nachdem er sich einen kurzen Überblick über das große Zimmer verschafft hatte, unter anderem um nach weiteren Feinden Ausschau zu halten, griff er dem kräftigen Handlanger in die Haare. Daraufhin zog er ihn ein paar schnelle Schritte hinter sich her, vollführte einen langen und hohen Sprung zum Steintisch in der Mitte und zerschmetterte durch Ausnutzen des Schwungs den nicht so stabilen Kopf des Verwandelten an der harten, spitzen Tischecke. Hals Landung war nicht angenehm, aber wenigstens erging es ihm besser als den beiden Toten neben ihm.

Noch immer zitternd vom Kampf, spazierte er zum Pappkarton und zerlegte ihn in seine Einzelteile. Die zum Überleben schlagartig aufgetretene Wut fokussierte sich nun gänzlich auf den harmlosen Karton. Hal schlug, riss und trat die Verpackung, bis sie nur noch ein wahrer Puzzlemeister wieder zusammensetzen könnte. Wahrscheinlich machte er dies zu laut, doch das war ihm egal. Sollte er tatsächlich von weiteren Monstermenschen im Haus gehört werden, dann sollten sie nur kommen, dachte er. Mit dem Sweeper war nicht mehr gut Kirschen essen.

»Dich so ausrasten zu sehen, war mir meine Mühe allein schon wert.« Heavens Stimme drang aus der Mitte des Raums.

Hals Emotionen zügelten sich. Auf dem Tisch, an dem er den Flanellhemd-Handlanger am Anfang hatte stehen sehen und kurz darauf dessen Schädel zerschellen lassen, lag ein Funkgerät, das er zuvor noch nicht entdeckt hatte.

»Du kannst dir gar nicht ausmalen, wie sehr ich mich hier

unten amüsiert habe, als ich diesen sich bewegenden Karton gesehen habe. Du hast wahrlich einen köstlichen Sinn für Humor. Apropos köstlich, was ist eigentlich dein Lieblingsessen?«

Hal sprach ins Funkgerät und spazierte dabei bedachtsam weiter durchs Haus. »Was hältst du davon, wenn wir bei der Sache bleiben würden? Unnötiger Smalltalk stiehlt mir bloß meine Zeit. Also, Gurtis, was ist meine Aufgabe?«

»Es gehört zu deinen Aufgaben, meine Fragen zu beantworten. Solltest du mich unfreundlicherweise abweisen, wenn ich mit dir eine Unterhaltung führen will, dann könnte es sein, dass ich mich gar nicht mehr bei dir melden werde. Und bezüglich der Zeit musst du dir keine Sorgen machen. Solltest du, aber musst du nicht.« Hal hörte in Heavens Stimme heraus, dass er sich mit diesem Satz selbst zum Schmunzeln gebracht hatte. »Sodann verrate mir dein Lieblingsessen.«

Mittlerweile stand Hal in einem kleinen Badezimmer. Im Spiegel schaute er sich sein von den Schlägen geschwollenes und bestimmt bald auch blau färbendes Gesicht an. Er kühlte die Prellungen mit einem nassen Handtuch. Die Bisswunde war zwar blutig, aber mit ein paar Pflastern, die er im Spiegelschrank fand, war die Sache für ihn vorerst erledigt.

»Spare Ribs. Ich liebe Spare Ribs. Wenn die Soße stimmt und das Fleisch gut gewürzt und zart ist, dann gibt es für mich nichts Leckereres auf der Welt. Bei mir in der Nähe gibt es ein Restaurant, da lässt sich das Fleisch ganz einfach vom Knochen abziehen. Herrlich, einfach nur herrlich.« Während Hal so erzählte, lief ihm schier das Wasser im Mund zusammen. »Mein Rekord liegt, nur so nebenbei erwähnt, bei neun Gerippen. Danach war ich allerdings auch den nächsten Tag für absolut nichts mehr zu gebrauchen. Einmal war ich beruflich in einer etwas weiter entfernten Stadt unterwegs und verbrachte dort meine Abendpause in einem sehr edlen Restaurant. Ich bestellte Spare Ribs und konnte mein Glück kaum fassen. Gurtis, man konnte die Knochen einfach so durch das Fleisch schieben. Da muss ich unbedingt noch mal hin. Genug Smalltalk für dich?«

»Spare Ribs sind wirklich eine feine Sache und wenn ich dich so darüber schwärmen höre, bekomme ich richtig Lust, mal wieder welche zu essen.«

»Na, dann lass uns doch gemeinsam Essen gehen.«

»Die Vorstellung gefällt mir. Kannst du dir vorstellen, was mein Leibgericht ist? Ich gebe dir einen Tipp: Es ist ein Klassiker.«

»Keine Ahnung. Ein saftiges Steak?«

»Oh, Hal, du bist gut. Wie magst du dein Steak am liebsten?«

Hal war genervt von der unnötig in die Länge gezogenen Unterhaltung, aber ihm blieb nun mal nichts anderes übrig, als nach den Regeln Heavens zu spielen.

»Am besten schmeckt es mir medium.«

»Falsch! Für mich und allgemein alle wirklichen Steak-Kenner muss es blutig sein.«

»Findest du nicht, dass man über Geschmäcker schlecht streiten kann?«

»Hast du es schon mal blutig probiert? Wenn man einmal Blut geleckt hat, versteht man, dass Blut den besten Geschmack hat.«

»Gurtis, ich hab mir einmal ein blutiges Steak bestellt und es nach dem ersten Bissen gleich wieder dem Koch zum Nachbraten bringen lassen.«

»Ich habe gerade nicht mehr von Steaks gesprochen.«

»Oh, wie philosophisch.«

»Aber nun gut, genug davon. Kommen wir zum Eingemachten. Dein erster Anlaufpunkt ist eine Fleischerei etwa 1,8 Kilometer von hier. Der genaue Standort ist auf deiner Karte eingezeichnet, welche sich unter einem der Sitzkissen des Sofas befindet.«

Hal fand seine Karte dort, wo Heaven es ihm gesagt hatte. Er breitete sie auf dem Tisch aus. Eine Ansammlung von eingezeichneten Pfeilen markierte ein Haus; es ähnelte einer kleinen Sonne.

»Noch ein Tipp«, fuhr Heaven fort. »Auch wenn du es dir vielleicht schon denken konntest. Du musst in dieser Nacht noch sehr viel laufen, also trödele nicht herum.«

»Wo ist mein Auto?«

»Je mehr du dich beeilst, desto eher ist es wieder dein. Sieh es einfach als einen weiteren Anreiz, nach meinen Regeln zu spielen. Hier herrscht Heavens Gesetz.«

»Heavens Gesetz, he?« Hal schmunzelte. »Muss ich das Funkgerät jetzt die ganze Zeit mit mir führen?«

»Nicht nötig. Schmeiß es ruhig wütend gegen die Wand. Bis später.«

Ohne weiter groß Zeit zu verschwenden, warf Hal das Funkgerät quer durchs Zimmer und ließ es an einer Wand zerschellen. Danach machte er sich sofort daran, sich zumindest halbwegs gut zu bewaffnen. In der Küche steckte er sich die drei größten Messer, die er finden konnte, mehr schlecht als recht in seinen Gürtel. Sie waren nicht sonderlich scharf und gut zu werfen waren sie auch nicht, aber zumindest würde er damit ordentlich zustechen können. Damit er beim Ziehen nicht unnötig Zeit verschwenden musste, das Hemd anzuheben, steckte er es einfach in die Hose. Eine Taschenlampe war ihm nicht vergönnt, dafür fand er einen Besen in der Abstellkammer. Er trat den Kopf ab und behielt den langen Stiel. Jetzt, da er sich nicht mehr verteidigen musste, ohne was in den Händen zu haben, war dem Sweeper schon wohler zumute und er beeilte sich, aus dem Haus zu kommen.

Die Nachtluft tat ihm unbeschreiblich gut. Seine Organe, insbesondere die Lunge, brannten ihm vom Gas nach wie vor, aber die Kühle und Frische der Luft, die die unzähligen hohen Bäume und der See filterten, waren wie eine entspannende Massage.

Das unschöne Wetter vom Tage hatte zwar noch die eine oder andere dunkle Wolke hinterlassen, aber dem zum Trotz glänzte der schwarze Himmel wie in der Nacht zuvor voller Sterne und mit einem prachtvollen Mond. Gerne hätte Hal den Rest der warmen Nacht damit verbracht, nichts zu tun, außer die Natur zu genießen, doch stattdessen lief er dem genauen Gegenteil entgegen. Er rannte nicht, da er seine Kräfte intelligent einteilte, sondern joggte einfach in einem gehobenen Tempo.

Unterwegs hielt er Augen und Ohren nach möglichen Gefahren offen. Nach ein paar Minuten friedlichem Ausdauersport begann er, das gesplitterte Ende des Besenstiels mit einem der Küchenmesser anzuspitzen. Das Schnitzen während des Laufens beruhigte ihn etwas. Zwar blieb er wachsam, aber da er sich auch auf etwas anderes konzentrierte, hielt er seine Furcht im Zaum. Am Ende hatte er einen billigen Speer in der Hand.

Nach knapp über der Hälfte des Weges gelangte er in eine kleine Siedlung. Die Häuser hier hatten große Vor- und Hintergärten, die alle mit hüfthohen Zäunen voneinander abgegrenzt waren. Überall sprossen Blumen, die ihre Blüten für die Nacht geschlossen hatten. In einem Garten hing eine morsche Schaukel an einer hohen Eiche. Einige Fenster waren mit Rollos oder Gardinen zugezogen. An manchen hingegen konnte Hal finstere Silhouetten ausmachen. Ein paar schienen nach draußen zu schauen. Beobachteten sie ihn? Hielten sie nach ihm Ausschau? Und wenn ja, sahen sie ihn, obwohl er sich versteckt hielt? Er konnte es nicht sagen. Nirgends brannte Licht.

Vier Männer, die nicht mehr als *gesund* durch die nächste ärztliche Vorsorgeuntersuchung kommen würden, schienen zu patrouillieren. Oder machten sie einfach nur einen Spaziergang? Zwei sahen aus, als führten sie ein Gespräch miteinander, obwohl Hal sich sicher war, dass man sich in solch einem psychischen Zustand nicht mehr verständlich unterhalten, höchstens vielleicht den anderen interessiert ansehen konnte.

Ob nun geduckt an einem der Zäune entlanglaufend, an Wänden gedrückt wartend, bis sich eine Lücke ergab zum Weiterbewegen, oder einfach nur einen Umweg in Kauf nehmend, Hal riskierte es nicht, entdeckt zu werden. Zu groß und unnötig war ihm die Gefahr, wenn Alarm geschlagen und dann er geschlagen würde.

Mit dieser Taktik schaffte er es bis zum letzten Haus. Alle Fenster, die zum Hintergarten zeigten, waren zugezogen und niemand hielt Wache. Folglich hatte es ihn hierher verschlagen. Das Grundstück ragte an ein Waldstück. Hal hielt es für klüger, die Siedlung nicht über die Straße zu verlassen, da ihm jemand hinterherschauen könnte. Zwar war der Gedanke daran, ohne Lampe nachts an einem Ort wie diesem in einem Wald unterwegs zu sein, ein wahrer Graus, doch es waren nur wenige Hundert Meter und er glaubte, er würde es schon schaffen.

Was er jedoch erst entdeckte, als er schon fast daneben stand, war eine Hundehütte, die von seinem Blickwinkel aus ein dicker Apfelbaum verdeckt hatte.

Fuck! Ein Hund!

Er war schon kurz davor, einfach wieder kehrtzumachen und sich einen anderen Weg zu suchen, als er ekelerregende Fresslaute vernahm. Er hatte keine Lust, von einem mutierten Köter angefallen zu werden. Er fühlte eine gewisse Neugierde in Bezug auf das Aussehen eines solchen Wesens und ein bisschen auf das, was der Hund gerade fraß, aber noch lieber war er einfach nur in Sicherheit. Wenn er jetzt den Wald beträte, könnte der Hund ihn dann hören und ihm hinterherwetzen? Schon möglich. Andererseits, wenn er ihn bislang noch nicht erschnüffelt oder gehört hatte, vielleicht hatte dann das Tier durch das Gas einen Teil seiner scharfen Sinne eingebüßt oder ganz simpel, es gab gar keinen Hund. Bevor er also seine gut behütete Abkürzung einfach so aufgab, wollte Hal zumindest einen kleinen Blick riskieren.

Einige Meter entfernt von der Hundehütte sah er etwas, das ihn seinen Stock noch fester halten ließ. Ein abnormaler Hund lag regungslos auf dem Rasen. Es war nicht einfach auszumachen, um was für eine Rasse es sich handelte, aber Hal vermutete, dass es ein toter Appenzeller Sennenhund war. Zudem glaubte er, dass er eine Sie mit dem Namen *Faith* war, denn dieser Name stand auf der Hundehütte. Ihr Kopf war unnatürlich groß, ganz zu schweigen von den Zähnen, die sogar noch imposanter waren, denn sie ragten kreuz und quer aus ihrem Maul und besaßen solch eine Länge, dass das Maul sie nicht umschließen konnte. Ihr großes Gesicht war voll lilafarbener Venen und ihre Augen waren Ansammlungen von Bluttränen. Als ob dieser Anblick fürs Erste nicht schon ausreichte, lag der Hund auf der Seite und war dabei, gefressen zu werden.

Hal hätte kotzen können. Sechs wurmartige Wesen verköstigten sich an den zäh herausflutschenden Eingeweiden der Hündin. Die Viecher hatten keine Augen, dafür aber viele kleine Zähne in ihrem schlauchförmigen Maul. Neben den circa fünfzehn Zentimeter dicken und doppelt so langen Körpern bewegten sich ihre völlig verkümmerten, dürren Beinchen. Die Würmer fraßen sich gerade durch den Dickdarm, die Lunge und die Leber. Dabei machten sie gierige Fresslaute.

Es ging keine Gefahr von ihnen aus; sie waren beschäftigt.

Und der Hund, der Hal durch seine Größe, Kraft und Schnelligkeit als Einziger wirklich hätte gefährlich werden können, war bereits tot. Hal guckte diese Wesen ungläubig an und fragte sich, was sie früher einmal gewesen waren, als plötzlich eines von ihnen von Faith abließ und ihm erschreckend schnell entgegenkroch. Bevor es in sein Bein beißen konnte, hatte Hal es allerdings schon durch einen guten Schwinger mit seinem Besenstiel einige Meter weit weggepfeffert.

Wie vom Blitz getroffen, richtete sich die tote Hündin auf und sprang Hal an. Beim Erheben hatten noch zwei Würmer an ihren Organen gehangen, diese hatten jedoch schnell losgelassen und waren zu Boden gefallen. Eigentlich wollte Hal die Hündin instinktiv mit dem Stiel stechen, doch sie schnappte nach der Waffe und ließ nicht mehr los. Ihre Ohren waren angelegt und sie knurrte; nur hatte Hal noch nie zuvor ein solch abgrundtief böses, lautes und bedrohliches Knurren gehört. Dem unbeschreiblichen Druck, den sie nach vorne warf, konnte er nur entgegenwirken, indem er den Holzstiel links und rechts neben ihrem riesigen Maul anfasste. Ließe er auch nur mit einer Hand los, um eines der Messer in seinem Gürtel zu zücken, wäre das Nächste, was passieren würde, ein auf dem Rücken liegender Sweeper mit herausgebissenem Hals.

Also fing er an, Faiths Unterkiefer mit Kniestößen zu bearbeiten. Er wusste nicht, ob es etwas brachte, aber es war das Einzige, was ihm gerade sinnvoll erschien. Er wollte ihr den Kiefer brechen, doch stattdessen brach der Stiel. Obwohl Faith ihr Stück in ihrem riesigen Maul behielt, wollte sie bereits wieder zuschnappen. Hal reagierte schnell und schlug ihr das andere, leicht spitz zerbrochene Stück seitlich in den Hals. Die Hündin heulte auf und öffnete ihren Höllenschlund voll scharfer Zähne. Hal nutzte die Gelegenheit und trieb ihr die andere Stielhälfte durch das Maul in den Rachen hinein, woraufhin sie nach ein paarmal zucken einfach umfiel. Sie hatte auf dem weichen, grünen Gras noch nicht mal eine Sekunde gelegen, als die wurmartigen Kreaturen sich bereits wieder an ihrem Körper labten.

Hals Herz raste. Kurz darauf raste er durch den finsteren Wald. Dass so manche Zweige ihm ins Gesicht schlugen, störte ihn relativ wenig; er dachte nur, dass, wenn er sich mal ein Haustier anschaffen sollte, es mit Sicherheit kein Hund sein würde. Vielleicht ein Gecko, Wellensittiche oder ein Chihuahua, aber mit Sicherheit kein Hund!

In einer Seitenstraße an der Ecke einer runden Kurve stand die Fleischerei *Auf Metzgers Schneide*. Es war kein Licht eingeschaltet, dennoch konnte Hal von draußen zwei Gestalten darin ausmachen. Sie standen vor der Theke und aßen etwas. Hal klebte mit dem Gesicht an einer der unteren Scheibenecken, weshalb sie ihn nicht bemerkten. Sie waren am Essen und er war bewaffnet, es galt also keine weitere Zeit zu verlieren.

In jeder Hand ein großes Küchenmesser haltend, öffnete der Sweeper die Eingangstür, um einen tödlichen Überraschungsangriff auszuführen. Doch sobald das erste Geräusch den Raum betrat, begannen die zwei Infizierten bereits, sich zu verteidigen. Während der Rechte, der eine Glatze trug und einen kräftigen, schwarzen Vollbart besaß, sein Essen, das rohes Fleisch zu sein schien, in Hals Gesicht schmiss, griff sich der Linke, etwas Schmächtigere der beiden, einen an der Theke lehnenden Holzknüppel. Nun standen sie sich gegenüber. Jeder zögerte. Auf die Scheusale war jeweils ein Messer gerichtet.

Der mit dem Knüppel machte den ersten Schritt. Er versuchte, mit einem seitlichen Schwinger Hals Arm wegzuschlagen. Unterdessen bewegte Hal sich nach vorne, um mit seiner Klinge die Finger des Angreifers zu verletzen. Doch der Verwandelte reagierte schnell und zog seine Attacke dementsprechend weiter hinten durch, wodurch er Hals linken Arm so stark erwischte, dass ihm das Messer wegflog. Kaum fehlte ihm die Waffe, schlug der Unhold erneut zu. Dieses Mal jedoch war Hals Timing besser. Er hielt das große Küchenmesser dazwischen und der Angreifer schlug seine Hand unabsichtlich selbst hinein. Nun war es an ihm, seine Waffe zu verlieren. Hal zögerte nicht länger als nötig und stürmte voran. Er presste den Feind an die Vitrine, die durch den Aufprall Sprünge bekam. Seine linke Hand klammerte sich auf Brusthöhe an das Oberteil des vergasten Mannes fest. Hal hielt seinen Kopf gesenkt, wodurch ihm der linke Arm nun als Schutzschild diente. In seiner rechten Hand wartete bereits seine Klinge, um tödliche Stiche abzufeuern.

Er stieß viele Mal zu und drang oft in den weichen Körper des infizierten Mannes ein. Das Opfer versuchte noch, das Messer von sich wegzuhalten, aber wann immer es Hals Klinge, Hand oder Arm erfasste, riss dieser sich einfach wieder los und stach erneut zu. Hal war schockiert, wie böse doch diese Taktik war.

Nun mischte sich zum ersten Mal der andere Gaskranke ein. Mit dem Schienbein trat er gegen Hals Oberschenkel nur einige Zentimeter oberhalb des Knies. Hals Bein knickte ein, denn ein paralysierender Schmerz durchfuhr seinen Körper. Sofort danach folgte auch schon der nächste Oberschenkeltritt. Ein Tritt mehr und Hal läge auf dem Boden. Das Einzige, was ihn jetzt noch davor bewahrte, war das Adrenalin, das half, den Schmerz auszublenden.

Der erste Mutierte nutzte die Blöße und verpasste Hal einen Faustschlag gegen seinen offen liegenden Kiefer, woraufhin er von dessen Umklammerung erlöst wurde. Obwohl Hal nun von ihm abgelassen hatte, bewegte er sich kein Stück. Er lehnte weiterhin an der Theke und blutete sein Oberteil voll. Langsam sank er zu Boden. Es schien, als kollabierte seine Lunge. Wenn Hal richtig rekonstruierte, hatte er auch das Herz erwischt. Diese Gefahrenquelle würde nichts mehr anstellen.

Der Übriggebliebene hob unterdessen Hals verlorenes Messer vom Boden auf. Hal zückte sein drittes Messer aus dem Gürtel. Er war jetzt doppelt so gut ausgerüstet wie sein Gegenüber, aber das änderte nichts an dessen Klinge.

Hal hatte noch viel vor und zog es vor, nicht verletzt zu werden, weshalb er nach einer Waffe mit einer größeren Reichweite Ausschau hielt. Da er seine Wurfmesser zurzeit leider nicht dabeihatte, musste einer der zwei Stühle herhalten, die zusammen mit einem kleinen runden Tisch in einer der Ecken standen.

Er steckte seine Messer zurück in den Gürtel und schnappte sich einen der Stühle. Dann rammte er den Gaswandler mit den Stuhlbeinen aus der Balance. Er versperrte ihm die nötige Nähe, um mit dem Messer Schaden zufügen zu können. Er drückte ihn in eine geeignete Lage und schlug ihm ins Gesicht, woraufhin diesen die Kraft verließ, sein Messer weiterhin in der Hand zu halten.

Hal ließ ab vom Stuhl, nur um blitzschnell den Vollbart des Vergasten zu ergreifen und ihm mit der freien Handfläche gegen das Ohr zu klatschen. Hal war sich sicher, dass er dadurch das Trommelfell zum Platzen gebracht hatte. Immer noch den Bart fest umklammert, begann er, den hässlichen Mutanten mit Faustschlägen zum Gesicht zu bombardieren. Kurz darauf hielt er nur noch einen abgerissenen Bartbüschel in der Hand. Die Wucht von Hals letztem Schlag schleuderte den Infizierten mit dem Kopf voran durch die Vitrine. Die Scherben der zerbrochenen Scheibe schnitten dem Verwandelten das Fleisch auf. Er hing mit dem Oberkörper auf dem Fleischsortiment und hätte Hal ihm Zeit gegeben, hätte er wahrscheinlich Probleme gehabt, wieder herauszukommen. Aber Hal zückte seine Messer.

Dann ging es los. Er malträtierte das glatzköpfige Wesen mit Stichen durch dessen kompletten Rücken, angefangen bei den Nieren über alle anderen Organe und ein paar Bandscheiben bis ins Genick. Hätte man den Mann viergeteilt, wäre er auch nicht toter gewesen.

Hal wischte das Blut seiner Messer an der Hose seines jüngsten Opfers ab. Dann hob er die dritte Klinge sowie den harten Knüppel vom Boden auf, steckte die zwei kleineren Messer wieder in seinen Gürtel und behielt die beiden größten Waffen in seinen Händen. Der Knüppelschlag gegen seinen Arm würde einen dicken blauen Fleck hinterlassen, genauso wie die brutalen Pferdeküsse an seinem Bein. Im Moment, wo sich das aufgesprudelte Blut allmählich wieder senkte, setzte die wirklich gemeine Phase des Schmerzempfindens ein. Hal humpelte. Jeder Schritt tat weh. Ihm blieb nichts anderes übrig, als sich an den Schmerz zu gewöhnen und ihn wie ein Mann zu ertragen. Nur dann würde er imstande sein, die Nacht durchzulaufen.

Der hintere Raum diente dazu, das Fleisch zuzubereiten. Es war zwar recht dunkel, da kein Licht eingeschaltet war, trotzdem konnte Hal die einzelnen Gerätschaften erkennen – auch wenn er die meisten nicht bei ihrem Namen nennen konnte.

Als er den Raum betrat, hatte er ein Problem damit, seinen Augen zu trauen, denn das komplette Zimmer war mit Fleisch überwachsen. Moosgleich breitete es sich sowohl auf den Geräten als auch auf dem Fußboden und bald sogar über ihm aus. Von der Decke hingen mehrere Schweinehälften und in beziehungsweise auf einigen der Maschinen klebten noch Fleischreste, wie Mett im Fleischwolf und Speckscheiben auf der Aufschnittschneidemaschine. Jedes Stück Fleisch schien aufzuquellen wie ein Tumor durchzogener Magen bei Sodbrennen. Aber es sah nicht einfach nur so aus, es stank auch danach. Wie eklige Magensäure, die einem manchmal beim Aufstoßen die Speiseröhre hochkommt, verätzte der Moder Hals Geruchsnerven so stark, dass er nicht anders konnte, als nun auch seinen Mageninhalt nach draußen zu befördern.

Dieser Fleischschimmel reproduzierte sich langsam, aber stetig weiter, wuchs wie sonst Pflanzen es tun und blubberte sogar zum Teil. Es war eine physikalische Unmöglichkeit. Nie zuvor hatte Hal so etwas gesehen, weder in Filmen, noch in Fantasy-Romanen gelesen, ja nicht einmal in seinen Träumen war ihm solch ein Anblick vergönnt gewesen.

Nach kurzem Suchen fand er den Lichtschalter. Ein Knopfdruck und das Zimmer erstrahlte in all seiner Hässlichkeit, nur um kurz danach wie bei einem Stromausfall wieder in Dunkelheit zu versinken. Hal versuchte, erneut Licht heraufzubeschwören, doch es gelang ihm nicht. Dann hörte er ein langsames Knarren.

Aus der Tür am anderen Ende des Zimmers trat jemand heraus. Hal blieb kaum Zeit nachzudenken, denn sobald der Jemand die Tür hinter sich gelassen hatte, bewegte er sich erschreckend eilig auf den Sweeper zu. Nach nur wenigen Metern Distanzverringerung sah Hal, mit wem er es zu tun hatte. Es war eine Fleischerin.

Sie war fast so groß und dreimal so schwer wie er. Dorothea sähe neben ihr wie ihre schlanke, hübsche Freundin aus. Das Gesicht und allgemein der Kopf der Fleischerin war von einer Vielzahl von Klammern gekennzeichnet. Es hatte den Anschein, als wäre ihr Schädel zuvor in mehrere Stücke zersägt und dann ungenau wieder zusammengetackert worden. Ihre blutüberlaufenen Augen glänzten in einem Pissgelb, das schon von Weitem aus der Dunkelheit hervorstach. Sie trug eine Metzgerhaube auf dem Kopf und dreckige weiße Stiefel an ihren Fleischgewülsten namens Füßen. Weder eine Hose noch eine Art Oberbekleidung außer eine mit Blut eingesaute, schief sitzende Schürze deckten ihren Körper von ungewollten Blicken ab. Ihre fette, abstoßend tief hängende, linke Brust hing oben aus der Schürze heraus und wackelte auf Bauchnabelhöhe vor sich hin. In der linken Hand hielt sie einen großen Fleischerhaken, rechts ein scharfes Hackebeil. Wie eine Furie wirbelte sie diese umher, während sie auf den Sweeper mit einem tiefen, aggressiven Geschrei losging; gleichwie eine gewöhnliche Frau, die überfallen wird und dabei so in Rage gerät, dass sie nur noch Rot sieht und nicht mehr von ihrem Emotionshoch herunterzuholen ist. Und wie der Räuber, den die Angst packt und der nicht weiß, wie er mit solch einer Frau umgehen soll, war auch Hal mit einer hilflosen Furcht konfrontiert.

Er wollte weg. Weg von ihr. Ihr bloß nicht näher kommen. Er versuchte, möglichst viel Abstand im Raum zu ihr zu gewinnen. Es gab mehrere Tische und Maschinen, die er nutzte, um die Fleischerin herumlaufen zu lassen. Da er um ein Vielfaches leichter war, gelang ihm dies recht gut, jedoch klebte ihm der tollwütige Tod ständig im Nacken und dieser tolerierte keine Fehler.

Tödliche Schnitte durchzogen die Luft. Wenn der Fleischerin eine der vielen Schweinehälften den Durchgang versperrte, so glitt ihr Beil einfach durch das Hindernis hindurch und hinterließ einen glatten Schnitt. Bei solch einer Wildheit wäre es Hals sicherer Untergang, wenn er sich im Nahkampf mit ihr mäße. Nein, diese Idee lehnte er dankend ab.

Nur was war die Alternative?

Der Sweeper dachte rasch nach und wog seine Optionen ab. Am Ende hatte er sich entschieden.

Hal war ein Messerwerfer. Zurzeit führte er drei Küchenmesser mit sich. Sie waren nicht für den Distanzkampf ausgelegt, aber die Technik blieb dieselbe. Wenn er nur etwas näher an der Gegnerin dranstände, als er es sich sonst mit seinen eigenen Klingen nicht erlauben musste, so konnte es gut sein, dass ihm diese Fähigkeit wie schon so oft den Arsch retten würde.

Um die Fleischerin zu stoppen und abzulenken, schleuderte er ihr zunächst den Knüppel entgegen. Aber davon ließ sie sich nicht aus dem Takt bringen, denn der Knüppel traf lediglich ihren Haken. Währenddessen jedoch bereitete Hal schon seine Wurfposition vor, um sofort sein nächstes Geschoss loszulassen, sobald der Knüppel gerade mal den Boden berührte. Er hatte eine kleine Lücke zwischen dem herumwirbelnden Haken und Beil anvisiert, doch diese Lücke schloss sich jäh und das Fleischerbeil fälschte die Wurfbahn ab. Hal erschrak. Er hatte nicht nur eine große Chance vertan, sondern auch eine Distanzverkürzung zwischen sich und der fetten Fleischerin zu verschulden.

Erfahren, wie er war, bewegte er sich wie selbstverständlich taktisch weiter. Während er nun mit schnellen und eleganten Bewegungen an einem Tisch vorbeihuschte, zog er zugleich die anderen zwei Messer aus seinem Gürtel, ohne dabei auch nur für eine Sekunde die schreiende Fleischerin aus den Augen zu lassen. Kaum war er in einer Position zum Angriff, schmiss er die nächste Klinge. Und anders als zuvor traf er dieses Mal sein Ziel. Das Messer glitt der Fleischerin durch ihre Oberlippe, streifte ihre Vorderzähne und bohrte sich fast bis zu einem Drittel in ihren schwarzen Mund. Der Angriff verfehlte nicht seine Wirkung. Die plötzliche Gewalteinwirkung auf ihr Gesicht brachte die Fleischerin dazu, kurz innezuhalten. Für das Einsetzen eines Schmerzes war es zwar noch zu früh und auch ihr Kopf wurde nur schwach in Bewegung versetzt, da die Klinge sie nicht weggedrückt, sondern in ihr Fleisch eingedrungen war, aber allein die Tatsache, dass auf einmal ein Messer in ihrem Mund steckte, kühlte ihr aggressives Gemüt für den Moment so weit ab, dass Hal sofort mit einer weiteren Attacke nachsetzen konnte. Nun selbst nach vorne stürmend, holte er kraftvoll zum Wurf aus und schmetterte ihr seine letzte Klinge mitten in die Stirn. Ein Schädel ist hart und dick, aber nicht so hart und dick, dass Hal dem Gehirn der Fleischerin nicht zumindest ein paar Zentimeter Eisen zuführen konnte.

Die verletzte Fleischerin taumelte zurück, bis sie mit ihrem Rücken an eine große Trommel stieß. Sie war nicht tot, nur ein Teil ihrer Gehirnfunktionen zerstört. Wie aus verzweifelter Notwehr warf sie ihr Beil nach Hal. Sie wollte ihn treffen. Ihn verletzen. Ihn töten. Ihn auf Abstand halten. Ihn davon abhalten, weiter Dinge in sie zu werfen. Ihn dazu bringen, die Würfe zurückzunehmen, sodass sie nie die Erfahrung machen musste, solch eine Desorientierung und Panik zu spüren. Doch es half nichts. Das Beil pfefferte einen Meter an Hal vorbei. Ob sie nicht mehr richtig sehen konnte oder einfach schlecht im Zielen war, war einerlei. Bereits nach ihrem Verzweiflungswurf verlor sie ihr Gleichgewicht und lag, halb an die Trommel gelehnt, am von lebendem Fleisch überwachsenen Boden. Ihr zuvor so aggressives Geschrei wandelte sich in ein Gejammer und letztes, sinnloses Drohen.

Hal hob den Knüppel auf. Sich langsam wieder beruhigend, ging er zur Fleischerin hin. Sie versuchte, sich mit ihrem Haken zu wehren, doch Hal nutzte den längeren Knüppel und schlug mehrmals auf ihre Hand, sodass sie nicht nur den Fleischerhaken losließ, sondern auch allgemein nicht mehr imstande war, diese Hand fortan noch zu benutzen. Danach begann er, auf ihren Kopf einzuprügeln. Anfangs wehrte sie sich noch, trat verzweifelt nach ihm und schützte sich mit ihren Armen, selbst mit der zertrümmerten linken Hand, aber es half nichts. Hal war kräftiger und der Knüppel härter als ihr Körper. Am Ende gab es nur einen Sieger mit einem angebrochenen Stück Holz und eine Verliererin mit einem matschigen Schädel, aus dem zwei verbeulte Messer ragten.

Ein applaudierendes Klatschen zerstörte die ach so erkämpfte Ruhe.

»Entzückend! Grandios! Welch eine Darbietung!«, ertönte von irgendwoher Heavens Stimme. Hal sah sich um und versuchte, die Quelle der Stimme zu orten. »Wenn du unter dem Pökelinjektor auf zwei Uhr von dir nachsiehst, findest du mich.«

Hal kombinierte, was für ein Gerät auf diesen Namen zutreffen könnte, und sah nach. Unter der Maschine war ein Funkgerät mit grauem Klebeband befestigt. Er riss es ab und drückte den Knopf, damit Heaven ihn hören konnte.

»Nie wieder Fleisch«, keuchte Hal schwermütig, was zu einem geräuschvollen Grinsen am anderen Ende des Funks führte.

»Aufgabe eins: Erfolgreich abgeschlossen. Unter der nicht zu übersehenen Titte deiner Tanzpartnerin findest du deinen Preis.«

Zuerst brauchte Hal einen Augenblick, um diese Information zu verarbeiten, dann war es ihm angesichts der jüngsten Geschehnisse einfach nur egal. Mit einem zunehmend angewiderten Blick hob er die schwere, zur Seite und bis auf den Boden hängende Brust der Fleischerin an. Ganz oben, dort wo die meisten Brüste anfangen und in der Regel nicht weit davon auch wieder aufhören, war etwas geschrieben. Aufgrund des starken Schweißverlustes, insbesondere unter den Fetttaschen, hätte das Benutzen einer nicht wasserfesten Farbe mit ziemlicher Sicherheit zur Beseitigung der Nachricht geführt, weshalb sie wohl auch mit einem Edding verfasst worden war.

»Eine 8?«, fragte Hal.

»Ganz recht. Die 8 ist die erste Ziffer des Codes.«

51 LETIPAK

Zur Beruhigung, zum Durst löschen und um den noch immer vorhandenen Kotzgeschmack zu mindern, trank Hal aus einem Wasserhahn. Die Spüle war mit einer gubbeligen Fleischhaut überzogen und roch noch fürchterlicher, als er sich darüber beugte. Aber wenigstens taten die paar Schlucke Wasser gut.

»Okay, was ist hier los, he?«

»Was genau?«, ertönte es aus dem Funkgerät.

»Nun, keine Ahnung, das, was mir tatsächlich weniger den Kopf zerbrechen lässt, ist, wie sich der Körper dieser Fleischqualle da so schnell bewegen konnte.«

»Sie ist eine Einwohnerin Drewhounds und, unschwer zu erkennen, Fleischerin von Beruf. Ich habe dir doch gesagt, du wirst einige Einwohner anders vorfinden. Und sie ist eine davon.«

»Das weiß ich und auch, dass du damit Folter gemeint hast. Das hatte ich auch schon selbstständig herausgefunden, bevor wir uns überhaupt getroffen haben. Was ich meine, ist ihr zusammengetackerter Kopf mit diesen verschobenen Gesichts- und Schädelstücken. Hast du sie wirklich auseinandergenommen und wieder zusammengesetzt? Was hast du mit ihr gemacht? Und vor allen Dingen wie hast du das gemacht, ohne dass sie dabei draufgegangen ist?«

»Das überlasse ich ganz deiner Vorstellungskraft.«

Hal schwieg. Nachdem er Heaven innerlich ein paar Fluchworte zugeworfen hatte und am liebsten diese in echt durch wütende Schläge ersetzt hätte, weil es Heaven solchen Spaß zu bereiten schien, mit diesen für ihn nicht mal Geheimnis relevanten Antworten herauszurücken, deckte Hal sich mit einer neuen Ladung Waffen ein. Die zwei verbogenen Messer in der Fleischerin konnte er zwar nicht mehr gebrauchen, dafür aber den stabilen Haken und das scharfe Hackebeil. Zusammen mit seinem großen Küchenmesser, das er vom Boden wieder aufhob, fühlte er sich nun sogar besser ausgerüstet als zuvor.

»Hier ist alles überwachsen mit Fleisch«, redete Hal weiter. »Und nicht nur das. Es sieht lebendig aus. Ich kann sehen, wie es sich bewegt und ständig weiterwächst. Gurtis, wie ist das möglich? Erkläre es mir, bitte.«

»Nun, tut mir wirklich leid, aber ich kann dir keine Antwort darauf geben. Auch mir sind noch nicht alle Auswirkungen des Gases bekannt. Das ist ein weiterer Grund für den Test. Ich bin gespannt darauf, nähere Informationen sammeln zu können.« Für Hal klang es ehrlich und er glaubte Heaven dies sogar. »So, Mr. Kopfgeldjäger, Ihre Kehle ist erfrischt und Ihre Fingerchen können gefährliches Metall festhalten. Ich darf also annehmen, dass es weitergehen kann?«

»Ja.«

»Gut, dann hol deinen Stadtplan hervor und schau dir dein neues Reiseziel an.«

Hal tat, wie ihm geheißen. Um auf der Karte alles besser erkennen zu können, verzog er sich wieder in den Eingangsbereich zu den zwei anderen Toten. Er setzte sich auf den von ihm nicht benutzten Stuhl, breitete die Ortsübersicht auf dem runden Tisch vor sich aus und legte das Funkgerät auf eine sich hochbeulende Stelle des Papiers.

»Nicht weit von hier, 1.100 Meter südwestlich liegt eine alte Lagerhalle. Was früher dort verstaut wurde, weiß ich nicht, aber heute befindet sich darin die Stadtbibliothek.«

Nach etwas Rechnen und Suchen lag Hals Finger auf einem großen Rechteck, das für sich allein stand.

»Eine Bücherei also«, sprach er mehr mit sich selbst als mit Heaven.

»Aber nicht irgendeine. Tatsächlich soll unter Antiquitätensammlern und Buchfetischisten Drewhounds Bibliothek ein wahres Nirwana sein. Genaueres weiß ich auch nicht. Ist mir eigentlich auch egal. Für uns ist lediglich deine Aufgabe von Belang. Du sollst fünf Bücher suchen. Leih sie dir aus. Um einen Büchereiausweis und die ganzen anderen Richtlinien musst du dich natürlich nicht scheren. Bring sie einfach mit. Das ist alles.«

»Und welche Bücher sollen es sein?«

»Das wirst du schon erkennen.«

»Bist du sicher? Nicht dass ich mir einen Wolf laufe und sie immer wieder übersehe, nur weil du dachtest, es sei offensichtlich, dass es die schwersten Exemplare sein müssen.«

»Mach dir darüber mal keine Sorgen. Wenn du nur halbwegs so viel Grips hast, wie ich bislang gesehen habe, wirst du keine Verständnisprobleme haben. Und falls doch, melde ich mich noch mal bei dir.«

»Okay.«

»Du kannst dann gehen. Bevor du jedoch gleich das Funkgerät wieder irgendwo gegenwirfst, lass mich dir noch eine Nebenaufgabe für unterwegs mitgeben. Du musst dich keineswegs unter Druck gesetzt fühlen. Wenn dir nichts einfällt, auch okay. Wenn du allerdings eine gute Idee hast – und du weißt, ich bin ein Riesenfan deiner Ideen –, hast du dir ein paar Dankespunkte bei mir verdient.«

»Uh, Dankespunkte beim großen Dr. Heaven zu haben, sei immer empfehlenswert, habe ich gehört.«

»Haben zumindest noch niemandem geschadet. Halt, stopp, das stimmt nicht. Einmal schon, aber so weit will ich jetzt nicht ausholen. Hat mit einem Schamanen, 'nem Klettergerüst und drei toten Tanten zu tun. Aber wie gesagt, das würde jetzt zu lange dauern. Was ich gerne von dir hätte, mein lieber Hal, ist eine Bezeichnung für meine süßen Monster. Jede Kreatur muss einen Namen haben. Hier ist es nicht anders. Solange du nicht mit so etwas Unwürdigem und Unkreativem wie *Zombies* oder dergleichen kommst, bin ich gerne bereit, deine Idee offiziell in die Geschichts- und Wissenschaftsbücher eintragen zu lassen.«

»Ich werde darüber nachdenken.«

»Wunderbar, ich danke dir. Und jetzt husch, husch, mein kleines Kaninchen, hoppel los.«

Der Rammler ließ das Funkgerät liegen und machte sich auf in die große böse Welt.

Klare Luft. Gute, klare Luft, die das Atmen zum Vergnügen macht. Luft bedeutet Leben. Besonders fällt einem dies auf, wenn man wie Hal gerade aus einem Gestanksud aus Fleisch in die Klarheit einer naturgefilterten, erfrischenden Nachtluft kommt. Luft ist Medizin. Nie zuvor hatte Hal es besser verstanden.

Er lief in zügigem Schritt voran. Sein Körper war nach wie vor vollgepumpt mit Adrenalin; seine Hände zitterten. Diese überschüssige Energie nutzte er, um rasch voranzukommen. Das Tolle daran war, dass er dadurch nicht einfach nur schneller war, auch verlor er viel langsamer die Puste. Was ihm jedoch zu schaffen machte, war sein geschwollener Oberschenkel. Die Tritte hatten seine Muskeln stark strapaziert, weshalb ihm nun jeder Schritt Schmerzen bereitete. *Aber was soll´s?*, dachte er. Das war ihm ja bereits klar gewesen, noch bevor er auf die Fleischerin getroffen war. Und was man nicht ändern kann, darüber muss man sich auch nicht ärgern, denn das ist immer verschwendete Zeit.

Hal überquerte eine Straße, gefolgt von einer zweiten, die nicht mal gepflastert war, sondern lediglich aus platt gedrückter Erde bestand. Hierauf folgte eine vor nicht allzu langer Zeit gemähte Wiese, die einen steilen Hügel hinauflief. Der kürzeste Weg zur Bibliothek führte hierüber. Also nahm Hal den Anstieg in Kauf.

Unterwegs begegnete ihm nicht eine dunkle Gestalt. Er blieb zwar wachsam, aber am Ende war es unnötig gewesen. Er war allein.

Sobald er oben auf dem begrasten Hügel ankam, hieß es auch schon wieder bergab zu reisen. Von der Anhöhe hatte Hal einen eindrucksvollen Überblick über zwei einzeln verteilte Häuser, eine Hütte, zwei Wege sowie zwei dunkle Flecken, die hohe, dicht gewachsene Bäume waren, die mit ihren vollen Kronen kaum Mond- und Sternenlicht hindurchscheinen ließen.

Durch Mitzählen seiner Schritte und anhand der Geschwindigkeit, mit der er sich bewegte, konnte er in etwa abschätzen, wie viel Strecke er bereits zurückgelegt hatte. Die von Heaven erwähnten 1,1 Kilometer würden bald passiert sein. Da Hal sich hier jedoch auf einem Hügel nach oben bewegte, war es schwer einzuschätzen, wie viel Luftlinie es entsprach. Das Faktum Zeit blieb ihm verwehrt, da ihm sein Handy genommen worden war, er keine Armbanduhr trug und sowohl Schritte als auch Sekunden zu zählen, konnte er nicht. Das Einprägen des Weges, als er auf seiner Karte die Bibliothek markiert hatte, erledigte wiederum den Rest; er brauchte sie nicht noch einmal hervorzuholen. Er wusste, wo er und sein Ziel sich befanden.

Hinter einer weiteren, nicht ganz so hohen Anhöhe, die voller Büsche gesäumt war, fing er an, auf Kies zu laufen. Auf diesem mit winzigen Steinen übersäten Boden stand eine große Lagerhalle. Über ihrem Eingang prangten die Druckbuchstaben »*DREWHOUND STADTBIBLIOTHEK*«.

Hal musste einmal um die Ecke biegen, um dorthin zu gelangen. Für eine Lagerhalle war sie recht niedrig. Sie war in kräftigem Dunkelbraun gestrichen und sah von außen alles andere so aus, als beherbergte sie ein bedeutungsvolles Sortiment. Waren Büchereien sonst darum bemüht, von außen zumindest nicht unansprechend auszusehen, war diese einfach nur schlicht gehalten, obwohl »schlicht« dieser Bücherei wohl noch geschmeichelt wäre. Vielmehr wirkte sie so, als sagte sie: »Hier gibt es nichts Interessantes. Gehen Sie bitte wieder.«

Hal war gespannt. Er öffnete die nicht abgeschlossene Eingangstür und betrat einen Ort der Finsternis.

Hier gab es keine Fenster. Hal konnte nur schwerlich die Hand vor Augen sehen. Zu hören war nichts. Es war erdrückend.

Mit dem langen Küchenmesser in der linken und dem Fleischerbeil in der rechten Hand schlüpfte er langsam Meter für Meter durch die verschluckende Dunkelheit. Dies war eine jener Situationen, in der einen jeden die Angst packt. Hal war allem hilflos ausgeliefert, daran änderten auch zwei Klingen nichts. Er fürchtete sich sogar so sehr, dass er sich zusammenreißen musste, nicht laut zu atmen. Seine Arme von sich gestreckt, versuchte er, sich seinen Weg zu ertasten. Nachdem er eine Wand, eine hohe Topfpflanze, die ihn vor Schreck zusammenzucken ließ, und kurz darauf eine Tür gefunden hatte, drückte er die Klinke herunter und zog die Tür auf. Er verließ den Eingangsbereich und betrat den eigentlichen Büchereiraum.

Entgegen der zuvor erlebten, nahezu vollkommenen Finsternis, schimmerte hier ein sehr schwaches Licht. Es schien von nicht weit her zu kommen. Warm sah es aus und zog Hal, nachdem er keinen Lichtschalter hatte ertasten können, mit seinem von Unsicherheit dominierten Gemüt nahezu magisch an. Er folgte dem immer heller werdenden Licht an ein paar vollen Bücherregalen vorbei, bis er sah, um was es sich handelte: Eine dicke Kerze.

Für gewöhnlich hat eine Kerze keinen starken Schein, doch in dieser dem Licht bislang unbekannten Umgebung war sie ein Segen. Sie stand auf einem kleinen Tisch, der zwei Regale unter sich hatte, die gut gefüllt waren mit alten, staubigen Büchern. Neben der Kerze, deren Wachs bereits seit einiger Zeit auf einen schalenartigen Kerzenständer floss, stand eine oft benutzte Petroleumlampe. Sie wies viele Kratzer auf und einige Roststellen machten einen Großteil der ehemals dunkelblau bis schwarzen Lampe aus.

Hal öffnete die Luke, aus der bereits ein Stück herausgebrochen war, und zündete das Petroleum an, woraufhin der Docht aussah, als brennte er. Der Lichtschein war unvergleichlich stärker als bei der puren Kerze, obwohl die Lampe nicht mit einer neuartigen Taschenlampe konkurrieren könnte. Hal steckte sein Beil wie auch den Haken in seinen Gürtel. Während er links die wuchtige Öllampe vor sich hertrug, bevorzugte er ein Messer in seiner rechten Hand. Der Grund war recht simpel: Wenn er angegriffen würde, stäche er lieber aus Reflex zu, und da Hackebeile bekanntlich besser zum Hacken waren, blieb das Messer seine Primärwaffe. Diese Strategie war nicht besser als die andere, es lag einfach nur an Hals persönlicher Präferenz.

Nur wenige Meter weit verscheuchte seine Lichtquelle die noch immer grauenhafte Finsternis. Sie war wie das Maul einer gigantischen Bestie, die jederzeit zuschnappen konnte, und der Sweeper befand sich auf ihrer Zunge. Auch wenn er nun sehen konnte, wenn ihn etwas angriff, so fürchtete er sich just vor dem Moment, in dem ihm die Gefahr ins Auge spränge. Während er also anfing, einen Rundgang durch die Bibliothek zu machen, verwandelte sich seine Haut in die einer Gans. Abgesehen von seinen Kopfhaaren, die nach dieser Nacht wahrscheinlich komplett »silbern« geworden sein dürften, standen all seine Haare steif wie Soldaten beim Morgenappell.

Unmengen von mannshohen Regalen quirlten über vor neuartigen, aber insbesondere alten, mitunter bestimmt antiken, wenn nicht sogar unikaten Schätzen. Wo immer noch etwas Platz für ein Buch gewesen war, waren zumeist zwei oder mehr hineingestopft worden.

Erstaunlich, dass in diesem Dorf überhaupt so viele lesen können.

Auf und sogar vor den Regalen stapelten sich die literarischen Schätze zum Teil meterhoch, dabei jedoch so wüst, als würde ihnen keinerlei Respekt gezollt. Ob sie überhaupt themengerecht, geschweige denn alphabetisch geordnet waren, bezweifelte Hal. Wahrscheinlich war es am Anfang noch so gewesen, aber über die Jahre des übertriebenen Ansammelns hinweg hatte sich Schlampigkeit angehäuft, weshalb Hal nun des öfteren auf den Boden blicken musste, damit er nicht gegen einen schiefen Bücherturm stieß oder auf eines der manchmal einzeln im Weg liegenden Bücher trat.

Das schier ahnungslose Erkunden war bereits eine Folter, die ihm stark zusetzte. Abgesehen von seinen Schritten, seinem Atmen und dem lauten Schlagen seines Herzens, hörte er nichts. Die Schwärze umzingelte ihn und im Grunde musste er ständig darauf gefasst sein, urplötzlich um sein Leben kämpfen zu müssen.

»Hal.«

Hatte er gerade jemanden seinen Namen flüstern gehört? Er war sich nicht sicher. Er drehte sich nach allen Seiten um. Doch er sah niemanden. Die Stimme hatte nicht nach Heaven geklungen. Und er und Dorothea waren, so hieß es, die einzigen nicht Infizierten in ganz Drewhound. Keiner, der sich verwandelt hatte, war bislang noch imstande gewesen, sich normal zu artikulieren. Also woher mochte diese Stimme gekommen sein? War sie überhaupt gekommen oder einfach nur Hals herumspielendem Kopf entsprungen? Hatte Heaven vielleicht seine Stimme verstellt und aus einem versteckten Funkgerät gesprochen? Schon möglich. Oder war es simplerweise einfach eine CD oder Kassette, die gerade von irgendwo abgespielt wurde, um Hal zu irritieren?

Während er hierüber nachgrübelte, durchzuckte ihn plötzlich das nächste Ereignis. Ein Buch fiel hinter ihm auf den Boden. Sich nach beiden Seiten absichernd, näherte er sich dem Gegenstand, der in dieser Stille ein überraschend lautes Geräusch verursacht hatte. Die Petroleumlampe schenkte ihm ausreichend Licht, damit er ohne Weiteres die nun leere Stelle im Regal sichten konnte. Anhand der Breite des Buches sowie der Lautstärke des Aufpralls nach vermutete Hal, dass es zuvor senkrecht neben vielen anderen gestanden hatte. Sie reihten so eng an- und übereinander, weshalb ein zufälliges Herausfallen auszuschließen war. Hal schaute nach, ob irgendein Mechanismus das Buch herausgedrückt hatte, aber dem war nicht so.

Hatte sich tatsächlich jemand unhörbar in seinen Rücken schleichen, das Buch herausziehen und sich dann schnell genug, ohne ein Geräusch zu verursachen, wieder aus dem Staub machen können? Allein diese zugegeben unwahrscheinliche Option ließ den Sweeper schwer schlucken.

Hal beugte sich nach unten zum Buch. Entgegen der Norm der meisten Bücher an diesem Ort, war dieses nicht hart gebunden, sondern besaß einen weichen Einband. Noch bemerkenswerter war allerdings die Tatsache, dass der Buchrücken leuchtete. Er war mit einer speziellen Farbe bemalt worden und reflektierte das Licht der Lampe. Hal war sich sicher, dass dies eines der fünf Bücher war, die er beschaffen sollte. Es hieß: *»Wie werde ich reich und erfolgreich?«* Geschrieben von Ash Elso.

Indem ich ein Buch schreibe mit dem Titel »Wie werde ich reich und erfolgreich?« und jede Menge Deppen es dann kaufen.

Neben dieser voreingenommenen Meinung kursierte in Hals Kopf auch der Gedanke, dass das Buch das Regal bloß verlassen hatte, um ihn zu unterstützen. Er war einfach daran vorbeigelaufen und wer weiß, wie lange es wohl gedauert hätte, bis er an dieser Stelle erneut gesucht hätte. Trotzdem beunruhigte ihn die Tatsache, dass es wohl jemanden gab, der sich seinem Rücken nähern konnte, ohne dass er etwas davon mitbekam.

Bevor er jedoch in seinem Bedenken versank, wandte er sich schon dem nächsten Problem zu. Wie sollte er die Bücher transportieren? Seine Hände waren voll und er würde mit Sicherheit weder die Lampe noch das Messer für ein Buch eintauschen. Seine Hosentaschen waren zu klein, also blieb ihm nur eins.

Er faltete seine hochgekrempelten Ärmel auf, zog sein Hemd aus, machte auch die oberen, die engen Knöpfe zu, drückte und zog die Ärmel nach innen, sodass das Hemd keine sichtbaren Ärmel mehr besaß, verknotete diese am Kopfloch, wodurch die Öffnung nun abgedichtet war, stopfte das Buch hinein und knotete das untere, offene Teil seines Hemds an seinem Gürtel fest. Nun nahm er wieder Lampe und Waffe in die Hände und lief oben ohne weiter.

Hal fror nicht. Vielleicht täte er es, wenn er nicht kurz davor wäre, vor lauter Anspannung Schweiß auszustoßen. Vor ihm erstreckten sich nur wenige Meter Sichtfeld. Was dahinter lag, war verborgen. Es war merkwürdig. Zum einen musste er die ganzen Bücher beim Vorbeigehen absuchen, ob sich nicht eines von ihnen leuchtend abhob, zum anderen war er viel fixierter darauf, wo und was in der Dunkelheit wohl lauern mochte.

Dann, obgleich er sich erst fragte, ob er seinen Ohren trauen konnte, vernahm Hal ohne Zweifel ein leises Atmen. Es war bewusst gesetzt. Jemand atmete demonstrativ durch den Mund aus, höchstwahrscheinlich um ihn zu ängstigen; was es tat.

Hal machte kehrt. Hierdurch lief er zwar einen bereits bekannten Teil zum zweiten Mal ab, doch es gab genügend alternative Wege, die ihm noch zur Verfügung standen. Warum also nicht die Route einschlagen, in der niemand vor ihm lauerte?

Den Blick manchmal prüfend nach hinten schickend, glaubte er, sich von der unbekannten Gestalt allmählich zu entfernen. Aber er lag falsch. Immer wenn er stehenblieb, hörte er das Atmen aus derselben Entfernung; die Gestalt folgte ihm.

Ein paar Versuche später hatte sich, abgesehen von einem nassen Oberkörper, nichts geändert. Hal wollte nicht so weitermachen. Wie sollte er weiterhin nach den Büchern suchen, wenn er so etwas im Nacken hatte? Also änderte er seine Strategie. Er ging auf die Gestalt zu.

Das Atmen wurde lauter. Das Messer hielt er nah am Körper gleichwie ein Cowboy, der beim Duell die Hand neben dem

Kolben hält, um jederzeit einen tödlichen Schuss abfeuern zu können. Nicht mehr zwinkernd, nicht mehr die Bücher beachtend, den Blick starr in Richtung des Atmens fixiert, das Adrenalin für einen anstehenden Kampf auf Leben Tod durch den Körper schießend, machte er einen Schritt nach dem anderen.

Licht und Atmung näherten sich, bis sich beide schließlich überschnitten und Hal einen infizierten Mann in einem weißen Pullover sah. Er hatte eine fliehende Stirn und ein geradezu zeichentrickhaft winziges Stupsnäschen. Aus seinen eng beieinanderliegenden Augen war das Blut so stark geflossen, dass sein Oberteil dunkelrote Flecken an Schultern und Brust zeigte. Kaum streifte den vergasten Mann das Erhellende, jagte er schon schnaufend auf den Sweeper zu. Fast zu spät erkannte Hal den langen Schraubendreher in seiner Hand. Er hätte seinen Oberkörper angegriffen, doch nun, die Waffe vor Augen, trat er dem Unhold in die Eier.

Sofort wanderten die Hände des Gasmenschen zu seinen eventuell sogar kaputten Testikeln. Hal gönnte seinem Angreifer keine Erholungszeit. Er schützte sich, indem er die Petroleumlampe vor die Hand mit dem Schraubendreher hielt, um dann ungestört sein Messer in die Armbeuge des Gegners stoßen zu können. Der infizierte Mann ließ neben einem weiteren Schnaufen wie auf Knopfdruck seine Waffe los und bevor er sich versah, war auch schon ein langes spitzes Stück Metall durch seinen Hals geglitten.

Hal hatte etwas Mühe, das Messer wieder herauszuziehen, aber mit ein wenig mehr Gegendruck mit dem Lampenarm ging auch das. Den Verlierer vor sich liegen habend und das Blut seines Messers an dessen Hose abstreifend, erfreute er sich an der Wirksamkeit einer der strategisch effektivsten Kampftechniken dieser Erde: Dem Tritt in die Weichteile.

Klappt ja selbst bei diesen Monstern richtig gut.

Er nahm sein neuestes Utensil auf. Der lange Schraubendreher würde ihm hoffentlich gute Dienste erweisen. Er steckte ihn neben das Fleischerbeil, den Haken und seinen Hemdbeutel in den Gürtel. Allmählich hatte er keinen Platz mehr. Er hätte den Schraubendreher zwar auch in eine seiner Hosentaschen stecken können, aber dann bloß mit der Spitze nach oben, sonst wäre die Chance zu groß, dass er ihn unterwegs verlieren könnte. Folglich ließ er lieber den Griff oben aus seinem Gürtel herausstehen, was auch für ein schnelleres Waffenziehen diente. Mit diesem neuen Mordwerkzeug und einer weiteren Kerbe auf dem Kerbholz setzte er die Suche fort.

Es zog sich etwas hin und Hal hegte allmählich die Befürchtung, er könnte erneut an einem der Bücher vorbeigelaufen sein. Obwohl sich die reflektierende Farbe deutlich erkennbar machte, gab es hier einfach ein zu großes Sortiment an Büchern, um keines übersehen zu können.

Hals Trübsal wurde jedoch jäh weggeblasen, als plötzlich eine schwarze Silhouette seinen Weg kreuzte. Wie ein vorbeihuschender Schatten bewegte sich etwas von rechts nach links in dem nur sehr schwach beleuchteten äußeren Teil seines Lichtkegels.

Hal hatte keine Lust auf ein erneutes Katz- und Mausspiel. Er wollte nicht abwarten, bis der andere sich entschließen würde, wieder in Aktion zu treten. Er fürchtete sich vor dem, was ihm soeben begegnet war, und gerade deshalb suchte er selbst die Konfrontation. Je eher, desto besser. Aus diesem Gedanken heraus begann er, schneller zu gehen, allerdings auch nicht zu eilig, da er es unbedingt vermeiden wollte, ohne Weiteres in jemanden oder etwas hineinzurennen. Insofern bewegte er sich nur so schnell, wie es ihm die Reichweite seiner Petroleumlampe gestattete.

Schritte vergingen und so verging die Zeit. Am Anfang fühlte Hal noch den Mut eines Entschlusses zum Kampf, doch je länger er ins Nichts lief, umso geerdeter wurde seine Hilflosigkeit. Letztendlich wusste er nicht einmal mehr, ob das, was er tat, überhaupt das Richtige war. Vielleicht sollte er aufhören, unproduktiv umherzuirren, und einfach wieder nach den Büchern suchen, obwohl er hierzu eigentlich gar keine Lust hatte.

Am liebsten wäre er jetzt schon wieder draußen. Am besten sogar raus aus Drewhound. In seinem Wohnzimmer. Auf seiner Couch vor dem großen Fernseher. Mit einem kühlen, frisch gezapften, schwarzen Bier. Und einer Tüte Chips. Oder noch besser mit einem unendlichen Vorrat an Spare Ribs. Einfach dasitzen, mümmeln und so lange in die Röhre glotzen, bis die Äuglein zufallen. Das wäre schön.

Hal hielt an. Den Schatten würde er nicht mehr einholen. Ein Weiterlaufen wäre sinnlos. Von daher konzentrierte er sich wieder auf die Bücherregale.

Nur wenige Sekunden später vernahm er hinter sich herannahende Stiefel. Sie bewegten sich leise, als ob ihn jemand überraschen wollte. Hal drehte sich um. Ein vergaster Mann mit Pferdeschwanz, dickem Bauch, Brille und einer Handgartenkralle war drauf und dran, sich mit Todesverachtung auf ihn zu stürzen.

Der Dickmann war bereits so weit und schnell vorgerückt, dass Hal erst einmal nach hinten wich, um dann simultan mit dem Ausstrecken seines Arms das Messer zu dessen Gesicht zu stoßen. Auf diese Weise musste der Angreifer innehalten, wenn er das Messer nicht abbekommen wollte. Zwischen Klingenspitze und Gesicht lagen nur ein paar Zentimeter. Hal gönnte sich und dem anderen keine Pause und setzte sofort mit einem Stich zum rechten Auge nach. Der Infizierte reagierte früh genug und blockte das Messer zur Seite ab. Hal wiederum wand seine Klinge um die blockende Hand und stieß mit einem Vorwärtsschritt durch das Brillenglas in das plötzlich noch viel stärker blutende rechte Auge des Aggressors. Völlig von Panik gepackt, schlug das menschliche Monstrum mit seiner Kralle um sich. Hal wich erneut nach hinten. Sollte sich der Irre doch austoben, bevor er ihn niederstreckte, dachte sich der Sweeper. Aber dann kam es ganz anders. Der Verlust seines Auges schien den vergasten Mann dermaßen durcheinanderzubringen, dass er kurzerhand seine Waffe auf Hal warf und sich aus dem Staub zurück in die Finsternis machte.

Erst war Hal noch erleichtert, stolz und irgendwie eingebildet gewesen, dass er dem Gegner so leicht ein Auge hatte nehmen können, dann jedoch löste Wut alles ab, denn die geworfene Handgartenkralle traf mit ihrem Metall seinen Unterkiefer. Es war nichts gebrochen oder durchbohrt, doch die schiere Härte tat einfach nur weh.

Nachdem er seinen Kiefer dahingehend gecheckt hatte, indem er ihn anfasste und hin und her bewegte, wischte er das Blut an seinem Messer an irgendwelchen Büchern ab. Ob diese wertvoll waren, war Hal momentan völlig egal. Zudem schmierte er das Blut ja nur an deren Buchrücken ab, wodurch man sie also noch ohne Weiteres würde lesen können.

Die Bestrafung für diesen Frevel folgte auf dem Fuße, als hätte ihn ein Raritätenhändler bei der Verstümmelung der Kunst erwischt. Die Bestrafung war nichts weiter als ein einfaches Wort, doch es durchfloss Hal und schien die Magie zu besitzen, seine Stimmung nach Belieben zu kippen.

»Hal«, flüsterte es.

Der verwirrte Sweeper sah sich fragend um. Aber es half nichts. Er konnte nicht bestimmen, von wo die Stimme gekommen war. Jede Himmelsrichtung kam infrage. So verwirrt war er.

Er lauschte noch etwas, aber als er merkte, dass es nichts zu lauschen gab, wandte er sich dem Werkzeug zu, was ihm die Kieferschmerzen verursachte hatte, und hob es auf. Er brauchte nicht lange, um sicher zu sein, dass er dieses nicht gebrauchen konnte. Die Gartenkralle würde nur unnötig Platz wegnehmen, wohingegen ein Schraubendreher nicht nur leichter zu verstauen, sondern auch schlichtweg als Waffe fieser war. Also fackelte Hal nicht lange herum und schmiss die Kralle quer über mehrere Regale irgendwo in die Bibliothek hinein. Er hörte sie gegen ein volles Regal und kurz darauf auf den Steinboden aufschlagen. Es klang entgegen seiner unwahrscheinlichen Hoffnung leider nicht so, als hätte er zufällig jemanden getroffen.

»Schade.«

Nicht mal eine Minute nachdem er sich wieder auf den Weg gemacht hatte, entdeckte er ein leuchtendes Buch in der zweituntersten Reihe eines der Regale. Es war wie Ostern und hier hatte er gerade ein goldenes Ei gefunden. Er stellte die allmählich unangenehm schwere Petroleumlampe ab und zog das Buch heraus.

Es besaß einen ledernen Einband, war alt und zerfleddert. »*Rumpelstilzchen gegen die sieben Zwerge*« war sein Name. Von den Gebrüdern Grimm.

Das Märchen hatte er immer gemocht. Das Hemd schnell aufgeknotet, das Büchlein hineingestopft und schon ging es für den tapferen Sweeper wieder auf Reisen.

Schritt um Schritt schritt er voran. Die Finsternis setzte ihm immer mehr zu. Das Licht, das er trug, erinnerte ihn an einen Laternenfisch. Diese Art von Meereshässlingen lockt seine Opfer mit einem leuchtenden Punkt an, um sie dann zu verschlingen.

Der Unterschied zu Hal war nur, dass nicht er die anderen Fische hereinlegte, sondern er es war, den alle als Futter ansahen. Alle wussten, wo er war. Sie konnten ihn gefahrlos beobachten, während sie sich in der Dunkelheit versteckten. Es war eine verquere Welt für einen Sweeper, denn sonst war er es, der jagte.

Er blinzelte nur selten und wenn, dann schnell. Seine Augen waren aufgerissen und bereit, jedwede Bewegung im Gehirn sofort als Bedrohung einzustufen. Das Gleiche galt für seine Ohren, weshalb er sich auch nicht schockieren ließ, als Folgendes passierte.

Die jähe Stille der schwarzen Einöde wurde unterbrochen, als er abseits seines Weges ein nicht zu überhörendes Wackeln eines Regals vernahm. Hal konnte nichts erkennen, doch es klang, als rüttelte jemand kräftig. Bücher fielen auf den Boden und Hal beschlich die Vorahnung, dass dies nicht bei diesem einen Mal bleiben würde. Und er sollte recht behalten.

Um ihn herum begannen immer mehr Bücherregale, einen epileptischen Anfall zu erleiden. Es war immer nur eines, aber jedes Mal war es eines, das ihm näher war als das vorherige. Hal wusste nicht, worauf er achten sollte, in welche Richtung es am strategisch klügsten war zu blicken. Links und rechts, hinter ihm und vor ihm, auf zwei und sieben, vier und elf Uhr und alle anderen Uhrzeiten. Es besaß keine Struktur, nur Chaos. Wie ein attackierender Wespenschwarm, bei dem man auch nicht weiß, wo man sich verteidigen soll.

Dieses Szenario ließ für ihn genau zwei plausible Erklärungen zu: Entweder wimmelte es hier von Lautsprechern und Tonaufnahmen oder von Feinden, die abwechselnd an den Regalen rüttelten.

Hal wurde zunehmend nervös. Besonders als er die klappernden Regale sehen konnte, packte ihn die Angst. Je enger die lärmenden, Bücher spuckenden, ratternden Regale ihn einkreisten, desto enger schnürte sich auch seine Brust zusammen. Die bleierne Beklemmung war sogar so gewaltig, dass Hal das Gefühl hatte, nicht mehr Luft holen zu können. Dann jedoch, als es direkt neben ihm dröhnte, stoppte die Hexerei einfach, als wäre nie etwas gewesen, und ein »Hal!« hallte wie ein Flüstern durch die Gänge.

Noch nach dem Ursprungsort der Stimme suchend, sauste rechts von ihm ein in Dunkelheit gehülltes Etwas an der Außenseite seines Lichtkegels vorbei, gleichwie der Schatten, der ihm bereits zuvor zu schaffen gemacht hatte. Sein Herz schlug in seinen Ohren, als presste es sich direkt an sie.

Was ist hier nur los?

...

Ein fremdes Atmen. Es war ähnlich dem Atmen, das ihn verfolgt hatte und nur lauter wurde, wenn er sich ihm näherte, nur dass es dieses Mal der Atmende war, der sich auf Hal zubewegte. Die warme, vor Schweiß triefende Hand um den Messergriff geklammert, erwartete er das Monster in menschenähnlicher Gestalt.

Und aus der Schwärze trat ein Blut weinender Mann. Seine schiefe Knollennase trennte das aus seinen Augen strömende Blut wie ein dicker herausragender Fels einen Wasserfall. Er war mit einem Totschläger bewaffnet und zögerte nicht, diesen gegen Hal auch zu benutzen.

Nur um Haaresbreite entging er den Flugbahnen des Totschlägers und schaffte es schließlich, sein Messer in den Unterarm des Mannes zu stoßen. Die große Klinge drang durch Muskeln, Sehnen, Nerven und sogar Knochen, trotzdem ließ der Infizierte seine Waffe nicht los; ganz im Gegensatz zu Hal. Das Messer steckte dermaßen fest und sein ungehaltenes Gegenüber riss so ruckartig und kräftig seinen Arm zurück, dass

Hal mit seinen verschwitzten Fingern nicht mithalten konnte. Kurz darauf flüchtete der vergaste Mann.

Hal wollte nicht hinterher für den Fall, dass er jemandem in die Arme laufen könnte; zumal er sich vorher auch erst mal wieder ausrüsten wollte. Noch perplex darüber, dass nun schon der zweite Angreifer das Weite gesucht hatte, grübelte er kurz darüber nach, mit welcher seiner anderen drei Waffen er sich am sichersten fühlte. Letztfrühlich zog er das Fleischerbeil dem Schraubendreher vor, obwohl er mit dem Schraubendreher zustechen konnte.

Gerade wollte er sich das leider umständlich aus seinem Gürtel zu ziehende Hackebeil nehmen, da wurde er schon von der nächsten Attacke überrascht. Ohne eine Vorankündigung kam aus dem finsteren Nichts eine überreife Frau. Eine Brille balancierte auf ihrer Nase, ihre braunen Haare trug sie zu einem Dutt und einen langen Rock um ihre Hüften. Sie sah aus wie eine stereotypische Bibliothekarin, mit dem Unterschied, dass diese, von ihrem unappetitlich rot-, schwarz- und lilafarbenen Gesicht einmal abgesehen, einen Weidenstock immer wieder auf Hal niederprasseln ließ. Das peitschende Holz riss quälend schmerzende Striemen in seinen nackten Oberkörper. Ein paar von ihnen wurden schnell recht warm, denn Blut trat aus dem aufgerissenen Fleisch heraus.

Hal änderte fix seinen Plan und versuchte, an den Schraubendreher zu kommen. Auch wenn das Beil gefährlicher war, war der Schraubendreher einfacher aus dem Gürtel zu ziehen. Nichtsdestotrotz hatte Hal ein Problem mit der Reichweite. Seine Waffe war weitaus kürzer als der Weidenstock, der ihn nicht nur in Schach hielt, sondern sogar nach hinten wegdrängte, sodass er über einen Stapel Bücher stolperte und ungelenk hinfiel. Der eiserne Fleischerhaken an seiner Hüfte hing derart ungünstig, dass er mit seinem Steißbein auf ihm landete. Es war zwar nicht die Spitze, sondern bloß ein Teil des gebogenen Metalls, das zur Spitze führte, dennoch überschütt-ttete ihn eine Fuhre negativer Gefühle. Sich nicht um die neben ihm liegende Petroleumlampe kümmernd, verzog er lediglich das Gesicht vor Schmerz, der sich kurz darauf in puren Zorn verwandelte.

Während er sich wieder aufrichtete, ergriff er den Haken. Er ging geradewegs auf die Bibliothekarin zu, nahm einfach ihre Stockhiebe hin und nachdem er ihr »Hier, kannst du behalten. Brauch ich nicht mehr« entgegengeworfen hatte, rammte er ihr das krumme Stück Metall von oben durch die Fontanelle tief in den Schädel hinein. Ihr Körper wurde schwerer und immer mehr von Hals starkem Arm oben gehalten, bis es ihm schließlich zu viel wurde und er den Griff des Hakens losließ. So lag sie nun da, eine tote Frau mit einem Eisenstachel in ihrem Ballon.

Während Hal lindernd seinen Steiß rieb, suchte er seine Sachen zusammen. Er stand zu seinem Wort und die strenge Bibliothekarin durfte den Haken behalten. Er hatte zurzeit zwei Waffen; das sollte reichen. Alles andere war im Grunde nur unnötiger Ballast. Den verlorenen Schraubendreher steckte er griffbereit in seinen Gürtel zurück und die Petroleumlampe, die den Sturz zum Glück unbeschadet überlebt hatte und noch brannte, nahm er wieder in die Hand. Da ihr vieles Tragen seinen Muskeln jedoch allmählich zu anstrengend wurde, wechselte Hal die Seite und trug sie fortan in seiner rechten Hand. Dafür kümmerte sich seine linke fürderhin um den Schutz; sie hielt das jetzt viel leichter erscheinende Fleischerbeil. Er hätte auch den Weidenstock nehmen können, allerdings wollte er keine Schmerzen zufügen, sondern musste schwer verletzen und töten können, um zu überleben. Von daher ließ er die überreife Dame in Frieden und suchte weiter nach dem nächsten Buch.

Die Dunkelheit hüllte ihn aufs Neue ein. Sie ließ die unheimlichen Vorkommnisse und die jüngsten Kämpfe noch surrealer erscheinen, als sie es ohnehin schon gewesen waren. Hatte es eben noch einen großen Tumult gegeben, war nun nichts mehr zu hören oder sehen. Die roten Streifen auf Hal überzeugten ihn davon, dass alles echt war und er es sich nicht eingebildet hatte. Sie waren hilfreicher als ein Kneifen. Aber er wurde nicht wach, auch wenn es ein Albtraum war.

Dann erblickte er etwas Leuchtendes vor sich auf dem Boden. Es war ein Pfeil, der mit der gleichen Farbe gemalt worden war, mit der auch die gesuchten Bücher bestrichen waren. Hal folgte der Spur und nach zwei weiteren Pfeilen stand er vor einer wirren Pyramide aus Büchern. Er untersuchte sie genau und fand, wonach er Ausschau gehalten hatte. Ein kleines Büchlein stach mit seinem Glanz etwas unterhalb der Hälfte des Bücherstapels hervor. Die anderen Bücher uninteressiert herabplumpsen lassend, nahm er es sich.

Im Gegensatz zu den anderen zwei gesammelten Werken reflektierte dieses Licht vom gesamten Einband. Das Buch – beziehungsweise Heft beschriebe es wohl eher – war klein, dünn, bestand aus billigem Material und war amateurhaft hergestellt worden. Hal schlug die erste Seite auf, denn außen stand kein Titel dran und er wollte gerne wissen, wie er lautet.

»KANCHO – Die geheime Technik«. Der Untertitel lautete: *»Geschichte, Ausführung, Training und Anwendungsmöglichkeiten«*, verfasst von Masta Shikishi Moo.

Das Heftchen erweckte Hals Neugierde und er blätterte es überfliegend durch. Im Grunde war *Kancho* einfach nur eine Kriegstechnik, bei der man seine Finger wie zu einer Pistole zusammenschließt und diese dem Gegner zwischen dessen

Pobacken direkt gegen oder noch besser in die Hintertür stößt. Hal gestand sich zwar ein, von solch einer Technik nicht getroffen werden zu wollen, aber selbst würde er sie in einem Kampf wohl nicht gebrauchen.

Er steckte das dritte Osterei in seinen Hemdkorb und spazierte weiter.

Buch Nummer vier ließ nicht lange auf sich warten. Nachdem Hal einer kleinen, noch frischen Blutspur gefolgt war, die, wie er sich vorstellen konnte, von einem seiner verletzten Gegner stammte, entdeckte er in einem Regal auf Kopfhöhe einen Licht reflektierenden Buchrücken. Dass er dieses Mal so schnell und ohne weitere Hindernisse fündig geworden war, verhalf ihm zu einem für diesen Ort ungewöhnlichen Lächeln.

Als er das Fundstück herauszog, blickte er durch die entstandene Lücke in das bluttriefende, entsetzte Gesicht einer noch vor wenigen Stunden schönen jungen Frau. Sie nahm wie Hal gerade Bücher aus dem Regal und zwar genau gegenüber von ihm. Die infizierte Hübschheit riss erschrocken ihren Mund mit den schwarz verfaulten Zähnen auf. Nur eine Sekunde später fiel Hal das schwere Regal entgegen.

Sich wegduckend, mit flinken Füßen bewegend und einen großen Satz aus der Gefahrenzone machend, entging er nur knapp der Buchlawine.

Kurz prüfend, ob sich auch das nächste Regal liebeshungrig auf ihn stürzen würde, wandte er sich wieder dem vorigen Standort der mutierten Frau zu. Doch sie war fort.

Hals Kopf begann sofort zu kombinieren. Wenn die Ex-Schönheit genau an dieser Stelle die Bücher weggeräumt hatte und angenommen, es hatte alles einen tieferen Sinn gehabt, als Hal bloß zu erschrecken – denn ihr Gesicht hatte ihm verraten, dass sie selbst überrascht gewesen war, in ein anderes Gesicht zu blicken – dann lag die Vermutung nahe, dass sie ebenfalls an das Buch gewollt hatte. Doch aus welchem Grund? Um es woanders zu verstecken, war sinnfrei, und dass sie es selbst benötigte, unwahrscheinlich; zumal sie dann auch von der anderen Seite viel einfacher herangekommen wäre. Wenn sie es also auch gesucht hatte, wie hatte sie es dann finden können? Von ihrer Seite aus, ohne Lampe und dazu noch hinter den anderen Büchern versteckt, war es für sie unmöglich gewesen, das Buch zu entdecken. Demzufolge musste sie also gewusst haben, wo es war. Nun wurde es noch raffinierter. Das erste Buch, das einfach so aus dem Regal gefallen war, hatte bei Hal für Unbehagen gesorgt. Er hatte nicht verstanden, wie es einfach heraushüpfen konnte, und befürchtet, dass ihm jemand unbemerkt in den Rücken schleichen konnte. Wenn nun aber jemand auf der anderen Seite von Buch eins die Bücher entfernt, Buch eins aus dem Regal geschubst und die Bücher schnell wieder zurückgestellt hätte, dann wäre die Illusion perfekt gewesen.

Hal war erleichtert, dass er zumindest dieses Rätsel gelöst hatte. Er wäre niemals darauf gekommen, wenn die einst ansehnliche Frau sich nicht zeitlich verschätzt hätte. Wahrscheinlich war sie davon ausgegangen, dass er das Buch bereits passiert hatte und hatte es ihm wie beim ersten Buch hinterherliefern wollen. Doch so missglückt ihr Vorhaben auch gewesen sein mochte, es besorgte Hal sehr. Er fragte sich, wie intelligent sie und vielleicht auch noch Weitere trotz des giftigen Gases wohl waren. Hatte es bei der Mutation einen Unterschied zu anderen gegeben? Konnte Heaven ihnen gar Befehle geben? Falls ja, wie bewerkstelligte er das? Hal interessierten die Antworten, aber hierzu würde er sich wohl noch in Geduld fassen müssen.

Zunächst einmal betrachtete er sein neu errungenes Buch,

das er während des Ausweichens vor dem Regal tapfer in seiner Hand behalten hatte.

»Wie Karate mein Leben zerstörte« von Daniel Larusso.

Es war eine typische Autobiografie. Normal dick, Weichcover, aus der heutigen Zeit, mit leichten Abnutzungserscheinungen an den Ecken. *Interessant,* dachte Hal. Dieses Buch würde er gerne einmal lesen. Sollte er die Nacht heil überstehen, nahm er sich vor, es in nicht allzu ferner Zukunft zu bestellen. Er knotete sein Hemd auf und warf das Buch zu den anderen.

Eigentlich wollte er noch schnell die roten Striemen auf sich begutachten, doch die Wunden wurden abrupt zur Nebensache, als er ein weiteres Mal seinen Namen hörte.

»Hal.«

Den improvisierten Beutel wieder an den Gürtel schnallend, wiederholte sich das Flüstern.

»Hal.«

Zum ersten Mal war Hal davon überzeugt, dass er sich die Stimme nicht einbildete. Er hätte es auch seiner Fantasie zuschreiben können, obwohl dies zugegebener Maßen grenzwertig war. Aber nun war er sich sicher.

Als er hieraufhin noch ein drittes Mal seinen Namen vernahm, glaubte er, herausgehört zu haben, aus welcher Richtung dessen Ursprung kam.

»Hal«, ertönte es nun lauter als zuvor und Hal fand sich bestätigt, auf dem richtigen Weg zu sein. Nur noch nebensächlich schenkte er den Büchern Beachtung, weil er annahm, dass es für ihn vorgesehen war, dem Lockruf zu folgen und so zum letzten Buch geführt zu werden.

Dann und wann fand er kleine Blutflecken und -spritzer auf dem Boden und manchmal wurde sein Name wieder leiser, woraufhin er sich neu orientieren musste. Nach dem zehnten

»Hal« schließlich, dann, als es schon sehr nah klang, fing das Licht seiner Öllampe eine weiße Gestalt ein.

Eine Frau mit mittellangen schwarzen Haaren stand mit dem Gesicht zu einem der Regale. Sie trug ein langes weißes Sommerkleid und krallte sich mit ihren Fingern an einem Regalbrett und einigen Büchern fest. Ihr Rücken war zu Hal gekehrt.

Er überlegte, ob er wieder gehen oder sie töten sollte, doch dann entschied er sich, etwas auszuprobieren.

»Hallo?«, begann er sanft.

Als keine Antwort zurückkam, versuchte er es weiter.

»Kannst du mich verstehen?«

Wieder reagierte sie nicht. Hal befürchtete, dass seine Bemühungen in einer Sackgasse enden würden, aber es weiter zu probieren, könnte ja nicht schaden.

»Ich will dir nichts tun. Wenn du mich nicht angreifst, lasse ich dich in Ruhe. Erschrick bitte nicht. Ich komme dir langsam näher. Wenn du das nicht möchtest, sag es einfach oder zeig es mir mit einer Geste und ich entferne mich wieder.«

Behutsam näherte er sich ihr. Sollte sie ihn nicht verstehen und dementsprechend reagieren, würde er sie ohnehin ausschalten, also warum nicht versuchen, zeitgleich ein Gespräch zu führen?

»Hast du die ganze Zeit meinen Namen gerufen? Hast du immer wieder ›Hal‹ geflüstert? Brauchst du Hilfe? Wenn du Hilfe brauchst, helfe ich dir gerne, teile es mir einfach nur mit.«

Hal blieb knappe zwei Meter vor ihr stehen. Sich noch näher an sie heranzuwagen, hielt er für unklug. Er wusste nicht, ob er gegen eine Wand redete oder ob sie ihm bislang aufmerksam zugehört hatte. Beides war noch im Bereich des Möglichen.

»Dreh dich bitte um«, bat er sie und ein schwerer Klumpen

sank seinen Hals hinab. Sodann drehte sie sich tatsächlich um.

Mit einem Ruck zeigte sie ihr verunstaltetes Gesicht, den Mund für einen Biss weit aufgefletscht. Sie stieß einen verzweifelten Schrei aus in einer für eine Bibliothek eher überraschenden Lautstärke. Es war dieselbe Frau, die Hal durch das Regal hatte sehen können. An ihren lila verfärbten Armbeugen waren viele Einstichlöcher von Nadeln zu erkennen. Ihre langen, schwarznägeligen Finger nach Hal ausgestreckt, wollte sie ihn packen und ihre ekelerregenden Zähne in ihn vergraben.

Hal ließ es jedoch nicht so weit kommen. Mit einem einzigen, durch einen Schreck noch schneller ausgeführten, energetischen Hieb seines Fleischerbeils schlug er ihr – als bestünde es aus nichts weiter als Gelee – buchstäblich das Gesicht ab. Er führte die scharfe Klinge dermaßen exakt, dass sie die komplette Vorderseite des Schädelknochens abtrennte. Ein Potpourri aus rot-weißen Ingredienzen markierte die Fläche, auf die das durch die Luft fliegende Gesicht eigentlich gehörte.

Hal war erschüttert von der Gefährlichkeit seiner Waffe. Dieser Anblick des nicht mehr existierenden Gesichts und dem auf dem Boden liegenden Gesicht ähnlichen Haut- und Knochenlappens würde ihn wohl sein Leben lang verfolgen. Um sich nicht noch einmal zu übergeben und es möglichst schnell zu vergessen, was, wie ihm klar war, absolut utopisch gedacht war, ließ er die Leiche schnell wieder hinter sich.

Der Schock hatte ihn noch immer nicht losgelassen, da vernahm er etwas frisch Bekanntes. Dieses Mal jedoch klang es weitaus aggressiver.

»Hal!«

Er folgte dem Lockruf, der eigentlich mehr einer Warnung ähnelte, und wischte nebenbei die blutigen Reste auf seiner Waffe an irgendwelchen Seiten irgendeines der herumliegenden Bücher ab.

Ein erneutes »Hal!« erklang. Dieses war sogar noch deutlich lauter als das vorangegangene, unabhängig davon, dass Hal sich zu dem Brüllenden hinbewegte. Von dem anfänglichen mysteriösen Flüstern war nichts mehr übrig. Zorn war nun der Inhalt.

»Hal!«, dröhnte es erneut durch die geräuschlosen Gänge. Zeitgleich sah Hal etwas: Ein rotes Leuchten nur einige Reihen weiter weg.

Licht!

Er marschierte auf das warme Licht zu. Es verzerrte ihn, dorthin zu gelangen. Von seiner unhandlichen Petroleumlampe hatte er allmählich die Schnauze voll. Nichtsdestotrotz wollte er keinen zu bereuenden Fehler begehen und blieb empfindlich auf seine Umgebung. Je näher er der Lichtquelle kam, desto größer wurde der Schein. Zu seinem Bedauern, allerdings nicht zu seiner Überraschung, ging er zugleich auch in dieselbe Richtung, aus der wütend sein Name geschrien wurde.

Das rötliche Licht wuchs und wuchs. Es machte knisternde Geräusche und erzeugte eine Wärme, die schon bald zu einer unerträglichen Hitze ansteigen würde. Schwarzer Rauch bildete sich an der Decke, darunter gefolgt von sich immer weiter ausbreitenden Flammen.

»Hal! Hal! Hal!«, machte es noch lauter denn zuvor. Die Stimme war so dunkel und markerschütternd wie eine jede der vergasten Todgeweihten. Dann endlich fand Hal denjenigen, von dem sie stammte.

An einem Schreibtisch saß ein infizierter Mann mit einem unnatürlich bösen Grinsen und teuflisch nach unten gerichteten Augenbrauen. Die Augen selbst, unter denen das herausgequetschte Blut bereits getrocknet war, sahen Hal mit einem bespaßten Hass an. Seine Kleidung erzählte, dass er von Beruf Nachtwächter war. Auf dem Tisch vor ihm lag nebst verstreuten Büchern auch ein gestapelter Haufen. Die meisten waren noch heil, andere hingegen völlig zerstört. Der grinsende Nachtwächter riss wie im Wahn Seiten heraus und zerpflückte sie in der Luft. Mit einem Bleistift kritzelte er zu doll drückend die Bücher kaputt, dabei immer lauthals sein »Hal!« sowie unverständliches Gemurmel von sich gebend. Und all das während hinter ihm ein Feuer brannte. Die Szenerie erinnerte den Sweeper unweigerlich an die Geschichte Kaiser Neros, der Rom angezündet und dabei singend und tanzend Lyra gespielt haben soll.

Irgendwie fasziniert von der schieren Krankheit des Bildes, konzentrierte sich Hals Aufmerksamkeit fast schon zu spät auf das oberste Exemplar des Bücherstapels auf dem Tisch. Es leuchtete. Wenn er verhindern wollte, dass dieses Buch das nächste war, das der Nachtwächter in die Hände nahm, so musste er es sich augenblicklich holen.

Hal ließ seine Lampe fallen und hastete los. Der Nero-Verschnitt grinste noch breiter und johlte Unverständliches in Hals Gesicht, bevor er schließlich nur noch seinen Namen grölte: »Hal! HAL!«

Dann versank auch schon das Hackebeil und das Geschrei verebbte. Obwohl die Klinge seinen Kopf mittig entzweischnitt, bis es kurz vor der Nasenspitze stoppte, verblieb das provozierende Grinsen des Nachtwächters. Selbst als Hal das Beil hin und her ruckeln musste, um es wieder freizubekommen, wurde er die ganze Zeit über belächelt.

Die Flammen nahmen in den leicht entfachbaren Papierbergen ein erschreckend rasantes Ausmaß an. Hal verlor weiter keine Zeit. Er schnappte sich das letzte der fünf Bücher und rannte los. Er verzichtete darauf, es zu den anderen zu stecken.

Einfach in der Hand behaltend, versuchte er, durch die ihm neu eröffneten, alles besser sichtbar machenden Umstände die Ausgangs- beziehungsweise Eingangstür zu finden. Da die vielen Regale und das Feuer seinen Blick blockierten, steuerte er einfach auf die nächstgelegene Wand zu. Dort angekommen, lief er am äußeren Rand entlang.

Das Flammenmeer zerstörte alles, was er sehen und nicht sehen konnte. Überall stoben brennende Wellen in die Höhe. Eine lodernde Mauer reihte an der nächsten. Die hier gesammelte Literatur, Aberhunderttausende von Büchern, zig Milliarden von zum Großteil akribisch verfassten und teils niemals kopierten Seiten wurden einfach versengt und standen sie in Brand, entzündeten sie unfreiwillig noch weitere ihrer Brüder und Schwestern.

Hal lief so schnell, wie es ihm die nur noch knapp vorhandene Luft erlaubte. Er hielt sich die freie Hand vor den Mund, um nicht zu viel von dem Kohlenstoffdioxid einzuatmen. Es half nicht viel, aber immerhin besser als gar nichts. Der tödliche Rauch nahm den Raum von oben herab ein. Langsam und die Lungen zerkratzend, sank er nach unten zu Hals baldigem Ende.

Dann war er zu sehen. Der Ausgang.

Hal legte noch einmal einen Zahn zu. Am Ziel angelangt, drückte er die Tür auf und schloss sie schnell wieder hinter sich. Er hustete den Rauch aus und frischere Luft ein. Momentan befand er sich noch nicht draußen, sondern in dem kleinen Zwischenraum vom Anfang. Er erkannte ihn an der Topfpflanze, die neben ihm stand und zuvor einen Schreck versetzt hatte. Nun war es nicht mehr dunkel. Eine große *»6«* brannte an der gegenüberliegenden Tür und schenkte dem Raum einen rot-orangen Ton. Es sollte die zweite Ziffer darstellen. Dies bedeutete also, die erste Zahl des Codes war die 86.

Hal vermutete, dass in der Bibliothek genau wie an der Tür vor ihm Öl, Benzin oder etwas ähnlich schnell Entzündbares verteilt gewesen sein musste, denn so flott brannten nicht mal trockene Bücher. Aber warum hatte er dann nichts gerochen? Oder war der Geruch in der Fleischerei noch immer dermaßen präsent und ätzend gewesen, dass es ihm nicht möglich gewesen war, so etwas wie Benzin wahrzunehmen?

Hinter sich hörte Hal den knisternden Zerfall eines Paradieses, aber für ihn würde es auf ewig als ein Ort direkt aus der Hölle in Erinnerung bleiben. Die brennende 6 war sein Tor zum Himmel. Er berührte die Klinke, die alles wieder besser machen würde. Das Gefühl, die Tür in Richtung Freiheit öffnen zu können, machte Hal glücklicher als so mancher Sex in seinem Leben.

61 LETIPAK

Der Sweeper floh aus dem flammenden Gebäude. Seine Aufgabe war erfüllt. Die fünf Bücher hatte er beschaffen können. Zusätzlich hatte er seinen Körper mit einem Weidenstock massieren lassen, dessen Resultate noch immer leicht brannten und mittlerweile juckten. Es hätte alles auch schlimmer kommen können. Hal hätte sich in die Hosen pinkeln können. Dafür sollte man dankbar sein.

Das letzte Buch, das er in seiner Hand transportiert hatte, hatte er bislang noch nicht betrachtet. Er war in dem ganzen Aufruhr um sein Leben nicht dazu gekommen. Dies holte er jetzt nach. Es handelte sich um einen über siebenhundert Seiten dicken Roman mit einem harten Einband. Vorne waren zwei merkwürdig aussehende Zeichentrickmänner abgebildet, die jeweils eine Pistole in ihren Händen hielten. Der berühmte Autor Spooky Doo hatte es verfasst und frohlockte mit dem Namen »*Die Abenteuer von Spike Spiegel und Space Dandy*«.

Dieses wahrscheinliche Meisterwerk verstaute Hal fix zu den anderen Büchern in seinem Hemdbeutel.

Die Lagerhalle brannte lichterloh. Eine riesige und immer noch größer werdende schwarze Rauchwolke zog gen Nachthimmel und verdeckte die Schönheit und Praktikabilität der Sterne. Normalerweise würde eine solche Feuersbrunst in einem Natur durchsäten Ort wie Drewhound für ungeheure Zerstörung sorgen, allerdings würde diese Bibliothek, so dachte Hal, nichts Weiteres entzünden können. Sie war umgeben von Kieselsteinen und die nächstgelegenen Bäume lagen zu weit weg, um Gefahr zu laufen, sich mit der Feuerkrankheit anzustecken.

Anstatt sich um die Bücherei zu kümmern, sorgte Hal sich vielmehr darum, dass er nicht wusste, wo er als Nächstes hinlaufen sollte. Heaven hatte mit Sicherheit irgendetwas vorbereitet, um ihm via Funkgerät weitere Instruktionen zu geben, doch vielleicht war Hal nicht in der Nähe des Gerätes und in die falsche Richtung gerannt. Das konnte gut möglich sein, immerhin war das Gebiet groß. Hal überlegte noch, ob er einfach irgendein Haus ansteuern sollte in der Hoffnung, dass Heavens Kameras ihn entdecken und er zufällig aus Absicherung auch dort ein Funkgerät versteckt hatte. Bevor er sich jedoch weiter Gedanken machen musste, hörte er bereits Heavens Stimme. Sie war ganz leise und Hal brauchte etwas, um sich nach ihr zu orientieren und auf sie zuzugehen.

»Hal! Hal? Hal! Hörst du mich? Hal! Hier bin ich! Auf dem Boden! Hal, auf dem Boden! Hierher! Komm! Putt, putt, putt! So ist fein. Putt, putt! Putt, putt, putt!«

Ein Funkgerät lag auf dem Kies. Sollte das alles sein? Ein Gerät in diesem riesigen Gebiet? Nur eins? Das konnte er nicht glauben. Das war viel zu unsicher. Deshalb war auch das Erste, was er sagte, als er das Funkgerät in seiner Hand hielt: »Wie viele Funkgeräte liegen hier noch rum?«

»Neun.« Heaven schien amüsiert. »Pass auf, mein Lieber. Während wir miteinander sprechen, kannst du dich schon mal auf den Weg zu deinem nächsten Zielort begeben. Deine Karte brauchst du dafür nicht. Ausgehend vom Eingang der Bibliothek, gehst du geradeaus, bis du an eine Straße gelangst. Folge ihr nach rechts. Irgendwann erscheint eine kleinere Straße zu deiner Linken. Dort biegst du ab. Nach kurzer Zeit siehst du auf der linken Seite einen Briefkasten. Das dazugehörige Haus ist dein Ziel. Wunder dich nicht, das Haus steht nicht direkt an der Straße, ein großer Garten liegt dazwischen. Durchschreite ihn. Im Haus selbst stellst du die gesammelten fünf Bücher irgendwo ab. Danach wendest du dich dem Karton zu, der auf dem Tisch steht. Öffne ihn. Darin steht, in welche Richtung du die erste Zahl des Codes drehen musst.«

Hal hatte sich, nachdem Heaven ihm gesagt hatte, dass er sofort loslaufen könne, an der Eingangstür der brennenden Bibliothek orientiert und war bereits wieder unterwegs. Im Moment war ihm nicht nach Laufen zumute. Die letzten Minuten war er so viel gerannt, dass ihm die Lungenflügel schmerzten und er vorerst nicht mehr aufbringen konnte als ein zügiges Marschieren.

»Warum sollte ich gerade diese fünf Bücher beschaffen?«

»Die will ich behalten. Der Rest war mir egal.«

»Gibt es hier eine Feuerwache?«

»Nicht wirklich.«

»Das heißt, niemand wird das Feuer löschen?«

»Natürlich nicht. Die Lagerhalle wird einfach abbrennen. Wen interessiert´s, Hal?«

»Viele.«

»Aber nicht mich. Und wie sollten die Halbtoten das überhaupt anstellen, he? Die sind so durch, da ist es unmöglich, dass sie etwas derartig Kompliziertes durchführen könnten. Falls du es vergessen haben solltest, es sind aggressive, mordlüsterne Ungeheuer und nicht die rational denkenden Homo sapiens, von denen sie abstammen.«

»Gurtis, ohne dir auf den Schlips zu treten, aber verkauf mich gefälligst nicht für dumm. In der Bücherei sind mir einige von deinen Ungeheuern begegnet, die alles andere als bloße Instinkte zeigten. Es wurden eindeutig logische und relativ komplexe Tätigkeiten ausgeführt. Um nur eines anzuführen: Eine Frau sortierte Bücher aus, schubste ein gesuchtes Buch zu mir auf den Gang und packte die aussortierten Bücher schnell wieder ins Regal, damit es den Anschein erweckte, als wäre das Buch von alleine herausgefallen.«

Heaven brach in Lachen aus. Er brauchte eine halbe Minute, bevor er das Gespräch wieder aufnahm.

»Du hast recht, mein Lieber. Und auch nicht. Zunächst einmal Hut ab vor deiner Kombinationsgabe, Sherlock. Unter den Opfern des Gases gibt es erhebliche Unterschiede. Manche scheinen anfälliger zu sein als andere. Einigen reißt es das Gehirn komplett auseinander, andere behalten einen zum Überleben nützlichen Teil ihrer Intelligenz und können irgendwelche Bewegungsmuster, die sich in ihrem Leben in ihre Reflexe eingebrannt haben, weiter ausführen. Hinzu kommt, dass ich bestimmten Bewohnern und meinen Untergebenen einprägsam Befehle gegeben habe, um zu sehen, ob sie diese auch nach der Verwandlung befolgen würden. Ich habe einen besseren Überblick über die Stadt und ihre Bewohner als du, Hal, und ich kann dir sagen, dass es bei einigen funktioniert, bei anderen leider nicht.«

»Was meinst du mit ›einprägsam‹?

Heaven musste erneut auflachen, doch dieses Mal nur kurz.

»Also, auch hier gab es erhebliche Unterschiede. Neben Drohungen, Erpressungen und einfacher Inanspruchnahme von Autorität gibt es auch rare Exemplare, die ich mit Drogen bearbeitet habe. LSD und Bromo Dragonfly haben sich als absolut unnütz erwiesen, aber etwas so Simples wie Scopolamin wirkt nach wie vor Wunder.«

»Scopolamin? Was ist das?«

Vor Hal zeigte sich die Straße, von der Heaven gesprochen hatte. Noch circa hundert Meter und er konnte ihr nach rechts folgen. Er kürzte den Weg jedoch erheblich ab, als er einfach die Diagonale nutzte.

»Scopolamin ist nach meinem Gas so ziemlich das Erschreckendste und Unglaublichste, was du einem anderen antun kannst. Es stammt aus Süd-Amerika und wird aus der Engelstrompete gewonnen.«

»Eine Pflanze nehme ich an und kein Musikinstrument.«

»Es ist ein geruch- und geschmackloses Puder, das du jemandem ins Getränk geben oder gleich ins Gesicht pusten kannst. Dann macht dieser Jemand alles, was du ihm sagst. Er überweist dir all sein Geld, verletzt sich selbst oder verübt gar einen Mord. Und das Beste, am nächsten Tag erinnert er sich an nichts mehr davon. Erstaunlich, was, dass so etwas auf der Welt überhaupt existieren kann? Angeblich soll die CIA die Droge auch schon als Wahrheitsserum missbraucht haben.«

»O-kay.«

Hal versuchte, diese Information zu verarbeiten. Das Ausmaß der Gefährlichkeit von Scopolamin war schwer zu begreifen und in den Händen eines Wahnsinnigen wie Heaven ohne Zweifel komplett falsch aufgehoben.

Er marschierte die breite, unebene Straße entlang. Zu seiner

Rechten konnte er noch immer erkennen, wie die Bücherei vor sich hinbrodelte. Links von ihm führte ein trockener, niedriger Graben entlang, der von einem fast sechs Meter hohen Wall begleitet wurde. Alle zweihundert Meter stand eine einsame Straßenlaterne am Rand. Es sah unheimlich aus, doch zugleich hatte es etwas melancholisch Schönes an sich. Hal arbeitete sich von Licht zu Licht. Ein jedes Nähern an eine Lampe sehnte er herbei, ein jedes Entkommen aus der Finsternis erfreute ihn und ein jedes Verlassen des nicht mal sicheren, aber sich halbwegs so anfühlenden Lichtkegels betrübte ihn. Es war ein Spiel zwischen Licht, Finsternis und Hals Schatten, der in einem Kreislauf von Wachsen, Schrumpfen und Verschwinden gefangen war.

»Bist du eigentlich auf eine Idee gekommen, wie man meine vergasten Kinder nennen könnte?«

»Ja, ich habe mir einige Gedanken gemacht. Eine relativ lange Zeit über dachte ich, dass die Bezeichnung *Blutengel* am eindrucksvollsten sei, aber ich finde, es geht noch raffinierter und intelligenter.«

»Blutengel klingt schon mal verdammt gut. Was könnte bitte noch besser sein? Da bin ich ja jetzt mal gespannt.«

»Die, sagen wir mal, normalen deiner mutierten Kinder würde ich *Piet Burnhards* nennen. Die weiblichen unter ihnen *Lucia Torhinos* und die besonderen Fälle, darunter fallen zum Beispiel die stark gefolterten, *Cooper St. Beans*.«

Heaven schwieg für einige Sekunden.

»Ist das ein Scherz?«, fragte er. Man konnte eine gewisse Enttäuschung und Hoffnung in seinen Worten heraushören.

»Nein. Ich mag die Namen. Sie geben nicht preis, um was es sich handelt, und haben irgendwie Stil.«

»Was ist mit gefolterten Frauen wie der Fleischerin? Wie heißen die? Oder sind einfach alle besonderen Fälle, ob männlich oder weiblich ... Ich hab die Namen schon wieder vergessen.«

»Die Fleischerin ist ein Mischmasch. Ich würde sagen, sie fällt unter die Kategorie *Lucia St. Bean*.«

»Warte, ich hol mir einen Stift.«

Hal war überrascht. Mit solch einer ihn beglückenden Reaktion hatte er nicht gerechnet, zumal Heaven diese Namen, jetzt da er sie sich noch extra aufschreiben wollte, ernsthaft zu akzeptieren schien.

»Okay, ich hab einen. Also wiederhole es noch mal bitte.«

»Die Normalen heißen Piet Burnhards.« Hal sprach die Namen extra langsam aus, damit Heaven genug Zeit hatte, sie sich korrekt aufzuschreiben. »Die Frauen Lucia Torhinos. Die Außergewöhnlichen Cooper St. Beans. Und die weiblichen Coopers Lucia St. Beans.«

»Hal, wie kamst du darauf?«

»Ich weiß nicht. Die Namen erschienen einfach vor meinem inneren Auge, als ich an die Monster dachte.«

»Und zu wem gehören die Namen in Wirklichkeit? Sie sagen mir nämlich überhaupt nichts.«

»Sie können dir ja auch nichts sagen, weil sie bloß ausgedacht sind.«

»Schade, ich kann leider nicht im Internet nachsehen, hier gibt es ja kein Netz. Aber ich bin mir sicher, ich würde fündig werden.«

»Natürlich würdest du fündig werden. Irgendjemand heißt bestimmt so, aber der oder die müssen ja dann nicht in Zusammenhang mit diesen hässlichen Kreaturen stehen, oder?«

»Müssen nicht.«

»Sind damit jetzt also alle getauft?«

Nach einem zögerlichen »Ja« penetrierte Hal noch etwas weiter. »Somit habe ich also meine Aufgabe erfüllt und du schuldest mir etwas.«

»Das ist richtig. Du hast etwas gut bei mir. Ich weiß auch schon was, aber das kommt erst später. Für jetzt habe ich noch ein weiteres Anliegen. Es wäre nett, wenn du dir ebenfalls einen Namen für das Gas ausdenken würdest.«

»Wird das Ganze denn ebenfalls entlohnt?«

»Selbstverständlich. Hal, wenn du mir meine Wünsche erfüllst, bezahle ich dich natürlich für deine Dienste. In der Box befindet sich neben der Richtungsweisung auch das nächste Funkgerät. Bis dahin werden wir nicht mehr in Kontakt treten können, also verlauf dich nicht.«

»Okay, bis gleich.«

»Vielleicht.«

Das Gespräch endete und Hal versenkte den überflüssigen technischen Ballast in dem Graben neben ihm. Nun hing ihm keine Stimme mehr im Ohr. Seine schnellen Schritte waren das Einzige, was Geräusche machte. Wahrscheinlich gab es noch weitere wie den Wind, der durch die Bäume säuselte, oder Mäuse, die durchs Gebüsch flitzten, doch für Hal war es momentan so, als wäre er nur für sich. Das sollte sich jedoch ändern, als er die nächste Straßenlaterne anpeilte.

Er war gerade aus dem Licht zurück in die Finsternis eingedrungen, da erkannte er in dem erhellten Plätzchen zweihundert Meter weiter einen in Schwarz gekleideten Mann. Es hätte rein theoretisch auch eine Frau sein können, doch anhand der Statur, Größe und Hals Riecher schätzte er, dass es sich um einen Mann handelte. Er stand einfach nur da.

Hal blieb nicht stehen, sondern ging weiter seines Weges, nur hielt er es für angebracht, ihn auf der anderen Straßenseite fortzusetzen. Je näher er der Gestalt kam, desto mehr konnte er über sie in Erfahrung bringen. Sie war groß und dünn, trug einen langen schwarzen Trenchcoat sowie einen flachen dunklen Gaucho Hut.

Als Hal ihm noch näher kam, versuchte er, in das Gesicht des Mannes zu blicken, doch obwohl er Hal direkt anschaute, blieb es ihm nicht vergönnt. Der Trenchcoat war so hoch- und der Hut so tiefgezogen und das Gesicht in solch einen Schatten gelegt, dass Hal lediglich zwei kleine rote Punkte dort erkennen konnte, wo seine Augen sein müssten. Er war sich nicht sicher, aber er glaubte, dass der Hutmann sehr blass war. Obwohl er sich nicht bewegte und auch nicht den Eindruck erweckte, als würde er gleich über die Straße rennen und Hal atttackieren, versetzte ihn die Erscheinung in unbeschreibliches Unbehagen.

Ob es nun ein Piet Burnhard war, konnte er nicht zu hundert Prozent verneinen, aber irgendwie ging er nicht davon aus. Genauso wenig ging er davon aus, es für eine kluge Idee zu halten, sich ihm noch weiter zu nähern. Hal, der nach wie vor sein Fleischermesser zum Selbstschutz in der Hand hielt, konnte den Blick nicht vom Mann mit dem Hut ablassen. Er befürchtete, dass, wenn er woanders hinblickte, der Mann danach weg sein könnte, ob nun gänzlich nicht mehr sichtbar oder einfach nur weg von der Lampe und einige Meter näher an Hal dran.

Als er ihn fast passiert hatte, machte der Hutmann plötzlich etwas an sich Verständliches, Kleines und Nichtiges, doch die Wirkung verstörte Hal auf ungeahnte Weise. Der Mann mit Hut winkte ihm. Ganz gemächlich grüßte er den Sweeper auf Wanderschaft. Es war kein einladendes Winken, eher ein aus Höflichkeit gefordertes und zugleich gewollt Furcht einjagendes.

Hal war überfordert mit dem eiskalten Grauen, das ihm mit dem Finger die Wirbelsäule schockkitzelte. Eine lähmende Angst unterband sein rationales Denken und Handeln eines Erwachsenen. Und so tat er in Folge dessen einfach das, was ihm in seiner Kindheit beigebracht worden war: Er winkte zurück. Es war ihm unangenehm, doch es fühlte sich richtig an. Selbst wenn es keinen Sinn machte, so sähe es zumindest für Heaven beeindruckend aus, wenn Hal einen dastehenden Albtraum grüßte. Vielleicht war es dumm, aber es suggerierte ihm selbst eine gewisse Kraft und Standhaftigkeit, mit der er auch das Nächste bewerkstelligen konnte.

Wenn er schon mit der Hand grüßen konnte, dann würde ein freundliches »Hallo!« auch nicht schaden. Das erste verschluckte er noch, da der Kloß in seinem Hals behindernder war als angenommen, und hörte sich in etwa so an: »Halglgh!«, was ihm recht peinlich war. Das zweite jedoch zeugte zwar noch immer von Eingeschüchtertheit, entrückte aber zumindest verständlich seinem Mund.

»Hallo!«

Es kam keine Antwort. Nur ein stummes Winken.

Hal ließ den Mann zurück. Sein Weg lag vor ihm und danach sehnte er sich, denn ein Mann mit Trenchcoat und Hut klebte ihm wie ein Blutegel am Rücken und winkte zum Abschied.

Einige Straßenlaternen später endeten der Wall und der Graben und ein kleiner Weg, der wohl nur in einem Ort wie Drewhound als Straße gelten durfte, löste sie ab. Hal bog hier ein, so wie Heaven es ihm gesagt hatte. Etwa hundert Meter weiter fingen zurechtgestutzte Büsche, Sträucher und Buchsbäume an, den Weg links von ihm zu zieren. Abgesperrt durch einen hüfthohen, mehrfach gestrichenen, aber von der Zeit gezeichneten Zaun, lebte hier ein großer Garten. Fünfzig Meter weiter stand ein Briefkasten mit der Aufschrift *»Westermann«* und gleich daneben ein kleines Gartentor, das Hal ohne Probleme mit einmal Herüberbeugen öffnen konnte.

Ob es nun an diesem grünen Flecken Erde oder an den Strapazen lag, die Hal jüngst über sich hatte ergehen lassen müssen, aber irgendwie spürte er, dass etwas mit ihm nicht stimmte. Ein schwummeriges Gefühl begann, seinen Körper zu durchwühlen. Wollte er sich unterbewusst davor bewahren, sich weiterer Gefahr und Stress auszusetzen? Oder setzte ihm bereits Heavens Gift wieder zu? Es war nicht glasklar, woher dieser neue Körperzustand herrührte, doch es sollte noch schlimmer werden, je weiter er sich durch den Garten zwang.

Ein sporadisch mit flachen Steinen geebneter Weg führte ihn über einen Rasen. Um ihn herum erblühte ein Garten, der an einigen Stellen wunderschön und versorgt war, andererseits Fleckchen aufwies, die völlig heruntergekommen waren. So stand beispielsweise neben prächtig grünen Sträuchern voll gelber und roter Rosen, die zurzeit ihre Blüten zum Schlafen geschlossen hielten, ein toter junger Apfelbaum. Gänseblümchen sprossen wild auf dem Gras. Das Gras selbst war an freien Flächen gemäht, hingegen dort, wo Blumen, Büsche oder kleine Bäume wuchsen, also dort, wo es nur etwas schwieriger war, mit dem Rasenmäher hinzukommen, türmten sich die Grashalme teilweise ellenhoch. Tulpen, Narzissen und vielerlei andere farbenfreudige Blumen, die Hal nicht imstande war zu benennen, lebten hier im Einklang mit meterhohen Brennnesseln, Unkraut in jeglicher Form, verfaulenden Äpfeln, Birnen, Kirschen und Pflaumen. Zwei Maulwurfhügel konnte Hal dank einigen Dutzend Glühwürmchen erkennen. Sie sammelten sich jeweils in einem Schwarm, mal hier, mal dort. Es war ein schöner, friedlicher und besonders angenehm duftender Ort, der vom Menschen zwar bearbeitet, aber zugleich auch stark sich selbst, der Natur überlassen worden war. Es wirkte eher unbeabsichtigt, so als kümmerte sich zwar jemand um den Garten, doch schien dieser Jemand überfordert mit der weitläufigen Fläche zu sein und nur das zu machen, worauf er oder sie gerade Lust hatte. Um den halbwegs verwahrlosten Ort aufzupeppen oder einfach nur aufgrund von faden Geschmacks, standen, saßen und lagen eine Vielzahl von Gartenzwergen verstreut. Wie kleine Aufpasser spähten sie unter Büschen, zwischen Blumen, auf Unkraut und dem Rasen alles ab, was sich ihnen näherte. Es wimmelte nicht übermäßig von ihnen, aber eine gewisse Vorliebe des Besitzers war unbestreitbar. Eventuell waren einige von ihnen sogar mit einer Kamera ausgestattet. Zumindest lag der Gedanke nahe, dass dies eine nette Idee war, wenn Heaven Hal die ganze Zeit über im Auge behalten wollte.

Ein kleines Gartenhäuschen mit Spitzdach kreuzte seinen Weg. Hal wagte vorsichtig einen Blick durchs Fenster, doch abgesehen von einem runden Tisch, eine den Tisch umkreisende Sitzbank, aufwendig gestickten Tischdecken und viel zu vielen winzigen Figürchen, die allesamt aus einem Überraschungsei hätten stammen können, gab es hier drinnen nichts.

Als er unter drei weißen Holztorbögen flanierte, sah er hinter einigen Birnenbäumen ein Häuserdach. Es war nicht weit weg, doch war Hals Blick bislang mehr an seiner unmittelbaren Umgebung geheftet gewesen und das Haus noch nicht ausreichend belichtet worden.

Kurz darauf teilte sich der sehr pflanzige Teil des Gartens zu beiden Seiten und gab seinen Platz für eine weiträumige grüne Grasfläche frei. Die Botanik spross wie eine Arena außen herum weiter. Nach wie vor standen Gartenzwerge wie eine Leibgarde bereit, nur kannten sie keine strategischen Schutztaktiken und lungerten lediglich dort herum, wo es ihnen gerade passte. Ein kleiner Teich beherbergte Frösche, die Hal schon von Weitem hatte quaken hören. Die zuvor noch in die Erde gelegten flachen Steine endeten hier, wohingegen die Rebellion des Maulwurfs erst richtig begann. An die zwanzig Erdhügel beschmierten das Ansehen des königlichen Grüns und die hier herumfliegenden Glühwürmchen leuchteten diese Schandtaten auch noch aus.

Das Haus, eine alte, rötlich deckige, nicht außergewöhnliche Ansammlung von Steinen, Zement, Fenstern und einer Holztür, lag noch fünfzig Meter entfernt. Neben der Tür unter einem breiten Fenster stand eine Bank. Auf ihr saß jemand.

Es war ein hochgewachsener Piet Burnhard, der, als er Hal erblickte, aufstand und noch einmal ein ganzes Stück größer wurde, als man es sich hätte ausmalen können. Er besaß ein breites Kreuz, dicke Arme und eine pralle Brust. Im Armdrücken oder Bankpressen würde Hal sich nicht mit ihm messen wollen.

Sofort nachdem er sich aufgerichtet hatte, begann Piet, laut zu fluchen. Er beschimpfte und drohte Hal mit einer äußerst unangenehmen, tiefen Stimme, aggressiven Gesten und Worten beziehungsweise Lauten, die er und wahrscheinlich nicht mal Piet selbst verstehen konnte. Hal rührte sich nicht. Er wollte noch etwas abwarten, um zu sehen, was Piet als Nächstes unternehmen würde. Da rannte dieser plötzlich auf ihn zu.

Abrupt blieb er stehen und fing an, die herumstehenden Gartenzwerge auf Hal zu werfen.

Hinter den Geschossen steckte solch eine Wucht, dass, wenn ein Zwerg an Hal vorbeiflog, er den Luftzug hören und sogar spüren konnte. Träfe auch nur einer von den kleinen Männern sein Ziel, würde Hal sich ein Loch mit dem Maulwurf teilen müssen.

Der Sweeper wich geschickt aus. Zwerge zerschellten zu seinen Seiten und vor seinen Füßen. Einmal schmiss er sich sogar auf den Boden und entging so nur knapp einer schweren Verletzung.

Als er Piet fast erreicht hatte, steckte Hal seinen Schraubendreher ohne hinzusehen zurück in seinen Gürtel und wechselte das Fleischerbeil in seine linke Hand. Dann machte er sich bereit. Rechts oberhalb seines Kopfes zischte ein Gartenzwerg vorbei. Den Nächsten allerdings hob er selbst auf. Hal hatte mit dem Gedanken gespielt, einen aus der Luft zu fangen, aber das Risiko hatte er nicht eingehen wollen.

Mit dem Zwerg in der Hand lief er wie ein Footballspieler Richtung Endzone. Dem folgenden Geschoss wich er mit einem Schritt zur Seite aus. Danach folgte noch ein weiterer Gartenzwerg, der jedoch gänzlich an Hal vorbeiging. Nun war seine Stunde gekommen.

Er war keine zehn Meter mehr von Piet entfernt. Piet war gerade zu einem neuen Männchen unterwegs und schaute absichernd zu Hal herüber, als dieser seinen ersten Gartenzwerg warf.

Das Tonwerk sauste durch die Luft und zersprang an Piets Intimbereich.

Wie viel Schaden dadurch verursacht wurde, war von außen nicht einzusehen. In jedem Fall krümmte sich Piet auf der Stelle nach vorne und machte keinerlei Anstalten, sich wieder zu bewaffnen. Aber selbst wenn er es wollte, Hal gab ihm keine Gelegenheit dazu.

Nicht mal eine Sekunde nachdem Hals Gehirn die Wirkung seines Treffers verarbeitet hatte, spurtete er weiter nach vorne, sprang vor Piet, der aus einem Überlebensinstinkt heraus noch einmal nach oben schaute, in die Luft und verpasste ihm mit seinen Füßen einen Dropkick ins Gesicht, der ihn vorbildlich auf die Bretter schickte.

Hal landete zwar länglich auf dem Boden, aber er hatte seinen Aufprall gedämpft, sodass er sich ohne Weiteres sofort wieder aufrichten und seinen Job beenden konnte. Er holte mit seinem Fleischerbeil aus und enthauptete mit einem einzigen Hieb den benommenen Piet. Sein Kopf war nun vom Rest getrennt. Ein schnell ansteigendes Blutmeer verband die kleine mit der großen Körperinsel, an der Hal nicht lange danach sein Beil wieder säuberte.

Er hatte mal gehört, dass, wenn jemand geköpft wird, für ein paar Sekunden noch genügend Blut im Gehirn vorhanden bleibe, sodass der Enthauptete noch kurz alles sehen und hören könne. Das war auch der Grund, warum man nach dem Tod durch die Guillotine den abgeschnittenen Kopf nach oben gehalten und der begeisterten Meute präsentiert habe. Es habe nicht dazu gedient, allen zu zeigen, dass der Verbrecher nun tot war, sondern der Verbrecher habe mitbekommen sollen, wie sich alle über seine Hinrichtung freuten.

Ganz schön makaber, dachte Hal.

Mit dem Schraubendreher in der Hand, spazierte er zur Haustür. Er öffnete sie und trat ein.

Das Licht zeigte sich gütig und ließ sich einschalten.

Hal befand sich in einer kleinen Waschküche mit angrenzendem Flur. Apfelstücke trockneten auf einer Waschmaschine und ein halbvoll gehängter Wäschebügel stand in der Ecke.

Als er auf dem Flur einen Plüschaffen auf Kinnhöhe passierte, zuckte er vor Schreck zusammen, denn der Affe begann zu pfeifen. Es handelte sich um ein Spielzeug, das beim Passieren eines Sensors ein Geräusch erzeugt. Hal hätte sich vielleicht sogar darüber belustigt, darauf hereingefallen zu sein, aber ihn besorgte die Frage, ob dieses Pfeifen jemanden in dem Haus warnen sollte. Und falls nicht, ob es das trotzdem getan hatte.

Weiter geradeaus auf der rechten Seite führte eine Tür zu einer Gästetoilette. Hal untersuchte sie kurz auf versteckte Feinde. Danach ging er zurück und bog in den Fortgang des Flurs ein.

Links neben einer nach oben führenden Treppe lag ein Arbeitszimmer mit einem Bücherschrank und einer Nähmaschine. Ein Sofa stand hier, verschiedene Deckchen, ein Tisch sowie ein Haufen Briefe mit oder auch ohne dem dazugehörigen Briefumschlag.

Rechts vom Flur war die Küche. Ein blaues Plastiksparschwein diente als Türstopper.

Am Ende des Flurs ging es zum Wohnzimmer, dem Ort, wo er eigentlich hin sollte. Hal überlegte, ob er zuvor noch im oberen Stockwerk alles prüfen sollte, negierte aber diesen Plan. Er würde einfach die Wohnzimmertür hinter sich schließen und wenn Piet, Lucia oder Cooper vorbeischauen sollten, würde er sich auch im Wohnzimmer mit ihnen befassen können.

Hal öffnete die Tür. Behutsam, leise und mit Waffen im Anschlag knipste er den Lichtschalter an. Er war auf das Schlimmste gefasst, doch niemand war hier. Das Wohnzimmer war gemütlich altmodisch eingerichtet; das Neueste war wahrscheinlich der große Röhrenfernseher. Zwischen Sessel und Sofa stand ein Glastisch. Darauf lag eine Schachtel. Sie war so hoch und lang wie eine Schuhbox, aber zweimal so breit. Wie ein unschuldig dreinschauendes Rechteck in einer runden Welt lauerte sie da. Was mochte wohl darin sein? Einfach nur die Codeinformation und das Funkgerät? Hal ging nicht davon aus. War es wie in dem einen Film, den er bereits siebenmal gesehen hatte, ein abgetrennter Kopf? Oder ein anderes Körperteil? Eine giftige Schlange vielleicht?

Bevor er es allerdings herausfinden würde, öffnete er zunächst sein Hemd. Die Bücher stellte er neben die Box, woraufhin er sein zerknittertes Oberteil wieder anzog. Die erste Berührung an seinen blutigen Striemen war etwas unangenehm, doch das legte sich schnell. Das Hemd wärmte seinen für seinen Geschmack zu kühlen Körper. Auch wenn es nur ein wenig war, so fühlte es sich dennoch angenehmer an.

Eine Kartonschachtel vor sich zu haben, kann wahrlich merkwürdig sein. Wenn man sie in bestimmten Situationen öffnen soll und man nicht weiß, was darin verborgen ist, kommen Gefühle auf, die unverhältnismäßig extrem sind, dafür dass es sich lediglich um eine Box aus Pappe handelt. Hal war merklich nervös. Er redete sich ein, bloß Zeit zu verschwenden und endlich in die Schachtel zu sehen, denn so oder so würde er nicht daran vorbeikommen. Aber einfacher gesagt als getan. Hal, dessen bisherige Fantasie in dieser Nacht bereits mehrfach übertroffen worden war, malte sich Dinge aus, die jenseits von Gut und Böse waren. Vielleicht war tatsächlich nur das Nötigste darin. Vielleicht. Wahrscheinlich. Möglicherweise aber auch nicht.

»Fuck it!«, fluchte er, um Stärke und Mut zu sammeln. Seinen Oberkörper möglichst weit weg- und seinen rechten Hackebeilarm nach vorne gestreckt, setzte er die flache Seite seiner Klinge unter die äußere Kante des Deckels an. Dann hievte er mit einem zusammengekniffenen Gesicht voller Unlust und Besorgnis den Deckel herunter.

Postwendend zog ein flatternder Sturm durch das Zimmer. Ein schnell ansteigendes Chaos aus Flügeln und Beinen versetzte den Raum in solch hektischen Aufruhr, dass Hals Hypothalamus nahezu durchdrehte. Wie von Sinnen, nur aus Affekt handelnd, schlug und schützte er sich, wild mit den Armen wedelnd. Ihm war nach Schreien, doch nur vereinzelt entglitt ihm ein kurzes panisches Fiepen, das förmlich darum flehte, hier wegzukommen. Mitunter wurden seine Angstmuckser unterbrochen, da ihm Flügel, Beine oder gar ein Kopf, von denen er jeweils hoffte, dass es nicht so war, in den Mund gerieten. Und das Schlimmste war, dass diese Tiere einen Narren an ihm gefressen zu haben schienen. Es war so viel Platz übrig, aber die meisten Motten fixierten nur ihn. Die esstellergroßen Flattermonster nahmen ihm sowohl die Sicht als auch die Fähigkeit zu hören, da sie so laut mit ihren Flügeln schlugen.

Wie ist das möglich?!

Die Frage rumorte in Hals Kopf, während er mit seinem Körper wild herumspackte. Er konnte sich partout nicht erklären, wie dieser riesige Schwarm in eine vergleichsweise so kleine Schachtel gepasst hatte.

Seine Gänsehaut versuchte, die Motten möglichst weit von sich wegzuschieben, aber es war sinnlos. Obwohl sie nicht imstande waren, Hal zu verletzen, griffen sie ihn an. Es war verblüffend, dass derjenige, der nicht besiegt werden konnte, sich wie der Verlierer fühlte und bloß noch flüchten wollte.

Hal wehrte sich mit allem, was er hatte. Sein Fleischerbeil fetzte wieder und wieder durch den Insektenschwarm. Er merkte nicht einmal, dass er welche traf. Flügel und Körper wurden zerteilt und fielen zuckend auf den Teppich, doch es ergab sich keine Lücke. Sobald eine Motte aus der Welt geschieden war, wurde ihr Platz bereits von einer anderen eingenommen.

Auf seinem Schraubendreher, mit dem er blindlings nach allen Seiten zustieß, war eine der Motten aufgespießt und umschlang mit ihren langen Beinen seine Finger wie ein Ertrinkender, der versucht, sich an irgendetwas festzuklammern, desinteressiert, ob er dabei jemand anderen unter Wasser drückt.

Hal musste hier raus. *Sofort!* Trotz der schieren Panik, die ihn übermannte, war ihm bewusst, dass, wenn er jetzt bloß nach Instinkt handelte, es ihm nichts bringen würde. Und so schaffte es ein kleiner Teil seines Gehirns, seine restliche Vernunft und Intelligenz zu bündeln.

Es brachte nichts, ohne die Box hinauszurennen, denn dann

müsste er wiederkommen und stünde erneut vor demselben Problem.

Er wühlte und fühlte sich zum Tisch durch; dabei tat er sein Bestes, das Geflatter und Getatsche einfach über sich ergehen zu lassen. Die Schachtel in den bewaffneten Händen haltend, powerwalkte er zur Wohnzimmertür. Er öffnete und schloss sie so schnell es ging und ließ dabei schon mal einen Großteil der Plage zurück.

Nun könnte er nach draußen rasen, doch damit wäre es wohl noch nicht getan. Die Motten sahen Hal als ihren Lichtgott an. Das musste sich ändern. Die Box ließ er unten an der Treppe stehen und lief nach oben. Würde ihn nun jemand beobachten – was bestimmt der Fall war –, so sähe es aus, als hätte Hal einen lebenden Ganzkörperanzug oder einen kleinen Tornado an. Die Motten zu erschlagen, damit hatte er aufgehört, stattdessen hielt er die Arme schützend um seinen Kopf. Es war wie ein winziger Ort der Ruhe, während komplett um ihn herum die riesigen Motten an ihn heranklatschten und krabbelten.

So arbeitete er sich die Treppe hoch. Nach wie vor bestand die Gefahr, von einem Vergasten angegriffen zu werden. Hal hatte die obere Etage nicht nach Feinden abgesucht, aber jetzt war es zu spät und er musste ins kalte Wasser springen. Er hoffte, dass ihm dies in dieser Situation, in der er nahezu nichts sehen konnte, nicht zum Verhängnis würde.

Oben an der Treppe angekommen, spähte er durch den winzigen Sichtspalt zwischen seinen Armen und den Motten nach links ins Schlafzimmer. Jetzt extra nach einem Lichtschalter zu suchen, wollte er nicht. Das Licht im Flur reichte aus, um zu sehen, dass niemand im Raum stand.

Rechts vom Schlafzimmer, gegenüber der Treppe, gab es eine verschlossene Holztür, der Hal vorerst keine Beachtung schenken wollte. Ganz im Gegensatz zu der Tür rechts davon, die in das Badezimmer führte.

Der Lichtschalter war nicht schwer zu finden. Hal schloss sich zusammen mit den restlichen Motten ein. Dieses Mal ging er allerdings sicher, dass er keine zurückließ. Wenn er hier wieder herauskam, wollte er sich nicht noch auf dem Flur oder im Garten mit den Viechern herumschlagen müssen.

Ohne Umschweife stellte er sich unter die Dusche und drehte sie bis zum Anschlag auf. Das kalte Wasser rasselte auf ihn ein. Es war weniger erfrischend als vielmehr schmerzhaft, da es sich in seine offenen Wunden fräste. Er biss die Zähne zusammen und erhöhte den Druck, mit dem er seine Waffen festhielt, um der anfänglichen Qual besser standzuhalten. Als der Schmerz nach einigen Sekunden schleichend versiegte, begann auch sein Plan, allmählich Früchte zu tragen.

Der Wasserschauer setzte den Motten stark zu. Ihre empfindlichen Flügel waren nicht dafür geschaffen, dergleichen auszuhalten. Zwar waren sie größer als normal, aber das änderte nichts an ihrem Aufbau. Sie plumpsten einfach herab, klammerten sich still schweigend an Hal fest, krabbelten an ihm herum, um Schutz zu suchen, oder versuchten wegzufliegen. Hal drehte sich, damit alles an ihm nass wurde. Auch nahm er den Duschkopf in die Hand und schoss damit die kleinen Feinde ab. Das Wasser wurde langsam wärmer. Es wurde angenehmer, bis es schließlich heiß wurde und zwar so heiß, dass es selbst für Hal zu viel wurde und er sich fortan nur noch an das Verbrennen der Motten machte. Landeten welche in seiner Fußnähe, trat er sie mit einem lauten Knacken zu einer glibberigen Masse. Er musste sie dafür nicht einmal sehen; das Geräusch verriet ihm, dass er das Richtige tat. Die, die noch immer an ihm festhielten, wischte er einfach von sich herunter. Unter ihm machte sich ein klebriger Eintopf breit, der sich nur schwerlich vom Wasser wegspülen ließ. Die großen Mottenstücke verstopften den Abfluss, wodurch der mit Insektenstückchen und -blut gefüllte Wasserpegel stetsfort anstieg.

Einige Motten flogen noch Abstand suchend im Raum herum oder krochen auf den Fliesen um ihr Leben, aber keine einzige zeigte mehr Interesse an dem Sweeper. Der anfängliche Sturm hatte sich gelegt und die damit einhergehende Zerstörung zeigte sich. Die freigelegten Körpersäfte und -teile der Insekten beruhigten Hals Gemüt. In diesem Meer aus Exkrementen fand er Frieden und Glückseligkeit, so merkwürdig das auch klingen mag.

»Leckt mich am Arsch!«, stieß er erschöpft und triumphierend aus. »Das mach ich nicht sauber!«

Er drehte das Wasser ab und trat aus der Dusche in die übergeschwappte Matsche. Die mittlerweile tote Motte zog er angeekelt von seinem Schraubendreher, der nun von einem grüngelben Schleim überzogen war. Sein Fleischerbeil sah noch übler aus. Abgesehen von der grün-gelben Substanz klebten auch Mottenreste daran. Hal beobachtete die übriggebliebenen lebenden Tiere um ihn herum, doch sie taten nichts. Sie hatten ihren Kampfwillen verloren.

Mit Wasser und einem Handtuch säuberte er seine Waffen.

Er gönnte sich ein paar Schlucke aus dem Hahn und ließ das Zimmer wieder hinter sich. Seine Umgebung sicherte er mit einem geschulten Blick ab. Dann stieg er die Treppe hinunter.

Die Abscheulichkeit der jüngsten Prüfung hallte noch in ihm nach. Fortan würde er wohl jedes Mal unfreiwillig an dieses Ereignis zurückdenken und erschaudern, wenn er irgendein Insekt mit großen Flügeln vor sich sähe; die wunderschönsten Schmetterlinge mit eingeschlossen. Was für schauerliche, garstige Tiere sie doch waren!

Hal hatte zum ersten Mal eine freie Sicht auf den Inhalt der Box. Darin lag ein etwas anderes Funkgerät als die, die er zuvor benutzt hatte. Die grauen waren etwas größer gewesen als das jetzige schwarze Modell. Neben dem Funkgerät fand er auch einen Zettel:

LINKS
Ruf mich an

Hal wollte für das Gespräch nach draußen gehen; das Klatschen der Mottenflügeln im Wohnzimmer behagte ihm nicht. Bevor er dies allerdings tat, machte er noch einen Abstecher in die Küche. Hier fand er ein neues Messer für sein Sortiment. Dieses war zwar kleiner als seine vorherigen, dafür aber auch schärfer. Er steckte den Schraubendreher sowie das Fleischerbeil in seinen nassen Gürtel und hantierte probeweise mit seiner neuen Waffe herum.

Beim Hinausgehen erwischte der pfeifende Affe Hal aufs Neue. Er hatte ihn völlig vergessen und ließ deswegen beinahe das Funkgerät fallen.

»Fick dich doch!«, platzte es aus ihm heraus. Kurz darauf flog der Affe durch die Luft, bis er mit der Wand neben dem Gäste-WC kollidierte.

Zurück an der Nachtluft fröstelte es Hal in seiner nassen Kleidung. Sie würde einige Zeit brauchen, bis sie getrocknet war, aber extra nach neuen Sachen Ausschau zu halten, war es einfach nicht wert.

Während er sich auf der Sitzbank kurz ausruhte, wandte er seinen Blick kaum ab vom geköpften Piet.

»Gurtis, bist du da? Over.«

»Natürlich. Und lass uns doch auf *Roger*, *Over* und den ganzen anderen Schmu verzichten. Wir kennen uns mittlerweile so gut, da brauchen wir das nicht. Wie geht es dir?«

»Ehrliche Antwort?«

»Gern.«

»Du kannst mich mal kreuz- und querweise an meinem haarigen, nicht abgewischten Arsch lecken!«

Heaven lachte. »Schön zu hören, Hal.«

»Brauche ich noch die Karte oder reichen mir deine Wegbeschreibungen?«

»Die Karte brauchst du nicht.«

»Gut. Ich kann sie nämlich auch gar nicht mehr gebrauchen.«

Hal holte den völlig durchnässten Stadtplan hervor. Ein Blick genügte, um zu wissen, dass ein Weiterarbeiten hiermit mehr schlecht als recht nützen würde. Folglich klatschte er ihn einfach neben sich auf die Bank.

»Ich hab einen Namen für das Gas.«

»Ah, lass hören.«

»Heaven´s Breath.«

»Gekauft. Wird patentiert. Danke, Hal. Nun, da das geklärt ist, kommen wir zum Standort der nächsten Ziffer.«

»Warte. Gurtis, mir geht es nicht gut. Und damit meine ich nicht wegen dem, was ich erlebt oder getan habe. Mir ist schon länger schwummerig und es wird immer schlimmer.«

»Schwitzt du?«

»Etwas. Und mir ist kalt. Ich fange an zu zittern.«

»Herzflimmern?«

»Ja.«

»Ja, das kommt von der Zeit auch hin. Ab zum Doktor mit dir.«

»Nein, jetzt mal im Ernst.«

»Das war kein Witz. Ich hab dir vorhin erzählt, dass dein Körper noch nicht immun sei gegen Heaven´s Breath. Du brauchst eine Injektion. Dringend. Wenn du meine Empfehlung hören willst: Du solltest dich beeilen, bevor du zu schwach oder es, einfach gesagt, zu spät ist. In einer Arztpraxis etwa zwei Kilometer von hier habe ich den Impfstoff für dich bereitliegen. Der Herr Doktor wird ihn dir geben.«

Hal gefielen die Worte »Doktor« und »wird ihn dir geben« alles andere als gut.

»Ich dachte, es gibt hier nur einen Arzt. Und der wohnt in einer ganz anderen Richtung, nicht zu erwähnen die Entfernung, die weit mehr als zwei Kilometer betragen dürfte.«

»Ich weiß, wen du meinst, aber hier handelt es sich um eine Zahnarztpraxis. Lauf durch den Garten zurück zur Straße. Der folgst du dann einfach. Also nicht zurück nach rechts, sondern nach links runter. Nach der zweiten Kreuzung siehst du vier Häuser. Drei links, eines auf der rechten Seite. Das mittlere der drei ist die Arztpraxis. Die beiden Häuser daneben liegen brach. Eine genauere Beschreibung brauchst du nicht.«

»Na toll, ich darf wieder laufen.«

»Sport tut gut, wie ich hörte. Und jetzt beeil dich, schmeiß das Funkgerät weg und nimm die Beine in die Hand, mein Fr–«

Wie ein Umweltsünder Müll wegschmeißt, warf Hal das Funkgerät auf den Boden. Dann begann er, gegen die Zeit anzurennen. Er raste durch den Garten. Zwei Kilometer waren lang, wenn man sie schnell hinter sich bringen musste. Hinzu kam, dass Hal bereits erschöpft war und das Gas in seinem Körper ihm zu schaffen machte.

Mit jedem seiner Schritte hörte er, wie Feuchtigkeit aus seinen Schuhen trat. Er schwitzte und sein Herz flackerte. Doch zumindest konnte er sein Zittern durch die sportliche Betätigung in einem gewissen Rahmen eindämmen.

Die Straße war noch weniger beleuchtet als die davor. Hier gab es zwar ebenfalls Straßenlaternen, aber waren sie hier nur alle 350 bis 400 Meter anzutreffen. Vor den Mond hatten sich graue Wolken geschoben, die nur hin und wieder so freundlich waren, etwas Mondlicht mit Hal zu teilen. Gerade jetzt, wo die Umgebung relativ flaches Land war, hätte er ein wenig Beistand von oben gut gebrauchen können. Aber so konnte er immer nur das schwache Lampenlicht am Ende seines Horizonts anvisieren. Nun war es kein Wechselspiel mehr zwischen Licht, Finsternis und Licht, das er auf der anderen Straße erlebt hatte, sondern eines aus Licht, Finsternis ... mehr Finsternis ... noch mehr Finsternis ... und wieder etwas Licht.

Schon bald musste Hal einen Gang zurückschalten. Er war schnell gestartet, nur konnte er das Tempo nicht halten. Wahrscheinlich wäre ihm dies auch nicht gelungen, wenn er im Vollbesitz seiner Gesundheit gewesen wäre. Nun joggte er in einer Geschwindigkeit, bei der er die Seitenstiche noch verkraften konnte. Sein Zittern wurde schlimmer, je brachialer sein Herz tobte. Sein Kopf dröhnte so stark, dass es seine Ohren betäubte. Es war, als flöge er in einem Flugzeug und seine Trommelfälle würden eingedrückt.

Nach drei Straßenlaternen überquerte er eine einsame Kreuzung. In einer Ecke war etwas Erde aufgewühlt, als hätte dort jemand vor kurzem etwas vergraben. Hal sah es nur zufällig, da er genau daneben herlief, schenkte dem Ganzen aber weiter keine Beachtung.

Die zwei Kilometer kamen ihm länger vor, als sie eigentlich waren. Hal war erschöpft und spürte, dass mit ihm etwas überhaupt nicht stimmte. Es war wie vorhin in dem verriegelten Raum, als das Gas in den Raum gelassen worden war und seine Atemwege befallen hatte. Dieselben Symptome, die ihn dort schlagartig überrannt hatten, schlichen sich nun ganz langsam wieder bei ihm ein. Seine Muskeln schmerzten und spannten sich krampfartig an. Schweißperlen rannen ihm das Gesicht herab. Seine Knochen fühlten sich an, als versuchten sie, sich selbst zu brechen. Eine Metamorphose war im Gange; eine Operation ohne Betäubung.

Nach objektiv kurzer und subjektiv langer Zeit sah Hal links neben der nächsten und einzigen Straßenlaterne der näheren Umgebung das besagte leerstehende Haus. Rustikales, kaputtes Äußeres mit morschen Brettern vor den Fenstern und einer Haustür in Dunkelgrün. Mehr nahm Hal schon gar nicht mehr wahr. Zehn Meter weiter stand das Gebäude zu seiner Rett-ttung. Er fragte sich, aus welchem Grund man bei so viel Platz die Häuser so nah beieinander gebaut hatte. Dumme Planung, dummes Resultat. Aber das war nicht sein Bier.

Die Zahnarztpraxis hatte ein Schild am Eingang:

ZAHNARZTPRAXIS
Dr. med. dent. Fritz Friedrich
Mo., Di. und Mi. 10:00 – 12:00 und 14:00 – 16:00
Do 13:00 – 16:00
Für weitere Termine bitte bei mir zu Hause klopfen.

Hat nicht gerade viel zu tun der gute Mann.

Hal kämpfte sich die einzige Stufe zur Eingangstür hoch.

Als er sie öffnete, ertönte ein metallenes Glockenspiel. Es brauchte einen Moment, bis er verwundert war, dass hier das Licht eingeschaltet war. In diesem Dorf in dieser Nacht war das alles andere als selbstverständlich. Die Praxis war zu Hals Erstaunen sauber. Der blaue Teppich, die hellgelben Wände, an denen lauter Kinderzeichnungen in Bilderrahmen hingen, und der Schalter, der mit einem uralten Computer ausgerüstet war, waren für eine Arztpraxis, in der einen normalerweise schon der Geruch verjagt, relativ einladend, wäre da nicht die Schwester, die Hal, hinter dem Schalter sitzend, anglotzte.

Lucia trug ein weißes Polohemd und hatte ihre Haare zu einem Pferdeschwanz gebunden. Aus irgendeinem Grund stand die ganze Zeit über ihr Mund offen. Sie schluckte nie und sabberte aufgrund dessen so viel, dass ihr permanent der Speichel das Kinn heruntertropfte.

Sie war zu weit weg und der Schalter zu groß, um Hal mit einem plötzlichen Angriff überraschen zu können. Sein Messer lag bereit in seiner Hand. Doch anstelle einer guten alten Beulerei mit Todesfolge verwies Schwester Lucia Hal mit einer Geste, im Wartezimmer Platz zu nehmen. Er schaute recht blöd aus der Wäsche, als sie sich daraufhin wieder mit ihren Belanglosigkeiten beschäftigte und ihn sich selbst überließ. Leicht verwirrt folgte er ihrer Anweisung und machte Sitz.

Das Wartezimmer hatte sechzehn Stühle, einen Tisch mit einem grauen Funkgerät sowie lauter Magazinen darauf, die Hal nicht kannte. *»Mutter Grizzly – Wilde Tiere, Liebe und Triebe«* und *»Hirschfleisch – Die neuesten Getränke«* lagen neben der aktuellen und gestrigen Ausgabe der *»Drewhound D(rew)aily«*, die Hal bereits in *Drews Diner* gesehen hatte und von der er immer noch nicht glauben konnte, was für einen bescheuerten Namen man ihr gegeben hatte.

Er wühlte mit zitternden Händen zwischen der Lektüre herum. Letztlich fiel die unzufriedene Auswahl auf das unterste Heft *»Lies mich, ich bin gut«*, einem Magazin über C bis D-Promis für C bis D-Promis und Otto Normalverbrauchern, die nicht merken sollen, dass die meisten VIPs nicht important, sondern einfach nur very sind.

Hal blätterte darin herum. Ihm war niemand in der Zeitschrift geläufig und es war gut so. Gerade bevor er einen gestresst-gelangweilten Seufzer ausstoßen wollte, sprach Heaven durch das Funkgerät.

»Der Herr Doktor bereitet zurzeit noch die Impfung vor. Gleich müsste er soweit sein.«

»Hätte er das nicht schon vorher machen können?«

Hal hatte das Gefühl, als würde sein Körper gleich explodieren.

Die Seiten des Heftes wurden nass von seinem Schweiß. Ohne im jetzigen Zustand die kleine Schrift überhaupt noch richtig lesen zu können, schaute er sich lediglich die Bilder und großen Überschriften an. Er versuchte, sich irgendmöglich abzulenken. Die Hektik stieg zunehmend an, weshalb er sich auch dazu entschloss, einen kleinen Plausch zu halten.

»Wieso gibt es ein Wartezimmer bei so wenig Einwohnern? Ist ja nicht so, als könnte man es nicht koordinieren, Termine so zu legen, dass alle zufrieden sind. Und sollte doch mal jemand warten müssen, könnte man genauso gut einen Stuhl in den Flur stellen.«

»Wahrscheinlich war einfach nur genügend Platz da«, antwortete Heaven in einer irgendwie beruhigenden Stimme.

»Und warum stehen Horoskope eigentlich nicht auf der Witzeseite?«

»Weil man Witze ernst nehmen kann.«

Hal schmunzelte. Die Erklärung gefiel ihm.

»Dr. Heaven, soll ich Ihnen mal etwas verraten?«

»Nur zu, Mr. Furbita. Und nennen Sie mich doch Gurtis.«

»Nun, Gurtis, wo ich schon mal beim Zahnarzt bin, interessiert es dich vielleicht zu hören, dass ich zwar keine schlechten Zähne habe, aber auch nicht gerade perlenweiße. Ich bin jetzt siebenundvierzig, da ist das normal. Nicht dass ich vorher mit ihnen glänzen konnte, aber mit dem Alter kommt halt das Alter. Hinzufügend möchte ich allerdings sagen, dass ich dieses Hollywoodlächeln ohnehin hasse. Das sieht nicht umwerfend gut aus, sondern falsch, unnötig und irgendwie erbärmlich. Es gibt Prominente, die sind zu stolz, um sich schneeweiße Zähne machen zu lassen. Daran sollten sich alle mal ein Beispiel nehmen.«

Hal gab sein Bestes, um sich abzulenken. Jedes Thema und war es noch so dämlich, dass ihn davor bewahrte, sich nicht auf der Stelle auf dem Boden in eine Fötusstellung zu begeben und vor Schmerzen einfach loszuweinen, war ihm recht. Das war wahrscheinlich auch der Grund dafür, dass er mehr Emotionen in seine Worte gelegt hatte, als angebracht oder nötig gewesen wären. Heaven hingegen begrüßte diese schiere Nacktheit von Hal und genoss dessen Redseligkeit.

»Ich habe nicht mal mehr alle meine Zähne. So einige dritte sind schon darunter oder, um genau zu sein, nahezu alle.«

»Wie kommt´s? Schlechtes Zahnfleisch?«

»Wenn ich in meine Arbeit vertieft bin, vergesse ich, sie zu putzen. Dann interessieren mich einfach spannendere Dinge. Na ja, und das rächt sich später natürlich. Aber das ist schon in Ordnung. Es zahlt sich ja aus.«

Die Arzthelferin stand plötzlich neben Hal. Er war so in das Gespräch vertieft und von seinem dröhnenden, Schweiß geradezu spuckenden Kopf dermaßen abgelenkt gewesen, dass er sie nicht bemerkt hatte. Sie hielt ein Klemmbrett in der Hand und deutete mit einer Hand auf das Zimmer am Ende des Flurs. Sich kaum auf den Beinen halten können, stand Hal auf; das Messer zur Not einsatzbereit.

»Mach es dir bequem. Leg dich hin. Der Arzt kommt gleich und gibt dir deine Spritze. Entspann dich«, erklärte ihm Heaven zum Abschied.

»›Entspann dich.‹ Tse!«

Hal torkelte bis zum Ende des Flurs. Einmal drehte er sich noch um, nur zur Sicherheit, dass Lucia nicht doch noch etwas mit ihm vorhatte, aber die saß bereits wieder hinter ihrem Schalter; zumindest nahm Hal es einfach an, da sie nicht mehr zu sehen war. Auf dieser nur kurzen Strecke wurde das leichte Messer in seinen schlaffen und zugleich überspannten Armen verblüffend schwer. Das Fleischerbeil zu schwingen, dazu fehlte ihm die Kraft, weshalb er stattdessen lieber noch seinen Schraubendreher in die Hand nahm.

Hal stöhnte, als er den Behandlungsraum betrat. Es war ein weißes, unangenehm nach Sterilisation riechendes, gewöhnliches Zahnarztzimmer. Es gab ein Waschbecken, an der Wand Bilder von schönen Gebissen und natürlich den bösen Liegestuhl, vor dem die allgemein bekannten Folterinstrumente auf einem Tablett bereitlagen.

Hal ging es so dreckig, dass er nur noch verschwommen und alles doppelt sah. Er schätzte sich glücklich, auf den Stuhl gekommen zu sein und die Kraft aufbringen konnte, nicht einfach wieder herunterzufallen.

»Nun komm schon!«, schrie er heraus. Ihm war es egal, wie abwegig und grotesk diese Situation war. Er sollte sich von einem Piet oder Cooper seelenruhig, auf einem Zahnarztstuhl liegend, eine Impfung geben lassen. Und wenn schon! Dann würde er es eben tun. Wen kümmerte es? Hauptsache diese Schmerzen hörten auf. Kurzzeitig dachte Hal sogar, dass es gar nicht mal so schlimm wäre, wenn er endlich mutierte. Er wäre nicht mehr er selbst, aber immerhin besser, als einen Körper ertragen zu müssen, der einem nichts weiter zufügt, als den Wunsch erlöst zu werden.

Sein Messer entglitt seinen schwächelnden Fingern, als er vor lauter Erschöpfung und Überlastung für eine Sekunde einfach wegnickte. Das Geräusch der Klinge auf dem harten Boden holte ihn zurück ins Halbwachsein. Der Schraubendreher lag an seinen Fingern auf seinem Schoß, aber das reichte ihm nicht. Hal wollte sein Messer. Oder nicht? War das nötig? Den ganzen Weg nach unten, nur um so etwas Kleines aufzuheben? So viel Arbeit für was denn? Brauchte er es? Nein, mit Sicherheit nicht so dringend, wie hier jetzt halb sitzend liegen zu bleiben und auf Hilfe zu warten. Das war ein guter Plan. Einfach nur möglichst wenig bewegen und die Hände auf dem sich selbst auseinanderzureißen scheinenden Bauch legen. Ja, das tat den Umständen entsprechend gut. Und wenn jetzt endlich der Arzt mit der langen Nadel kommen würde, wäre es perfe–

»Hey, da is` er ja!«, freute sich Hal.

Der Rücken des Doktors war zu ihm gerichtet. Er schloss gerade die Tür und die beiden waren allein. Die traute Zweisamkeit verebbte jedoch, als er sich umdrehte und blitzartig darin überging, manisch auf seinen Patienten loszugehen.

Hal, der zuvor noch in einem Wahn zwischen Schmerzen und gedämpfter Ruhe dahinvegetiert war, wurde kurzfristig von einem Schuss Realitätsrückkehr getroffen. Das Gesicht von Zahnarzt-Cooper war dermaßen entstellt, dass es Hal so fix mit Adrenalin vollpumpte, dass sich seine Höllenqualen schlagartig in den Hintergrund stellten.

Zahnarzt-Cooper fiel ihn mit einer mit pinkem Antiserum gefüllten Spritze an, aber Hal vermochte es noch rechtzeitig, dessen Hand fest- und von sich fernzuhalten.

Die blutüberlaufenen Augen jagten ihm zwar nach wie vor einen Schauer über den Rücken, aber allmählich gewöhnte er sich auch an sie. Anders verhielt es sich mit der sonstigen Verfassung Zahnarzt-Coopers Sehorgane. Ihm fehlten die Augenlider. Es war, als wollten die mit roten Äderchen übersäten Augen aus seinem Gesicht plumpsen. Kein Zwinkern, niemals. Dass seine Augen noch längst nicht ausgetrocknet waren, grenzte an ein Wunder. Oder vielleicht sorgte reinweg das austretende Blut für die nötige Flüssigkeit.

Nebst dem Fehlen von Augenlidern besaß Zahnarzt-Cooper zudem auch keine Lippen. Nach den Zähnen kam das Zahnfleisch und irgendwann nach einem endlos erscheinenden Weg von abgeschnittener Haut und Muskulatur gelangte man zur Nase. Hal hatte einen größeren Einblick in das menschliche Gesicht, als ihm recht war.

Nachdem ihm für fünf Sekunden die pure Abstößlichkeit präsentiert worden war, und er endlich eine Lücke fand, um seinen linken Arm nicht nur zur Abwehr benutzen zu müssen, damit ihm die Nadel nicht in die Brust, den Hals oder ein Auge gestochen wurde, begann er, den Schraubendreher auf Zahnarzt-Cooper einprasseln zu lassen. Wie besessen pflockte er lange Löcher in seinen Arm, bis dieser die Kraft und Fähigkeit verlor, die Spritze weiter in der Hand zu halten und sie in Hals Schoß fiel.

Hal richtete sich weiter auf. Gleichzeitig zerrte er an Zahnarzt-Coopers Arm, damit dieser einen größeren Angriffsbereich hergab. Zahnarzt-Cooper sah aus, als schrie er, doch Hal hatte die Fähigkeit zu hören verloren. Vielleicht lag es an seiner momentanen Verfassung oder dem gewaltigen Adrenalin, das ihn benebelte, einer Mischung aus beidem oder schlichtweg der Version, dass niemand, unabhängig von dem äußeren Eindruck, ein Geräusch herausbrachte. Hal wusste es nicht. Der Verlust dieses Sinnes stellte für ihn allerdings bloß eine Nebensache dar. Dann hörte er halt gerade nichts. Das war auszuhalten. So musste er zumindest keine furchterregende dämonische Stimme mit anhören.

Sobald es Hal möglich war, versenkte er seinen blutigen Schraubendreher in Coopers Gesicht. Er spießte die dicken Augen mehrfach auf, schlug mit Metall die freiliegenden schwarzen Zähne ein, bis sie zerstört, locker oder gar herausgebrochen waren. Das Blut, das zuvor ausschließlich aus den Augen geronnen war, wurde überflutet von immer größer werdenden roten Wellen.

Als Zahnarzt-Cooper schlussendlich einfach ohne einen Rest Leben wie eine Marionette, deren Schnüre abgeschnitten werden, auf dem weißen Boden zusammenfiel, verzögerte Hal nicht das Nötige. Ihm war es einerlei, erst mal wieder richtig Luft zu holen. Mit seinen Blut getränkten Händen griff er sich die Spritze, drückte die Luftbläschen und ein wenig des pinken Antiserums heraus, tastete in seiner Armbeuge nach einem Blutgefäß, das er durch das Doppeltsehen nicht richtig erkennen konnte, schob sich die spitze Nadel hinein, ohne den einhergehenden Schmerz überhaupt noch mitzubekommen, und erfüllte sich mit flüssigem Glück.

Alles war gut. Die Wirkung setzte so schnell ein wie beim letzten Mal. Sein Körper und alles, was darin lag, beruhigten sich. Seine Muskeln, Knochen und Organe spielten nicht mehr verrückt, stattdessen war es, als hätten sie sich zum Schlafen hingelegt und wären nun nach einem kurzen, alles herunterfahrenden Nickerchen wieder startklar und fit für alle anstehenden Aufgaben. Es war wie Zauberei.

Hal wusste nicht, ob er nun drei oder dreizehn Minuten lang einfach nur sorgenfrei dagelegen hatte, bevor er sich wieder aufraffte. Er stieg mit einem großen Schritt über Zahnarzt Cooper hinweg. Es war zutiefst hässlich, wie sowohl Heaven als auch er selbst ihn zugerichtet hatten. Aber der Zahnarzt hatte ihm ja keine Wahl gelassen.

Hal hob sein Messer vom blutigen Boden auf und wischte seine beiden beschmutzten Waffen und Hände am Kittel des Doktors ab. Danach spazierte er mit neuen Kräften auf den Flur zurück.

Assistentin Lucia erwartete ihn bereits. Sie stand über den

Schalter gebeugt. Ihr Blick konnte entsetzt und vorwurfsvoll bedeuten.

»Okaaay«, antwortete Hal auf ihr Fragen aufwerfendes Gesicht. Dieser Ausdruck machte ihn irgendwie stutzig.

Ganz im Gegensatz zu ihrer noch immer sehr menschlich wirkenden Augenpartie stand das, was sie mit ihrer unteren Gesichtshälfte anstellte. Ihr Unterkiefer hing schlapp nach unten, als hätte sie eine starke Betäubungsspritze hineinbekommen. Der zuvor schon unappetitlich gewesene Speichelfluss fand hier sein Meer. Sie sabberte den Schalter unter sich derart voll, dass sich bereits eine regelrechte kleine Pfütze gebildet hatte.

Hal war wie immer froh, wenn er wieder aus einem Höllenschlund verschwinden konnte. Und so machte er sich auf zur Tür.

»He, nimm mich mit!«, rief Heaven ihm aus dem Funkgerät hinterher und klang dabei wie ein Kind, dessen Vater zu schnell vorläuft. Kurzerhand noch schnell kehrtgemacht, sammelte Hal das Balg ein und machte die Biege.

71 LETIPAK

Hal sah sich draußen in dem schwachen Licht um, das ihm der Himmel und die einzelne Straßenlaterne boten. Er spazierte hier und dort herum, während er und sein unfreiwilliger Boss mal wieder einen ihrer bestrickenden Pläusche hielten.

»Magst du Rätsel?«, fragte Heaven.

»In der Regel ja.«

»Gut, dann stelle ich dir eines. Es hat mit deinem nächsten Zielort zu tun. Was war zwischen dem elften und achtzehnten

Jahrhundert eines der beliebtesten Spiele in Europa, wurde jedoch ab dem neunzehnten Jahrhundert von Schach abgelöst? Es wird auch heute noch gespielt, es gibt sogar Meisterschaften und ist, meiner Meinung nach, viel besser als Schach.«

»Keine Ahnung. Mikado?«

»Nein.«

»Schere, Stein, Papier?«

»Nein, ein Brettspiel.«

»Risiko?«

»Das Spiel gibt es, soweit mir bekannt ist, noch nicht so lange. Komm schon, Hal. Ich sagte doch, dass es mit deinem nächsten Zielort zu tun hat. Also denk mal bitte etwas nach.«

Hal war während dieser kurzen Unterhaltung bereits über die Straße gewandert, weil er etwas von Weitem an der schattigen Ziegelwand am gegenüberliegenden Haus entdeckt hatte. Nun, da er näherkam, bestätigte sich seine Vermutung. Es handelte sich um ein Fahrrad. Es war nicht abgeschlossen, denn warum sollte man etwas abschließen, das in solch einem Kaff ohnehin niemand klauen würde?

Der rot lackierte Drahtesel hatte einen 26er Rahmen, was Hal etwas zu klein war. *Aber einem geschenkten Gaul schaut man ja bekanntlich nicht ins Maul.* Also wollte er sich auch nicht beschweren, auch wenn sich für ganz kurze Zeit eine fiese Zecke bei ihm einnistete, die ihn nicht einfach nur denken ließ, dass das Rad zu klein sei, sondern dass er es allgemein besser haben könne, wenn er ein Auto finden würde. Hal zog das fiese kleine Biest, das alle kennen, allerdings schnell wieder aus sich heraus.

Dann überlegte er. Es musste einen Grund geben, warum er in dieser Nacht noch keinen Wagen irgendwo hatte stehen sehen. Ohne Zweifel wollte Heaven genau das verhindern. Von daher konnte er sich glücklich schätzen, überhaupt einen solchen Schatz gefunden zu haben.

Sowohl hinten als auch vorne war jeweils ein Korb angebracht. Hal inspizierte das Damenrad. Alles war verkehrsgerecht anmontiert, von der Klingel bis zu den Katzenaugen. Die Klingel testete er nicht, dafür aber die Bremsen; sowohl Hand als auch Rücktrittbremse funktionierten einwandfrei. Das Einzige, was fehlte, war ein Fahrradständer. Aber wen juckte es? Hal drückte den Dynamo an das Vorderrad und fuhr ein paar Meter damit, um zu testen, ob die Lampe Licht spendete, und zu seiner Freude tat sie das.

»Ein Ort, der auch ein Brettspiel ist …« Hal ließ sich von seinem Fund nichts anmerken. Er führte die Unterhaltung ganz normal ohne Unterbrechung fort. »Mühle? Eine Mühle?«

»Geht doch. Siehst du, war doch gar nicht so schwierig.«

»Und was soll ich da machen?«

»Du sollst dort hingehen, nachdem du in einer nicht weit davon entfernten Scheune alle Schafe gezählt hast. Aber pass auf, dass du nicht einschläfst.«

»Ich soll Schafe zählen?«

»Ja, sieh einfach auf der Tenne und in den Bansen nach. Sie sind nicht so schwer versteckt wie die Nadel im Heuhaufen.«

»Okay, und was, was sind eine Tenne und Bansen?«

»Oh, Mann, Hal, in der Schule warst du auch nur zum Singen und Klatschen, was? Tenne, oder auch Lohdiele genannt, bezeichnet den befestigten Boden einer Scheune, der genutzt wird oder eher wurde, um Getreide zu dreschen und so die Körner aus der Ernte zu lösen. Bansen sind Lagerräume. Sie befinden sich seitlich der Tenne, gerne auch mal in mehrere Etagen unterteilt. Wofür Lagerräume genutzt werden, kannst du dir ja wohl denken.«

»Du scheinst leicht erbost darüber zu sein, dass mir dieses Wissen bislang noch nicht bekannt war.«

»Ach, das ist nicht deinetwegen. Das hat andere Gründe.«

»Verrätst du mir, um was für Gründe es sich dabei handelt?«

»Nein.«

»Schade.«

»Aber ich kann dir, sofern du willst, gerne eine nett zu wissende Info zu dem Typen geben, der dich nebst den Schafen dort erwartet.«

Hal hatte bereits versucht sich auszumalen, zu was für Ungeheuer Schafe wohl mutiert sein mochten, wenn »kleine« harmlose Motten ihm schon so zugesetzt hatten. Doch anscheinend waren die Schafe gar nicht das primäre Problem.

»Gerne.«

»Sein Onkel und sein Bruder sind ein und dieselbe Person. So, Hal, jetzt fang mal an zu rechnen.«

»Moment. Sein Onkel und sein Bruder sind ein und dieselbe Person. Also ... Wenn sein Onkel der Bruder seines Vaters ist, aber auch der Sohn seines Vaters, dann ... Oder natürlich, er ist der Bruder seiner Mutter und ... Warte mal. Also sein Bruder ist entstanden durch seine Mutter und sich selbst? Nein. O Mann, das kann doch nicht so kompliziert sein. Bin ich denn dumm? Ich kann mich gerade irgendwie nicht richtig konzentrieren.«

»Dann konzentrier dich auf das Wichtige und –«

»Nein, warte kurz. Das will ich jetzt wissen. Erklär es mir, bitte.«

»Nö. So, hör mir zu. Die Scheune ist 6,3 Kilometer entfernt. Das Fahrrad, das du in deinen Händen hältst, stand da natürlich nicht einfach so, weil du Glück hattest, sondern weil ich nicht will, dass du dich kaputtläufst. Zumal du nach der nächsten Aufgabe dann schon fast wieder das nächste Antiserum benötigen würdest. Du fährst die Straße weiter runter, an der nächsten Biegung links, dann die nächste rechts und wieder links. Du wirst einen Fluss neben dir sehen. Dem folgst du, bis du erneut rechts abbiegen kannst. Die Scheune wirst du von dort bereits sehen. Wenn du dem Fluss weiter folgst, gelangst du nach – keine Ahnung – vierhundert bis sechshundert Metern zur Mühle. Bei Tag kann man sie auch von der Scheune aus sehen. Ich weiß nicht, wie es bei Nacht ist. Das habe ich nicht überprüfen lassen, weil es unwichtig ist.«

»Ich hab´s.«

»Gut.«

»Die Lösung ist, dass seine Mutter –«

»Hast du dir den Weg gemerkt, Hal?«

»Ja. Links, rechts, links, rechts, Fluss, bla bla. Also …«

Während Hal seine Antwort darlegte, schwang er sich bereits auf sein neues Vehikel, legte das Funkgerät in den Korb an seinem Lenker und radelte los.

Der Dynamo spendete nur spärlich Licht und war sehr laut, aber der Umstand, gemütlich sitzen zu können und trotzdem viel schneller voranzukommen, machte es mehr als wett.

»Seine Mutter hat mit ihrem Vater geschlafen. Ich gehe mal von Vergewaltigung aus. Und dadurch ist der Bruder-Onkel entstanden. Da seine Mutter ein Kind bekam, ist es sein Bruder und da sein Opa ein Kind bekam, das quasi das Geschwisterchen seiner Mutter ist, ist es zugleich auch sein Onkel. Er selbst ist zwar nicht durch Inzest entstanden, aber es deutet auf eine ziemlich verschrobene Familie hin.«

»Fast richtig.«

»Wieso fast?«

»Es war sein Vater, der mit der eigenen Mutter schlief.«

»Freiwillig oder … Und wenn nicht, wer hat dann wen zum Sex gezwungen? Die Mutter den Sohn, der Sohn die Mutter oder wurden beide aus welchen Gründen auch immer dazu gezwungen?«

»Ehrlich gesagt, weiß ich das gar nicht so genau. Ist aber eine interessante Frage.«

»Und jemand aus solch einer Familie wartet in der Scheune auf mich?«

»Stell dir drei davon vor.«

Hal blieben kurz die Worte weg. Diese Information musste er erst einmal verarbeiten.

»Sonst noch was?«, fragte er, als ihm eine frische Nachtbrise um die Ohren blies.

»Mmhh, mal sehen. Wie wäre es damit: Der Vermittler in der Sweeper Bar –«

»Der, von dem ich die Info erhielt, dass du hier seist?«

»War –«

»War gekauft. Das hab ich mir schon gedacht.«

»Du alter Fuchs, du!«

»Das war nun wirklich nicht schwer zu erraten.«

»Da hast du wohl recht.«

»Ich weiß schon, warum ich sonst ohne einen arbeite.«

»Hast du früher denn nicht immer deren Hilfe in Anspruch genommen? Macht man doch so in deinem Beruf, oder nicht? Wenn ich mich nicht täusche, warst du die meiste Zeit auch kein Einzelgänger, sondern hast immer mit anderen Sweepern zusammen gejagt. Gemeinsames Arbeiten, der Zusammenschluss zu einem gut geölten Team ist doch eigentlich die Norm von euch Sweepern.«

Hal bog nach links ab. Das erste größere Stück hatte er in Windeseile zurückgelegt. Mittlerweile hatte die Umgebung sich bereits wieder gewandelt. Ackerfelder umgaben vielfältig den einsamen Radler. Weizen, Roggen, Dinkel, Rispen- und Kolbenhirse wechselten sich ab. Das Getreide war hoch gewachsen, auch wenn es noch nicht erntereif war; dafür würden wahrscheinlich noch drei bis vier Wochen ins Land gehen.

Der Wind blies durch die tuschelnden Feldfrüchte. Es konnte gut sein, dass sich zwischen den Stängeln etwas versteckte. Es lauerte auf, bis sich die Gelegenheit bieten würde zuzuschlagen. Und wenn es dann herausstürmte, wäre es ein Leichtes, Hal einfach von seinem Geschoss zu reißen. Bei diesem quasi nicht existenten Abstand zur Ernte würde er nicht ausweichen können.

»Gurtis, es gibt solche und solche Sweeper. Die meisten arbeiten in einer Gruppe, weil es sowohl die Risiken dezimiert als auch die Erfolgsquote erhöht. Nun bin ich aber an solch einem Punkt in meiner Karriere und meinem Leben angelangt, an dem meine Erfahrung und mein Name dafür sorgen, dass ich gut alleine zurechtkomme. Nicht zu erwähnen, dass ich das Kopfgeld nicht mit anderen teilen muss.«

»Was ist mit den Leuten passiert, mit denen du zusammengearbeitet hast?«

»Was dagegen, wenn ich nicht darauf antworte?«

»Alle tot?«

»Nein.«

»Na los, sag schon.«

»Das geht dich nichts an.«

»Oh, ein wunder Punkt«, freute sich Heaven. Er machte nicht den Eindruck, als wäre er ahnungslos. Wahrscheinlich wusste er einiges über Hals Vergangenheit und wollte sein Wissen bloß vertiefen, indem er es aus Hals eigenem Mund hörte.

»In wenigen Jahren können viele Dinge passieren«, erzählte Hal dann doch, um Heaven wenigstens so weit abzufertigen, dass er nicht groß weitersticheln würde. »Partner kamen, Partner gingen, wurden gegangen, wollten bleiben, durften nicht oder sollten schlichtweg nicht. Ich habe keine Lust, darüber zu reden. Das würde zu viel Zeit und Energie in Anspruch nehmen, die ich momentan nicht dafür erübrigen möchte. Wenn wir mal Spare Ribs essen gehen, kann ich dir gerne Näheres erzählen.«

»Zier dich doch nicht so. Raus damit, Hal. Du fährst noch ein Weilchen. Also lass hören.«

»Siehst du mich gerade?«

»Nein, wieso?«

»Ich fahre nämlich gerade irgendwelche Huggel rauf und runter. Ich hoffe, das Funkgerät fliegt nicht aus dem Korb.«

Hal warf das Funkgerät in ein Weizenfeld neben sich und brauste den langsam abfallenden Hügel weiter herunter.

Anders als der Schraubendreher, den er bei einem plötzlichen Angriff rasant aus dem Gürtel ziehen konnte, waren die anderen zwei Waffen besser in dem Korb am Lenker aufgehoben. Messer und Hackebeil zeigten beide mit dem Griff nach oben. Wie ein Damchen, das mit ihrem kleinen Hundilein spazieren fährt, chauffierte auch Hal seine Aufpasser mit sich herum.

Als er nach rechts abbog, bestand der Boden nur noch aus relativ unebener Erde. Sie erschwerte das Treten und Hal musste aufpassen, nicht zu stürzen. Zwar wechselte er in den niedrigsten der fünf Gänge, aber das änderte leider nichts an der Beschaffenheit des Grunds. Auch wenn das Tempo nun Einbußen zu verbuchen hatte und er einmal sogar absteigen musste, kam er noch immer schneller voran als zu Fuß.

Links von ihm endete ein Kolbenhirsefeld. Eine eingezäunte grüne Wiese löste es ab. Sie war vielleicht hundertfünfzig Meter lang und breit und Hal hätte sie schnell hinter sich lassen können, dennoch ließ er sich hier etwas mehr Zeit. Die Tiere, von denen die meisten in einem Haufen zusammen schliefen, einige sich mit offenen Augen ausruhten und nur wenigen der Appetit auf Gras noch nicht vergangen war, waren ein Blickfang, der jeden Zoo alt aussehen ließe.

Über ein Dutzend muskelbepackte Kühe kampierten hier. Ihre Oberkörper waren doppelt so massig wie die unteren Hälften, die nach wie vor eine normale Größe für Kühe besaßen. Sie sahen aus, als hätten sie immense Mengen Steroide genommen. Auf ihren Vorderbeinen, dem Rücken und teilweise sogar im Gesicht hoben sich dicke, unnatürliche Venen ab. Mit einem Happs könnten sie Hal den Kopf abbeißen. Es war so gruselig wie faszinierend. Wenn sie wollten, könnten sie wahrscheinlich ohne Probleme durch den Holzzaun brechen, doch sie machten keinerlei Anstalten, auf Hal loszugehen. Der Großteil schlief ohnehin und wenn sie mal vom Boden aufsahen, dann beobachteten sie bloß, wer gerade mit diesem nervigen Dynamogeräusch an ihnen vorbeizog.

Nach wenigen Minuten war Hal fast schon am Ende seiner Strecke. Um über den Fluss zu gelangen, musste er über eine alte Brücke fahren. Sie hatte ihre besten Tage bereits hinter sich, machte jedoch nach wie vor einen stabilen Eindruck.

Die zweigeschossige Scheune sah nicht besser aus als die Brücke. Alte, modrige Latten hielten mithilfe von kreuz und quer festgenageltem neuen Holz das Häuschen zusammen. Unter einem Plastikwelldach lagerten gehackte Holzscheite. Die Erde rundherum war kaputt getreten und gefahren, sodass es viel Zeit in Anspruch nehmen musste, bis sich hier wieder ein Grashalm gen Himmel erheben würde. Neben einem intensiven Holzgeruch, den man meistens von nassem Holz gewohnt ist, lag ein starker Strohgeruch in der Luft, allerdings weniger von frischem als vielmehr von abgestandenem Stroh.

Nicht weit von der Scheune entfernt gab es einen Bauernhof. Ohne Zweifel gehörten die beiden zusammen. Das Haus passte zum Ambiente. Es erfüllte mit Sicherheit seine Pflicht, doch sein Äußeres prahlte geradezu mit ärmlichen, heruntergekommen Verhältnissen. Das Haus machte keinen Hehl daraus, dass es sich nicht für fremde Eindrücke genierte. Das weniger rötlich, mehr dreckig braune Dach machte selbst aus der Ferne einen undichten Eindruck. Hier und dort fehlten Ziegel, waren kaputt oder lagen an Stellen, an denen sie eigentlich nicht hingehörten. Ein Fenster war eingeschlagen, als wäre ein Stein hindurchgeflogen, und an einem anderen hingen von innen die Rollläden schief. Hal überlegte, wer oder was hier oder in den paar Ställen dahinter wohl hausen mochte, besonders in dieser Nacht. Aber sich darüber Gedanken zu machen, war nicht seine Aufgabe. Er musste sich auf die Scheune fokussieren.

Cirka dreißig Meter von der Scheune entfernt stellte er sein Rad ab. Da es keinen Fahrradständer hatte, legte er es auf den Boden. An eine der Scheunenwände wollte er es nicht lehnen, denn für den Fall, dass er schnell flüchten musste, zog er es vor – zumindest bei diesem zum Fahren relativ unpraktischen Untergrund –, erst mal zu Fuß eine gewisse Strecke hinter sich zu bringen, bevor er auf das langsam startende Metallmuli stieg. Würde er sofort versuchen wegzufahren, könnte es passieren, dass die Verfolger ihn zu Fuß einholten und von seinem Gefährt rissen.

Hal wusste, was hier auf ihn wartete, zwar nur im Groben, aber immerhin konnte er sich etwas darauf einstellen. Irgendwie war es praktisch, von Heaven die Vorabinformation über drei verkorkste Familienmitglieder erhalten zu haben. Andererseits, entgegen Hals anfänglicher Vermutung, machte es ihn trotzdem irgendwie nervöser. Heaven wusste, wie die menschliche Psyche funktionierte. Dadurch, dass er Hal gesagt hatte, was ihn erwartete, verdrängte er zwar einerseits seine Unwissenheit, was ihm einen Vorteil verschaffte, aber wiederum war es so, als sagte einem jemand: »Öffne den Schrank. Da ist ein Monster drin.« Man weiß, was passieren wird, und genau davor hat man Angst.

Bevor er das Scheunentor öffnete, inspizierte Hal noch alles von außen. Er spazierte einmal drumherum, hielt Ausschau nach Verstecken, Flucht- und Klettermöglichkeiten sowie der allgemeinen Architektur der Scheune. Das Holz hatte an wenigen Stellen kleine Öffnungen, durch die er einen Blick werfen konnte. Anscheinend hing mindestens eine leuchtende Petroleumlampe an einem Balken. Hal hoffte, dass dieses Mal nichts anfangen würde zu brennen. Eine Scheune aus Holz, Stroh, Öl und Feuer war keine gute Kombination.

Neben den wenigen Schlitzen, die leider nur wenige Einblicke ins Innere zuließen, lauschte er auch, in der Hoffnung etwas zu hören. Und das tat er. Ein nach Anstrengung klingendes, doppelbödiges Ausatmen und ein dumpf tönendes Klopfen missfielen seinen Ohren. Irgendetwas riet ihm, dass er gar nicht wissen wollte, wer oder was diese Geräusche verursachte.

Für einen äußerst geübten Kletterer ginge es vielleicht, sich nicht durch das Vordertor Zutritt verschaffen zu müssen, sondern stattdessen mit Gewandtheit, Sprung- und Fingerkraft auf das Plastikwelldach zu klettern und sich von dort an Unebenheiten, abgenutzten Lattenresten und einem diagonal festgenagelten Brett zu einem fenstergroßen Loch zu hangeln. Hal hingegen zog die einfachere Methode vor: Er würde es wie schon so oft und erfolggekrönt auf eine Konfrontation ankommen lassen.

Die Scheune war abgeschlossen. Hal musste den Holzriegel zur Seite schieben, um Einlass zu finden. Er fragte sich, warum es so war, denn drinnen, so wusste er, waren welche. Das zu tief hängende Tor zog sich schwer durch die Erde. Obwohl

Hal sein Bestes tat, machte die alte Holztür wie jede andere zu laute Geräusche. Auch wenn er sie zunächst bloß einen Spalt weit öffnete, klang es für den am liebsten lautlosen und unsichtbaren Sweeper, als hätte er gerade eine stabile Tür zugeknallt. Ein Blick hinein verriet ihm, dass er sich dennoch leise genug verhalten hatte. Noch war er nicht bemerkt worden.

Der Geruch von altem, miefendem Stroh und Heu lief sofort in die Freiheit und ab in Hals Nasenlöcher. Wie der Gestank erahnen ließ, lagen hier Stroh und Heubündel herum. Der Boden bestand aus gestampftem Lehm. Säcke, gefüllt mit Getreide, standen in einer Ecke. In einer anderen parkten ein mit Erde verkrusteter Pflug sowie ein alter Holzwagen, der den Spuren nach Ballen oder Holz transportiert hatte. An den Wänden hingen mehrere Landarbeitsgeräte. Gleich neben einer alten und viel benutzten Schubkarre, die etwas transportiert hatte, das eine dicke rote Flüssigkeit in ihr zurückgelassen hatte, begann eine Blutspur, doch anders als in der Bibliothek war davon nicht bloß ein bisschen zu sehen. Auf dem Boden verstreutes Stroh und Heu lagen eingeweicht in frischen Blutpfützen. Mittendurch führte der rote Weg von der alten Karre bis zur Treppe hinauf, die sich in einigem Abstand auf Hals linker Seite befand.

Ihm gegenüber, etwa zwei Drittel der Scheune von dem Eingangstor entfernt, standen drei riesige Piet Burnhards. Sie schlugen mit Dreschflegeln rhythmisch auf ein totes Schaf ein. Sie umkreisten es, als wäre es die Ernte, aus der sie die Körner prügeln wollten. Alle besaßen sie zerzauste Vollbärte und kleine Plauzen von schwabbelig bis fest.

Der Kleinste von ihnen war über 1,90 Meter groß. Klein-Piet trug eine offene Weste über seinem Hemd und Schlangenlederschuhe.

Schwarzhaar-Piet kratzte an der Zwei-Metergrenze. Zwischen seiner wirr abstehenden Haarmähne glänzte eine kahle Stelle an seinem Hinterkopf. Sein weißes Unterhemd war nassgrau geschwitzt und seine ausgeblichene Jeans mehrfach geflickt.

Rotbart-Piet war der Größte von ihnen. Seine Glatze stand im Pendant zu seinem Bart, der wie ein Baum seine Krone im Sommer präsentierte. Unter den Achseln war sein dunkelgrüner Overall gelblich.

Noch bevor Hal dazu kam, sich eine Strategie zu überlegen, entdeckte ihn bereits Rotbart-Piet. Sofort hörte er auf, das Schaf weiter zu schänden. Die anderen zwei, durch das fehlende dritte Schlagen aus dem Rhythmus gebracht, bemerkten anhand von Piets Blickrichtung, was ihn abgelenkt hatte.

Die Piets waren sich unausgesprochen einig und setzten ihre schweren Beine in Bewegung. Und wie bei Bären war es erstaunlich und erschreckend zugleich, wie schnell sie trotz ihrer Masse laufen konnten.

Die meisten ihrer Schritte bekam Hal schon gar nicht mehr mit, da er ziemlich schnell das Weite suchte. Zumindest ließ er die Piets genau das annehmen. Er lief zwar einige Meter davon, aber sobald er aus ihrem Blickwinkel verschwand – und Hal konnte es gut einschätzen, da er dafür gesorgt hatte, dass das Scheunentor nicht zu weit offen stand –, machte er kehrt und stellte sich direkt neben die Öffnung. Keine zwei Sekunden später schnappte auch schon seine Falle zu.

Klein-Piet war als Erster an der Tür. Kaum sah Hal dessen linke Hand herausragen, hackte er mit seinem Hackebeil kraftvoll darauf ein. Das Metall zischte durch Muskeln und Knochen, sodass die Hand bloß noch an einem Hautzipfel hing.

Bevor Piet seinen Verlust überhaupt verinnerlichen konnte, hatte Hal ihm bereits etwas in den Kopf gerammt. Piet rollte seine Augen nach oben und sah dort etwas, das einem Schraubendrehergriff gar nicht mal so unähnlich war. Danach verlor er die Balance, Kontrolle, Kraft und Wachheit. Ein Faustschlag ins Gesicht ließ ihn weiter nach hinten fallen und seinen Brüdern den Weg versperren.

Hal ließ innerlich ein lautes »Ja!« ertönen. Dann lief er links an der Scheune entlang und bog um die Ecke. Er hörte die Piets hinter sich hergrölen. Er verstand kein Wort, aber es bedeutete nichts Gutes. Er hatte ihren Bruder getötet. Wahrscheinlich riefen sie so etwas wie »Wir bringen dich um!«. Sie hätten auch »Wir lieben dich!« rufen können, es hätte denselben Effekt gehabt. Hal hatte in dieser Nacht gelernt, je größer der Feind, umso düsterer und paralysierender war seine Stimme, und diese zwei Bestien waren die größten, die ihm bislang begegnet waren.

Er rannte die lange Seite der Scheune entlang und blieb hinter der Ecke stehen; bereit zum Zuschlagen. Schwere Schritte näherten sich ihm. Er hoffte auf einen zweiten Sieg. Sollte die gleiche Strategie abermals aufgehen, würde er erneut schnell davonrennen und sich danach etwas für den letzten Piet überlegen.

Die vergasten Kolosse schienen etwas miteinander zu besprechen. Es blieb fraglich, ob es irgendeinen Sinn machte oder sich bloß um ein Überbleibsel alter Gewohnheiten handelte. Wie zwei Betrunkene oder Babys oder betrunkene Babys, die einfach drauflosreden, ohne dass irgendjemand irgendetwas versteht.

Die Stimmen verliefen nah an der Wand. Das war wichtig, denn nur so konnte sein Überraschungsangriff funktionieren. Aber dann waren die Stimmen weg. Und auch die Schritte hörten auf.

Entweder warteten die Piets oder, was wahrscheinlicher war, sie bewegten sich leise. Sie hatten gesehen, was ein Fehler bewirken konnte. Sie gingen auf Nummer sicher, hielten ihre Waffen bereit und beobachteten die uneinsichtigen Ecken mit blutenden Adleraugen. Hal wollte keinen Blick riskieren. Schaute er jetzt um die Ecke, würden sie ihn entdecken und auf der Stelle attackieren. Er wusste, wo sich die beiden mindestens aufhielten. War nur die Frage, wie schnell sie geräuschlos schleichen konnten.

Kurzerhand änderte er seinen Plan, aber dafür würde er nun schnell handeln müssen.

Mit ein paar nach hinten zur gefahrvollen Ecke umdrehenden Blicken lief Hal agil und leise wie ein Panther zur anderen Seite. Die Piets sollten sich langsam um die Scheune arbeiten, während er im Innern alles abklapperte. Falls nicht allzu viele Schafe da sein sollten, würde er, mit dem Erkunden der oberen Etage einberechnet, vielleicht dreißig Sekunden zum Zählen benötigen. Die Anzahl der Schafe machte ihm jedoch weniger Sorgen, denn es konnten ja höchstens neun Stück sein, von denen er eines schon gesehen hatte. Es ging um Ziffern und die höchste war nach wie vor die Neun.

Als Hal nun voller Tatendrang um die Ecke bog, wäre ihm beinahe ein Stück Kot in die Unterhose geploppt. Seine Augen rissen auf, ungläubig und geschockt von dem, was sie einfingen. Er hätte sich selbst für seine Einfältigkeit ohrfeigen können, bis ihm die Hand zu sehr schmerzte um weiterzumachen. Mit einem überlebenswichtigen Reflex warf er seinen Kopf nach hinten und entging so nur knapp dem Dreschflegel, der krachend gegen die Holzwand fetzte.

Ihm gegenüber stand der große Brummer mit dem roten Bart und der Glatze. Sein Gesicht war angespannt und bereit, Hals Schädel einzuschlagen. Er stieß ein in den Ohren schmerzendes, furchteinflößendes Getose aus den Tiefen seines Zwerchfells hervor. Kurz darauf hagelte es dicke, harte Holzstücke.

Rotbart-Piet wuchtete seinen schwer zu kontrollierenden Dreschflegel mehrmals dem kleinen Hal entgegen und marschierte dabei penetrant nach vorne. Wäre die Waffe nur einen Tick schneller, hätte sie Hal getroffen. Durch sein Ausweichen nach hinten und teilweise zur Seite traf Piet jedoch nicht und der schwingende Holzklotz preschte in die Luft, gegen die dumpfe Erde oder die Scheunenwand, woraufhin die Latten brachen.

Hal musste hier weg. Mit seinen Waffen und der Kraft des Gegners war es ihm nicht möglich, nah genug an ihn heranzukommen. Er musste von ihm weglaufen. Rotbart-Piet war schnell, doch Hal bezweifelte, dass er mit ihm würde mithalten können. Hal war gerade im Begriff, eine zeitliche Lücke auszunutzen um kehrtzumachen, da sah er aus dem Augenwinkel Schwarzhaar-Piet fast direkt neben sich.

Das hatte er befürchtet. Mit dem animalischen Rufen hatte Rotbart seinem Bruder ein Zeichen gegeben, ob nun mit Absicht oder nicht, egal ob verständlich oder nicht, gemeinsam hatten sie Hal eingepfercht.

Knapp entwich er auch Schwarzhaar-Piets Angriff, nur um kurz darauf noch knapper dem Dreschflegel des anderen auszuweichen.

Beim nächsten Schwinger von Schwarzhaar musste Hal sich halb auf den Boden schmeißen, damit ihm der Dreschflegel über und nicht gegen den Schädel donnerte. Hal nutzte die Lücke und warf sein Küchenmesser. Im letzten Moment jedoch zog Schwarzhaar-Piet schützend seine Schulter hoch, wodurch sich die Klinge statt ins Auge in die Schulter bohrte.

Hal bekam mit, wie ihm Rotbart-Piet von hinten eins in die Seite verpassen wollte. Seine einzige Fluchtmöglichkeit war, nach vorne in die Arme vom anderen Piet zu springen. Hätte dieser nicht just vorher die Messerverletzung erlitten, finge er Hal wahrscheinlich ab. Aber es kam anders. Der Sweeper schmiss sich an Schwarzhaar-Piets Händen vorbei, blockierte mit seinem Fleischerbeilarm dessen Waffe und probierte mit dem linken Daumen sein rechtes Auge einzudrücken. Piet schüttelte Hal von sich, bevor sein Daumen durch die Augenmasse dringen konnte. Dabei schnitt Piet sich mit Hals Klinge selbst ins Fleisch, doch das wenige Blut schien er nicht mal zu bemerken.

Noch bevor Rotbart-Piet überhaupt wieder ausholen konnte, durchtrennte Hal mit dem Fleischerbeil bereits Knochen und Augenmark seines Bruders.

Hal nutzte die Zeit, um am verletzten Piet vorbeizulaufen. Er ließ die beiden Hinterwäldler zurück und drehte eine Runde um die Scheune. Vielleicht würden sie kurz brauchen, um sich zu sammeln. Vielleicht würde ihm Rotbart-Piet sofort hinterherjagen. Vielleicht würden sie einfach andersherum rennen und versuchen, Hal abzufangen.

Die Typen waren nach wie vor schwer einzuschätzen. Rein intuitiv betrachtet, hoffte Hal nur zwei Dinge: Zum einen, dass die Piets annahmen, dass er nicht so dumm sein würde, jetzt einfach noch eine Runde im Kreis zu laufen, und zum anderen, dass die Piets nicht so klug sein würden, sich erneut aufzuteilen. Denn wenn sie ihn bei dieser Geschwindigkeit überraschten, mochte das Ergebnis anders verlaufen als bei der letzten Ecke.

Bei der zweiten Ecke bangte er um sein Glück, doch sie war sicher. Ein prüfender Blick zur Ecke drei sagte ihm, dass die Piets ihm entweder gefolgt waren oder sich bislang noch nicht wieder in Bewegung gesetzt hatten. Hinter sich hatte er nichts gehört, andererseits war es auch schwer, Schritte zu hören, während man selbst wie ein Irrer rannte. Zurückgesehen hatte er nicht, das hätte bloß Zeit gekostet.

Sein Plan war es, die Scheune zu inspizieren: Einmal mit einem weiten Blick die untere Etage absuchen, die Treppe hochjagen, dort alles durchzählen und sobald die Piets zu nahe waren, durch das fenstergroße Loch wieder nach draußen springen. Sollten beide Piets die Scheune betreten, wäre die Flucht relativ sicher. Käme nur einer, bestünde die Gefahr, dass der andere draußen Wache schob.

Ohne das Scheunentor weiter aufzureißen, huschte Hal ins Innere. Der Piet mit dem Schraubendreher in der Stirn lag vor ihm. Um die nahezu abgetrennte Hand hatte sich eine Blutlache gebildet. Hal wollte eilig über ihn hinwegspringen, als plötzlich die gesunde Hand vom vermeintlich toten Piet nach seinem Knöchel schnappte.

Ihm gelang es noch, dem ersten Schnappen auszuweichen, aber nicht mehr dem zweiten. Klein-Piet hob seinen Kopf und stieß ein Gestöhne aus, das Hal von einem Mann mit einem Schraubendreher im Hirn nicht erwartet hätte. Piet tat sich sichtlich schwer, sein Haupt auch nur etwas anzuheben; ganz im Gegensatz dazu stand sein Griff. Er war fest und hartnäckig. Die Finger drückten sich um den Knöchel, als stellten Hals Muskeln bloß eine mit Leichtigkeit zu überwindende teigige Umhüllung dar, um zum leckeren Kern namens Knochen zu gelangen. Hal packte die Angst.

Der Griff war wie der Biss einer Würgeschlange. Je länger er andauerte, desto enger zog sich der Tod um ihn zusammen. Die anderen Piets würden nicht lange brauchen, um hier zu sein; noch weniger, da das Gestöhne ihres Bruders ihnen wahrscheinlich verriet, dass Hal jetzt hier war.

Er begann, Klein-Piet ins Gesicht zu treten. Als Nebeneffekt ruppte sein Fuß den Schraubendreher aus seiner Starre und ließ so das Metallende in Piets Gehirn für einige Matsche sorgen. Dennoch lockerte sich der Handgriff nicht. Aber als Hal daraufhin mit dem Beil ausholte, ließ Piet einfach los. Sein Gesicht sackte auf den Boden. Hal hätte jetzt noch einmal mit dem Fleischerbeil zuschlagen können, doch er wollte nicht noch mehr Zeit als nötig verlieren.

Er hechtete in den hinteren Bereich der Scheune, dort wo das zerprügelte Schaf lag. Von hier aus hatte er den unteren Teil der Scheune ausreichend im Überblick, sodass er sehen konnte, dass es hier bloß das eine Schaf gab. Kaum war er sich dessen halbwegs sicher, stießen die Flügel des Scheunentors auf und die beiden Piets von draußen gesellten sich dazu.

Sie überprüften mit einer kurzen Kopfbewegung Klein-Piets Verfassung. Hieraufhin stürmten sie voll neu entfachter Wut auf Hal zu. In Schwarzhaar-Piets Schulter steckte nach wie vor das Küchenmesser. Sie waren klug genug gewesen, es nicht herauszuziehen. Der Verlust des einen Auges veränderte lediglich, dass nun auf der einen Seite etwas mehr Blut sein Gesicht herabrann. Es war ein schauerlicher Anblick, wie die beiden angeheizten, für Hals Angstparameter zu lauten Giganten auf ihn zubrummten.

Hal konnte nicht weg. Hinter und neben ihm waren Wände und die Treppe würde er ebenso wenig noch rechtzeitig hochsprinten können. Ihm blieben nicht viele Optionen.

Für den ersten Abstandgewinn warf er, während er sich zur linken Wand bewegte, sein Fleischerbeil auf den ihm näheren Rotbart. Hal hatte noch nie zuvor ein Hackebeil geworfen, insbesondere dann nicht, wenn jemand auf ihn zurannte. Die Klinge erwischte zwar nichts, dafür aber der stumpfe, harte obere Teil. Das Metall traf ein paar Finger von Piets linker Hand, da dieser seinen Dreschflegel zum Schutz vor sein Gesicht gehoben hatte. Die Finger brachen zwar nicht, dennoch hinterließ der Angriff seine Spuren und Piet würde mindestens ein paar Sekunden brauchen, um seine Holzwaffe wieder richtig greifen zu können.

Hal schnappte sich eine Sense von der Wand und ließ sie, mit einer Hand geführt, durch die Luft zischen. Die plötzliche Zunahme seiner Reichweite brachte die beiden Piets vorerst zum Stoppen. Nach dem ersten Hieb erfasste Hal die Sense mit beiden Händen und wirbelte sie ein paarmal herum. Hierbei bewegte er sich wieder von der Wand weg, um mehr Freiraum zu gewinnen.

Dann standen sie sich gegenüber. Hal mit seiner Sense, angespannt, todesängstlich, mit Adrenalin verseucht und geheiligt zugleich, und die beiden Piets, die wie Bullen schnaubten.

Rothaar-Piet machte den ersten Zug. Mit einem diagonalen Schwinger, von rechts oben kommend, zielte er auf Hals Schädel. Piet machte sich extra lang, damit ihm die Sense nicht gefährlich werden konnte. Hal wehrte den Holzklotz mit dem Griffteil zwischen seinen Händen ab. Der einäugige Piet schleuderte seine Waffe auf Hals offene rechte Seite. Hal wich nach hinten aus.

Da sich nun für einen winzigen Augenblick Schwarzhaar-Piet neu justieren musste, wechselte Hal mit seiner Sense die Seite und platzierte sie, verbunden mit einem seitlich nach vorne gehenden Schritt, hinter den linken Knöchel von Schwarzhaar. Dann zog er die Klinge seine Achillessehne entlang. Es gab einen lauten Knall, die Sehne riss auseinander, Blut verteilte sich entlang der Schnittstelle der Klinge und ein Berg von einem Mann fiel um wie ein Sack Kartoffeln, der von ein paar Streichhölzern getragen werden sollte.

Noch bevor Schwarzhaar-Piet irgendwelche Schmerzensschreie ausspeien konnte, verzog sich sein Gesicht bereits zu einem Gewusel aus Hass- und Gefühlsüberreizung.

Rotbart-Piet in seinem dunkelgrünen Overall kümmerte das

sichtlich wenig. Weit ausgeholt jagte er das harte Stück Holz auf das Monster, das seine Brüder verletzt hatte. Hal hatte Probleme, mit dieser Geschwindigkeit und Wucht mitzukommen, und es gelang ihm nicht, noch rechtzeitig auszuweichen. Den Großteil blockte er mit seinem linken Arm ab. Es brach keiner seiner Armknochen, wenngleich ein bald darauf angeschwollener, blauer Arm alles andere als praktisch war. Er war zwar nicht tot oder dem Tode nahe, dennoch war er haarscharf daran vorbeigesegelt. Sein Arm war eine Sache, aber sein Mund eine andere. Das Holzende suchte sich beim Blocken eine solch verquere Bahn, dass es Hals Oberlippe aufschlug, den Knochen darunter leicht anknackste, seinen linken Reißzahn zertrümmerte, den Zahn davor ganz herausschlug und den Zahn dahinter stark zum Wackeln brachte. Hals Kopf wurde nach hinten geschleudert. Der herausgepresste Zahn und die vielen kleinen Zahnsplitter des anderen bombardierten seinen Mundraum. Noch während er versuchte, sich schnell wieder zu fangen, spuckte er den losen Zahn sowie einen Großteil der Bröckchen mit einem Haufen Blut aus.

Piet ließ ihm keine Ruhe und holte bereits zum nächsten Schlag aus. Trotz dröhnenden und schmerzenden Kopfs gelang Hal das Ausweichen durch einen zeitlich abgepassten Rückwärtsschritt. Als nun Piet einen noch größeren Schritt auf ihn zumachte, fing der Sweeper seinen nächsten Angriff ab. Seine Sense setzte er an das Seil des Dreschflegels, sodass das lose Holzende sich verfing und auf den eigenen, langen Holzgriff schlug.

Hal löste die Sichel aus der kurz vorhandenen Umklammerung und stieß selbst zu. Er schwang die noch immer leicht Blut getränkte Klinge auf Piets rechte Finger. Das Knacken dieser Finger, von denen jeder einzelne so dick war, dass zwei von Hals Fingern hineingepasst hätten, war wie Musik in seinen Ohren, die von baldiger Erlösung und Ruhe spielte.

Rotbart ließ augenblicklich mit der Hand los und als antwortete Schwarzhaar-Piet am Boden für seinen Bruder, begann er nun, seinem eigenen unerträglichen Schmerz Luft zu machen. Er schrie sich die Lunge aus dem Leib, während er seinen blutenden Knöchel hielt.

Hal spielte das Schlagzeug zu dieser Melodie und schnitt Rotbart-Piet sogleich auch die Finger der anderen Hand auf.

Piet konnte nicht anders, als seinen Dreschflegel fallen zu lassen. Doch anstatt nun seiner Niederlage in die Augen zu sehen oder ihr den Rücken zu zeigen, wuchtete er seinen schweren Körper in Bewegung und versuchte, Hal mit seinen Ellenbogen zu hauen.

Hal wehrte mit Rückwärtsschritten und dem in den Weg Stellen seiner Sense weiteren Schaden von sich ab. Mit einem Tritt zu Piets Knie, dem Spucken des in seinem Mund angefüllten Bluts in dessen Gesicht sowie einem weiteren Tritt gegen sein Knie brachte er Piet kurzzeitig zur Räson und wieder etwas Abstand zwischen sich. Dann holte der Sweeper aus.

Die Sense drang in Piets dicken Hals ein. Sie war nicht sonderlich scharf und Piets Hals schien außerordentlich zäh zu sein, aber es war ausreichend. Als Hal die Klinge herauszog, spritzte eine Fontäne aus rotem Lebenssaft durch die Luft. Piet regnete seinen weinenden Bruder am Boden voll. Hal war überrascht, wie kraftvoll das Blut durch die Scheune schoss. Und auch die Menge überraschte ihn.

Rotbart-Piet wurde sehr schnell bleich im Gesicht. Sobald ihn das Metall verlassen hatte, hatte ihn auch die Kampfeslust verlassen. Er blieb einfach stehen, bis er nicht mehr stehen konnte. Dann fiel er neben seinen Bruder zu Boden.

Schwarzhaar-Piet versuchte, sich trotz der durchtrennten Achillessehne aufzuraffen. Er stützte sich laut fluchend auf seinen Dreschflegel auf. Dann stürzte er wieder zu Boden. Hieraufhin probierte er verzweifelt, Hal vom Boden aus eine zu langen. Es war ein trauriger Anblick. Wenn man es genau betrachtete, hatte dieser Mann durch Hal gerade seine Brüder verloren. Wer wäre da nicht wütend? Nichtsdestotrotz war dies ein Krieg. Hal hatte ihn sich nicht ausgesucht. Die Piets hatten ihm an den Kragen gewollt. Ob Heaven nun der Verantwortliche war oder nicht, das tat nichts zur Sache. Es waren Ungetüme, die anderen nach dem Leben trachteten. Keine Menschen mehr. Die Einzigen, wofür Hal diese Hölle auf sich nahm, waren er selbst, um sich nicht auch noch zu verwandeln, und Dorothea, auch wenn sie ihm relativ egal war. In dieser Nacht waren Ethik und Moral nahezu nichtig, doch das letzte bisschen Anstand strahlte dadurch nur umso heller. Es bedurfte ein gewaltiges Maß an Pflichtbewusstsein, sich dieser Hölle für eine Person zu stellen, die man weder richtig kennt noch leiden kann. Und genau deshalb war es von so unfassbarem Wert.

Hal ließ den lebenden Piet zurück. Er hätte ihn töten, erlösen können, aber irgendwie war ihm die Lust vergangen, ihn noch weiter zu verletzen. Wenn er in seinem vergasten Hirn die Schmerzen nicht würde ertragen können, konnte er sich immer noch selbst um sein Ableben kümmern.

Der Sweeper umlief den umgestürzten roten Berg und spazierte die Treppe hinauf, während er von unten einen undefinierbaren Mischmasch aus Stöhnen und Beleidigungen hörte.

Sein Mund brannte. Seine aufgeplatzte Lippe blutete, genauso wie sein Mund. Alle paar Sekunden musste er erneut ausspucken. Immer mal wieder fand er einen versteckten Krümel seines Reißzahns. Mit seiner Zunge spielte er in seinem neu gewonnenen Loch, wo zuvor der andere Zahn gewesen war. Der lockere Zahn und das übrig gebliebene Zahnreststück waren genauso Opfer seiner Zunge. Er würde ihn nicht selbst ziehen, aber behalten würde er ihn auch nicht können. Die Verletzung brachte ihn nicht um, aber der tuckernde Schmerz ließ sich auch nicht bändigen. Zähne sind immer eine heikle Sache. Dadurch, dass Hal schon in so einigen Prügeleien involviert gewesen war, war es für ihn nicht das erste Mal, einen Zahn beziehungsweise einen Teil davon zu verlieren. Normalerweise schaute er kurze Zeit später einfach beim Zahnarzt vorbei, aber hier würde wohl noch einige Zeit ins Land gehen, bis er sich darum kümmern lassen konnte. Momentan musste er wohl einfach akzeptieren, dass ein zumeist offen stehender, blutender, stark schmerzender Mund ab sofort zu seinem Leben gehörte.

Oben an der Treppe angekommen, folgte er dem weiteren Verlauf der Blutspur, die sich von der Schubkarre die Stufen hinaufzog. Seine neue Waffe des Todes fest in den Händen haltend, bereitete er sich auf alles Mögliche und noch mehr vor. Trotzdem konnte er sich nicht erwehren, ein »Was zum …?« auszustoßen, als er in den ersten von zwei Bansen sah.

An einem Dachbalken spannte ein Seil herab. Es war ein Galgen und ein ersticktes braunes Pferd hing daran. Seine Hufe schwebten über dem Holzboden. Das Tau hatte seine Luftzufuhr solange abgedrückt, bis es das Bewusstsein und schließlich auch das Leben verloren hatte.

Schmeißfliegen schwirrten und tapsten um und auf ihm herum. Sie spielten die letzte Musik des einst majestätischen Tieres.

Hal gingen so viele Fragen durch den Kopf, angefangen bei *Warum?* über *Soll mir das was sagen?* zu *Wie bekamen sie das Pferd die Treppe hoch?* Zwischenzeitlich mischten sich auch andere Fragen hinzu, aber das geschah wahrscheinlich bloß, weil die Vorstellung so abstrus war, dass sie auf eine merkwürdige

Art schon wieder komisch war. *Hat es Selbstmord begangen? Wenn ja, wie hat es das angestellt? Von wo ist es abgesprungen? Ich sehe keinen Stuhl.*

Hal gab dem Pferd den Namen Jones und ging weiter.

Gleich nebenan lag der andere Bansen. Bis in diesen Raum reichte die Blutspur von unten und das hatte auch seinen Grund. Bereits jetzt war das Summen der Fliegen zu hören. Hal blickte halb neugierig, halb ernst hinein.

»Was zum …?«, entfuhr es ihm zum zweiten Mal. Die Latte an in dieser Nacht gesehenen Abnormalitäten wurde gerade noch einmal massiv angehoben.

Auf dem Boden war mit Blut ein gigantisches Mühlespiel gezogen. Anstelle von Steinen dienten abgesägte Schweineköpfe und -hintern als Spielfiguren. Neun Hinterteile lagen auf Fixpunkten auf dem Spiel»brett«. Vier Gesichter lagen außerhalb der Quadrate und die übrigen fünf waren in einer Zwickmühle formiert. Das bisschen, was Hal von Mühle wusste, verriet ihm, dass obwohl die Hintern in der Überzahl waren, der Spieler mit den Kopfsteinen nicht verlieren würde. Der Sieg war vorprogrammiert.

Hal spuckte eine neue Ladung Blut aus und machte sich wieder auf den Rückweg. Anscheinend gab es hier bloß das eine Schaf. Wäre ihm diese winzige Info vorher bekannt gewesen, bevor die drei Piets ihn gesichtet hatten, hätte es allen einen riesigen Haufen Ärger erspart.

Die abstrakte Gewalt in den Bansen hatte ihn in solch einer Weise hinweggefegt, dass ihm eine Sache gar nicht aufgefallen war. Sowohl das Pferd als auch die Schweine waren nicht mutiert. Es waren stinknormale Tiere. Hieß das, dass das Gas nur lebende Materie verformte und die Tiere schon vorher tot gewesen waren? Diese Vermutung lag nahe. Zumindest fiel Hal keine andere Theorie dazu ein.

Der einäugige Piet mit dem Küchenmesser in der Schulter und der durchgeschnittenen Achillessehne war in der Zwischenzeit zu seinem anderen Bruder gekrochen. Er sah Hal so finster an wie zuvor, aber machte keine Anstalten mehr, ihn zu attackieren. Stattdessen schien er ihn mit irgendwelchem Gemurmel zu verfluchen. Hal sollte es recht sein. Das Messer durfte er behalten und seinem Bruder hinterließ er auch gerne den Schraubendreher. Hal hatte ja jetzt die Sense. Zusätzlich hob er sein weggeworfenes Fleischerbeil auf. Er säuberte das bisschen Blut von seiner kleinen Waffe und das viele Blut seiner großen Waffe am Overall von Rotbart-Piet, woraufhin ihn Schwarzhaar noch einmal mit einem lauteren dunklen Fluch belegte. Hal sympathisierte mit ihm, denn Piet hatte jedes Recht, sauer auf ihn zu sein.

»Bedank dich bei Heaven.«

Er dachte kurz darüber nach, ob er sich statt der Sense nicht lieber mit einem der herumliegenden Dreschflegeln bewaffnen sollte. Sie hatten eine größere Reichweite und mehr Bumms, wie ihm sein irgendwo herumliegender Schneidezahn bestätigen würde. Hal blieb dann aber doch bei seinem jetzigen Werkzeug. Er kannte den Wert einer guten Klinge. Und wenn er schon sein Messer als Geschenk hierließ, so wollte er nicht noch einer weiteren Klinge den Rücken kehren.

Das Fleischerbeil steckte er in seinen Gürtel. Die Sense behielt er wie der Todesgott in der Hand. Die Mühle wartete noch auf ihn.

Als er an dem verletzten Piet vorbeispazierte, begleitete dieser ihn mit einem bösen Blick. Er schaute in Piets Gesicht und erkannte darin nichts als Aggression, Hass und Bosheit. In Hals Gesicht hingegen hätte jeder das wahrscheinlich überflüssige Mitleid sehen können. Er war froh, dass Piet das Ganze zumindest nicht als Lebender miterleben musste. Aber vielleicht bekam er auch mehr mit, als ihm recht war. Hal hoffte, dass es nicht so war.

Er schwang sich auf sein Fahrrad. Danach überlegte er, mit welcher Hand er die Sense halten sollte. Der linke Arm pochte noch vom Treffer mit dem Dreschflegel, von daher entschloss er sich kurzum, mit dem anderen Arm zu lenken. Er zog es vor, unterwegs die Waffe fallen zu lassen und wieder aufheben zu müssen, anstatt sich auf die Nase zu packen. Das Fleischerbeil legte er wie gehabt in den vorderen Fahrradkorb. Dann radelte er wieder los.

Der kühle Luftzug schmerzte an seinen wunden Stellen am und im Mund.

Die Mühle war nicht fern. Sobald er den Fluss erreichte, waren es bloß noch wenige Hundert Meter. Mit einem Arm den Lenker zu halten und das auf dem zum Fahren eher ungeeigneten Boden, war ein Balanceakt, der Hal zu schaffen machte. Eine Sense war schön und gut, doch unpraktisch war sie momentan auch. Wenn er in Zukunft noch mehr solcher Strecken zu befahren hatte, würde er wohl in Erwägung ziehen, sich von ihr zu trennen, denn immerhin durfte er nicht vergessen, unter was für einem Zeitdruck er hier eigentlich stand. In dieser einen Nacht sollte er so viele Dinge erledigen. Er wusste nicht, wie das klappen sollte. Er hatte keine Ahnung, wie spät es war, noch wie viel Zeit er bei den anderen Aufgaben benötigt hatte. Zurzeit prangte der Mond noch weit oben am Himmelszelt. Einige Stunden würden ihm in jedem Fall noch bleiben.

Hal stellte das Rad einige Meter vor der kleinen Mühle ab. Die unten liegende Pedale bohrte sich in die kräftig riechende, leicht grasige Erde. Nicht weit weg begann ein neues Stückchen Wald. Schwarz-Erlen mit breiten Stämmen sperrten die Mühle wie ein Gefängnis ein.

Die Mühle war alt, die Bretter, die sie zusammenhielten, waren oft nass gewesen und zeigten Abnutzungsmerkmale, wie sie bloß durch ein Leben voller Wetterumschwünge zu erklären waren. Sie glichen alten Seemännern, denen die raue See die Jahre schneller geraubt hatte, als ihre Jugend hatte schwimmen können. Das Dach war wie viele große Steine im Fluss komplett mit dickem Moos bedeckt. Ein großes Wasserrad drehte seine Runden, als hätte es nie etwas anderes getan.

Der Geruch von Harz, Blättern, feuchtem Holz und einem klaren Fluss schwang mit einem permanenten schwachen Wind Hal um die Nase. Obwohl es seinem Mund ein fieses, kleines Stechen einbrachte, konnte er diese Schönheit genießen. Das Fließen des Wassers und das metronomhafte Klappern des Rades zu hören, waren pure Harmonie für seine gestresste Seele. Wenngleich diese Idylle geradezu ideal war für ein Schauermärchen, musste er versuchen, den Frieden auszukosten, bevor er wieder in den Albtraum des Krieges zurückkehrte. Ansonsten war Hal sich sicher, würde er noch durch den Druck, seine Fantasie und Furcht zusammenbrechen.

Ein unbehagliches Gefühl beschlich ihn, als er die Mühle betrat. Was mochte hier auf ihn lauern? Egal was es war, es würde seine Sense zu spüren bekommen.

Das Licht von draußen ließ den Innenraum nicht in völliger Dunkelheit versinken. Nach wenigen Sekunden hatten sich Hals Augen gänzlich daran gewöhnt und sein vorheriger Kampfgeist verzog sich wieder nach hinten. Eine ausgebuffte Konstruktion, bestehend aus mehreren Rädern, ging knarrend ihrer Arbeit nach. Sie sorgte dafür, dass das Wasserrad von draußen sich nicht umsonst drehte. An einer Wand und in einer Ecke lagen volle, nach altem Stoff riechende Getreidesäcke in zwei Haufen zusammen.

Eine Überwachungskamera hing von der Decke. Sie war direkt auf Hal gerichtet. In dieser Nacht hatte er nur wenige der unzähligen Kameras entdeckt, von denen Heaven erzählt hatte. Hal hatte nicht wirklich Ausschau nach ihnen gehalten, denn erstens durfte er sie nicht anrühren, zweitens wäre es eine Verschwendung von Zeit und drittens waren sie teilweise so gut verborgen, dass er gar nicht glauben konnte, dass er überhaupt überwacht wurde. Diese Kamera hingegen war so ziemlich die offensichtlichste, die er in dieser Nacht gesichtet hatte. Vielleicht lag es daran, dass diese erst vor kurzer Zeit hier angebracht worden war und die Bewohner sie ohnehin nicht mehr hätten bemerken können, weil sie weggezogen, entführt, erpresst oder getötet worden waren. Oder dem Anbringer der Kamera war nichts Besseres eingefallen, als sie hier zu platzieren. Oder was natürlich auch sein konnte: Hal sollte sehen, dass er gefilmt wurde.

In der Mitte des Raums stand ein kleiner Tisch. Darauf stand eine Schatzkiste. Sie war nicht groß, aber auch nicht so klein, dass sie Hal keine Angst machte. Sie war aus hellem Zedernholz gefertigt und an jedem Rand mit schwarz gefärbtem Metall verstärkt. An ihr klebte ein Notizzettel:

Viel Vergnügen

Hal musste augenblicklich an den Karton mit den Riesenmotten zurückdenken. Er betete insgeheim jeden Gott, der ihm einfiel, um Milde an.

Bitte, bitte, bitte, lasst es nicht wieder Tiere oder sonst etwas Ekelhaftes sein! Bitte, bitte, bitte!

Er legte die Sense auf den Boden und nahm das Fleischerbeil in die Hand. Die Sense war für alles Große, das Beil für alles andere zuständig. Und in dieser Kiste konnte nichts so Großes sein, dass er mit der Sense einen taktischen Vorteil daraus ziehen könnte. Oder doch?

Hal öffnete mit einem angespannten, das Schlimmste erwartenden Gesicht und einer weit von sich weggestreckten Hand die Schatzkiste. Der Deckel fiel nach hinten. Die kleine Truhe stand offen. Nichts passierte. Hal war erleichtert und dankbar. Nachdem er wieder ausgeatmet hatte, riskierte er einen Blick hinein.

In der Schatztruhe befanden sich mehrere Gegenstände: Ein schwarzes Funkgerät, eine Taschenlampe, eine kleine Packung Studentenfutter und … eine Luger.

81 LETIPAK

Es war schon einige Jahre her, dass Hal zuletzt eine 9mm benutzt hatte. Eine Luger noch nie. Es war eine sehr alte Waffe, sie gab es bereits vor dem ersten Weltkrieg. In seinen Händen fühlte sie sich falsch und nötig zugleich an.

Er drückte den Knopf des Magazinhalters und das Magazin ergoss sich in seine Hand. Sechs winzige Kamikaze-Flieger standen, dicht beieinander gereiht, bereit zum Einsatz; das Magazin war voll. Hal prüfte den Lauf. Keine weitere Kugel verbarg sich hier. Es blieb bei sechs Schuss. Der Lauf war gerade und sauber. Beim Abdrücken des Abzugsbügels erkannte er keine Auffälligkeiten. Es gab das wohlwollende leere Klickgeräusch. Hal drückte das Magazin zurück in den Griff, bis es deutlich hörbar einschnappte. Dann riss er den Verschluss so weit nach oben, dass die oberste Patrone des Magazins frei wurde, und ließ ihn wieder vorschnellen; hierdurch wurde die Patrone in den Lauf geschoben, der Schlagbolzen war gespannt und der Auszieher hochgetreten. Er sicherte die Waffe, indem er den Sicherungshebel zurückschob. Zum Schluss steckte er sein neues Todesinstrument vorne in seine Hose. Das Pressen dieses metallenen Teufels – oder in diesem Falle wohl eher Schutzengels – gegen seinen Unterbauch gab ihm ein solch gesichertes Gefühl, wie es bloß die Umarmung einer Mutter für ein kleines Kind zu bedeuten vermag.

Patronen waren pures Gold. Sie waren die Währung, die entschied, wie lange Hal in dieser Nacht überleben würde. Klingen waren großartig, doch musste er an die Gegner heran und sein Körper hatte schon lange genug. Hal war geschunden. Wenn er seinen linken Arm bewegte, spürte er, dass der Dreschflegel dort gegengeprallt war. Sein Oberschenkel war von den Tritten leicht angeschwollen und mit Sicherheit nicht mehr hautfarben. Die Geschichte von den Schlägen ins Gesicht erzählte ihm sein Kiefer noch immer, allerdings war die Lautstärke stark nach unten gedreht worden, um seinen Zähnen und dem Zahnfleisch die Bühne zu überlassen. Als er mit seinem Steiß auf den Haken gefallen war, hatte es ebenso eine geprügelte Spur hinterlassen. Ganz zu schweigen von den Weidenstockstriemen, die zwar mittlerweile weniger schmerzten, dafür aber den Eindruck erweckten, als hätte Hal sich viele kleine Brandings machen lassen, um mehr wie ein Zebra auszusehen. Die Bisswunde vom Anfang war in dieser Relation nicht schlimmer als ein Mückenstich. Mit einer Schusswaffe wäre er imstande, schon weitaus früher einen Sieg zu erringen. Sein Körper würde es ihm danken.

Die Taschenlampe funktionierte. Der Lichtkegel war nicht außergewöhnlich hell, doch der Stärke nach zu urteilen, waren die Batterien noch voll und würden die Nacht über hoffentlich durchhalten.

Hals Magen war zwar leer, aber bislang hatte sich noch kein Hungergefühl bei ihm entwickelt. Verwunderlich war dies nicht. Mit der neuen Verfassung seines Kauwerkzeugs sowie dem in dieser Nacht Gesehenen war ihm einfach nicht nach Essen zumute. Dennoch zwang er sich, sich das Studentenfutter einzuverleiben. Er kaute auf der ungewohnten rechten Seite. Hin und wieder gelangte ein bisschen an das offene Loch. Es stach, puckerte und wirkte, als risse es die Wunde weiter auf. Hal kaute vorsichtig und mit offenem Mund. Er musste dagegen ankämpfen, es einfach sein zu lassen. Das Essen diente lediglich zur Beiführung von Kraft, als Energielieferant, und sein umgedrehter Magen und der Schmerz hatten sich diesem Vorhaben schlichtweg unterzuordnen.

»Ist da der Weihnachtsmann?«, fragte er in das Funkgerät.

Nach einer kurzen Pause erfolgte Heavens Erwiderung. »Nein, der böse Osterhase.«

Hal grinste ein demonstrativ nicht amüsiertes Grinsen in die Kameralinse.

»Wohin als Nächstes?«

»Ist schon irgendwie blöd gelaufen, oder? Dabei warst du gerade erst beim Zahnarzt. Soll ich dir vielleicht einen neuen Termin besorgen?«

»Schon in Ordnung. Heute hab ich eh nicht mehr vor zu lächeln.«

»Nicht mal für die Damenwelt?«

»Nicht mal für die Damenwelt.«

»Das ist schade, Hal. Ich hab dir nämlich ein Date arrangiert – und jetzt halt dich fest – mit der schönsten Frau des Dorfes. Du verdienst bloß das Beste. Mit weniger sollte ein Mann von deinem Karat sich niemals zufrieden geben. Die einzig wahre amtierende Miss Drewhound wartet auf dich und wie ich hörte, sei sie dir völlig ergeben. Sie ist bestimmt schon ganz feucht vor Aufregung. Vielleicht hat sie sogar schon ein paar Hüllen fallen gelassen. Nur für dich. Und jetzt kommt das Beste: Sie wohnt gleich nebenan, in der Farm neben der Scheune. Na, wenn das kein Schicksal ist.«

»Heißt das, sie hat zusammen mit diesen drei Monster-Piet-Brüdern gelebt?«

»Niemand hat gesagt, dass die drei Piets aus der Scheune auch hier wohnen würden.«

»Und tun beziehungsweise taten sie es?«

»Jupp.«

»Okay.«

Hal hätte jetzt alle möglichen Gedankenspiele und Theorien durchgehen können, in welcher Beziehung Miss Drewhound zu den anderen stand oder wie ihr Leben ausgesehen haben mochte, aber im Moment war ihm bloß danach, schnell voranzukommen.

»Du wirst Folgendes tun: Gib Miss Drewhound einen Kuss auf den Mund und ich verrate dir die nächste Ziffer.«

»Ein Kuss auf den Mund? Bist du irgendwie pervers?«

»Ich verrate dir meine sexuellen Vorlieben nur, wenn du mir vorher deine erzählst.«

»Verzichte.«

»Eigentlich kann ich dir auch auftragen, sie mir einfach so zu sagen.«

»Ich könnte einfach lügen.«

»Ja, das ist wohl wahr.«

»Gurtis, bevor es weitergeht, darf ich fragen, ob es in der Scheune tatsächlich bloß ein Schaf gibt oder hab ich eines übersehen?«

»Trau deinen Augen, Hal. Es gab bloß das eine. Wie gefällt dir die Schatztruhe?«

»Gut. Beim nächsten Mal leg doch bitte statt des Studentenfutters einen Schokoriegel hinein, einen *Lion* oder so was. Das bringt genauso viel Energie, schmeckt aber besser. Außerdem beruhigt Schokolade die Nerven.«

»Ich bezweifle, dass du auch nur ansatzweise genug Schokolade essen könntest, um deine Nerven in dieser Situation zu beruhigen.«

»Ja, da magst du wohl recht haben.«

»Dann will ich dich mal nicht weiter aufhalten. Genieß es, hab Spaß und steck doch bitte das Funkgerät in deine Hosentasche. Ich hab nämlich vergessen, eines in der Farm zu positionieren.«

»Alles klar.«

Hal steckte das Gerät wie geheißen ein. Den Rest des Studentenfutters, das ihm am Ende mehr Nerven gekostet, als Kraft eingebracht hatte, schmiss er durch den Raum, auf dass es wie schweres Konfetti die Luft durchflog. Die Sense ließ er hier. Mit der Taschenlampe in der Hand hätte er keine Möglichkeit, die Sense zu benutzen. Sie konnte auch nicht wie das Fleischerbeil oder die Luger einfach weggesteckt werden. Und so wurde aus Hals längster Klinge unnötiger Ballast.

Er kehrte der Mühle den Rücken, legte sein Beil wie gehabt in den vorderen Fahrradkorb, ebenso die Taschenlampe und machte sich auf den Rückweg, der nun, da die Sense ihm nicht mehr eine seiner Hände raubte, ungleich einfacher zu befahren war.

Als ihn sein Weg wieder in die Nähe der Scheune führte, fragte Hal sich, ob gleich der übrig gebliebene Piet irgendwo zu sehen sein würde. Mit der aufgetrennten Achillessehne wäre es ihm rein theoretisch möglich, auf einem Bein zu hüpfen oder zu kriechen. Immerhin konnte er ja nicht einfach die Nacht über dort kampieren. Andererseits war er vielleicht doch nicht intelligent genug, in sein Haus zurückzukehren, um seine Verletzungen zu versorgen oder Hilfe bei jemandem zu suchen, der zumindest ansatzweise die Ahnung eines Arztes besaß. Vielleicht brauchte er noch einige Zeit, um seine Verluste für sein eigenes Wohl hinten anzustellen. Oder er hatte bereits solch eine Menge Blut verloren, dass er sein Bewusstsein verloren hatte. Letzteres konnte natürlich auch eintreffen, wenn er einfach überfordert mit der derzeitigen Situation war, was ein normaler Mensch ohne Zweifel wäre. Hal wollte nur allzu gerne in die mutierten Köpfe derer blicken, die selbst für Heaven noch ein solches Rätsel darstellten. Anhand der Ausdrücke in ihren Gesichtern, der Körpersprache, ihren Taten und an sich sogar weniger an ihrem Aussehen als an den anderen Dingen klärte sich die Frage eigentlich schon von selbst, ob die Wesen noch bei klarem Verstand waren. Wer außer Heaven konnte denn auch wissen, mit welchen Drogen Piet und Co manipuliert worden waren? Jegliche humane Überbleibsel konnten rein zufällig oder von Heaven gewollt übrig gelassen worden sein. Alles dienlich, nur um Hal zu irritieren, aus der Fassung zu bringen, zu quälen.

Zweifel waren tödlich. Auch wenn ihm manche Situationen unwirklich erschienen und er für die Prinzipien eines Sweepers die völlig falschen Handlungsweisen an die Nacht legen musste, musste Hal sich immer wieder bewusst machen, dass dies fernab von allem geschah, was einer zivilisierten Gesellschaft gleichkam. Vielmehr bahnte er sich hier seinen Weg durch die verdammten Reihen der Höllenringe hinab. Piet, Lucia, Cooper, alle tot. Wie sollten sich solche entstellten Körper zurückverwandeln können? Es gab nichts mehr zu retten, nur zu erlösen: Dorothea, sich selbst und die Welt von Heaven. Wobei er nach wie vor nicht vorhatte, Heaven umzubringen. Er würde seinem Job nachgehen und Heaven lediglich dingfest machen.

Auf der Farm roch und sah Hal mehrere Ställe. Er wollte nicht extra nachsehen, er konnte sich auch so denken, dass der Bauernhof Tiere beherbergte. Kühe, Schweine, Hühner, vielleicht sogar noch mehr Pferde, außer dem einen erhängten. Auf der angrenzenden Wiese konnten noch weitere Schafe herummähen, wie immer sich diese nun auch anhören mochten. Überhaupt hätte Hal es interessiert, wie diese Tiere nach der Einwirkung des Gases aussahen. Einen schockierenden Blick auf Kühe hatte er ja bereits werfen können. Zu neugierig wollte er jetzt aber auch nicht sein, nicht dass seine Neugierde noch sein Verderben heraufbeschwor.

Hal sah sich angespannt um. Er wirkte wie jemand, der an einem Ort Fahrrad fuhr, an dem es strengstens verboten war, und der sich um alles in der Welt nicht erwischen lassen wollte. Sein Fahrrad stellte er auf dem Hof ab, nicht weit von der Eingangstür entfernt. Der Steinboden war seit der ersten Straße, auf der er gestartet war, der angenehmste Untergrund, um die Räder rollen zu lassen. Eigentlich schade, dass er genau hier jetzt schon wieder damit aufhören musste.

Von Nahem sah das Haus noch schäbiger aus als von der Scheune aus. Der Putz bröckelte ab. Die Farbe, nun … Welche Farbe? Die Fenster waren seit Monaten nicht geputzt worden. Zum Teil wiesen sie Kratzspuren auf. Zum Teil waren diese etwaigen Kratzer nichts anderes als Spinnennetze. Ob das Gas wohl auch Spinnen vergrößerte? Hässlicher konnten sie ja kaum werden.

Hal leuchtete mit seiner Taschenlampe von außen flüchtig alles ab. Seine Luger steckte vorne in seiner Hose und ragte griffbereit heraus. In seiner rechten Hand hielt er sein bislang überaus nützliches Fleischerbeil. Wer hätte gedacht, dass ein so unförmiges Etwas wie die Fleischerin ihm solch einen Dienst erweisen würde? Vielleicht wäre er ohne ihre Waffe bereits gestorben.

Hal war gerade im Begriff, sich die zwei Stufen zur Eingangstür vorzunehmen, da sann er nach, dass es nicht schaden könnte, kurz auch links und rechts die Häuserwände abzuleuchten. Für den Fall, dass hier bereits jemand lauerte und nur darauf wartete, sich nach Hal ins Haus zu stehlen und ihn gar von hinten zu erwischen. Es würde nur einige Sekunden in Anspruch nehmen und ihn gleichzeitig besser absichern.

Zuerst wandte er sich nach rechts. Im Zweifelsfall nahm Hal immer den Weg nach rechts, denn meistens wählen Menschen den linken Weg und das konnte man sich zunutze machen.

Seine Taschenlampe trat in Aktion und schon war sein Gemüt beruhigter. Kein böser Schatten oder Lebewesen, das einen Schatten werfen konnte.

Anders war es links. An dieser Hauswand staunte er nicht schlecht, als er etwas anstrahlte, das er bislang nur durch eigenes Zutun gesehen hatte. Eine vermeintliche Leiche, ein Piet, vielleicht Anfang zwanzig, mit nach oben gekämmten, fettigen Haaren und einem Death Metal T-Shirt über einem Sweatshirt lag angelehnt an der Wand. Nur sein Kopf berührte die Wand und zwar so dicht, dass sein Kinn auf der Brust auflag. Vierzig Zentimeter darüber klebte etwas Blut. Es war bis zum Schädel heruntergeschmiert. Die Stirn des Piets zeigte eine frische Beule. Wahrscheinlich war er via vorsätzlicher Gewalteinwirkung am Kopf getroffen worden, während des Umfallens mit dem Hinterkopf gegen die Wand geprallt und einfach zusammengesackt.

Hal überprüfte Piets Verfassung mit einem Tritt. Er reagierte nicht und Hal beugte sich zu ihm herab; dabei konnte er drei kleine Löcher in dem scharlachrot gefärbten T-Shirt ausmachen. Alle drei waren durch die Brust gegangen. Es handelte sich um Mord. Doch wer würde so etwas machen? Fingen die

Mutierten jetzt etwa schon an, sich gegenseitig umzubringen?

Hal entfernte sich wieder von Piet.

Die Haustür war nicht abgeschlossen.

Warum sollte man auf dem Dorf auch abschließen?

Hal drückte die Tür leise auf und leuchtete in ein riesiges Wohnzimmer hinein. Hinten links grenzte die offene Küche an. Es roch nach alten Möbeln, Bauernhoftieren und etwas, was Hal nicht vermochte einzuordnen.

Die schmutzigen und teilweise mit Jalousien bedeckten Fenster sowie die dunkelgrauen Himmelsschäfchen, die sich wahrscheinlich gerade wieder um ihren mondigen Hirten tummelten, machten den geräumigen Innenraum lichtscheu. Mit der Taschenlampe fand er schnell den Lichtschalter, doch die Betätigung brachte keinen Erfolg. Zumindest blieb ihm die Taschenlampe; für sie war er dankbar und ohne reichlich aufgeschmissen.

»Schatz, ich bin wieder zu Hause!«, rief er und bewegte sich dabei langsam zwischen den Möbeln zur Holztreppe hin. »Heute kam wieder so eine fette Frau in meinen Schuhladen gerollt und –«

Seine Sitcom-Einlage brach schnell wieder ab, als er aus der oberen Etage ein fieses Geschrei vernahm. Er hatte heute Nacht bereits einige Stimmen gehört, von denen jede den Bluessänger Tom Waits, der nicht wie viele andere mit der Stimme eines Engels, sondern mit der des Teufels gesegnet war, zu den anderen kleinen Mädchen in den Schatten stellte. Und dennoch klang sie höher als die der Piets. Hal war zuversichtlich, dass es sich hier um eine Lucia handelte, wenn nicht sogar um die Lucia, die er begehren musste zu küssen. Ihr Geschrei zauberte ihm die Wirbelsäule gerade, bis auch die Nackenhaare in einer Linie nach oben ragten. Ihr aggressives Geheul war unmissverständlich als Warnung zu verstehen.

Hal sollte sich ihr nicht weiter nähern und tat er es doch, würde er es bereuen. Sie vermochte es, solch grässliche Laute von sich zu kreischen, dass Hal Heaven am liebsten gesagt hätte, dass er ihm doch bitte eine andere Aufgabe zuteilen möge, gerne auch zwei. Deutlicher konnte man einem Mann keinen Korb geben. Das war schon okay, dachte Hal. Es wäre nicht das erste Mal, dass er einen Korb bekam. Hierbei jedoch musste er auf die Intimität bestehen.

Schritt für Schritt stieg er die knarzende Treppe hinauf. Sonst war es immer ein Fräulein, das sich in einem hübschen Kleid beim Herabschreiten der Stufen seinem Date präsentierte.

Ich bin hier im falschen Film, schwirrte es in Hals Kopf herum.

Jederzeit rechnete er damit, dass plötzlich jemand um die Ecke flitzen und ihn angreifen könnte. Die Gefahr könnte allerdings auch von unten kommen. Jemand könnte sich gerade irgendwo in der unteren Etage verstecken und nur darauf warten, gleich die Treppe hochzurasen. Und sollte Hal dann nach oben jagen, würde er in die Arme vom Nächsten laufen. Und wenn er die Stufen hinunterflöhe, würde ihm dort jemand den Weg abschneiden. So oder so, es gab viele Möglichkeiten, wie es weitergehen könnte, und die meisten behagten ihm nicht im Geringsten.

Oben angekommen, schnaufte er vor Erleichterung kurz durch. Hal hatte nun einen Überblick über den Flur. Niemand stand hier auf dem staubigen, schlecht imitierten türkischen Teppich. Das war gut. Was hingegen schlecht war, war das Bild, das sich ihm zeigte. Vom engen Flur, der ihm weniger als genug Freiheit bot, gingen fünf Türen ab.

Die erste auf der linken Seite war nur leicht angelehnt. Die zweite, an der ein großes Schild mit den Worten »*KEEP OUT*« hing, geschlossen. Die erste auf der rechten Seite war ebenfalls geschlossen. Die dahinter stand sperrangelweit offen und offenbarte lediglich die Finsternis als Inneneinrichtung. Überhaupt war diese Etage verhältnismäßig dunkel im Gegensatz zur unteren. Das mochte daran liegen, dass hier die einzigen Fenster bloß in den Räumen vorhanden waren und diese waren entweder geschlossen oder deren Fenster abgedeckt. Hal betätigte den Lichtschalter neben dem Treppenende, doch es half gleichwie unten nichts.

Seine Taschenlampe leuchtete zur fünften Tür, welche ihm gegenüberlag. Die Tür war wie die Tür neben ihm bloß ein Stückchen geöffnet. Das Gekreische hätte er auch hören können, wäre sie doppelt so dick und im Schloss eingerastet. Hal konnte die Stimme fast schon förmlich sehen. Wie ein umgedrehtes schwarzes Loch stoben die Warnungen von der Tür weg. Es fühlte sich beinahe so an, als liefe er gegen einen kräftigen Wind an. Dieser Wind war nicht echt, genauso wie die anderen Assoziationen des Sweepers, doch basierend auf der immer weiter anrückenden Angst, beschrieben diese Metaphern Hals Eindrücke auf eine Weise, die er sofort schriftlich bestätigen würde. Hinzu kamen die Türen neben ihm, die im Grunde alles beherbergen konnten, was ihm einen Herzstillstand beiführen könnte.

Hal entschloss sich dagegen, jeden einzelnen dieser Räume zu inspizieren. So oder so konnte er mit einem Angriff überrascht werden. Nicht zuletzt, weil er den verstörenden Lärm nicht länger als nötig aushalten und er provisorisch wie so oft als Argument keine Zeit verschwenden wollte, steuerte er geradewegs auf Tür Nummer fünf zu.

Beim Passieren der anderen Räume blieb er weiterhin aufmerksam und vorsichtig. Permanent versuchte er, trotz des Geschreis seinen Ohren alles zuteil werden zu lassen, was irgendwie auf irgendeine Art auf Leben hinweisen konnte. Seine Taschenlampe bewegte sich schnell, doch der Fixpunkt, um den sich der Lichtkegel öfter sammelte als anderswo, blieb die Tür vor ihm. Jederzeit könnte sie plötzlich aufgerissen werden und Hal in eine Fratze blicken lassen, die sich schneller auf ihn zubewegte, als ihm recht wäre. Und mit dem Wachstum seiner Anspannung spannte sich auch sein Griff um das Fleischerbeil. Er hielt es nach wie vor bei dieser Enge für die bessere Waffenwahl. Es könnte sein, dass sechs Schüsse nicht reichten oder er in seiner Panik schlichtweg danebenschoss. Die Klinge war einfacher zu handhaben und würde keine Patronen verschwenden. Hal hoffte, er lag mit seiner Auswahl richtig. Mit einer funktionierenden, nicht eingesetzten Pistole in einem Kampf zu sterben, wäre schon irgendwie peinlich, philosophierte er.

Das Hackebeil hielt er schlagbereit neben seinem Kopf, während er mit der Taschenlampe die Tür aufdrückte. Das Zimmer war dermaßen düster, dass Hal ohne sein Licht nichts sehen könnte. Das Gekreische Lucias flog ihn direkt an. Es fühlte sich an wie Wind in einem kalten Winter, der sich wie Nadeln ins Gesicht sticht. Die Lampe gab das Verborgene preis.

Direkt vor dem Sweeper erwartete ihn Lucia auf einem Bett. Die blutbefleckte Decke unter ihr und lediglich in einen gelben Bikini gekleidet, lag sie da. Sie trug eine Schärpe mit der Aufschrift *»MISS DREWHOUND«*. Lucias Alter war aufgrund ihrer Verwandlung schwer auszumachen; geronnenes Blut verbarg die Jugend ihres Gesichts. Hal schätzte sie auf zwischen sechzehn und neunzehn Jahre. Um ihren Mund, der wie gehabt schwarze, verfaulte, stinkende Zähne blitzen oder eher nicht blitzen ließ, klebte frisches Blut. Ihre Statur war ansehnlich, wenn auch für die extremen Anforderungen von allgemeinen Schönheitswettbewerben etwas zu füllig – was jedoch bei einer Konkurrenz wie sie in diesem verlassenen Dorf vorzufinden war, eine durchschnittlich attraktive Frau nicht davon abgehalten hatte, den ersten Platz auf dem Treppchen zu ergattern.

Normalerweise freute Hal sich, wenn eine hübsche blonde Frau vor ihm auf dem Bett lag, und auch die Tatsache, dass eine ihrer Hände mit Handschellen an das Bettgerüst gefesselt war, war ihm nicht neu. Sonderbar war allerdings der Zustand ihres Arms. Während sie mit ihrer freien rechten schwarznägeligen Klaue durch die Luft kratzte, als könnte sie es gar nicht abwarten, Hal die Augen zu blenden, zuckte ihre linke Hand, obwohl es nichts mehr zu zucken gab. Unterhalb der Handschelle, einige Zentimeter vom Handgelenk entfernt, war ihr Arm an einer Stelle rundherum bis auf den Knochen abgenagt. Es war nicht schwer zu kombinieren, dass das frische Blut um ihren Mund daher rührte, dass sie sich selbst gefressen hatte. Unvorstellbar war jedoch die Tatsache, dass die Hand noch Bewegungen machte, obgleich keine Muskeln und Nervenstränge mehr vorhanden waren. Wie bei einem zerhackten Aal führte die Hand unbewusst noch ein Eigenleben. Hal fragte sich, wie lange Lucia wohl schon angekettet war.

Er sah einen Schreibtisch, Fotos, Krimskrams und Kuscheltiere. Auf einem Lowboard stand ein großer Käfig. Der Größe und dem spielerischen Inhalt nach zu urteilen, wohnten hier Hamster oder Mäuse, die sich momentan alle versteckten. Bei dem alarmierenden Lärm war dies allerdings auch kein Wunder. An den Wänden hingen mehrere Poster von Sängern und Bands, deren Namen Hal noch niemals gehört hatte. Wahrscheinlich besser so. Sie hätten ihn wahrscheinlich eh nur genervt oder gar einen sinnlosen Platz in seinem Gedächtnis eingenommen.

Das einzige Fenster, es befand sich über dem Käfig, war zwar groß, dafür aber mit Brettern zugenagelt. Das erklärte zwar die Finsternis, doch blieb die Frage, wer dies getan hatte und vor allem, warum? Aus welchem Grund würde man das Zimmer einer jungen Frau dergleichen abriegeln?

Hal schloss die Tür. Er wollte verhindern, dass sich jemand unbemerkt an ihn heranschleichen konnte. Wenn sich die Tür öffnete, so bekäme er es mit. Provisorisch drückte er den Lichtschalter. Die Zeit hätte er sich auch sparen können. Der Raum bot kaum Versteckmöglichkeiten. Einer Überprüfung war nur das Bett wert, genauer gesagt, der Freiraum darunter. Hal kniete sich auf den Fußboden und leuchtete alles ab. Abgesehen von Staub und einem Koffer aus altem Leder befand sich nichts und niemand unter dem Bett. Jetzt konnte er sich getrost dem blonden Schreihals zuwenden.

Lebendig wollte er sie nicht küssen. Sie könnte ihn kratzen oder beißen. Hal hatte gerade erst ein paar Zähne verloren. Seine Lippen wollte er noch behalten. Er würde sie töten müssen und dann in Ruhe seine Aufgabe erfüllen können. Eine Kugel wollte er für sie nicht verschwenden. Genauso wollte er nicht mit dem Hackebeil auf sie einhauen und eine verstümmelte Leiche küssen. Lucia war nach wie vor bloß eine junge Frau. Trotz der Verwandlung war Hal sich sicher, dass er immer noch mehr Kraft besaß als sie. Außerdem konnte sie sich bloß mit einem ihrer Arme wehren. Vielleicht würde sie versuchen, ihn zu treten, aber damit käme er schon zurecht.

Die Taschenlampe legte er auf den Käfig, sodass das Licht die Wand hinter Lucia sowie sie selbst anstrahlte. Hal ging auf die rechte Seite des Bettes. Auf dieser Seite war ihre Hand gefesselt und Lucia musste sich drehen, wenn sie mit ihrer anderen Hand angreifen wollte. Damit sie ihn nicht mit seinen eigenen Werkzeugen verletzen konnte, legte Hal seine Waffen außerhalb von Miss Drewhounds Reichweite auf den Boden. Würde ein weiterer Feind ins Zimmer stürmen, käme Hal schnell genug an Klinge und Abzug.

Lucia versuchte, Hal weiterhin mit ihrem Schattenkratzen zu erwischen, doch dieser packte ihren Arm. Sie besaß viel Kraft, mehr als Hal erwartet hatte. Er kontrollierte ihren Arm bloß bis zu einem gewissen Grad. Wenn sie sich verkrampfte oder den Arm zu sich heranzog, spürte er es besonders. Er drückte ihren Arm mit Gewalt auf ihren Körper, dann setzte er sich mit seinen Schienbeinen auf sie drauf. Ihre Hand war durch sein Gewicht eingeklemmt. Ihre Beine zappelten wie die einer Biene, die auf ihrem Rücken lag und unbedingt ihre Wehrlosigkeit wieder verlieren wollte. Mehrmals rammte sie ihre Knie in seinen Rücken. Es war nicht angenehm, aber auch nicht so schlimm, dass Hals muskulöser Rücken es nicht noch einige Minuten aushalten könnte. Dann brachte er es zu Ende.

Mit seiner linken Hand ergriff er einen dicken Schopf Haare direkt über ihrer Schädeldecke. Die Finger seiner Rechten grub er um ihr Kinn. Lucia versuchte, ihn zu beißen, doch Hal presste ihre Kiefer zusammen. Zum ersten Mal kehrte halbwegs wieder Ruhe ein. Hal unterdrückte ihr Schreien und stellte sicher, dass es niemals wiederkommen würde. Mit aller Kraft riss er ihren Kopf herum. Ihr rechtes Ohr zog er nach unten zu ihrem Schulterblatt, ihr Kinn nach oben in die entgegengesetzte Richtung. Zwei Knackgeräusche später verfiel sie wie Dornröschen in einen Schlaf.

Hal musste durchatmen. Er wischte sich mit den Händen durchs Gesicht. Danach entfernte er mit einem Zipfel ihres Kopfkissens das Blut von Lucias Mund und drückte ihren vollen Lippen einen kleinen Kuss auf. Es war bei Weitem nicht das Ekligste, was er heute miterlebt hatte, weshalb ihm dieser Kuss auch nicht wirklich etwas ausmachte. Dennoch zog er es vor, mit dem Handrücken über seinen angefeuchteten Mund zu fahren. Dabei passierte er auch die aufgerissene Stelle, woraufhin er leicht zusammenzuckte.

Als er sich wieder erhob und sich mit einer Hand auf dem Bett abstützte, fühlte er einen kleinen Gubbel unter der Decke.

Hal hob die Decke an, soweit es Lucias Körper zuließ. Er musste genau hinsehen, zumal die Lampe nicht allzu weit diesen Bereich ausleuchtete, doch dann realisierte er, was er hier vorfand.

Ein Haufen toter Hamster lag verstreut auf Lucias Beinhöhe. Zum Teil waren Stücke aus ihnen herausgebissen oder sie lagen einfach nur offen da und sahen aus, als wären sie ausgeschlürft worden. Hal bedeckte sie recht schnell wieder mit der Decke.

Hatte Miss Drewhound sich davon ernährt? Hatte sie sich eventuell gar nicht von den Handschellen befreien wollen, indem sie ihren Unterarm angefressen hatte, sondern hatte bloß Hunger gehabt, nachdem keine Hamster mehr dagewesen waren? Die Hamster waren nicht mutiert. Hieß das, sie waren vorher schon tot gewesen? Hatte Lucia sie gegessen, noch bevor sie Lucia hieß? War sie so krank im Hirn, dass sie deshalb weggesperrt worden war? Oder hatte man sie dermaßen gefoltert, dass sie zum Überleben aus lauter Verzweiflung die Hamster vertilgt hatte? Oder war sie gar dazu gezwungen worden? Wenn ja, sollten hier nicht noch Reste ihres Erbrochenen vorhanden sein? Oder war ihr speziell dafür ein Eimer vorgesetzt worden? Oh, diese Theorien. Fing Hal einmal damit an, konnte er schlecht wieder aufhören. Aber er musste es. Später, wenn mehr Zeit vorhanden sein würde, sich ablenken lassen zu können, konnte er sich immer noch Gedanken machen. Auch wenn er es an sich eigentlich gar nicht anstrebte.

Er sammelte seine Utensilien wieder ein. Heaven kontaktierte er noch nicht. Erst wollte er das Haus verlassen. Die Hand sollte man immer aus dem Topf ziehen, bevor das Wasser zu kochen beginnt. Diesem Motto nachlebend, machte er sich auf den Rückweg.

Aber sowohl bei den Türen als auch der Treppe gab es erneut keinerlei Vorkommnisse.

Das war schon die Aufgabe?

Einerseits freute Hal sich, andererseits wunderte es ihn und Zweifel traten auf. Er zweifelte nicht an Heavens Intelligenz, ebenso wenig an dessen Vorbereitungshingabe, doch irgendwie war es ihm ein Graus, woher der plötzliche Anforderungsunterschied herrührte. Vielleicht – und das kam ihm wahrscheinlicher vor als seine anderen Überlegungen – gefiel Heaven schlichtweg die Vorstellung, dass er eines dieser Monster zu küssen hatte.

Er war gerade dabei, den Weg durch das Wohnzimmer direkt zurück zur Tür zu nehmen, da überlegte er, dass es nicht schaden könne, wieder ein Messer dabeizuhaben. Hal war ein Messerfreak. Zu Hause besaß er eine beeindruckende Sammlung. Er liebte sie, ihr Aussehen, ihre vielseitigen Einsatzmöglichkeiten und nicht zuletzt, weil ihm seine Wurfmesser jahrelang treu und schützend zur Seite gestanden hatten. Ja, mit einem Messer an der Seite fühlte Hal sich einfach wohler. Die Luger war schön und gut, doch würde ihre Praktikabilität zusammen mit ihren Patronen kommen und gehen. Das Fleischerbeil war sehr gefährlich, aber nicht so schnell und wendig wie ein Messer. Außerdem konnte er es schlecht werfen und Zustechen war auch nicht möglich. Ein Messer konnte er blitzschnell ziehen. Es war die Notlösung schlechthin, wenn es mal wieder brenzlig werden sollte.

Hal spazierte erwartungsvoll in die Küche und wie ein Kind, das zu Weihnachten in dem größten Paket bloß Klamotten vorfindet, blickte er in die Schublade mit den Messern. Bei der zweiten Schublade hatte er sie gefunden und er hätte sie beinahe einfach wieder geschlossen. Die Messer waren alt, zum Teil rostig und viele wiesen Wasserflecken auf. Hals Gesichtsausdruck spiegelte die ungetrübte Wahrheit wider.

»Toll! Was ist das hier jetzt schon wieder für eine Scheiße? Was für Schielpimmel leben denn so?«

Beim Durchwühlen der ganzen Buttermesser und anderen für Hals Bedürfnisse zuwider unnützen Messer, entdeckte er dann aber doch noch ein halbwegs annehmbares. Es besaß einen dunklen Holzgriff und die Klinge war etwas breiter und nicht sonderlich lang, was aber absolut in Ordnung war. Hal war gerade dabei, es noch einmal genauer zu inspizieren, ob es einer Mitnahme wirklich wert war, als er neben sich eine Bewegung wahrnahm.

Am Fenster neben ihm stand ein Piet. Ein Jagdhut saß auf seinem Kopf und kräftige Koteletten büschelten fast bis zur Mitte seiner Wangen. Sein Mund stand leicht offen und eine dünne schwarze Schlange ragte aus ihm heraus und zischelte in der Luft herum. Ihr Schwanzende guckte aus einem Loch hinter dem Kinn heraus.

Er und Hal schauten sich einen winzigen Augenblick an, dann lief Piet weiter.

Hal steckte sein neues Messer in seinen Gürtel und hoffte, dass es aufgrund der kurzen Klinge nicht herausfallen würde. Dann entschied er sich um und verstaute es in den engen Tiefen seiner Hosentasche.

Er bewegte sich zurück ins Wohnzimmer und behielt die Haustür im Auge. Auf dieser Distanz mit einem vorhergesehenen Eintreffen des Feindes im Kopf wechselte der Sweeper seine Waffe. Den Griff des Fleischerbeils steckte er in seinen Mund und die Luger nahm er in die Hand. Nachdem er den Sicherungshebel vorgeschoben hatte, drehte er seine Taschenlampe in der Hand, sodass das Kopfende einige Zentimeter unter seiner Handkante herausragte. Das rechte Handgelenk legte er auf das linke; hierdurch leuchtete er automatisch die Stelle an, die er bei einem Schuss auch treffen würde. Zusätzlich gab ihm diese Haltung eine bessere Stabilität, als wenn er lediglich mit einer freien Hand abdrückte.

Die Haustür öffnete sich. Aber nicht bloß der Piet von eben trat hindurch. Zusammen mit einigen Hunden, ganze vier Stück an der Zahl, präsentierte er sich im Schein von Hals Lampe. Hal kannte sich gut genug mit Hunden aus, um die meisten Rassen voneinander zu unterscheiden. Der Größte von ihnen war ein Riesenschnauzer, danach folgte ein Mischling, der einem Bearded Collie ähnelte, dann ein Shar Pei, dessen Haut wie sonst auch an labbriges Leder erinnerte, und zum Schluss ein Jagdterrier. Dieses Hunde-Quartett zählte zu den hässlichsten Geschöpfen, die Hal jemals gesehen hatte. Durch ihre Mutierung waren ihre Schädel nicht nur abnormal zum Rest ihres Körpers angeschwollen, sondern zum Teil sogar verformt. Beim Shar Pei spitzte sich die Fontanelle so stark zu, dass sein Kopf fast schon ein Dreieck mit einer rundlichen Spitze bildete. Wohingegen der Riesenschnauzer mehrere Dellen aufwies, als ob jemand mit einem runden Totschläger diese hineingeprügelt hätte. Dem Bearded Collie wuchs ein weiteres Bein aus der linken Schulter. Und dem kleinen Jagdterrier standen die verfilzten Haare ab, als wäre er jüngst unter Strom gesetzt worden. Allesamt wiesen sie zudem die gehabten Anzeichen einer Vergasung auf. Ihre Augen wären vor lauter Blutanschwellung explodiert, ließen sie nicht den Überdruck ab und liefen den Tieren in ihre abnormal großen Schnauzen. Ihre Zähne waren schwarz und lang und unkontrolliert gewachsen, sodass einige einfach nur nach außen ragten, ohne dass das Maul sie je umschließen könnte. Beim Riesenschnauzer, dem Bearded Collie und dem Jagdterrier erkannte man die dicken purpurnen Venen bloß im Gesicht, beim Shar Pei hingegen zeigten sie ein Gewirr quer über den gesamten Körper. Sie sabberten stark und der Speichel tropfte vor ihre Pfoten. Wenn der Boden begänne, sich wie bei Säure aufzulösen, hätte es Hal nicht überrascht. Diese Wesen sahen aus, als stammten sie direkt aus einem Chemielabor, das nicht die Absicht hatte, irgendeinen Wert auf die Gesetze der Natur zu geben. Und im Grunde war es genau so.

Das Licht blendete Piet etwas, doch er gluckste trotzig hinein. Er hielt eine Heugabel in der Hand. Automatisch ratterte diese Information durch alle Räder und Scharniere in Hals Kopf. Der Leichnam des jungen Mannes an der Hauswand hatte drei kleine Löcher in der Brust gehabt, alle gleich groß und mit demselben Abstand zueinander. Höchstwahrscheinlich war der Tod durch einen Stoß mit den Spitzen der Heugabel herbeigeführt worden.

Piet fuchtelte bereits von Anfang an, seit er durch die Haustür getreten war, merkwürdig und langsam mit seinen Händen vor seinem Körper herum, als wollte er Hal hypnotisieren. Seine Hunde hingegen legten ihre Ohren an und knurrten, was ihre Mäuler aushielten. Ob sie nun auch noch die Zähne fletschten, war schwerlich auszumachen, da sie permanent ihre Zähne zeigten. Dass eines dieser Ungeheuer Hal die Kehle aufbiss, war für ihn eine Albtraumvorstellung.

Eigentlich hatte er vorgehabt, Piet sofort einen Kopfschuss zu verpassen, sobald er auch nur in seinem Blickfeld auftauchte, aber dadurch, dass mit ihm diese Hunde hineingewuselt waren, änderte er seine Strategie. Bislang waren die Hunde noch nicht von Piets Seite gewichen und Hal hatte die Befürchtung, dass, wenn er ihr Herrchen zuerst ausschaltete, sie alle gleichzeitig auf ihn zustürmen würden. Vor ihnen hatte er weitaus größeren Respekt und Angst als vor einem weiteren Piet, auch wenn dieser mit einer Heugabel bewaffnet war. Das

Schlimme an den Hunden würde ihre Schnelligkeit sein, von daher wollte Hal sich so viel Zeit wie nur möglich bis zur ersten direkten Konfrontation verschaffen.

Also zielte er auf den Größten, den Riesenschnauzer. Ein gigantisches *PENG* durchsprengte das Haus. In einer solchen Stille war die ohnehin schon mächtig Ohren betäubende Lautstärke eines abgegebenen Schusses so unerwartet und erschütternd, dass Hal selbst überrascht war. Er wartete jedoch nicht ab, auch nicht darauf, dass der erste Hund durch den Kopftreffer umfiel, sondern schoss sogleich auf das nächste Biest. *PENG!* Er traf den Bearded Collie und der Riesenschnauzer brach aufgrund seines zertrümmerten Hirns zusammen. Kurz darauf fiel der Bearded Collie zu der Seite, wohin ihn die Kugel geruckt hatte.

Als Hal nach dem nächsten Exemplar suchte, die beide schwerer zu finden waren, da sie sich aufgrund des Schrecks irgendwo versteckt hatten, visierte er Piet an, der versuchte, sich gerade auf den Boden zu schmeißen. Das war nicht unklug, denn hätte er durch die Haustür fliehen wollen, wäre er jetzt tot.

Hal leuchtete alles ab, lauschte und überlegte, hinter welchen Möbeln und wo genau dahinter sich die restlichen drei verkrochen haben mochten.

Das Knurren hatte aufgehört, dafür hörte er nun ein Winseln. Es war das wohl gruseligste Winseln, das er jemals gehört hatte. Doch bevor er ausmachen konnte, von wo es genau kam, hörte es auch schon wieder auf. Einen Augenblick lang gab es ein Schweigen, dann hörte er Piet ganz leise etwas in einer Sprache sagen, die er nicht verstand. Kurz danach vernahm er Pfoten über den Fußboden tapsen. Sie waren nach links und rechts unterwegs und unangenehm flink.

Hal zog sich etwas zurück und versuchte auszumachen, welches Geräusch näher war und um welchen der beiden Hunde es sich handelte. War es der kleinere oder der größere? Kam er über die linke oder die rechte Flanke? Die vielen Möbel machten es schwer, etwas rechtzeitig vorbeihuschen zu sehen.

Hals Taschenlampe flog von einer Seite zur anderen. Aufgeregt und bis zum letzten Quäntchen angespannt, versuchte er, so viel wie möglich abzusichern. Gleich würde es passieren. Gleich würde er abdrücken oder nicht und wenn er abdrückte, musste er treffen. Er musste oder die ekelhaft langen Zähne würden sich in sein Fleisch bohren.

Wieder Getapse von links. Hal sah die Hunde zwar nicht, doch hörte er sie. Sie waren sehr leise. Der Boden war mit einem Teppich ausgelegt, der die Geräusche zusätzlich noch dämpfte. Hörte er wieder was von rechts? Bildete er es sich nur ein? Sollte er provisorisch schießen? Sollte er versuchen, die Treppe hinaufzukommen? Sollte er dahin sprinten? Warum gab es jetzt keine Geräusche mehr? Bewegte Piet sich auch? Sollte er zu ihm hinleuchten und riskieren, einen der Hunde außer Acht zu lassen, gerade dann, wenn er dabei war, ihn anzufallen?

Rechts hörte er ein Winseln. Da war einer! Er hockte unter einem Stuhl. Es war der Jagdterrier. Hal legte zum Schuss an und wurde auf den Boden geworfen.

Jemand war ihm in den Rücken gesprungen. Kein Hund, sondern ein Mensch. Sein Fleischerbeil hatte den Mund verlassen und lag knapp über Stirnhöhe rechts neben ihm. Seine Lampe und die Luger hatte er trotz der Überraschung verkrampft festhalten können. Jemand lag auf ihm drauf. Hal schätzte das Gewicht auf zwischen sechzig und fünfundsechzig Kilogramm. Wahrscheinlich eine Frau. Sie brabbelte eine düstere Konsonantenplörre und stützte sich schroff auf seinem Kopf ab. Sie versuchte, seine Pistolenhand zu ergreifen, doch vorher schob Hal die Luger geschickt unter seinen Bauch. Der Druck des Metalls war unangenehm, aber zumindest kam seine Angreiferin nicht mehr so einfach an die Pistole heran.

Als ihre Hand nach dem Hackebeil griff, packte Hal ihr Handgelenk, so fest er konnte. Die Taschenlampe sorgte für ausreichend Licht, sodass er lange Frauenfinger, die nun abstoßend schwarz verfault waren, zu identifizieren vermochte. Hal begab sich in eine Liegestützhaltung und warf seine Reiterin wie ein Bulle durch Hochwuchten seines Allerwertesten Kopf voran über. Lucia landete auf ihrem Rücken. Sie war blond und trug ein hellblaues Nachthemd, darunter höchstens ein Höschen; ihre Beine waren nackt.

Sofort richtete Hal sich, die Luger mitnehmend, wieder auf und verpasste der Furie vor ihm ein *PENG* mitten ins Gesicht. Ihm blieb keine Zeit, sein Beil wieder aufzuheben, da sich nah links von ihm bereits der Shar Pei an ihn herangearbeitet hatte.

Der Köter schnappte mit seinem hässlichen Großmaul zu. Hal hielt ihm den Kopf seiner Taschenlampe hin, sodass er auf Metall beißen musste. Die Zähne berührten Hals Hand. Der Shar Pei hatte einen kräftigen Kiefer. Die zum Glück noch funktionierende Taschenlampe rückte den monströsen Schlund außerordentlich ins Licht. Hal nutzte die wenige Sekunde, in der der Hund noch so blöd war, sich in den Gegenstand zu verkanten, legte seine Luger an und ließ den Schädel des Ungeheuers in unzählige Teile explodieren.

Der Druck ließ nach, doch noch bevor das *PENG* wieder verklungen war, wandte Hal sich bereits der anderen Seite zu. Der Jagdterrier war ihm ebenfalls gefährlich nahe gekommen und Piet stand mit seiner Heugabel direkt dahinter. Der Letzte der vier Hunde war im Begriff, nach Hals Wade zu schnappen, als dieser ihn mit einem kraftvollen Tritt wissen ließ, wer hier noch immer das Alphatier war.

In Piets Gesicht spiegelte sich Wut und ein urinstinktiver Überlebenswille wider.

»Ki-Thull-Chu!«, brüllte er Hal entgegen. Daraufhin schritt er todesverachtend, mit seiner Waffe zustechend, auf den Sweeper zu. Die dünne schwarze Schlange in seinem Mund zischelte aufgebracht hin und her.

Hal wich das Stück zurück, das ihm aufgrund der herumliegenden Leichen möglich war und welches er brauchte, um einerseits nicht getroffen zu werden und andererseits die Chance zu bekommen, mit seiner bis an den Körper gedrückten Luger eine Kugel loszujagen.

PENG!

Piets Schädel jagte nach hinten, während sich ein Blutloch auf seiner Stirn und eine Hirnfontäne auf der gegenüberliegenden Seite bildeten.

Sobald er auf den Boden krachte, schoss der kleine Jagdterrier sofort noch einmal auf Hal zu. Nun, da er ihn kommen sah, war es Hal möglich, etwas weiter mit seinem Fuß auszuholen. Er passte es mit dem Voranschnellen des Hundes ab und trat ihn in einer erstaunlichen Flugbahn durch das Zimmer. Der Hund winselte und Hal überlegte, ob er ihm einfach seine letzte Kugel schenken sollte, doch der Terrier nahm ihm die Entscheidung ab. Jaulend und hasenfüßig richtete er sich wieder auf und raste aus der Wohnung, als hinge sein Leben davon ab.

Hal schaute sich um. Er sah sich die Gefallenen an. Dann pustete er wie die Revolverhelden in den alten Geschichten über die heiße Mündung seines Pistolenlaufs – auch wenn der Rauch schon längst verflogen war – und dankte innerlich diesem Todesutensil für seine Rettung.

Aber von wo war gerade die Frau gekommen?

Hal ging jede Möglichkeit durch. Unscheinbar, und erst

recht bei Düsterheit schlecht wahrzunehmen, verbarg sich eine weitere Tür unterhalb der Treppe. Sie führte in einen Verschlag, eine kleine Abstellkammer, und stand einen Spaltbreit offen. Hal gab sich mit dieser Theorie zufriedener als mit seinen anderen und steuerte das Licht wieder in andere Sphären des Raums.

Nachdem er sein Fleischerbeil aufgehoben hatte, warf er einen längeren Blick auf Piet. Die Schlange hatte aufgehört, sich zu bewegen. Hal rekapitulierte noch einmal das jüngst Geschehene. Am Ende fragte er sich: *Hat er gerade »Cthulhu« gesagt?*

Er suchte sich seinen Weg zwischen die vielen Möbel, durchschritt die Haustür und stand wieder draußen an der frischen Luft.

Nach einem prüfenden Blick, ob die Letzte der vier Tölen hier noch irgendwo herumspazierte, atmete Hal tief durch und betrachtete für einen Augenblick die Sterne und den Mond.

Er ging ein paar Schritte. Dann holte er das Funkgerät hervor und meldete sich pflichtgemäß.

»Ich hab mit ihr rumgemacht. Zufrieden?«

»Joa.«

91 LETIPAK

»Hat es dir gefallen?«, fragte Heaven.

»Unglaublich. Also, wie lautet –«

»1. Wieder die 1.«

»86 links und die 11.«

»Hey, du hast fast schon die Hälfte.«

»Welch eine Freude.«

»Hal, mein Lieber, ich möchte dir ein Lob aussprechen. Ich hab gesehen, was gerade in dem Haus passiert ist, und war freudig überrascht. Überrascht von deiner Treffsicherheit. Da hab ich echt nicht schlecht geguckt. Im Nullkommanichts hast du perfekte Treffer gelandet. Man merkt, dass du darin noch immer geübt bist. Aber verrate mir, warum also benutzt du keine Schusswaffe im Dienst? Oder anders ausgedrückt, warum hast du damit aufgehört?«

»Kugeln können schlimmer verletzen, als es sein muss. Mehr muss ich dazu nicht sagen.«

»Welch eine reife Antwort.«

»Hast du was anderes von mir erwartet?«

»Um ehrlich zu sein, hatte ich bei meinen Fragen nichts erwartet, außer dass du irgendetwas dazu sagen würdest.«

Hal schwieg. Er hätte ohnehin nicht gewusst, was er hier noch hinzuzufügen hätte. Zudem hoffte er, Heaven so dazu zu bringen, schneller mit der nächsten Aufgabe herauszurücken. Und ob es nun aufgrund von Hals Unlust aufs Sprechen beruhte oder ob Heaven es ohnehin vorgehabt hatte, wechselte die spaßige Freizeit wieder mit der Arbeit.

»Deine nächste Anfahrstelle ist etwas komplizierter zu erreichen und bevor du dir zehn Beschreibungen anhören und merken musst, machen wir es diesmal so, dass du das Funkgerät auf Abruf bereithältst. Es werden nicht überall Kameras angebracht sein. Ich werde dich also hin und wieder aus den Augen verlieren. Gib an, wenn du bestimmte Örtlichkeiten erreicht hast. Ich werde dich dann dementsprechend weiterbugsieren.«

»Verstanden.«

Hal, der in der Zwischenzeit wieder zu seinem Drahtesel spaziert war, legte das Fleischerbeil und die Taschenlampe in den vorderen Fahrradkorb, schwang sich auf den Sitz und trat in die Pedalen. Nachdem Heaven ihm die erste Richtung angegeben hatte, legte er auch das Funkgerät in den Korb. Die nächste Aufgabe wartete.

Heaven navigierte Hal über vielerlei Straßen. Einige waren brüchig, einige erstaunlich glatt, ein paar ungepflastert, andere waren dünne Wege, die ab und an durch ein kleines Waldstück verliefen. Kurzstreckenweise passierte er vereinzelte Gebäude oder sah von Weitem Anzeichen einer Zivilisation, doch im Grunde war er allein und nur die Stimme aus dem Funkgerät hielt ihn davon ab, dies auch zu glauben.

Als er an einer Ziegelmauer die Richtung wechseln sollte, hatte er einen ungestörten Blick auf den beträchtlich scheinenden Mond. Er erhellte, was ihm bislang nicht aufgefallen war. In der Ferne zog eine dunkle Wolkenfront auf. Und Hal steuerte direkt auf sie zu.

Wo kommt die denn her?

Es war mindestens eine halbe Stunde vergangen und Hal hatte durch die Untersuchungen an den beiden vorangegangenen Tagen einige Teile des Ortes wiedererkannt, da mühte er sich zunächst in Spiralform einen kleinen Berg hoch, um dann durch einen pechschwarzen Tunnel wieder hinabzurasen. Der Dynamo drehte sich lauter denn je und auch die Fahrradlampe versprühte nur so ihre Energie. Der Wind schnitt in Hals Mundhöhle. Er konnte sich nicht entscheiden, ob das eisig kühlende Gefühl nun mehr schmerzhaft oder doch eher angenehm war.

Nach dem Tunnel sollte er sich weiter auf der Straße halten und nicht mehr abbiegen. Anfangs konnte er noch den Schwung des Abstiegs ausnutzen, dann hieß es wieder, die Beinmuskulatur einzusetzen. Große Rasenflächen mit vereinsamten Bäumen und hier und dort kleinere Baumfamilien täuschten ein idyllisches Umfeld vor.

Auf zwei Uhr stand ein großer schwarzer Klotz mit vier nach oben ragenden Rohren. Es war eine alte Fabrik. Laut Heaven wurde sie einst zum Erstellen und Zusammenbauen von allerlei Spielzeug genutzt. Hal fragte sich, um was für Spielzeuge es sich hierbei wohl gehandelt haben mochte. Heaven gab an, er wisse es nicht, und Hal kaufte es ihm ab. Heaven hätte keinen Anreiz, ihm dies zu verschweigen.

Etwa hundert Meter bevor der Sweeper auf den breiten Sandweg zur besagten Fabrik abbiegen sollte, entdeckte er ein Kreidebild auf dem Beton. Es sah aus, wie von einem Kind gezeichnet; einem Kind mit entweder einer ungesunden Menge Fantasie oder gewaltigen psychischen Problemen. Hal fuhr zu schnell, um genau sagen zu können, was die Kritzelei darstellen sollte. Er erkannte lediglich drei Gestalten, Messer, Blut und ein Gesicht absonderlichster Art.

Die Fabrik vor sich zu haben, fühlte sich in etwa so an, als stünde ein Bauer vor einem Schloss, allerdings ohne Ehrerbietung, die ein solcher wahrscheinlich empfunden hätte. Hals Ziel war jedoch nicht der vordere Eingang. An der hinteren Wand gab es eine doppeltürige Kellerluke. Heaven bat ihn, doch diese freundlicherweise aufzusuchen.

Hal stieg erst vom Fahrrad, als er neben der Luke anhielt. Sein Blick wanderte wie die Taschenlampe stets zu allen Seiten. Keine wilden Tiere, keine wilden Menschen und auch keine Kreuzungen dazwischen gerieten in sein Lichtvisier. Ein sehr leiser Windzug erfüllte als Einziges seine Ohren. Dann meldete sich erneut sein einziger Freund in dieser Nacht.

»Ach, Hal, was sind eigentlich deine Lieblingstiere?«

Der Befragte war kurz irritiert. Nachdem er dies überwunden hatte, spielte er in seinem Kopf bereits wieder Theorien durch, was diese Frage mit seiner baldigen Zukunft zu tun haben könnte.

»Neuerdings Kamele«, gab er zur Antwort und spekulierte weiter.

»Wie kommt´s?«

»Na ja, sie sind groß, haben Höcker, ein schönes Fell, sind immer entspannt und die idealen Reittiere in Wüsten. Und was sind deine Lieblingstiere?«

»Menschen.«

Heaven brach die Verbindung ab und ließ Hal allein mit allem zurück. Hal versuchte, noch einmal Kontakt zu ihm aufzunehmen, doch ohne Erfolg. Heaven hatte ihm keine Aufgabe gestellt. Die letzte Info war gewesen, dass er in den Keller hinter der Fabrik gehen solle. Sollte er nun das Funkgerät noch behalten? Da Heaven ihm nicht das Gegenteil gesagt hatte, behielt er es vorerst lieber.

Hals Kopf dröhnte. Ein leichtes Summen oder vielmehr ein ganz leises Brummen wie von Bienen fügten ihm eigenartige Schmerzen zu. Anscheinend zeigte ihm sein Körper, dass es ihm überhaupt nicht gut ging. Das Gas war in seinem Körper. Er konnte es deutlich in den Muskeln und Knochen spüren. Es war, als befände sich sein Körper ständig in einer Schlacht. Zurzeit bereiteten sich die Truppen bloß auf ihren nächsten Kampf vor. Und obwohl die Anzeichen der Verwandlung, die es so unbarmherzig unschön vermochten, Hal in einer Art und Weise zu foltern, wie es nicht einmal die Folterknechte in der Unterwelt geschafft hatten, vorläufig auf Eis gelegt waren, fühlte er, wie das Eis unter einer sengenden Sonne stetig wegschmolz.

Die beiden schweren Holzluken zur Seite weggehoben, eröffneten sich ihm Stufen, die unter die Fabrik ragten. Er leuchtete mit der Taschenlampe hinein. Nach etwa dreißig Stufen hörte die Treppe auf. Hal machte die ersten Schritte hinab und drückte aus Gewohnheit den Lichtschalter rechts neben ihm. Entgegen seiner Erwartung begannen auf jeder Seite zwei Neonröhren und am Ende der Treppe sogar ein kompletter Raum zu leuchten. Er schaltete die Taschenlampe aus und steckte sie weg. Hal hoffte, dass er sie, solange er hier unten war, auch nicht wieder hervorholen musste. Ein erhellter Raum war in dieser Nacht für ihn wie ein süßes Bonbon für ein hungerndes Kind in Afrika.

Die Treppe endete in einem fast vierzig Quadratmeter großen Raum. Nebst zwei Dutzend Kartons mit der Aufschrift *»Vorsicht! Zerbrechlich!«* standen Glasschränke mit Petrischalen, Reagenzgläsern und Kolben in vielerlei Ausführungen.

Es ist ein Labor.

Die Analyse war nicht schwer. Die Rekapitulation der bislang erarbeiteten Informationen hingegen führte Hal zu einer Vermutung darüber, wo genau er sich hier befand. Wenn man bedachte, dass Heaven auf Hals Frage, welches denn seine Lieblingstiere seien, mit »Menschen« geantwortet hatte und einige Bewohner Drewhounds entführt, gefoltert und an ihnen experimentiert worden war, dann lag es nahe anzunehmen, dass sich der Sweeper gerade exakt an diesem menschenverachtenden Ort aufhielt.

Die Wände waren weiß, ebenso die drei Türen, die von ihnen abgingen. Berechnete man die Treppe und die Luke mit ein, so konnte man zu jeder Seite den Lagerraum verlassen.

Seiner Richtungsreligion glaubend, wandte Hal sich zunächst der rechten Tür zu. Für alle Fälle hielt er das Fleischerbeil in der einen und das kleine breite Messer in der anderen Hand. Er drehte den Knauf und öffnete die Tür.

Es war ein Gang. Nach einigen Metern verlief er nach links.

Das Licht des Lagerraums beleuchtete ihn ausreichend, dennoch drückte Hal den Lichtschalter und brachte die oben entlanglaufenden Neonröhren zum Arbeiten. Als er die Ecke erreichte, sah er, dass der restliche Teil des Gangs exakt so lang wie der erste Teil war. Er endete in einer ebensolchen weißen Tür wie die anderen.

Hal lauschte an der Tür, konnte aber nichts hören. Bevor er sie öffnete, beschloss er, würde er zunächst noch prüfen, was sich hinter den anderen Optionen befand. Also machte er kehrt.

Die von ihm nun rechte Tür, die der Treppe gegenüberlag, war als Nächste dran. Hal horchte.

Hatte er gerade jemanden sprechen gehört? Er schloss seine Augen, um sich deutlicher auf die Geräusche konzentrieren zu können. Er verharrte ein paar Sekunden, dann gab er es auf. Die angebliche Stimme kehrte nicht zurück. Vielleicht hatte er sich geirrt und es war etwas anderes gewesen. Leise drückte er die Tür auf. Alsbald sie allerdings einen Spaltbreit offen stand, zog er sie abrupt wieder zurück, bis sie fast schloss. Es war nicht eine Stimme in dem Raum dahinter, sondern drei. Ob es nun besonders schalldichte Türen waren oder Hal bloß einen günstigen Zeitpunkt erwischt hatte, wusste er nicht, aber eines war sicher: Fast wäre er bemerkt worden.

Die drei neuen Stimmen aus der Hölle gehörten drei Piets oder Coopers. Anhand der Art und Weise, wie sie ihre Stimmen und die von Hal nicht verstandenen Wörter benutzten, hatte er den Eindruck, als stritten sie sich. Es waren hart geäußerte Worte. Mehrmals bewegten sich ihre Füße aufgebracht aufeinander zu und wieder weg. Sie standen nicht weit von Hals Tür entfernt.

Er überlegte, sie zu schließen, entschied sich dann aber, sie so zu belassen, wie sie war, und sich einfach der linken Tür zu-

zuwenden. Dann hielt er inne. Ein neues Geräusch kam aus dem Raum mit den Drei hinzu. Nebst lautem Gebrüll, das mit einem Mal anstieg, hörte er eine Bohrmaschine.

Das laute Dröhnen wurde begleitet von ein paar schnellen Schritten Richtung Tür und, sofern Hal es richtig deutete, dem Aufeinanderprallen von sich hektisch bewegenden Armen. Dann bohrte sich die Maschine in etwas Hartes hinein. Ein gequälter Schrei, der lauter war als der bisherige Rest der Auseinandersetzung inklusive des angestellten Bohrers, zauberte Hal einen plötzlichen Angstschütteler herbei.

Der Schrei verstummte, ebenso wie kurz darauf das Geräusch der Bohrmaschine. Als nun etwas Großes gegen die Tür prallte und sie mit einem Knall ins Schloss flog, war Hal bereits zur linken Tür gerannt.

Er öffnete sie. Vor ihm lag ein Badezimmer mit zwei weiteren Türen. Es war niemand zu sehen. Er betrat den Raum und schloss die Tür hinter sich.

Als Hal einen kurzen Blick auf das Licht unter der Türschwelle warf, hörte er, wie zwei Piets oder Coopers den Lagerraum betraten. Sie unterhielten sich; der eine erst lauter als der andere, dann zügelte auch jener seine Lautstärke. Hal klebte nicht an der Tür. Er vermied es, im Licht am Boden zu stehen.

Es war leise. Hal hatte keine Ahnung, wo die anderen waren.

Er stellte sich links neben die Tür und spähte durchs Schlüsselloch.

Die Tür, die auf den Gang führte, lag genau in seinem Blickfeld. Er hatte sie nach dem Öffnen nicht wieder geschlossen. Die beiden Piets oder Coopers, die er bloß von hinten sehen, und nicht sagen konnte, in welche Kategorie sie gehörten, beschäftigten sich mit ihr. Die Tür stand offen und Licht brannte auf dem Gang. Hal wusste, was sich in ihren Köpfen abspielte.

Sie wechselten ein paar kurze Sätze und folgten der falschen Spur.

Hal nahm ein paar wohltuende kalte Schlucke aus dem Wasserhahn. Dann öffnete er die rechte der zwei übrigen Türen.

Vor ihm lag der albtraumhafteste Raum, den er jemals live zu Gesicht bekommen hatte. Allein die Betrachtung konnte einem den Glauben an die Menschheit verlieren lassen. Soweit war Hal zwar noch nicht, aber irgendwo in ihm verborgen gab es einen Knick. Er spürte es.

Der Raum war viermal so groß wie der Lagerraum oder das riesige Badezimmer, doch egal, wo man hinblickte, Blutflecken fraßen sich einem ins Augenmark. Die meisten waren getrocknet, wenige noch immer frisch. Wie amateurhaft gesetzte rote Tupfer auf einem ansonsten realistischen, wenngleich grauenerregenden Gemälde. Alte Operationsliegen mit Gurten ließen ein Lazarett zu einem Antonym verkommen und Stühle mit Armlehnen, Bauch-, Hand- und Fußgelenkriemen erinnerten an elektrische Stühle.

Auf einer Liege lag ein festgeschnallter Cooper. Er war nackt, seine Augen mit einem Tuch verbunden und sein Mund zugenäht. Eine unzählige Menge Nägel in verschiedenen Größen steckte in seinem Körper. Sie drangen nicht allzu tief. Der Cooper lebte noch und atmete schwer. Nägel ragten ihm aus dem Gesicht, den Armen, den Händen, besonders viele aus dem Bauch, den Beinen, den Füßen sowie den zusammengeschrumpften Genitalien. Der Hoden, der Schaft und die Eichel waren bis zur Unbrauchbarkeit und darüber hinaus gefoltert worden.

Hal erwies Cooper den höchsten Respekt und trieb ihm sein Messer durch die Schläfe. Er brauchte nicht mehr zu leiden.

Hal wischte die Klinge noch nicht ab. In einigen Metern Entfernung wartete noch weitere Arbeit auf ihn.

In der Nähe eines großen Schranks mit Vorhängeschloss saß eine Lucia St. Bean angegurtet auf einem der Stühle. Sie trug ebenfalls eine Augenbinde, aber war nicht nackt, sondern hatte ein violettes Kleid an. Sie konnte nichts hervorbringen außer Gestöhne, denn ein roter Sado Maso Ball befand sich in ihrem Mund. Der Großteil ihrer freigelegten Haut war frisch verätzt, ihre Füße zwischen jedem einzelnen Zeh bis zum Fußknöchel aufgerissen und zusätzlich auseinandergepresst worden.

Sobald Hals Blick auf sie fiel, wandte er ihn sofort wieder ab. Nur um sicherzugehen, dass er sie mit dem Messer auch richtig traf, schaute er noch einmal hin. Danach wischte er es unfreundlicherweise an ihrem Kleid sauber.

Acht weiße Türen, an jeder Wand zwei, überhäuften das Angebot. An der Tür rechts von Hal lag ein bewegungsloser Cooper. Er zeigte mit dem Gesäß nach oben. Hal vermutete, dass er mit seinem leblosen Körper gegen die Tür geprallt war, als er an ihr gelauscht hatte. Cooper hatte den Durchgang versperrt und die beiden anderen Piets oder Coopers hatten ihn von dort weggezerrt, um in den Lagerraum gehen zu können; dabei war er in diese lächerliche Position geraten.

Hal genehmigte sich eine kurze Inspektion. Cooper wies schlimme Verbrennungen an der unteren Gesichtshälfte auf. Ein frisch beigefügtes Loch, höchstwahrscheinlich gebohrt, zierte seine Stirn. Die Fingernägel wiesen eine Struktur jenseits aller Anatomiebücher auf, denn sie lagen nicht wie sonst auf den Fingerkuppen auf, sondern standen senkrecht zu ihnen ab. Sie sahen nicht so aus, als wären sie durch Fremdeinwirkung neu positioniert worden. Handelte es sich um einen Gendefekt? Oder um eine individuelle Auswirkung des Gases?

Nach wie vor stellte sich die Frage, was Hal hier tun musste, um an die Codeeingabe zu kommen. Wo sollte er hin? Es würde wohl darauf hinauslaufen, alles abzusuchen. Er überlegte, ob es nicht taktisch klüger wäre, erst die beiden Coopers auszuschalten. Er könnte an den Türen lauschen, wo sie sich befanden, vielleicht ein Geräusch machen, sie anlocken und ihnen als ihr Sensenmann auflauern.

Hal hatte schon schlechtere Pläne geschmiedet und nicht zuletzt weil ihn das hier Gesehene anstachelte, diesen gefühllosen Etwassen zumindest einen Teil heimzuzahlen, den sie den Bewohnern angetan hatten, war er geradezu erpicht darauf zu kämpfen.

Er kombinierte sich die räumliche Beschaffenheit des Labors aus und beschloss, zunächst an der oberen Tür der rechten Wand zu hören, was es zu hören gab.

Doch es erübrigte sich. Seine Ohren bereiteten ihn bereits auf das vor, was seine Augen bloß einen Augenblick später sehen sollten. Durch ebendiese Tür trat Cooper St. Bean.

Abgesehen von einer zerrissenen Jeans trug er keine Kleidung. Ein leicht durchschimmernder Waschbrettbauch und fast schulterlange blonde Haare erweckten den Eindruck, als wäre Cooper mal ein typischer Surferboy gewesen. Eine lange dicke Kette durchzog seinen Körper an mehreren Stellen. Sie spießte sich durch sein Fleisch und hob unter anderem seine linke Brustwarze an. Dort, wo sie nicht unter die Haut ging, verlief sie nah an den Körper gepresst.

Cooper hielt eine große Bohrmaschine in der Hand. Sie hing neben seinem rechten Oberschenkel herab. Er drückte sie an und aus.

DRRRRR… DRRRRRR… DRRRRRRR…

Es war ein die Psyche zerrüttendes Geräusch. Normalerweise würde Hal es nichts ausmachen, aber in diesem Zusammenhang und an diesem Ort war es schlimmer als der Bohrer beim Zahnarzt vor einer Wurzelbehandlung ohne Betäubung.

DRRRRR… DRRRRRRR…

Cooper ging auf Hal zu. Der Sweeper erwiderte mit erhobenen Klingen.

DRRRRRRRRRRRRR!!!, ertönte es lauter und länger denn je.

Cooper hob die Maschine und unterstützte den Halt mit seiner linken Hand.

Hal machte sich keine Sorgen, ob er diesen Kampf überstehen würde. Eine Bohrmaschine ist langsam, unflexibel und hat keine große Reichweite. Hals Waffen hingegen waren behände und agil. Wenn er es schaffte, Coopers Hände zu verletzen, damit dieser sein Gerät nicht mehr halten konnte, hatte er den Sieg schon so gut wie in der Tasche.

DRRRR... DRRRR... DRRRR... DRRRRRRRRRRRR...

Hal hatte den anderen Cooper nicht gehört. Er wusste nicht, wieso er nach hinten blickte. Hatte er unbewusst einen Blick von Bohrmaschinen-Cooper verfolgt? Oder hatte ihn bloß sein schierer Instinkt dazu getrieben? Er konnte es nicht sagen.

Der neue Cooper, ein brünetter Mann in einem roten Muskelshirt, hatte Verätzungen in Form von chinesischen Schriftzeichen an seinen Unterarmen, dem Hals und der linken Wange. Er attackierte Hal mit einem Jagdmesser. Er hatte sich so nah an ihn herangeschlichen, dass Hal sich nur noch auf seinen Rücken schmeißen konnte, um nicht abgestochen zu werden. Er streckte Cooper seine Füße entgegen, damit dieser ihn nicht erreichen konnte. Nach ein paar erfolglosen Stichversuchen wechselte Cooper seine Strategie. Er stieß Hal seine Klinge in die Wade. Doch bevor sie auch nur zwei Zentimeter eindringen konnte, hatte Hal das Fleischerbeil bereits gegen die Luger eingetauscht.

PENG!

Der Sweeper versenkte seine letzte Kugel in Coopers rechte Augenbraue und darüber hinaus. Das Messer verließ seine Wade mit einer blutigen Spitze.

Hal drückte Cooper mit seinen Füßen von sich. Sobald dieser mit dem Rücken auf den Boden gekracht war und bevor sein Messer es ihm gleichtat, bohrte der übrig gebliebene Cooper bereits an der Stelle, wo just vorher noch Hals Kopf gewesen war.

Hal richtete sich blitzschnell auf, ohne Bohrmaschinen-Cooper aus den Augen zu lassen. Er fixierte ihn mit seiner leeren Luger und rief: »Stopp!«

Doch Mr. St. Bean ignorierte seine Warnung. Er setzte seinen Fuß auf das am Fußboden liegende Hackebeil und schob es kraftvoll von Hal weg. Dann griff er ihn wieder an. Hal, der seine Pistole in der Zwischenzeit wieder vorne in seinen Gürtel gesteckt hatte, hielt, als er Coopers Attacke empfing, nur noch das kleine breite Messer in seiner Hand.

Mit der freien rechten Hand glitt er an der sich drehenden Spitze des Bohrers vorbei, ergriff den harmlosen dicken Teil und drückte alles leicht zur Seite, sodass das gefährliche Ende nicht mehr auf ihn zeigte. Wie in einem reißenden Fluss stieß Hal nun sein Messer in Coopers rechten Handrücken und sofort noch einmal in dessen Gesicht. Die Klinge drang sowohl in seinen Wangenknochen als auch Nasenrücken ein.

Coopers Griff wurde lachhaft. Hal entriss ihm den Bohrer. Die Waffe flog zu Boden. Hal wechselte gekonnt wie ein Taschenspieler die Art, das Messer zu halten, sodass die Spitze nun nach oben zeigte. Seine freien Finger gruben sich in Coopers rechte Schulter. Er würde ihn nicht loslassen; er packte ihn wie eine Hyäne das Gnu. Mit der linken Hand ließ er einen Klingenhagel auf Cooper niederprasseln. Hal rammte ihm sein Messer so schnell, oft und tödlich in den Leib, wie er nur konnte. Seinen kurzen, schnellen Bewegungen entsprechend, machte er kurze, kräfteschonende Atemstöße.

Erst als Cooper zusammenbrach, lockerte Hal seinen Griff.

Das Blut an seinem Messer und seiner Hand wischte er an der Jeans seines Gegners ab.

Das Jagdmesser des anderen Coopers lag nicht weit weg. Wenige Schritte und er hielt es in seinen Händen. Es war scharf. Seine Klinge war ein paar Zentimeter länger als der Griff, der eine sich abwechselnde Mischung aus Metall und schwarz gefärbtem Holz verkörperte. Es lag gut in der Hand und war ohne Zweifel das beste Messer, das er seit dem Verlust seiner eigenen besessen hatte. Hal konnte nicht anders, als breit zu grinsen.

Dann erinnerte er sich an seine Verletzung. Seine Wade blutete. Hal hatte keine Probleme, die Wade zu beanspruchen, trotzdem war es klüger, einen Blick auf sie zu werfen. Als er sich hinhockte, um seine Jeans anzuheben, barst die Tür neben dem Badezimmer auf.

Durch ihren Rahmen stürmte ein großes muskulöses Ungetüm. Cooper trug nichts weiter als eine kurze Hose und braune Sandalen. Der Schädel, der Oberkörper und die Beine waren rasiert und übersät mit kleinen Narben. Seine purpurnen Venen waren dicker und pulsierten stärker als bei allen anderen, die Hal gesehen hatte. Aber nicht nur die Größe der Venen war außergewöhnlich, auch die unnatürlichen Bahnen, die sie verliefen. Häufig fand man diese Abnorm bei intensiven Steroidnutzern. Cooper war überlastet mit Muskeln, die zum Teil so stark ausgeprägt waren, dass sie ihn in seiner Bewegungsfreiheit einschränkten. So holte er beispielsweise bei jedem Schritt das hintere Bein in einer Halbkreisbewegung nach vorne, da sich seine Oberschenkel gegenseitig den geraden Weg versperrten. Seine Fußnägel waren schwarz und zu einer abstoßenden Dicke verwachsen. Die einzige sichtbare Behaarung war sein gepflegter Henriquatre, ein feiner Rund-um-den-Mund-Bart. Als wäre er durch diese Dinge nicht schon markant genug, trug Bodybuilder-Cooper zudem eine Plastikschutzbrille.

Auf seinem Bauch war das Wort *»LINKS«* eingebrannt. Es schien mit einer unsauberen Eisenstange gemacht worden zu sein, denn die Wunde war schwer entzündet. Drumherum war die Haut noch zurückhaltend rot und blau, doch die verbrannten Muskeln bildeten eine Mischung aus Weiß und viel Grün mit einigen kleineren und größeren Wundblasen.

Cooper rannte nicht unbewaffnet auf den Messerexperten zu. Mit sich führte er einen Vorschlaghammer. Was ihm in die Quere kam, zertrümmerte er einfach. Es sah nicht so aus, als hielte er etwas Schweres. Er schwang den Hammer, als hätte er bloß einen Besenstiel in den Händen.

Trotz all der Besonderheiten zeichnete diesen Cooper allerdings eine Sache mehr aus als alles andere. Der Preis für die bislang unwirklichste Erscheinung der Nacht wurde ihm verliehen durch die Tatsache des Zitterns. Cooper zitterte außergewöhnlich stark und in einem rasenden Tempo. Eigentlich kam es schon mehr einem Schütteln gleich, wie es Tiere machen, wenn sie nass geworden sind, nur dass dies ein permanenter Zustand war. Cooper war einfach immer unscharf.

Hal hatte seine Antwort für den Code. Er hatte keinen Grund mehr, zu bleiben oder es gar mit dem Muskelberg aufzunehmen. Wenn nicht schon sein Aussehen Warnung genug war, so tat es doch seine Kraft, mit der er eine Liege zerbeult durch die Luft wehte oder die obere Hälfte eines Stuhls abschlug, als bestünde er aus Porzellan und nicht aus Holz.

Zu alledem kam noch sein Kampfgebrüll hinzu. Er formulierte keine Worte, so weit war Hal sich sicher. Coopers Stimme hörte sich an, als hätte er in solchen Mengen gebrüllt, dass sie nun kaputt war. Aber da er überschwappte vor Wut und nicht aufhören konnte, auch seinen Mund als Ventil dafür zu benutzen, klang seine Stimme dementsprechend bloß noch wie ein ratterndes Kratzen.

Hal fragte sich, warum er es nicht einfach sein ließ herumzuschreien, zumal immer, wenn er den Mund aufmachte, erneut Blut herausspritzte.

Hal wollte bloß noch weg. Es war schade um das Fleischerbeil. Ginge er es sich holen, liefe er in Coopers Arme. Am liebsten wäre er sofort zurück in den Lagerraum geflohen, die Treppe rauf und raus, aber so einfach war es nicht. Trotz seines Watschelgangs war Cooper verblüffend schnell unterwegs.

Als er sah, dass Hal in den Lagerraum flüchten wollte, schmiss er seinen Hammer nach ihm. Hal musste nach hinten ausweichen, um nicht getroffen zu werden. Diese wenigen Schritte zurück brauchte Cooper, um zu ihm aufzuschließen. Hal war gezwungen, die andere Tür zu nehmen. Cooper war zwar nicht mehr bewaffnet, doch wenn er Hal in die Finger bekommen sollte und Hal nicht einen sofort tödlichen Stich landen würde, so wäre er Geschichte. Dieser Kampf war eine Flucht.

Hal nahm die nächstgelegene Tür.

Das Licht brannte. Es war eine Küche. Zwei volle Müllsäcke standen in einer Ecke. Links und rechts gab es eine Tür. Hal visierte die linke an, doch wechselte spontan, als er hörte, wie eine Tür aufgerissen wurde. Es war nicht die Tür, durch die er gekommen war. Cooper wollte ihm anscheinend den Weg abschneiden. Auf einem Tisch standen Konserven, geschnittenes Brot, Aufschnitt, Teller, Besteck, Wein- und Wasserflaschen. Mehr konnte Hal im Vorbeirennen nicht registrieren.

Als er die Tür erreichte, hörte er hinter sich bereits wieder das ratternde Kratzen. Cooper war ihm näher als erwartet. Ein blitzschneller Blick zeigte ihm, dass ein Vorschlaghammer einen Esstisch mit einem Schlag in der Mitte auseinanderbolzen kann. Hal versuchte, einen Zahn zuzulegen, und hoffte, keinem weiteren Cooper in die Arme zu laufen.

Der nächste Raum war ebenfalls erhellt. Hier standen acht Betten, wovon die Hälfte Etagenbetten waren. Jeweils vier standen an der linken und vier an der rechten Wand. Nur eines der Betten war gemacht. Bei den anderen waren Kissen und Decke so liegen gelassen worden, wie man gerade unlustig gewesen war. Zwischen den Bettpaaren führte links eine Tür zurück in den großen Folterraum. Hal lief daran vorbei. Bohrmaschinen-Cooper hatte sie offen stehen lassen, weshalb Hal einen Blick hineinwerfen konnte.

Hinter ihm rumste die Tür auf. Hal raste, was das Zeug hielt.

Nachdem er durch die Tür am anderen Ende des Schlafraums gelangt war und sie mit Karacho hinter sich geschlossen hatte, befand er sich wieder auf einem Gang. Dieser bog nach kurzer Zeit wie der andere nach links ab. Ab hier wurde es dunkler, denn das Licht des vorherigen Raums reichte nicht bis hierhin. Als Hal am Ende des Gangs an der nächsten weißen Tür anlangte, hielt er bereits seine Taschenlampe in der Hand.

Im Raum dahinter brannte nichts. Hal hatte keine Zeit, einen Lichtschalter zu suchen. Noch während die Tür zurück in ihre Angeln flog und er aus einigen Metern Entfernung mitbekam, dass bei einer anderen gerade die Türklinke nach unten gedrückt wurde, sorgte er mit seiner Lampe für ausreichend Guckmaterial.

Er leuchtete schnell alles ab. Chemikalien in vielerlei Farben standen auf Versuchstischen herum. Einige tropften in Gefäße. Bei manchen stieg leichter Dunst auf. Ein beißender Geruch hing in der Luft, als würde Zwiebelsaft in die Augen gegossen.

Erneut führten nach links und vorne Türen hinaus. Hal wollte die nähere, die linke Tür, zurück in den Folterraum nehmen.

Dies war die Gelegenheit. Cooper befand sich noch hinter ihm auf dem Flur. Jetzt konnte er einfach geradeaus zur Treppe sprinten.

Doch falsch gedacht. Statt einer freien Tür stand plötzlich Bodybuilder-Cooper im Türrahmen. Hal machte eine Notbremsung und Kehrtwendung, bei der er sich mit den Händen auf dem Boden abstützen musste.

Coopers Stimme ratterte hinter ihm her. Gläser zersprangen. Scherben flogen Hal um die Ohren. Er gelangte wieder auf den Gang. Diesmal konnte er hören, dass Cooper nur wenige Schritte fehlten, um ihm den Vorschlaghammer über den Schädel ziehen zu können und ihn wie einen Apfel in Tausend Einzelteile aufgehen zu lassen.

Zurück im Schlafraum knallte er Cooper die Tür vor der Nase zu. Dieses Mal nahm Hal den Weg in den Folterraum. Wie zuvor kloppte er auch diese Tür zurück in ihre Angeln, damit er zumindest etwas Abstand zum Bodybuilder gewann.

Die Versuchung war groß, nun zum Lagerraum zu laufen, doch was dann? Cooper klebte ihm im Nacken und nur weil Hal den Kopf draußen in Richtung Freiheit streckte – vorausgesetzt er wurde vorher nicht bereits auf den Stufen erwischt –, würde Cooper nicht von ihm ablassen. Er musste ihn überlisten. Zumindest soweit, dass er genügend Zeit haben würde, auf seinem Damenrad davonzudüsen.

Die Länge des Folterraums kam Hal zugute. Wie eine Katze, die mit einer Kanne Wasser überschüttet wird, raste er von einem Ende zum anderen. Die Tür, aus der Cooper gekommen war, stand noch offen. Hal lief darauf zu und schloss sie hinter sich.

Kabelzuggeräte, eine Klimmzugstange, zwei Hantelbänke, eine Spiegelwand sowie eine lange Hantelreihe, von der Hal sich sicher war, dass er höchstens die Hälfte davon stemmen könnte, sorgten für eine fast typische Fitnessstudioatmosphäre. Er benötigte keine Taschenlampe; im Raum brannte eine nackte Glühbirne.

Aus dem Folterraum hörte er ein schweres Eisenstück auf den Boden aufschlagen. Hal eilte zur linken Tür. Aus einem Funkgerät, das auf der Beinpresse lag, die auf Pi mal Daumen zwischen achthundert und neunhundert Kilogramm eingestellt war, hörte er Heavens Stimme: »Renn, Hal, renn! Hahaha!«

Hal öffnete die Tür und sprintete, wie von einer Tarantel gestochen, zur gegenüberliegenden Tür, ohne auch nur einmal Luft zu holen. Er öffnete und schloss sie hinter sich, so leise es die Zeit hergab. Direkt darauf folgte das Aufschlagen der Tür zum Folterraum. Hal hatte nicht die Muße nachzuprüfen, ob Cooper auf seinen Trick hereinfiel und durch die offene Tür in Richtung Badezimmer lief.

Er schaltete seine Taschenlampe an und bahnte sich seinen Weg durch ein gemütliches Wohnzimmer. Auf einem niedrigen schwarzen Tisch sah er mehrere Erotikmagazine liegen, auf denen unter anderem auch Männer abgebildet waren.

Die nächste Tür führte wieder auf einen Gang, nur dieses Mal knickte er nach rechts ab. Bereits vor Betreten des dunklen Raums stank es zum Himmel. Hals umherschwenkender Lichtkegel zeigte ihm auf der linken Seite eine Gefängniszelle. Sie erstreckte sich von einer bis zur anderen Wand. An der Rückseite war eine lange Steinliege eingebaut. In der Zellenecke neben der Tür, aus der Hal soeben gekommen war, stand ein Eimer voll mit Fäkalien. Hal hielt seine Armbeuge vor die Nase und zog es vor, nicht einzuatmen. An einigen Gitterstäben klebte Kot. Vieles davon war noch nicht getrocknet und bahnte sich gemächlich seinen Weg nach unten.

Auf halbem Weg gab es rechts eine geschlossene Tür. Hal

nahm erneut den langen Weg und fand sich zeitnah im Labor wieder. Er hatte bereits eine starke Vermutung gehabt, doch nun, da er jedwede Räumlichkeit gesehen hatte, verstand er die Architektur. Es gab hier unten neun Räume. Der größte war der in der Mitte. Zu jeder Seite des Folterraums erstreckten sich zwei Räume, die in etwa ein Viertel mal so groß wie der in der Mitte waren. Die an derselben Ecke liegenden Räume waren jeweils durch einen Gang miteinander verbunden. Es war ein simpler, doch interessanter Aufbau. Und nun, da Hal ihn kannte, war er imstande, noch etwas besser zu strategisieren.

Als er, ohne die offen stehende Tür zu bewegen, einen Blick in den Folterraum warf, sah er gerade noch rechtzeitig, dass Cooper aus dem Badezimmer kam. Sofort zog Hal sich wieder zurück. Er hielt sich im toten Winkel auf und hörte sich das Kampfgeratter von Cooper an.

Er kam näher. Hal überlegte, ob er den Raum wechseln sollte. Zurück zur Gefängniszelle oder auf den Gang zum Schlafraum? Doch dann bogen Coopers schwere Schritte ab. Er lief in den Lagerraum. Nun standen sich zwei offene Türen gegenüber und dahinter befanden sich Hal und Cooper.

Sofern er dem leiser werdenden Maschinengewehr ähnlichen Kampfgebrüll Glauben schenken durfte, hastete Cooper nun die Treppe hinauf. Dies war denkbar schlecht, denn genau dorthin musste Hal. Aber er wollte es auf jeden Fall vermeiden, Mr. Steroide von Angesicht zu Angesicht zu begegnen. Von daher wartete er ab und baute darauf, dass sich eine bessere Gelegenheit ergeben würde.

Cooper polterte die Stufen wieder hinab.

Nach dem Lagerraum stand er wieder im großen Folterraum. Es machte Hal nervös, Cooper so nah bei sich zu wissen. Doch nun brach die interessante Zeit an. Für welchen Raum würde sich Cooper als Nächstes entscheiden? Seine Wahl vermochte möglicherweise sogar über den Ausgang dieser Flucht zu bestimmen.

Hals Ohren waren gespitzt. Cooper ratterte und stampfte nur wenige Meter entfernt. Er schnaufte wie ein wütendes Tier. Die Liegen und Stühle bekamen seine ruhelose Seele zu spüren. Er zertrümmerte mit seinem Vorschlaghammer alles, was ihm den Weg zu versperren wagte. Teilweise schien er auch einfach nur schwere Dinge in seine dicken Pranken zu nehmen und sie gegen eine der Wände oder auf den Boden zu werfen.

Diese schiere Zerstörungswut, untermalt mit dem Rattern von Coopers kaputter Stimme, sollte die Musik zu Hals Wartezeit sein. Eine Easy Listening Fahrstuhlmusik wäre ihm zwar lieber gewesen, doch für das Erhören von Wünschen musste er wohl an einem anderen Ort suchen.

Dann, wie vom Blitz getroffen, rannte Cooper zurück in den Lagerraum.

Wenn der Sweeper sich nicht irrte, so ratterte es nun im Lagerraum an der Tür in Richtung Gang. Sollte Cooper außen entlanggehen, so wäre es die Gelegenheit, den direkten Weg durch den Folterraum zum Ausgang zu nehmen. Er musste bloß aufpassen, dass ihn sein Verfolger mit extremem Schüttelfrost durch die offen stehenden Türen nicht sichtete.

Hal ging seinem Plan nach und begab sich in den großen Raum. Kaum ein paar Schritte getan und einen erschreckenden Einblick von der neuen Inneneinrichtung gewonnen, trampelten Sandalen zurück in den Lagerraum. Der Sweeper war auf die plötzliche Hektik nicht gefasst und erschrak. Bevor Cooper und er nun in ein und demselben Raum waren, schaffte es Hal, sich in das Schlafzimmer links von ihm zu flüchten.

Der Koloss raste an ihm vorbei. Nur eine Wand und eine offen stehende Tür trennten sie voneinander. Während Cooper nun das Labor absuchte und nebenbei Reagenzgläser und Kolben zerschellen ließ, zog Hal weiter in die Küche.

Der Ausgang war nah. Es folgte der Gang. Hal hörte, dass sein Widersacher bereits wieder im Folterraum unterwegs war. Doch dieses Mal zog es ihn in die andere Richtung, auf die Seite des Fitnessraums und Wohnbereichs.

Hal arbeitete sich weiter in den Lagerraum. Als er die Treppe hochhetzte und dabei jeweils drei oder vier Stufen auf einmal nahm, konnte er Cooper schon nicht mehr hören. Zu laut schlug sein Herz.

Dann endlich sprang er Richtung Außenwelt. Hal war draußen.

Ohne Umschweife ergriff er sein Fahrrad, rannte, den Lenker festhaltend, los, schwang sich nach einigen Metern auf die Pedalen und radelte und radelte und radelte.

Irgendwann auf der Straße blickte er sich zum ersten Mal wieder um. Als er keinen hinter sich herrennenden Bodybuilder-Cooper sah, platzierte er seinen bis dato nach oben gestreckten Hintern auf den Sattel. Weitere zweihundert Meter später hielt er an. Sein Blickfeld war weit genug, um sicher sein zu können, dass in naher Zukunft keine Gefahr auf ihn zukommen würde, vorausgesetzt natürlich, es versteckte sich niemand hinter einem der vereinzelten Bäume.

Hal holte das schwarze Funkgerät aus seiner Hosentasche.

»Ich darf annehmen, das eingebrannte ›*LINKS*‹ ist die Antwort?«

»Gefällt er dir?«

»11 links also?«

»Er ist mit starken Schmerzmitteln und allerlei anderem Zeug vollgepumpt. Ich habe ihn extra aus dem Ausland herbestellt. Ich garantiere dir, dass du in diesem Land kein aggressiveres Etwas finden wirst.«

»Hübsches Kerlchen, aber leicht verschrobene Persönlichkeit. Findest du nicht?«

»Er wollte einfach mal wissen, wie es ist, einen Menschen zu töten.«

»Und wie fand er es?«

»Es hat ihm gefallen.«

»Davon kenne ich viele.«

»Weißt du, Hal, zum ersten Mal in dieser Nacht war ich mir nicht sicher, ob du es schaffen würdest. Nachdem du deine letzte Kugel verschwendet hattest –«

»Ich hab sie nicht verschwendet. Rede weiter.«

Hal legte das Fahrrad auf der Straße ab, zog sein eines Hosenbein hoch und untersuchte die Verletzung an seiner Wade. Die Wunde würde noch etwas bluten, aber abgesehen von einem nun merklichen Zwicken, wenn er sie etwas mehr beanspruchte, würde sie ihm keine Sorgen bereiten.

»Nachdem du keine Kugel mehr übrig hattest, hatte ich schon die Befürchtung, dass wir nie wieder miteinander sprechen können.«

»Wie erfreulich für uns beide. Du, Gurtis, sag mal … Ähm … Was zur Hölle hab ich da unten eben sehen müssen? Und ich meine nicht Arnold Schwarzenegger, sondern die … Nun, ich würde sie als Opfer in höchstem Maße perverser Folter bezeichnen, du vielleicht eher als normale Versuchskaninchen.«

»Ich hoffe, du glaubst mir, wenn ich dir sage, dass ich das nicht war. Ich hatte mit dem, was du gesehen hast, nichts zu tun. Nicht mal ansatzweise. Da haben sich bloß einige meiner Mitarbeiter ausgetobt. Aber sorge dich nicht, sie haben ja jetzt ihre wohlverdiente Strafe erhalten.«

»Das ist einfach nur krank.«

»Ja, das ist es. Sag mal, wo wir gerade von krank sprechen

und ich hier auf meine Uhr schaue, hast du nicht schon wieder das Bedürfnis für einen erneuten Schuss?«

»Da unten habe ich es nicht so stark mitbekommen, vermutlich wegen des permanenten Adrenalins. Aber ja, ich könnte was von dem Antiserum gebrauchen. Wo muss ich dafür hin?«

»Der Typ, dem du da unten die ganze Zeit aus dem Weg gegangen bist, hat es.«

Hal konnte nicht anders, als seinem Unmut freien Lauf zu lassen, und lächelte leicht verschnauft.

»Die Spritze klebt an seinem verschwitzten Schwanz.«

Hal stieg die Stufen hinab. Sein Kopf wanderte unruhig hin und her. Er wollte nicht zurück. Es war dumm. Einfach nur dumm. Wie sollte er es bitte anstellen, ein Wesen wie Cooper zu töten, ohne selbst getötet oder schwer verletzt zu werden?

Nach der Hälfte der Treppe hörte er bereits das Rattern seiner zerkratzten Stimme. Und mit jedem Schritt kam er ihm näher. Es war dumm. Einfach nur dumm.

Cooper wartete im Operationsraum. Das Rattern wurde lauter und lauter, doch Cooper schien sich nicht von der Stelle zu bewegen. Hal überlegte, ob er versuchen sollte, sich durch einen der anderen Räume an ihn heranzuschleichen, aber negierte den Plan, da Cooper ziemlich in der Mitte stand und sich wahrscheinlich auch mal umsah.

Und so traf Hal die Entscheidung, es erhobenen Hauptes hinter sich zu bringen und dem sonderbaren Cooper in die Augen zu sehen, bis ihm dieser den Kopf bis zur Unkenntlichkeit destruieren würde.

Kaum hatte er einen Fuß in den Folterraum gesetzt, flog ihm auch schon der Körper von Bohrmaschinen-Cooper um die Ohren. Sein Kopf war zu einer roten Masse zermust. Er prallte gegen Hals Brust und hinterließ rote Flecken mit winzigen

Körperstückchen. Wie die Beine und der Hintern von Cooper flog auch Hal nach hinten gegen den Türrahmen.

Nach seiner Begrüßung bewegte sich Bodybuilder-Cooper mit seinem gewohnten Halbkreisgang wieder auf Hal zu. Er konnte sich nicht erklären, wie jemand auf diese Weise derart schnell so viel Strecke zurücklegen konnte.

Hal stieß sich vom Rahmen ab und schmiss mit aller Wucht und Präzision sein neues Jagdmesser direkt in Coopers Herz. Dieser ließ sich davon allerdings nicht beirren und stürmte einfach weiter nach vorne.

Hal lief zurück in den Lagerraum und begann zu zählen.

Einundzwanzig.

Er wusste, dass es bis zu fünf Sekunden dauern konnte, bis ein Mensch nach solch einer Verletzung stirbt. Also musste er bloß diese lächerlichen fünf Sekunden überstehen.

Hinter ihm wurde die Tür fast komplett aus ihren Scharnieren geschlagen. Hal öffnete die Tür zum Gang und zimmerte sie hinter sich wieder zu.

Zweiundzwanzig.

Es ratterte lauter denn je, als Cooper die nun geschlossene Tür vor ihm auftackelte. Als Hal um die Ecke bog, knallte er infolge seiner Geschwindigkeit gegen die Wand.

Dreiundzwanzig.

Er vermied es, die Tür hinter sich zu schließen. Er hätte zu weit nach außen greifen müssen, um sie zu erreichen. Das war es einfach nicht wert, zumal Cooper ohnehin keine Unterschiede machte, ob ihm nun ein solches Hindernis im Weg stand oder nicht.

Mittlerweile hatte er unangenehm weit zu ihm aufgeschlossen.

Als Hal etwa in der Mitte der Küche war, drehte er sich blitzartig um und warf sein anderes Messer. Die kleine breite Klinge traf ihr Ziel: Die rechte Kniescheibe.

Vierundzwanzig.

Bloß noch eine Sekunde. Nur noch eine Sekunde aushalten!

Doch Cooper lief weiter, als wäre nichts gewesen. Es schien ihm nichts auszumachen, ein Messer tief im Knie stecken zu haben.

Hal erreichte die Tür zum Schlafzimmer.

Fünfundzwanzig.

Er spürte den Luftzug des Vorschlaghammers an seinem Hinterkopf.

Stirb schon! Fall endlich um!

Fast an der gegenüberliegenden Tür angelangt, pfefferte Hal nun auch noch seine Taschenlampe nach hinten. Er zielte nicht. Er schätzte bloß ab, wo sich in etwa Coopers Mund befinden musste.

Sechsundzwanzig!

Stirb! Verreck endlich! Komm schon!

Hal konnte das Stück Eisen fast schon an seiner Haut spüren, als er spontan seine Strategie änderte. Cooper würde ihn einholen, wenn er geradeaus weiterlief. Statt auf die Tür zuzurennen, wechselte er seine Spur weiter nach rechts, weg vom Hammerkopf. Hal prallte mit seinem Körper schmerzhaft hart gegen die Wand; die Hände hielt er schützend vor seinen Kopf. Cooper hatte nicht damit gerechnet. In den letzten Millisekunden versuchte er noch, die Richtung zu wechseln, doch es gelang ihm nur zum Teil, weshalb er mit seiner Vorderseite inklusive des Gesichts gegen den Türrahmen donnerte.

Hal stieß sich augenblicklich von der Wand ab und hetzte den Schlafraum zurück.

Siebenundzwanzig!

Weg, weg, weg, weg!

An Hal fetzte der Vorschlaghammer vorbei.

Whoa! Weg, weg, weg!

Er rannte in die Küche. Das Rattern war fort. Er rannte in den Gang. Das Rattern war fort. Erneut prallte er in der Kurve gegen die Wand. Das Rattern war fort. Er rempelte die Tür zur Seite und befand sich wieder im Lagerraum. Das Rattern war fort!

Hal brauchte noch etwas Zeit, bis er sich traute, nach hinten zu sehen.

Cooper lag zusammengebrochen, tot, neben dem Türrahmen. Genau dort, wo Hal ihn zuletzt gesehen hatte. Das Lächeln stieg ihm ins Gesicht. Seine neue Zahnlücke hatte nie glücklicher ausgesehen. Er stemmte sich auf seine Knie. Dann fiel er nach hinten um. Er hielt seine Hände vors Gesicht. Kurze Zeit später wechselte er zu seinen verschwitzten Haaren.

Nachdem er die Taschenlampe wieder aufgenommen und das kleine Messer aus dem Knie gezogen sowie abgewischt hatte, knöpfte er Coopers Hose auf und zog sie herunter. Er musste den schweren Brocken anheben, um sie über den Hintern zu bekommen. Das Gleiche galt für die rot-weiß gestreifte Boxershorts. Coopers Penis war komplett lila und klein. Ob dies nun daran lag, dass er gerade gestorben war, wäre eine der möglichen Antworten gewesen. Es roch unangenehm nach Schweiß und Eichelkäse.

Mit dem Messer hob Hal alles nach oben und zur Seite. Die Eier waren stark geschrumpft.

Kein Wunder, wenn er so viel Anabolika nimmt. Die Eier eines Mannes sind wertvoller als Gold. So etwas tauscht man nicht gegen Muskeln ein. Was für ein Trottel.

Hal nahm das Funkgerät in die Hand. Sogleich schallte Heaven ihn fröhlich an.

»Ahahahaa! War nur ein Witz. Die Spritze befindet sich im

Lagerraum in dem einzigen Karton, wo nicht ›*Vorsicht! Zerbrechlich!*‹ draufsteht.«

Hal zog das Jagdmesser aus Coopers Brust und wischte das Blut an dessen Hose ab. Und auch das nun nach ungewaschenem Phallus und Hoden riechende Messer rieb er noch einmal trocken.

Der besagte Karton lag unter einem anderen. Hal nahm die Spritze mit dem pinken Antiserum, setzte sich im Schneidersitz auf den Boden, spannte seinen linken Arm an und setzte sich die Injektion.

Glückshormone durchströmten ihn. Pure Erleichterung. Er war im Himmel.

Bevor er wieder hinausspazierte, ging er noch auf die Suche nach seinem Fleischerbeil. Es lag im Folterraum. Als er es jedoch in einem verbogenen und nicht mehr zu gebrauchenden Zustand erblickte, dankte er ihm schweigend für seine Hilfe und stapfte ohne es die Stufen hinauf.

02 LETIPAK

Die dunkle Wolkenfront war ein gutes Stück näher gerückt.

Das wird ein ordentlicher Schauer werden.

Hal stieg auf sein Fahrrad und folgte dem Straßenverlauf. Heaven hatte es ihm angewiesen, ebenso sich wieder mit ihm aufgeschlossen zu unterhalten.

»Nun, Gurtis, wenn du so in Plauderlaune bist, dann erzähl doch mal ein bisschen von dir.«

»Was willst du hören?«

»Deine verschrobenen Hobbys habe ich ja jetzt schon kennengelernt. Aber was hasst du denn zum Beispiel?«

»Was ich hasse?«

»Ja, was kannst du absolut nicht ausstehen?«

»Eine interessante Frage. Okay. Dann musst du mir deine persönlichen Abneigungen aber auch verraten. Nur erzähl jetzt nichts von Menschenfolter, Verrat und dem ganzen anderen allgemeinen Zeug.«

»Da müsste ich nachdenken.«

Hal fuhr durch ein Loch im Asphalt und entging nur knapp einem Sturz. Gerade noch rechtzeitig brachte er das umherschwankende Rad wieder unter Kontrolle. Danach zügelte er ein wenig seine Geschwindigkeit, um auf etwaige Gefahren besser reagieren zu können.

»Das muss ich auch«, sagte Heaven.

»Gut, spielen wir Ping Pong. Fang du an.«

»Manus manum lavat, was?«

»Nicht ganz.«

Heaven nahm sich einige Sekunden, bevor er die Angabe machte.

»Ich hasse Künstlerschals. Warum zum Donnerwetter trägt man so etwas? Anscheinend verstehen solche Leute nicht mal ansatzweise, wie bescheuert sie damit aussehen.«

»Ich mag sie auch nicht. Vielleicht denken diese Leute ja, dass dieses nette Accessoire sie gebildet und stilvoll gekleidet aussehen lasse.«

»Damit drücken sie nichts weiter aus, als dass sie metrosexuell sind. Sie schreien in die Welt hinaus: ›Ich bin ein Snob, eingebildet und hochnäsig!‹ Es sieht einfach nur dumm und erbärmlich aus. Die wirken, als würden sie sich für etwas Besonderes und Besseres halten als andere, was jedoch allgemein niemand mit einem Künstlerschal ist. Und die Leute, die behaupten, sie würden die Schals nur tragen, um sich warm zu halten, sie sich aber auch bei warmem Wetter um den Hals schlingen, oftmals sogar nur wie eine Kette auf der Brust hängen haben, und sie nicht mal ausziehen, wenn sie sich in einer Wohnung befinden, sind die Schlimmsten von allen.«

»Die Allerschlimmsten.«

»Nun zu dir, Hal.«

»Nun … hmm … ich hasse … es … wenn Leute mir einen laschen, lustlosen Händedruck geben. Du weißt schon, dieses Handgeben, bei dem sich nur die Finger berühren. Furchtbar. Wenn ich so jemandem die Hand schüttele, dann halte ich schon mal nichts Gutes von ihm oder ihr. Zumindest ist das mein erster Eindruck. So eine Person zeigt, dass sie entweder keinen Bock hat, mich zu begrüßen, schwach ist, vielleicht sogar von oben auf mich herabschaut oder einfach keine Ahnung von zwischenmenschlichem Anstand hat. Wenn man mir nicht richtig die Hand geben will, dann soll man es lassen.«

»Habe ich so noch gar nicht drüber nachgedacht. Aber mir gefällt deine Meinung. Ich glaube, ich werde sie übernehmen.«

»Tu das.«

Auf eine verquere Art fühlte Hal sich geschmeichelt, dies von einer herausragenden Person wie Heaven zu hören.

Die Straße führte noch ein Gutes Stück weiter. Am Horizont erhob sich ein gewaltiger Wald mit großen Baumkronen, die ineinanderwebten und zusammen wie ein düsteres Gebäude mit unendlich vielen Stützpfeilern aussahen.

»Mal sehen, was hasse ich noch wie die Pest?«, sagte Heaven. »O ja, ich weiß. Alles, was mit heutigen Königsfamilien zu tun hat. So etwas wie blaues Blut gibt es nicht. In der heutigen Zeit der Demokratien erst recht nicht. Und jeder, der diese ach so anbetungswürdigen Adligen anhimmelt, hat für mich nicht alle Tassen am Zaun oder Latten im Schrank oder wie das heißt. Wer Königsfamilien gesondert behandelt haben will, hat doch ein Rad ab, oder nicht? Nehmen wir mal die Queen. Wenn du sie treffen darfst – darfst. Verstehst du? –, dann musst du eine ellenlange Liste beachten, wie du dich zu benehmen hast. Für wen hält sich die Trulla? Wenn die mich sprechen will, dann kann ich ihr ja auch mal ein paar Richtlinien geben, die ich eingehalten haben will. Wie wenn ich niese, sie sich auf ein Bein zu stellen hat, oder sie sich zur Begrüßung von mir in ihren Ausschnitt spucken lassen muss. Oder wir einigen uns darauf, beide diesen Etepetete-Schwachsinn zu lassen, normal freundlich miteinander umzugehen und nicht dieses herabwürdigende Stock-im-Arsch-Benehmen an den Tag zu legen.«

»Nichts für ungut, aber ich denke, du wirst niemals eine Audienz bei der Queen erhalten.«

»Glaubst du nicht, dass ich noch zum Ritter geschlagen werden könnte?«, scherzte Heaven.

»Nein. Ist aber vielleicht auch besser so. *Sir Doktor Gurtis Heaven* ist ein bisschen zu viel des Guten. Mit dem *Sir* hört es sich einfach nicht so gut an.«

»Mir würde es gefallen.«

»Ein großer Mann wie du sollte sich nicht um Titel scheren. Das ist doch unter deiner Würde.«

»Ach, ich mag dich, Hal. Magst du mich auch?«

»Ist die Frage gerade ernst gemeint?«

»Ich meine, würdest du mich sympathisch finden, wenn du meine Vergangenheit und gewisse Dinge nicht kennen würdest?«

Hal dachte ernsthaft darüber nach. Schließlich sagte er: »Ja.«

Egal was Heaven hierzu nun gesagt hätte, Hal hätte nicht gewusst, wie er es hätte deuten sollen. Doch Heaven schwieg. Der Mann war ein Rätsel.

»Es hat dir die Sprache verschlagen?«

»Ich habe bloß ein paar Gedanken sortiert.«

»Was für Gedanken?«

»Was kannst du sonst noch nicht ausstehen, Hal?«

Der Sweeper sortierte nun seine Gedanken um.

»Ich bin kein Fan von Silikonbrüsten.«

»Nein?«

»Ich bin mehr der natürliche Typ.«

»Hättest du lieber eine Frau mit Körbchengröße A oder mit großen gemachten Möpsen?«

»Körbchengröße A.«

»Okay. Und was ist, wenn du dich entscheiden müsstest zwischen tief hängenden und falschen Hupen?«

»Wenn es nicht gerade leere Hauttaschen mit ʹner Rosine drauf sind, dann ziehe ich die Hängebrüste vor. Mit denen kann man zumindest noch spielen. Diese harten Bälle sind doch meistens zu nichts zu gebrauchen. Die sind wie eine tolle Karosserie, aber ohne Motor.«

Heaven klang belustigt. »Also ich habe kein Problem mit falschen Brüsten. Viele sollen ja sogar wirklich weich sein. Und wenn die Nippel einen nicht gerade aus unterschiedlichen Richtungen angucken wie irgend so ein nach außen und oben schielender Pavian, dann stören mich auch keine steinharten Bälle.«

»Ich sag mal so, es ist nett, dass es so etwas gibt. Und wenn eine Frau ihre Brüste nach mehreren Schwangerschaften nicht mehr ansehnlich findet, dann bitte, bin ich der Letzte, der etwas dagegen hat. Mich stört hauptsächlich der Gedanke, dass einem ein Gegenstand eingesetzt wird, nur damit der Körper praller wird. Ich meine, ich stecke mir ja auch keine Batterie in die Harnröhre, damit mein Penis dicker wird.«

Heaven lachte auf. »Ich will mehr von so was hören.« Er klang wie ein begeistertes Kind, das nicht genug bekam. Umso süßer war die Genugtuung, ihm diese Freude wieder wegzunehmen.

»Für weitere Informationen musst du schon mit mir Spare Ribs essen gehen.«

»Och, Hal.« Heaven klang betrübt genug, damit Hal sich besser fühlte. »Ich weiß zwar, dass dieses Treffen niemals stattfinden wird, aber ich kann nicht leugnen, dass ich es wirklich sehr begrüßen würde.«

Der Wald war nah. Er war uneinsehbar breit. Finsternis verschluckte all jene Grenzen.

Plötzlich riss etwas Hals Aufmerksamkeit an sich. Ein seltenes und doch vertrautes Geräusch stob tief aus dem Wald. Eine Leuchtrakete schoss auf etwa elf Uhr nach oben. Hal folgte der roten Linie in den Himmel, bis sie erloschen war.

Durch das Geäst erklangen Klagerufe, wie man sie von gequälten Seelen in der Hölle erwarten würde. Unmittelbar darauf flüchteten dunkle Vögel aus der Finsternis des Waldes zu den sicher scheinenden Himmelskörpern. Dann änderten sie ihr Vorhaben, als erhielten sie den Befehl zurückzukehren. Sie flogen über Hals Kopf hinweg und begehrten, dorthin zu gelangen, von wo er begehrte wegzukommen.

»Ahh!«, ertönte es aus dem Funkgerät. »Welch ein schönes Geheul.«

»Geheul?«, fragte Hal. »Wie von einem Wolf?«

Er hätte diese Klagelaute nicht mit Tieren in Verbindung gebracht, doch jetzt, da Heaven es gesagt hatte, konnte es sehr gut sein.

»Ein Wolf?«, fragte Heaven amüsiert. »Nein. Größer.«

»Ein vergaster Wolf? Ein Bär?«

»Komm schon! Würde sich so ein Bär anhören?«

»Kein Tier hört sich so an.«

Hals aufgerissene Augen bebilderten seine Angst besser, als

es bloße Worte vermochten.

»Heute Nacht schon. Die Ziffer steht auf dem Halsband.«

Hal legte noch einen Zahn zu. Sein Kopf arbeitete.

»Kann die Luger weg?«

Am Ende des Weges fuhr er nach links. Er wollte dort anhalten, von wo aus er am nächsten zum Abschussort des Leuchtsignals sein würde.

»Ich an deiner Stelle würde sie noch behalten. Aber das Funkgerät kann weg. Du hast es schon lange genug mit dir herumschleppen müssen. Schmeiß mich kaputt.«

Hal hielt an und legte das Fahrrad hin.

Das Funkgerät bekam einen Freiflug spendiert. Irgendwo auf dem Weg zerschrottet, war der beste Ort dafür. Mit »Arschloch!« kommentierte Hal die Flugshow. Dann bewegte er sich auf den Wald zu. Er leuchtete mit seiner Taschenlampe in ihn hinein. Die Sachlage gefiel ihm überhaupt nicht. Unebener Boden, viele Versteckmöglichkeiten und doch keine, zwei Messer und eine leere Luger.

Es war immer wieder erstaunlich, wie sehr die Atmosphäre umschwappt, wenn die Nacht heranbricht. Ein schöner entspannender Spaziergang wird zu einer Stressfahrt mit unangenehmer Geräuschkulisse.

Jeder Schritt ist laut. Blätter, Äste und Schalen rascheln, knistern und knacken unter den Schuhen. Man wird gehört. Gleichzeitig kann man die anderen nicht hören. Man muss still sein, aber dazu kommt man nicht, wenn man voranschreitet. Tiere, hoffentlich nur Tiere, verstecken sich, flüchten, wenn es angebracht ist, und greifen an, wenn es nötig ist.

Ein plötzlich davonrennender, glucksender Truthahn erschreckte Hal so sehr, dass sein Herz ein paar Zentimeter weiter nach unten rutschte. Eine Eule begann, genau dann zu uhuen, als er unter ihr entlangspazierte.

»Bob, bist du das?«, fragte er laut und versuchte damit, sich selbst zu belustigen. Es klappte nicht.

Er hörte die Eule noch viele Schritte später.

Irgendwo auf den Feldern außerhalb des Waldes zirpten Grillen. Die Bäume schwächten ihre Laute ab, doch sie waren da; irgendwo fernab von Silhouetten, die sonst was sein konnten.

Jagdmesser rechts, Taschenlampe und kleines breites Messer links. Hal hielt die Taschenlampe an ihrem Griffende, die Klinge unten aus seiner Hand ragend. Ohne das künstliche Licht wäre er verloren. Der Mond und die Gestirne lieferten nur bedingt Licht und das auch nur an freieren Stellen. Die Baumkronen schirmten es ab.

Minute um Minute verging, aber nicht für Hals Empfinden. Zeit hat die Angewohnheit zu ärgern. Die Zeit ist ein schadenfrohes Miststück, die einen herzlich auslacht. Bald würde die Sonne aufgehen und Hal verbrachte hier Stunden, was eigentlich nur Minuten waren. Die Zeit hielt ihn zum Narren. Er wusste das, aber konnte nichts dagegen tun.

Nicht unweit einer Rotbuche, von deren Stamm eine große, mehrfarbige Menge Harz fast unmerklich herunterschleimte, bewegte sich eine kleine, alte Lucia auf und ab. Ihr ausgedünntes Haar fluffte unästhetisch als Dauerwelle um ihren verdorrten Kopf. Sie trug eine bunte Strickjacke und einen langen biederen Rock. In der Hand hielt sie eine Leine, die in ein hohes, breites Gebüsch ragte. Die Leine zog in mehrere Richtungen, ohne einen wirklichen Plan zu verfolgen. Lucia ließ sich davon nicht stören und wandte ihren Blick gewohnt gelangweilt umher. Auch sie leuchtete mit einer Lampe.

Hal hatte seine ausgestellt, als er ihr Licht gesehen hatte. Doch es brachte nichts, denn nun sah sie ihn. Die Helligkeit penetrierte unangenehm seine Augen. Hal antwortete mit derselben Dreistigkeit. Der kleinen, alten Lucia gefiel es nicht, so geblendet zu werden, und sie senkte ihren Lichtstrahl. Hal tat ihr auch dies gleich.

Vorsichtig, aber zügig bewegte er sich auf sie zu. Sie rief ihm etwas entgegen, dass in einer Umgebung wie dieser alles andere als schön anzuhören war. Man hörte ihr das Alter an, nur tat dies der uneingeschränkten Finsternis ihrer vergasten Stimmbänder und des Zwerchfells keinen Abbruch. Sie trug keine Waffe bei sich, zumindest keine sichtbare. Aber die Leine. Diese fiese Verbindung zu etwas, das Hal wahrscheinlich zu töten hatte, um an die nächste Ziffer heranzukommen.

Dann blickte Lucia zu ihrer Linken, zum Gebüsch, brabbelte irgendein Kauderwelsch und zog an der Leine. Das Gestrüpp raschelte. Die Leine spannte, wurde locker und heraus trat ein abnormal riesiger irischer Wolfshund.

Heaven´s Breath hatte sein Bestes getan und ein Geschöpf erschaffen, das es auch mit einem Braunbären aufnehmen könnte.

Sein zum Großteil graues, zum Kleinteil schwarzes Haar war rau und hart. Von der Körperform war er von einem normalen Hund seiner Rasse, abgesehen von einem leicht monströseren Maul und stechend blutigen Augen, kaum zu unterscheiden. Hal fragte sich, woran es liegen mochte, dass einige Tiere mehr zur Mutation neigten als andere. Die Motten beispielsweise hatten lediglich eine beträchtliche Größe angenommen; und so belief es sich auch bei dem einköpfigen Zerberus vor ihm. Lucia war mehr als einen Hundekopf kleiner als ihr Haustier. Hal war nah genug dran, um einschätzen zu können, wie ein Vergleich mit seiner Wenigkeit ausfallen würde. Er und der Hund waren auf Augenhöhe.

Als er die Bestie sah, war er so in Gedanken versunken, dass er gar nicht merkte, dass er sie laut aussprach, bis er es getan hatte: »Ich bin tot.«

Daraufhin strahlte Lucia ihm mit ihrer Taschenlampe wieder in die Augen. Hal hielt es aus, blendete zurück und wandte seinen Blick nicht ab von der Gefahr.

Der Hund machte ein paar neugierige Schritte in seine Richtung, bis die Leine straff und Lucia nach vorne gezogen wurde und einen anderen Stand einnehmen musste, um nicht weiter hinterhergerissen zu werden. Hierbei legte er mehr Strecke zurück, als es für Hal in der Kürze der Zeit jemals möglich gewesen wäre. Der Hund hatte seine Dominanz demonstriert, ohne dass es seine Intention gewesen war.

Dann begann er, den Sweeper anzuknurren. Hals Kopf vibrierte mit einer erschütternden Gewalt. Als Reaktion darauf fing sein Körper an zu zittern. Seine Augen füllten sich mit Flüssigkeit. Er konnte nichts dagegen tun. Als der Hund nun zwischen seinem Knurren einige Male kläffte, war es für Hal, als steckte sein Kopf plötzlich und nur kurz, solange das jeweilige Bellen andauerte, in einem 360-Grad-Schraubstock.

Hal hob einen Ast vom Boden auf und wedelte damit herum.

»Willst du das Stöckchen? Ja? Willst du das schöne Stöckchen?« Seine Stimme zitterte. »Ein feiner Junge! Ja, das bist du! Ja, komm, hol´s dir!«

Lucia stieg in den einseitigen Dialog mit ein. Ihre Stimme legte sich wie ein Bass unter die Situation. Sie war wie die düstere Musik in einem Horrorfilm, die alles nur noch schlimmer machte.

»Na los, mein Junge! Hol das Stöckchen!«

Hal warf den Ast, so weit er konnte. Er klackte gegen eine dünne Moor-Birke, doch der Hund ließ sich nicht eine Sekunde ablenken und war weiter auf Hal fixiert. Dann ließ Lucia die Leine los und los raste ihr Bewacher.

Weglaufen war bei dieser Distanz keine kluge Option, also blieb Hal nur eins. Und durch ein Aufgebot an Überlebenshormonen angefacht, stürmte er mit Gebrüll auf das gefährliche Maul zu.

Je näher sie sich kamen – und das kamen sie sehr schnell –, desto Angst einflößender wurde die Größe des Tieres. Hal konnte nur mutmaßen, welche Ausmaße es annehmen würde, wenn es sich auf seine Hinterbeine stellte. Was gäbe er jetzt nicht alles für ein weiteres Pistolenmagazin?

Keine zwei Sekunden mehr und Zähne und Messer würden sich auseinandernehmen, doch vorher wechselte Hal die Spur und sprang nach rechts hinter einen Baum.

Unvorbereitet, wie auch jeder andere Hund gewesen wäre, schaffte der mutierte Riese es nicht, den schlauen Sweeper zu erwischen. Stattdessen hechtete sein Körper einfach weiter geradeaus, während sein Kopf schon wusste, wo es eigentlich hätte hingehen sollen. Hal versuchte noch, seine kleinere Klinge in dessen Körper zu stechen, aber er war zu weit ausgewichen.

Während sich der graue Hund nun neu justierte, bahnte Hal sich seinen Weg zur alten Frau. Der Boden war denkbar ungeeignet, um mit seiner vollen Geschwindigkeit aufwarten zu können, aber zumindest boten ihm die vielen Bäume einen gewissen Schutz.

Der vierbeinige Lump probierte weiter, seine Beute zu erwischen, doch Hal verstand es geschickt, seine Umgebung auszunutzen. Immer wieder standen Stämme und dicke Äste zwischen den beiden. Bei einigen brach der Köter einfach hindurch, bei anderen suchte er sich einen alternativen Weg. Sein gestresstes Knurren brachte ihm nichts, außer dass Hal immer größere Probleme bekam, seine Blase nicht hier und jetzt zu entleeren.

Neben einer Buche, auf der sich eine große Pilzfamilie angesiedelt hatte, lugte das graue Haarungetüm um die Rundung. Wieder verpasste er knapp, Hal mit einem Schnapper seines gewaltigen Mauls zu erwischen. Als Antwort auf sein Versagen schnappte nun der Sweeper nach ihm.

Plötzlich verspürte der Hund einen heftigen Schmerz in seiner Schnauze. Und als wäre das nicht genug, wurde es auf einmal ganz grell in seinen Augen und er musste seinen Kopf abwenden. Kurz darauf füllten sich seine Nasenlöcher mit einer warmen Flüssigkeit. Seine Zunge saugte einen köstlichen Geschmack auf. Das Tier musste niesen. Blut spritzte durch die Luft, die Nase war wieder frei. Dann sammelte sie sich wieder voll. Der Hund schüttelte seinen Kopf nach links und rechts, als könnte dies irgendwie helfen. Als er nun mit seiner riesigen Pfote versuchte, der flutenden Nase beizukommen, durchzog ihn ein Schmerz, der ihn aufjaulen ließ.

Hal überbrückte die letzten Meter bis zur alten Lucia ohne weitere Zwischenangriffe. Doch das haarige Monster schloss schnell wieder zu ihm auf. Lucia sah nicht gerade ängstlich aus, dafür dass sie unbewaffnet und der große Hal mit Messern zugegen war. Irre fletschte sie ihre wenigen übrig gebliebenen schwarzen Zähne und spie ihrer nächtlichen Begegnung irgendwelche Flüche in einer erst vor kurzem erfundenen Sprache entgegen.

Der Hund wetzte mit angelegten Ohren auf Hal zu, der sich linkisch hinter der kleinen, alten Frau versteckte und sie in einem günstigen Moment in das aufgerissene Maul des Ungeheuers manövrierte.

Dem Flohfänger, der wie von Sinnen seinem Schmerz mit Raserei entkommen wollte, war es egal, was er zwischen die Beißer bekam. Lucias Kehle gab kaum schwieriger nach als ein normales Hundeleckerli. Die Kiefer quetschten ihren Hals so stark zusammen, dass ihr Kopf wie ein unhaltbares Gewicht zur Seite abknickte. Das Blut sprühte umher, als das toll gewordene Biest seine Beute wild hin und her schüttelte.

Hal sprang in einem hohen Satz auf das Ungetüm. Sein frisch blutverschmiertes Jagdmesser trieb er von oben durch die Schnauze bis zum Anschlag in Lucias Kehle hinein. Hund, Messer und Hals waren miteinander vernagelt. Die grauhaarige Bestie bewegte sich unkontrolliert und richtungslos. Hal konnte mit ihrer Kraft nicht mithalten und war gezwungen loszulassen.

Sein übriges Messer wechselte er in seine geschicktere Hand. Dann schmiss er sich erneut auf seine Beute. Der irische Wolfshund besaß nach wie vor ungeheure Kräfte. Die Rangelei war anstrengend und instinktiv. Von Hals einst vorzeigbarer Atmung, während er wieder und wieder das Messer in seine Feinde getrieben hatte, war hier kaum noch etwas zu sehen. Zu oft wurde sein Unterfangen unterbrochen, weil das vierbeinige Monster ihn wieder fortrempelte, sich panisch wegzog, sich aufrichtete oder Hal mit seinem Kopf stieß. Nach und nach zeigten die vielen Angriffe Wirkung. Das graue Fell ward zerrupft und färbte sich immer weiter zu einem Lebenssaftrot.

Schließlich sank das Tier kraftlos zu Boden. Hal jagte ihm noch ein paarmal das Messer in Hals, Kopf und Brust, dann ließ er sich auf dessen weichen Leib fallen und verschnaufte.

Zum ersten Mal in dieser Nacht lag er einfach nur da. Das Fell und der nachgebende Körper des Hundes waren weicher als angenommen. Die alte Lucia lag in einer ungesunden Stellung neben ihm. Über ihm funkelten vereinzelt Sterne durch das dichte Blattwerk. Es war, im Verhältnis gesehen, eine schöne Ruhe. Ach, wie gerne würde er jetzt einfach einschlafen und wenn er aufwachte, merken, dass er bloß geträumt hatte.

Viel zu früh für sein Wohlempfinden richtete er sich wieder auf. Seine Kleidung war vom Hundeblut ganz feucht. Er beugte sich nach unten und untersuchte das Hundehalsband. Er musste daran ziehen, um an die Marke in Herzform zu kommen. Keine Ziffer stand darauf, bloß der Name der Hündin: »*Banji*«.

Das konnte nicht alles sein. Das durfte nicht alles sein! Er nahm ihr das Halsband ab und schaute sich jeden Zentimeter davon an. Eine Nummer und eine Adresse standen darauf. Sollte die Telefonnummer die Ziffer enthalten? Sollte er die Quersumme berechnen? Oder einfach die erste Ziffer nehmen? Die 0? Zu viele Möglichkeiten, um sich sicher sein zu können. Er musste weiter und später Heaven fragen.

Er zog sein Jagdmesser aus Hundeschnauze und Menschenhals. Dann wischte er seine Hände und Klingen an der Strickjacke der alten Schachtel ab.

Von der brutalen Auseinandersetzung, dem Knurren, Bellen, Fluchen und Schreien war jetzt nichts mehr zu hören, bloß das gewohnte Ambiente eines Nachtspaziergangs durch einen Wald.

Hals Lampe tat ihre Arbeit. Seine Füße trugen ihn raschelnd und knackend durch Gebüsch und Geäst. Ein Abschnitt voll Brennnesseln ging ihm bis zu den Achselhöhlen. Mit erhobenen Armen setzte er tapfer seinen Marsch fort. Er wusste es nicht genau, aber vermutete, dass er seinem ursprünglichen Weg weiter folgte. Von welcher Stelle genau die Leuchtrakete abgefeuert worden war, war schwer zu sagen, doch er folgte seinem alteingesessenen Gespür.

Nachdem er das Brennnesselfeld ohne nachhaltigem Juckreiz erfolgreich verlassen hatte und sich freute, seine Arme wieder senken und alles sehen zu können, was sich unterhalb seiner Brust befand, versank sein Fuß in einem Loch und Hal kippte vornüber. Eine Verletzung blieb aus und er spazierte zügig weiter.

Nach ein paar weiteren Minuten – er wusste nicht wie viele, da er sich nicht auf das Zählen, sondern bloß auf seine Umgebung konzentriert hatte – kam er an einem Hochsitz vorbei.

Das Holz war alt und verwittert. Die Leiter verlief gerade nach oben und endete nach knapp vier Metern am Bodenbrett. Hal testete, ob die Sprossen seinem Gewicht standhielten. Als er überzeugt war und nichts Verdächtiges aus der Kanzel vernahm, kletterte er nach oben. Inständig hoffte er, dass ihm dort oben nichts entgegenspringen würde. Die Leiter war spröde und Hal schabte Splitter ab, als er sich mit seinen Schuhen darauf bewegte. Oben angelangt, atmete er auf. Niemand war hier.

Das Licht der Taschenlampe leuchtete schnell alles ab. Der Boden war erstaunlich sauber. Es sah danach aus, als hätte hier jemand gefegt. Ein Zettel lag in der hinteren rechten Ecke. Hal erkannte die Handschrift. Es war dieselbe wie die, die er bei Kamel gefunden hatte. War er hier? Jetzt gerade? Unwahrscheinlich, aber nicht unmöglich. In Hal loderte eine Hoffnung auf, ihn wiederzusehen, deren Bedeutung und Auswirkungen nicht einmal für ihn selbst einzusehen waren. Also verwarf er diesen Gedanken schnell wieder und konzentrierte sich auf das, was vor ihm lag:

Meine Oma

Ich war schon längere Zeit nicht mehr bei meiner Oma. Ich versuche, regelmäßig bei ihr vorbeizuschauen, vor allem seitdem ihr Ehemann, mein Opa, verstorben ist. Sie ist einsam und traurig. Das merke ich.

Und so kam es, dass wir die eine Nacht sogar nebeneinander in einem Bett schliefen. Zum ersten Mal seit einem Jahr musste sie nicht mehr alleine die Nacht verbringen. Ich nahm den Platz meines Opas ein und hoffte, so zumindest ein wenig Trost zu spenden.
Irgendwann in der Nacht wurde ich wach. Zufälligerweise war es meine Oma auch. Sie schien nervös zu sein. Wir begannen zu reden. Als ich sie jedoch auf ihre Nervosität ansprach, blockte sie ab.

Während der Unterhaltung rückte das Thema schließlich wieder zu meinem Opa. Dabei rutschte meiner Oma etwas heraus, das mich schockierte. Ohne es erst selbst zu bemerken, erwähnte sie, dass mein Opa sich selbst umgebracht habe. Ich lenkte sofort ein und fragte hartnäckig nach, denn mir war diese Information neu. Leider blockte meine Oma erneut ab.
»Aber so verrate mir doch bitte, warum er sich das Leben genommen hat.«
»Je weniger du weißt, umso besser. Glaube mir, bitte«, sagte sie.
Plötzlich ging das Licht im Flur an. Ich erschrak. Meine Oma hingegen versuchte, ihre Angst und das gerade Geschehene einfach zu ignorieren.
»Wer ist das?«, fragte ich sie, denn wir sollten alleine in ihrem Haus sein.
»Je weniger du weißt, umso besser.« Ich merkte, wie sie versuchte, meine Neugierde im Keim zu ersticken.
Dann ging das Licht im Flur wieder aus. Ich spielte mit dem Gedanken nachzusehen, doch die Art und Weise, wie meine Oma mit mir geredet hatte, mit dieser Furcht, aber gleichzeitig einer unbegreiflichen Abgeklärtheit, ließ mich einfach im Bett verharren.

Ich weiß bis heute nicht, warum, wer oder was in dem Haus meiner Oma in jener Nacht gewesen ist. Und um ganz ehrlich zu sein, ich glaube, ich will es auch gar nicht wissen.

Hal konnte es sich nicht erklären, aber irgendwie versprühte diese Geschichte eine gewisse Anziehungskraft. Vielleicht lag es auch an der Handschrift und den hiesigen Umständen. Fakt war nur, dass er von ihr fasziniert war. Dasselbe Gefühl hatte er zuvor auch schon bei der anderen Geschichte über die Fingernägel gehabt.

Es stand noch immer im Fragezimmer, ob Kamel der Autor jener und dieser Geschichte war. Die Schrift war eigentlich zu erwachsen für ein Kind, aber das musste ja nichts heißen. Besonders nicht bei einem außergewöhnlichen Jungen wie Kamel.

Hatte eventuell Heaven persönlich oder einer seiner Handlanger sie geschrieben? Aber falls ja, aus welchem Grund? Und wenn es zweifelhafterweise wichtig sein sollte, dass Hal diese Papiere fand, wieso dann an einem Ort wie diesem? Er war hier in einem verdammten Wald. Die Wahrscheinlichkeit, dass er an diesem Hochsitz nicht vorbeigekommen wäre, lag hoch. Außerdem gab es hier keine Kamera, die hätte aufzeichnen können, wie er auf den Zettel reagierte.

Hal mutmaßte, dass Heaven nichts hiermit zu tun hatte. Es waren bloß Geschichten ohne Sinn und Zweck. Vielleicht hatte Hal sogar einen Weg eingeschlagen, den Heaven für ihn gar nicht vorgesehen hatte.

Er faltete den Zettel zusammen und steckte ihn in eine seiner Gesäßtaschen.

Danach hielt er Ausschau wie ein jeder Jäger es tut, wenn er etwas schießen will. Dann stieg er wieder hinab. Es hätte keinen Nutzen, hier noch länger zu verweilen.

Er war nicht weit gekommen, der Hochsitz lag vielleicht dreißig Meter hinter ihm, als er einen Schuss hörte und ein roter Wurm sich in die Luft erhob. Die Leuchtrakete flog, von Hal aus gesehen, auf halb zwei Uhr. Sie war nur einige Hundert Meter entfernt entfacht worden. Ein Zeichen, das er begrüßte.

Mit der Nase an der richtigen Spur gönnte sich der Sweeper Erleichterung. Zu lange hielt er bereits seinen Blasendruck zurück, aus welchem Grund auch immer. An einem ihm angemessen erscheinenden Baum steckte er sein Jagdmesser und die Taschenlampe in den Gürtel; die kleine breite Klinge verstaute er wieder in seiner linken Hosentasche. Er knöpfte sich Gürtel und Hose auf, hielt sein Gemächt zum Markieren bereit und strullerte das wärmende Glück hinaus in die Welt. Nach und nach sank der Druck, die Baumrinde wurde nasser und die sich unten ansammelnde Pfütze größer. Vielleicht würde dies sogar das letzte Schöne sein, das er in seinem Leben je wieder genießen durfte. Das musste er in vollen Zügen auskosten.

Mitten im Mittelstrahl riss es Hal jedoch aus seiner kleinen Ekstase. Vor ihm im Dunkeln, etwas abseits seines Baumes, knurrte etwas. Es war kein gewöhnliches Knurren. Er kannte es. Ein ähnliches hatte er noch vor wenigen Minuten beendet.

Sofort raste eine Gänsehaut über ihn hinweg. Hal brach seinen Ablass ab, zog seine Hose hoch und machte, dass er davonkam. Ein wahrer Mittelstrahl lässt sich nicht so einfach ignorieren, weshalb Hal nun mit den Konsequenzen leben musste. Er machte sich nass. Es war warm und unangenehm und stank zum Himmel. Während er nun um Abstand rannte, rann ihm ganz langsam der Urin das linke Hosenbein hinab. *Auch noch das linke!* Er hoffte, er würde nichts in die Messerverletzung an seiner Wade bekommen.

Kaum hatte er sich in Bewegung gesetzt, zeigte sich, was ihm bislang lediglich ans Ohr gehuscht war. Ein zweiter irischer Wolfshund trat, erhaben wie der König des Waldes, aus der Schwärze hervor und zeigte sein übergroßes Haupt. Wenn Hal es richtig einordnete, so war dieses Exemplar noch einen halben Kopf größer als Banji. Sein Fell war etwas dunkler und zerzauster. Hals neuer Spielgefährte fixierte ihn mit fast schon leuchtend roten Augen, angelegten Ohren und scharfen fauligen Zähnen, die einem Zahnarzt Arbeit für mehrere Wochen verschaffen würden.

Das Hundemonster flitzte, vor Appetit sabbernd, Hal hinterher, der wie von Sinnen versuchte, seine Hose richtig zuzuknöpfen. Mit einer Hand an der Hose kletterte er über einen quer stehenden umgeknickten Baum. Der vordere Fuß landete sicher auf der anderen Seite, der hintere nicht. Hal stolperte und legte sich mit dem Gesicht voran in den Dreck. Ohne eine Pause einzulegen, richtete er sich wieder auf und lief bereits weiter, als er erst die Hälfte seiner eigentlichen Größe wiedererlangt hatte.

»Wah! Nichts passiert. Nichts passiert«, spornte er sich selbst an.

Er konnte die Bestie hinter sich hören: Ihr zutiefst mit Finsternis erfülltes Knurren, das Gewicht ihrer Schritte und die Geschwindigkeit, mit der pausenlos eine Pfote nach der anderen über den Waldboten wetzte.

Hals Gürtel war es zwar noch nicht, aber seine Hose war zu und seine freie Hand diente ihm nun zum weiteren Beschleunigen. Mit einem fast schon zu starken Schwung sprang er an die Leiter des Hochsitzes. Seine Arme zogen sein Gewicht so kräftig nach oben, dass er seine Beine nicht mal gebraucht hätte, doch auch sie taten ihr Bestes und bogen und streckten sich, so weit und schnell es das Maximum ihrer Fähigkeiten zuließ.

Der buchstäbliche Hundesohn sprang Hal hinterher, aber erreichte ihn nicht. Hal saß rechtzeitig an der Wand der Kanzel und sah noch den abstoßenden Tierkopf, der nach ihm schnappte. Mehrere Male versuchte es der Wolfshund noch, dann begann er, auf der Erde ungeduldig auf und ab zu gehen. Er bellte, wie es kein anderes Wesen vermochte. Hal spürte wieder den Druck eines Schraubstocks um seinen Kopf. Jeder Laut presste seine Trommelfelle nach innen. Er bekam Kopfschmerzen und wünschte sich einfach nur, dass der Hund wieder verschwinden möge. Es hätte ihn nicht gewundert, wenn durch das Kläffen und den psychischen Stress seine Nase zu bluten anfinge.

Er raffte sich auf, machte seinen Gürtel zu, nahm das Jagdmesser in seine linke und das kürzere, breite Messer in die rechte Hand. Dann ging er zur Leiter, zum Rand der Kanzel. Kaum erblickte ihn das schwarzgraue Monster, sprang und biss es erneut nach ihm. Hal leuchtete mit der Taschenlampe, die er ebenfalls in seiner Linken hielt, auf ihn herab. Als der Riesenköter nach einem zweiten Versuch, bei dem Hal sich sicher genug fühlte, um relativ entspannt dastehen zu können, wieder auf seinen Pfoten landete, holte der Sweeper aus. Die irische Bestie warf ihren Körper von Neuem in die Luft und just als sie sich wieder auf den Rückweg machte, warf Hal das kleine breite Messer nach unten. Doch es prallte an der Schnauze ab.

Hä?

Das Messer musste sich ein bisschen zu weit aus dem Zentrum gedreht haben, sodass die Spitze nicht mehr hatte eindringen können.

Peinlich, peinlich, bei der Distanz und dem riesigen Schädel.

Der Treffer zeigte nahezu keine Wirkung, abgesehen von einem kurzen gerümpften Schüttler des Hundes.

Hal ging in die Hocke und bewaffnete seine rechte Hand mit dem Jagdmesser. Der irische Wolfshund stieß sich erneut von seinen Hinterläufen ab. Hal erwartete, dass die Schnauze wieder bis zu seinen Füßen kommen würde. Wie berechnet tat sie es und der Sweeper machte mit einem gezielten Messerstoß aus zwei Nasenlöchern eins.

Die Bestie prallte ungeschickt gegen die Leitersprossen und landete auf ihrem Rumpf statt auf den Pfoten.

Kaum hatte sie sich wieder erhoben, traf sie ein leuchtendes Metallrohr am Kopf. Sogleich folgte Hal, der auf ihr wie auf einem Pferd landete, nur flacher und mit angestoßenem Ei. Er ignorierte die sich rapide ausbreitenden Unterleibsschmerzen und durchstach die dicke Schädeldecke seines Reittiers.

Doch statt nun endgültig liegen zu bleiben, erhob sich das Monstrum erneut. Hal befreite sein Messer mit drei kräftigen Rucken, umschlang sein Opfer wie eine Boa Constrictor, stieß seinen Fangzahn in die Kehle seiner Beute und schnitt sie zur Seite ziehend auf. Blut strömte heraus in einer Menge, die Hals Hände augenblicklich blutig wusch. Die zuvor Grauen verursachenden Laute wurden zu einem widerwärtigen Gurgeln. Die majestätisch große Abnorm der Natur versuchte verzweifelt zu atmen, doch mehr als ein Hecheln brachte sie nicht heraus. Dann sank sie langsam zu Boden. Sie kämpfte, wollte leben, probierte mit letzter Kraft, sich wieder aufzurichten, aber es war sinnlos. Ihr Tod war sicher. Und kurz davor sah sie es ein, gab es auf, dagegen anzugehen, und ließ schließlich los.

Hal lag auf ihr und vergrub sein Gesicht in ihrem Fell.

Als er sicher war, dass keine Bewegung mehr folgen würde, stand er auf, wischte alles Blut am Fell ab, nahm seine Taschenlampe von der Erde auf und leuchtete auf das Halsband.

Sein eines Ei schmerzte und der Schmerz zog sich bis zu seinem Bauchnabel. Nichts war kaputt. Es fühlte sich noch intakt an. Zumindest hoffte er das. Tatsächlich glaubte er, dass, wenn seine Unterhose nicht so ekelhaft warm vom Urin wäre, es noch einen Ticken schmerzhafter sein würde.

Er drehte das Halsband, das von der gleichen Art wie das vorherige war. In die Marke war der Name »*Don*« graviert. Darunter war etwas hineingeritzt: »*3*«.

Hal lächelte. *3. Hab ich dich.*

Er wischte seine wieder blutig verschmierten Hände ab, sammelte sein anderes Messer ein und verstaute beide wie gehabt. Danach zog er zum zweiten Mal blank. Es war noch etwas Natursekt übrig. Ein gewisser Anteil war noch freigestoßen worden, als er auf dem Hund gelandet war, nur hatte er da andere Sorgen gehabt.

Die Unterwäsche hierzulassen, brächte nichts, seine Jeans war ebenfalls durchnässt. Wenigstens war er nicht ernsthaft verletzt worden. Obwohl es ihm schon ziemlich peinlich war. Oh, wie er sich bereits darauf freute, dass Heaven ihn gleich damit aufziehen würde. Aber vielleicht hatte und würde er es gar nicht bemerken. Im Wald hatte er als einzigen Ort noch keine Kamera entdeckt. Andererseits gab es hier auch unvergleichlich viele und hohe Versteckmöglichkeiten.

Hal begann zu joggen.

Nicht lange später hörte er Feuerwerkskörper. Nachdem etwa zwanzigmal ein Schuss gefallen war, gab es eine kurze Pause, bevor sich das Ganze noch einmal wiederholte. Dann sah er Lichter. Sie waren durch die wenigen Lücken, die die Bäume boten, gut zu erkennen. Zehn Meter circa flogen sie hoch. Einzelne winzige Fackeln, die einen farbigen Faden hinter sich herzogen.

Als er das Ende des Waldes erreichte, waren die Lichter bereits wieder erloschen. Kein weiteres Feuerwerk wies ihm den Weg und das musste es auch nicht. Der Blick war frei. Vierhundert Meter weiter, ein kleines Stück einen Hügel hinunter, lag eine Siedlung. Eine breite Straße, bestehend aus einfachem Sand, führte zu ein paar Häusern. Eine dicke, unverhältnismäßig grell scheinende Straßenlaterne stand vor einem großen Gebäude mit dunklem Wellblechdach. Daneben ruhte ein weißer Kleinbus. Etwa fünfzig Meter weiter rechts, etwas näher an Hal, stand eine weitere Straßenlaterne, doch sie war unverhältnismäßig dunkler.

Hal leuchtete mit der Taschenlampe zu der Stelle, an der er das Feuerwerk gesehen hatte. Und nur zwei Augenblicke später posierte in seinem portablen Rampenlicht eine große Holzkiste. Sie war länglich und stand senkrecht nach oben. Beim Näherkommen sah Hal, dass auf ihr drei mit grellem Papier beschriftete Boxen lagen. Es handelte sich um Feuerwerkskörper; zwei waren jüngst entfacht worden, Nummer drei stand noch zur Benutzung bereit. Hal fragte sich, wo die entsprechende Person, die ihm den Weg gewiesen hatte, nun war. Er drehte sich mit seinem Lichtkegel einmal um die eigene Achse, ohne jemanden zu sehen.

Auf der Seite der Kiste war ein Pfeil abgebildet. Er zeigte nach unten auf ein graues Funkgerät. Hal nahm es sich.

Sogleich flog ihm Heavens schmierige Stimme entgegen.

»Bist du jetzt etwa angepisst?«

12 LETIPAK

Die dunkle Wolkenfront hing nun wie ein Damoklesschwert über Hal. Der Mond, wenn er denn mal durchblitzte, verriet, dass sich die Nacht allmählich ihrem Ende zuneigte.

Es war düster. Hinter Hal flüsterte der Wald. Weit vor ihm

leuchteten die Straßenlaternen; zwei Augen, das eine viel größer als das andere, sahen nichts oder alles. Hals Kleidung versiffte in Blut und stank nach Pisse.

»Wo geht es als Nächstes hin?«, fragte er.

»Du hast es eilig, hm? Kein Kommentar zu den besten Freunden des Menschen?«

»Doch klar. Wenn sie mir nicht feindselig gesinnt sind, hab ich sie lieber.«

»Dann wird dich die nächste Aufgabe vielleicht erfreuen. Weder Tiere noch feindlich gesinnte Gesellen warten dort auf dich. Sofern du dich nicht entschließt, sie anzugreifen, werden sie dir auch nichts tun.«

»Klingt irgendwie prognostizierend schlecht in meinen Lauschern.«

»Du brauchst wirklich keine Angst zu haben. Du wirst zwar schon erwartet, aber man wird dir nichts antun. Es liegt alles in deinen Händen. Begib dich zu dem Gebäude neben dem Kleinbus. Siehst du es?«

»Ja.«

Hal lief los. Seine nasse Hose schmiegte sich unangenehm an seine Haut. Erst ging es noch über eine Grünflache, dann bergab in eine Art große Einbuchtung in der Erde, in der eine winzige Ansammlung von Häusern ihre Jahre verlebte.

»Also, was ist meine Aufgabe?«

»Etwas so Einfaches, dass fast jeder es könnte. Jetzt lohnt es sich aber noch nicht, davon zu erzählen. Geh erst mal in das Haus hinein, folge deiner Nase und wenn du angekommen bist, und du wirst merken, wenn du an der richtigen Stelle bist, gebe ich dir drei Instruktionen.«

»Ich behalte also mein –«

»Ja, behalt das Funkgerät. Steck es weg oder halt es in der Hand. Ist mir egal. Eigentlich kannst du es auch wegschmeißen. Oder nein, behalt es lieber. Man weiß ja nie.«

Hal setzte einen Fuß auf die sandige Straße. Viele Reifenspuren hatten sich in sie gegraben.

»Gurtis, wir müssen reden.«

»Worüber möchtest du denn reden?«

»Die Herausforderung, vor die du mich stellst.«

»Wie gesagt, nähere Informationen gibt es gleich.«

»Ich meine allgemein.«

»Aber bislang hast du doch alle mit Bravur gemeistert.«

»Auch davon spreche ich gerade nicht. Was ich meine, ist der Zeitdruck. Ich weiß zwar nicht, wie die anderen Aufgaben aussehen, aber der Sonnenaufgang lässt nicht mehr lange auf sich warten. Du benutzt den Zeitdruck als meine Motivation, aber das ist unnötig. Ich muss mich ohnehin um meine eigene Haut kümmern und meinen Wagen will ich auch wiederhaben. Es ist ja nicht so, als wäre Dorotheas Rettung das Einzige, für das ich hier kämpfe. Aber wenn ich sie retten können soll, benötige ich mehr Zeit. Ich mache alles, was du willst, aber es in diesem Zeitrahmen zu schaffen, ist schlichtweg ein Ding der Unmöglichkeit.«

»Du hast recht. Um ehrlich zu sein, diente dieses Druckmittel auch nur dazu, damit du anfangs nicht unterschätzt, wie schnell die Symptome einsetzen können. Aber du kennst deine Situation und ich will nicht der Spielverderber sein wegen einer Regel, die von Anfang an nicht eingehalten werden konnte.«

»Außerdem hab ich ja noch zwei gut bei dir. Es sei denn, du zählst das Studentenfutter als Dankeschön.«

»Nein, nein. Das gab es nur so, um die Kräfte meines Lieblingsunterhalters aufrechtzuerhalten.«

Hal passierte den Lichtkegel der ersten Straßenlaterne, als er von rechts eine bunte Katze kommen sah und hörte. Sie huschte unter dem Licht der kräftigeren, zweiten Lampe bis zur Mitte der Sandstraße. Dort blieb sie stehen und warf einen Blick auf Hal. Ihr Kopf war klein, dafür war ihr Schwanz umso länger. Und ein klingendes Glöckchen zierte ihren Hals.

Es war eine niedliche Katze. So ziemlich das Süßeste, was Hal seit gefühlten Wochen gesehen hatte. Der Anblick war so normal, dass erst etwas Zeit vergehen musste, bis er das Unnormale daran registrierte. Die Katze hatte nie Heaven´s Breath eingeatmet. Wo mochte sie sich versteckt haben? Vielleicht im Wald? Die Kühe von zuvor auf der Weide waren auch weit draußen gewesen. Warum also waren sie infiziert worden, aber nicht die Katze?

Hals neues Wunder brauchte nicht lange, um sich an ihm sattzusehen. Dann lief sie rasch über den Rest der Straße. Sie war außer Sicht und kurze Zeit später war auch das immer leiser werdende Glöckchen verhallt.

»Gurtis. Ich habe gerade eine Katze gesehen, die nicht mutiert ist.«

»Okay. Ist notiert.«

»Drewhound ist groß. Das Gas kann gar nicht überall hinreichen. Wie sicher bist du dir, dass alle Bewohner infiziert sind?«

»Ich verstehe. Laut den Überwachungskameras hat es zumindest jeden erwischt, den ich darauf gesehen habe.«

»Bei über sechshundert Einwohnern kannst du mir aber nicht erzählen, dass du auf jeden ein Auge werfen konntest.«

»Das ist richtig. Ich weiß aber, wo sich diese Menschen aufgehalten haben, wo ich überall die Gasbehälter habe anbringen lassen und wie weit die Luft alles weitergetragen haben dürfte. Wenn du tatsächlich noch einen gesunden Menschen findest, kannst du dich freuen. Ihm oder ihr wird von meiner Seite aus kein Haar gekrümmt werden. Bedenke aber bitte ebenso, dass du in einem Gebiet mit vielen Bäumen oder allgemein nahezu unbewohnter Fläche bestimmt auch andere nicht verwandelte Tiere gesehen hast. Und wenn es nur Käfer waren. Oder liege ich da falsch?«

»Nein, du hast recht. Eben ist mir zum Beispiel auch eine Eule begegnet.«

»Na, siehst du.«

»Wieso habe ich das vorher nicht bedacht?«

»Mach dir nicht zu viele Gedanken, Hal. Die meisten Menschen in deiner Situation hätten bestimmt schon ihren Verstand verloren und wären zusammengebrochen. Ich lehne mich mal aus dem Fenster und behaupte, dass diese Nacht der größte Drahtseilakt für deine Nerven ist, über den sie jemals balancieren mussten. Du kannst nicht verlangen, dass dein Gehirn, egal wie viel Stress es sonst standhält, bei diesen Umständen denken kann, als würdest du gerade in einem Schaukelstuhl sitzen mit einer Tabakpfeife in der Hand. Ich muss ehrlich zugeben, dass du mich ohnehin erstaunst. Für die gegebenen Verhältnisse schlägst du dich absonderlich gut. Ich glaube, ich an deiner Stelle wäre auch mit deinen kämpferischen Fähigkeiten bei Weitem nicht so weit gekommen. Es hat schon seinen Grund, warum du mich mehr faszinierst und ich dich mehr bewundere als alle anderen.«

Hal stand vor dem Haus. Er vermied es, direkt ins Licht zu blicken. Die immense Leuchtkraft der Straßenlaterne würde ihn für einige Sekunden blind machen.

Das große Haus maß wie die meisten anderen Häuser zwei Etagen. Ein schwarzes Dach mit einem bröckeligen Schornstein passte genau in Drewhounds Stilrichtung des Verfalls. Hal war gestern bereits hier gewesen. Es war eines der fünf leeren Häuser, die er auf Dorotheas Hinweis hin untersucht hatte. Zu jenem Zeitpunkt hatte allerdings noch kein Kleinbus in der Einfahrt gestanden. Er hatte die Hintertür benutzen müssen. Die Vordertür war abgeschlossen gewesen. Jetzt nicht mehr.

»Gurtis, ich geh jetzt rein.«

»Nur zu.«

Hal presste das Funkgerät in seine Hosentasche. In seiner linken Hand hielt er das kleine breite Messer mit der Spitze nach unten, in seiner rechten das Jagdmesser mit der Spitze nach oben. Die Taschenlampe brauchte er noch immer nicht; die Wohnung war ausreichend hell.

Das Wohnzimmer war wohl das interessanteste aller Zimmer. Es war mit einem alten Filmprojektor ausgestattet, der eine der Wände nutzte, um den Film *Tanz der Teufel 2* zu zeigen. Hal kannte und mochte ihn, doch befürchtete, ihn sich wohl nie wieder ansehen zu können, ohne sofort wieder diese Nacht nachzuspüren.

In der gerade laufenden Szene flüchtete der Protagonist vor der Kamera, welche gruselige Geräusche von sich gab. Er lief in eine Hütte und dort durch mehrere Türen. Jedes Mal erweckte es den Eindruck, als würde ihn die Kamera erwischen, aber dann fand er doch noch eine weitere Fluchtmöglichkeit. Es war eine äußerst komische Szene, auch wenn sie Hal zurzeit nicht einmal ein Schmunzeln entlocken konnte.

Gestern war noch kein Film an die Wand projiziert worden. Da war es ruhig gewesen. Nun ratterte die Filmrolle vor sich hin. Anstelle von normalen Stühlen standen hier Kinosessel. Hal fand, dass dies ein Geniestreich war. In einer abgeschotteten Landstadt wie Drewhound, in der man nicht einmal telefonieren konnte, gierte es die Menschen bestimmt nach Unterhaltung. Und wenn man sich mit Filmen ausstattete, so wären die Bewohner mit Sicherheit auch dazu bereit, dafür zu zahlen. Fehlte nur noch er eine Popcorn-Maschine.

Vor dem einzigen Sofa, einem fleckigen ledernen Exemplar, stand ein Fliesentisch. Hal konnte sich nicht erinnern, darauf einen vollen Aschenbecher, geöffnete Bierdosen, ein Glas, aus dem Milch getrunken worden war, eine Teekanne sowie ein Teeglas gesehen zu haben. Der Haikopf an der Wand hingegen war ihm noch im Gedächtnis geblieben.

In einer Ecke stand ein großer Metallschrank, der bei Hals letztem Besuch noch abgeschlossen gewesen war. Nun luden die offen stehenden Türen zu einem Blick ein. Hierin schichteten weitere Filmrollen. Der Sweeper ließ seine Augen nur kurz darüber schweifen. Filme wie *Ed Wood, Mulholland Drive, Watership Down, The Machinist, Donnie Darko, Paranormal Activity 3* und *The Nightcrawler* machten es nicht schwer zu konstatieren, für welche Genren ihr Besitzer ein Faible besaß.

Als Hal sich aus dem Wohnzimmer begab und die Lautstärke des Films abschwappte, hörte er ganz leise Stimmen, die sich zu einem Chor vereinten. Es war ein Sprechchor, der nur aus tiefen Lagen bestand. Ein Bass tiefer als der andere. Ein Bass dunkler und böser als der andere. Zusammen formten sie Worte, über deren Bedeutung Hal nur Mutmaßungen anstellen konnte. Zumal jeder dieselben Worte benutzte. Verstanden sich die Piets oder Coopers? Konnten sie miteinander kommunizieren? Hatte Heaven sie dazu gebracht, sich nur noch an diese Worte zu erinnern? Oder hatte einer angefangen und die anderen waren einfach mit eingestiegen?

Der Chor schien für die Hölle zu sprechen. Der Mund der Unterwelt benutzte Zunge, Lippen, Kiefer und Zwerchfell, um Hals Härchen nach oben zu kitzeln. Ein eiskalter Schauer pflügte sich von seinem Steißbein bis zur weichen Stelle hinten an seinem Kopf. Es war, als stopfte ihm jemand einen Schneeball in den Nacken. Er zog die Schultern nach oben und den Kopf nach vorne. Seine Gesichtsmuskeln verkrampften sich, bis er hässlich und dumm aussah.

Hal gelangte in einen Flur. Er knipste die Deckenlampe an und bewegte sich die Treppe hinauf, sodass er den Chor des Grauens noch besser mitanhören musste. Irgendwann reagierte auch seine Nase. Unangenehme Kräuter lagen in der Luft. Sie verbreiteten einen abstoßenden Mief, aber wenigstens rochen sie nicht so schlimm wie der merkwürdige, sichtbar lebende Saum, mit dem die Fleischerei übersät war. An jenem Ort hatte er gegen ein Übelkeitsgefühl angekämpft und elendig verloren, doch hier hatte er die Assoziation, sich einer Pflanze zu nähern, die ihr Überleben dadurch sicherte, einen Duft zu versprühen, der alle möglichen Gefahren auf Abstand halten soll.

Das erste Stockwerk war weniger interessant, aber schlichtweg dadurch, dass es bloß als Übergang fungierte, um die ausgeklappte Leiter zum Dachboden besteigen zu können. Die Dachluke stand offen und Lichter brannten dort oben. Der Chor wartete, zelebrierte seine Kraft, die nicht minder der Wirkung einer angriffslustigen Speikobra gleichkam. Und der Gestank ... der Gestank machte es schwer zu atmen, wenn Hal sich denn mal durchringen konnte, einen weiteren Atemzug zu machen.

Es war relativ sinnlos, sich Gedanken darüber zu machen, welche Worte Heavens Engel ausspien. Hal kannte keines von ihnen oder hätte auch nur irgendeines von ihnen korrekt schreiben können. Sie benutzten keine ihm halbwegs bekannte Sprache und er vermutete, dass nicht einmal sie selbst wussten, was sie gerade für eine Buchstabenakrobatik vollführten. Teilweise schien es, dass einige Worte sogar derart schwer auszusprechen waren, dass nicht jedes Chormitglied fähig war, diese mit seinen Sprechwerkzeugen zu formen.

Hal schlich die Leiter nach oben. Er streckte seinen Kopf

durch die Öffnung in den geräumigen Dachboden, der genügend Platz bot, um hier aufrecht stehend eine kleine Party schmeißen zu können. Und genau so sah der Raum auch aus. Eine Party fand hier statt. Eine überaus abstoßende, geistesgestörte, sadistische, den Verstand raubende, kleine Party.

Der Dachboden war in einer Art und Weise dekoriert, die einerseits aus Unterhaltungsmedien irgendwie bekannt, andererseits so fremd war, dass man sich hier unmöglich wohlfühlen konnte. An die Hundert Kerzen standen herum und erhellten die Umgebung durch ihren Brand in einem warmen Ton. Kristalle in mehreren Farbausgaben lagen verteilt dazwischen und reflektierten je nach Mineralart das Licht. Ein gigantisches Symbol, das Hal nicht einordnen konnte, wenn er es allerdings müsste, es in irgendeine diabolische Sparte kategorisieren würde, überzog den Großteil des holzigen Fußbodens.

Knochen von Vögeln und größerem Getier, darunter sogar noch nicht gänzlich verweste menschliche Köpfe, lagen an bestimmten Eckpunkten des Zeichens und des darumgezogenen Kreises. Salz und anderes Pulver, teils in Schalen, teils unbeschalt, lagen innerhalb und außerhalb des Symbols. In einigen Schalen rauchten zusammengemuste Kräuter. Sie erfüllten den Dachboden und die Etage darunter mit diesem unvergleichlich botanischen Duft, der nun so stark Hals Nasenflügel penetrierte, dass er sie kaum ungerümpft lassen konnte.

Hinzu kamen die Chorgesellen. Fünf Piet Burnhards standen in einer krummen Reihe außerhalb des Kreises. Sie nahmen Hal zur Kenntnis, doch konzentrierten sich weiterhin auf das Aufsagen ihrer mysteriösen Formel.

Piet ganz links hatte Scheckhaut im Gesicht. Er hielt eine Harpune in der Hand, deren stumpfes Ende er auf dem Boden abstützte.

Neben ihm stand Piet. Sein Blick war irre und er umschloss

einen Holzhammer, wie man ihn beim Polo benutzt.

In der Mitte stand ein bleicher Rotschopf mit vielen Sommersprossen. Er war so groß wie Hal, trug eine blaue Jeans und hielt eine Feuerwehraxt.

Rechts daneben stand ein gewisser Herr Piet mit einer Brille mit schwarzem Rahmen, schwarzen Haaren, einem Henriquatre, schwarz-oranger Kleidung und einem Brecheisen.

Der Letzte besaß trotz bald angehender Glatze lange Haare, die aussahen, als wäre er gerade erst aufgestanden. In den Händen hielt er eine Holzaxt.

Abgesehen von diesen fünf Wahnschaffenen, deren schwarz verfaulter Mundraum beim Sprechen deutlich zur Geltung kam, und Hal, der mittlerweile seinen Platz auf dem Dachboden für alle etabliert hatte, gab es noch eine weitere Person. Sie lag wie ein Schneeengel mit ausgestreckten Gliedern in der Mitte des aufgemalten Symbols. Lucia St. Bean war nackt. Ein Busch bedeckte den Blick auf ihren Intimbereich. Ihr Gesicht war unterhalb der Augen mit ihrer Haut zugedeckt. Eine wundrote Fläche an ihrer Brust und ihrem Hals markierte die durchgezogene Linie, an der ihre Haut aufgeschnitten, abgezogen und wie bei einem Kragen hochgekrempelt worden war. Ihre Hände waren von der Haut ihrer Unterarme eingehüllt, gleichwie man Tassen in Zeitungspapier einwickelt, um sie unbeschadet transportieren zu können. Das Gleiche galt für ihre Füße. Klaffendes Rot ließ fast den Eindruck erwecken, als trüge Lucia bloß lange Socken.

Ihre bluttränenden Augen schauten aufgeweckt in Hals Richtung. Manchmal schloss sie sie allerdings für wenige Sekunden. Ihr Ausdruck zeigte keine Spuren von Schmerz, Angst oder Wut, vielmehr konnte man es als Aufgewecktheit und Neugier interpretieren. Auf ihrem sich schwach anhebenden Bauch lagen ein kleines hölzernes Kreuz und ein an den Rändern angekokeltes Stück Papier. Sie hoben beim Atmen auf und ab, ohne herunterzurutschen.

Hal sah in eine der vier Kameras, die in den Ecken auf Stativen standen und nicht zu übersehen waren. Dann nahm er sein Funkgerät in die Hand und wartete darauf, dass Heaven seinem einladenden Blick nicht weiter widerstehen konnte.

»Hal, hör mir gut zu. Wie ich bereits erwähnte, ist diese Aufgabe im Grunde geschenkt, aber auch nur, sofern du es so haben willst und nichts Dummes anstellst.«

»Ich doch nicht.«

»Na, umso besser. Also, pass auf. Du sollst hier einfach nur drei Sachen machen und ich verrate dir die Ziffer Nummer sechs. Noch irgendwelche Fragen?«

Hal hatte Hunderte.

»Nein.«

»Hab ich mir schon gedacht. Also Mr. Furbita, dann fangen Sie doch mal bitte damit an, das Kreuz vom Bauch des einst hübschen weiblichen Exemplars zu nehmen und es in zwei Teile zu zerbrechen. Dann lass die Hälften irgendwo innerhalb des gemalten Kreises fallen. Soweit zu Aufgabe eins.«

Hal tat, wie ihm geheißen. Er trat in den Kreis und auf das obskure Symbol. Lucia und der Chor begleiteten ihn mit ihren Augen, wobei sie nun andere Worte zu benutzen begannen. Hal war sich relativ sicher, dass sie zuvor manche Passagen wiederholt hatten, nun jedoch gab es ganz andere Laute mit sonderbaren Zungenbewegungen und einem eigenartigen Einsatz des Halses.

Alle Kameralinsen und Augenpaare waren auf ihn gerichtet. Sich beobachtet zu fühlen, wäre eine Untertreibung der Situation. Vielmehr pressten die Augen Hals Befinden schier nieder. Sein Brustkorb fühlte sich an, als würde er eingedrückt.

Er beugte sich zu Lucia herab, hob das Kreuz auf und zerknackte es unterhalb seines Knies. Es war nicht so einfach, wie er gehofft hatte. Er musste einiges an Kraft aufwenden und sein Knie würde noch mindestens die nächste Minute die Härte des Kreuzes nachspüren. Danach senkte er seine Hände und ließ die Hälften auf den Boden fallen.

»Gut«, kommentierte Heaven und fuhr sogleich fort. »Als Nächstes nimmst du den Zettel und liest laut vor, was darauf steht. Sprich es so gut aus, wie du kannst. Wenn du auch nur einen Fehler dabei machst, fängst du von vorne an. Klar?«

»Klar.«

Der Chor senkte seine Lautstärke, als Hal den Zettel aufhob. Nun war es mehr ein Flüstern mit vielen extra betonten Nasalen, einem gewissen zelebrierten Summen der m-, n- und ng-Laute.

Hal überflog die mit Füller geschriebenen Worte, um sich darauf einzustellen, was er auszusprechen hatte. Dann las er vor.

»Bohten Dayak Kukailimoku Bachbakuala-Nuksiwae Lham-Dearg Guede!«

Er hatte es geschafft, ohne einen Fehler zu machen; zumindest wüsste er nicht, wie er die Passage bei einem zweiten Versuch anders aussprechen sollte.

»Gut so?«, fragte er nach.

»Ja, das sollte ausreichend sein.«

Hal faltete das Papier zusammen und steckte es in seine nicht nasse Hosentasche. Wenn er aus Drewhound herauskommen sollte, würde er versuchen herauszufinden, was diese Worte bedeuteten.

»Nun zur letzten Aufgabe. Hier liegt eine kleine Krux. Du kannst eine von drei Möglichkeiten wählen. Bei allen läuft es darauf hinaus, dass warmes Blut das Symbol beflecken soll, während der Besitzer des Blutes kein Leben mehr in sich trägt.

Die erste Option ist die, dass du die Frau am Boden opferst. Stich ihr dein Messer ins Herz oder was auch immer dir beliebt. Bei der zweiten Option suchst du dir einen der fünf Piets aus und tötest ihn. Wenn du dich dafür entscheidest, erhältst du ein weiteres Magazin für die Pistole.«

»Wann würde ich das Magazin erhalten?«

»Noch vor der nächsten Aufgabe.«

»Ein volles Magazin?«

»Äh, ja.«

»Für die Luger?«

»Ja, natürlich.«

»Okay.«

Heaven lachte kurz auf. »Hal, du bist mir ja einer.«

»Und Option drei?«

»Du begehst hier und jetzt Selbstmord. In diesem Fall garantiere, verspreche und schwöre ich dir, würde ich deine geliebte Dorothea freilassen und auch ihre künftige Unbeschadetheit von mir und meinen Männern garantieren.«

Hal sah zu den Piets, dann zu Lucia herab. Er spielte mit seinem Jagdmesser.

Sein Blick fiel zurück auf die Piets, die bereits nach dem Vorlesen der absurd klingenden Worte wieder zu ihrer alten Lautstärke zurückgekehrt waren und nun sehr harte k-, t-, p- und r-Laute benutzten.

Hal wandte sich wieder Lucia zu, hielt sein Messer wurfbereit, holte aus, drehte sich zu den Piets zurück und warf.

Die Jagdklinge schoss durch die Luft und traf ein in Rotschopf-Piets Hals. Das Messer strich die Bleiche seiner Haut mit einem kräftigen Rot an.

Der Chor hielt inne und konzentrierte seine Augen auf den Gesellen, der zuerst ausgestiegen war. Piet ließ seine Feuerwehraxt nicht los, während er den Griff des Messers ertastete.

Aus dieser Distanz, bei Hals Wurfkraft und seiner Genauigkeit, durch die das Messer fast perfekt gerade eingedrungen war, steckte es so tief, dass die Spitze einen Halswirbel mindestens kratzen musste. Piet gurgelte Blut, das ihm wie luftblasenleerer Schaum aus dem Mund quoll.

Dann geschah das, wovor Hal sich gefürchtet hatte. Während Rotschopf-Piet nun hilflos hin und her tapste, stellten sich seine vier Kameraden mit erhobenen Waffen schützend vor ihn.

Harpunen-Piet wirbelte mit der Spitze seiner Waffe herum. Brecheisen- und Holzaxt-Piet näherten sich schnell von rechts.

Hal wich einen Schritt zurück, um einen nötigen Abstand zur Harpune zu gewinnen. Mit seinem Hacken berührte er Lucia. Simultan zückte er seine Luger und ging automatisch in einen Wurf von unten über. Die Luger landete auf der Nase von Harpunen-Piet, der aus seinem chaotischen Wirbeln in einen anderen chaotischen Rhythmus überging, bei dem er jedoch nicht mehr auf Hals Aktionen reagieren konnte. Sein geprellter Nasenrücken sorgte für ein vorläufiges Schließen seiner Augen, die alsbald salzig zu tränen beginnen sollten.

Hal ergriff mit seiner freien Hand die Harpune hinter dem Widerhaken. Er bewegte sich nach links, um nicht den anderen Piets in die Waffen zu laufen. Harpunen-Piet zerrte panisch an seiner Stange. Hal hielt kurz dagegen, dann stach er in Piets vordere Hand. Augenblicklich löste sich der Griff. Hal zog die Klinge aus dem Fleisch und versenkte sie von unten durch die Zunge in Piets Mund.

Die anderen Piets waren näher gekommen und standen nun rechts neben Hal, nur durch die Harpune getrennt. Piet holte mit seiner Holzaxt aus. Hal versteckte seine Angriffsfläche, indem er näher zu Harpunen-Piet heranrutschte. Während er dies tat, verpasste er ihm eine Kopfnuss und zerrte die Harpune aus seinen Händen. Nun musste er seinen Körper leicht vorbeugen, denn er befand sich unter der Dachschräge.

Krocketschläger-Piet wollte zuschlagen, allerdings bewegte Hal sich wieder in Richtung der anderen zwei. Die Axt raste ihm entgegen, doch er wehrte sie mit dem harten Stiel der Harpune ab. Er hielt sie nach wie vor lediglich mit der rechten Hand fest, weshalb die Stange aus dem Gleichgewicht gerissen wurde.

Hal erlangte die Balance der Harpune schnell wieder zurück, als sich die Hand mit dem kleinen breiten, blutigen Messer zur Unterstützung am Halt dazugesellte. Dann nutzte er Widerhaken und Hebelwirkung, um die Axt vor sich in Richtung Dachschräge zu drücken. Er bewegte sich weiter nach rechts, wieder weg vom Axtkopf, weg von der Dachschräge und näher zu der so beigefügten Lücke, die es nun galt auszunutzen.

Mit einem geschickt gewinkelten Stoß rammte er die Spitze der Harpune in Holzaxt-Piets Hals. Das Metall drang so leicht hindurch wie ein Messer durch warme Butter.

Piet versuchte, mit seiner Axt die Harpune wegzudrücken, doch Hal hielt dagegen, bewegte sich noch weiter nach außen und stieß erneut zu. Mit einem aggressiven Kampflaut durchbohrte er Piets Brustkorb, bis der Widerhaken ein Herausziehen unmöglich machte.

Damit Brecheisen-Piet keine direkte Gefahr für ihn darstellte, schob er ihm den aufgespießten Holzaxt-Piet in den Weg. Dann fegte er mit einem kräftigen Tritt dessen Beine um und ließ gleichzeitig die nutzlos gewordene Harpune los. Holzaxt-Piet riss es von den Füßen, die noch in der Luft hingen, während seine Schulter bereits auf den Boden knallte.

Die Sicht war frei und Hal pfefferte das kleine breite Messer Brecheisen-Piet entgegen. Es erwischte den unteren Teil seines Schlüsselbeins. Seine Schulter flog beim Eindringen nach hinten und seine Brille verrutschte.

Hal sprang über den am Boden liegenden Holzaxt-Piet, der sich, anstatt auf der Seite liegen zu bleiben, auf den Rücken drehen wollte; die hinten austretende Harpunenspitze schrabbte den Holzfußboden an und sorgte dafür, dass sie Piet einige Zentimeter nach oben drückte.

Brecheisen-Piet schwang unabdinglich seine Waffe. Hal war unbewaffnet. Er hatte zwar noch seine Taschenlampe, doch auf sie verzichtete er. Mit seinen bloßen Händen fing er Piets Hände ab und entging so dem krummen Ende des Brecheisens. Piet schlug zu Hals Gesicht, aber der Sweeper hob seinen Ellenbogen und verhinderte so einen direkten Treffer. Als Piet seine Faust zurückbewegte, klatschte Hal ihm seine Knöchel ins Gesicht. Dieser schnappende Schlag besaß keine große Kraft, dafür war er schnell und diente zur Ablenkung.

Piets Kopf schnellte leicht zurück, sein Blick wurde getrübt und sein Griff lockerer. Hal nutzte die Blöße und trat gegen seine Kniescheibe. Piets Bein wurde durchgedrückt; simultan riss es seinen Oberkörper nach vorne. Hal begrüßte sein Gesicht mit dem Ellenbogen. Jetzt hatte er keine Mühe mehr, die Vorherrschaft über das Brecheisen für sich zu beanspruchen. Er nahm, was ihm erarbeitet, und zog es Piet über.

Wie eine Puppe oder wie jemand, dem gerade ein Brecheisen über den Schädel gezogen wird, ging er zu Boden. Sein Kopf war geknackt. Rotes Wasser begann, die beigebrachte Schlucht zu überfluten. Erst stöhnte Piet noch auf und bewegte sich, als wäre er auf Drogen und wüsste nicht, wo er sich gerade befand, dann zitterte er nur noch wie bei einem epileptischen Anfall.

Der ehemalige Harpunen-Piet hatte Abstand gesucht und hielt seinen blutenden Hals, als könnte der Druck ihn vor dem Tod bewahren. Krocketschläger-Piet schwang seine Waffe nur noch, ohne Hal wirklich erreichen zu können. Der Sweeper musste die Nähe suchen. Ein paarmal zog er seine Hände zurück, damit seine Finger von dem Krocketschläger nicht erwischt wurden. Als Antwort verharrte er mit seinem Brecheisen einfach in einer ausholenden Haltung und verführte mit seiner linken Hand Piet zu zurückhaltenden Angriffen.

Dann, als Hal ein gutes Gefühl hatte, schoss er nach vorne, umfasste mit seiner linken Hand den Stiel des Krocketschlägers und stieß Piet das gerade Ende des Brecheisens, das unten aus seiner Hand ragte, gegen die Stirn. Das Eisen brachte den Schädelknochen zum Splittern. Beim nächsten Angriff fand es den Weg zum weichen Gehirn.

Piet sank zu Boden. Während sein schwerer, erschlaffender Körper dies tat, rutschte das Brecheisen aus seinem Kopf.

Hal schmiss sich nach hinten auf den Boden und fügte Holzaxt-Piet ein tiefes Loch in seiner Stirn zu. Das krumme, beschmierte Brecheisenende verließ sein Gehirn wieder, nur um als Nächstes in der Schläfe des früheren Besitzers der Waffe zu landen.

Der ehemalige Harpunen-Piet hatte nach wie vor mit der Verletzung seines Halses zu kämpfen, seinen Kampfeswillen hingegen hatte er noch nicht verloren. Er bewaffnete sich mit der Feuerwehraxt des erstickten Rotschopfs, aus dessen Mund ein Springbrunnen aus Blut geworden war.

Hal erhob sich.

Piet bekam es mit der Angst zu tun. Aber von Aufgabe keine Spur. Er war bereit zu sterben, kämpfend zu sterben, und Hal war genau in der richtigen Stimmung, ihm dies zu gewähren.

Piet hielt die Axt in einer zum Schlagen angespannten Position und schritt auf Hal zu, der das Brecheisen lässig auf seine Schulter abstützte.

Hal spazierte seinem Feind entgegen und streckte seine leere

Hand nach vorne. Piet wollte sie mit seiner Axt treffen, doch vorher warf Hal das Brecheisen in sein ungedecktes Gesicht. Das Werkzeug schleuderte Piets Kopf und dessen Vorhaben nach hinten, ebenso wie einen Teil seiner verfaulten Zähne.

Hal schnellte nach vorne. Seine Hand ergriff den Axtkopf. Dann trat er Piet kräftig in die Weichteile. Keine Sekunde später verpasste er ihm einen Handkantenschlag gegen seinen blutüberströmten Kehlkopf. Piet riss seine Augen auf, als könnte er nun überhaupt nicht mehr atmen. Trotz alledem hatte er seine Axt noch immer nicht losgelassen. Hal änderte dies.

Er packte mit seiner rechten Hand den Griff, drückte mit der linken nach unten und der rechten nach oben. Piets Arme verknoteten sich. Sein Oberkörper beugte sich nach unten zu Hals rechten Seite. Die Kraft in seinen Händen, die sich zurzeit halb auf seinem Rücken befanden, verließ ihn und Hal konnte ihm nun die Feuerwehraxt problemlos entreißen.

Der Sweeper führte die Aktion weiter und innerhalb einer weiteren Drehbewegung hielt er die Axt richtig herum in den Händen. Darin übergehend nutzte er den Schwung des Wirbels, um Piet, der sich gerade wieder aufrichten wollte, den scharfen Axtkopf in den Nacken zu treiben. Die Waffe bahnte sich ihren Weg durch seinen Hals. Piet war nicht komplett geköpft. Zwei Zentimeter auf der ihm gegenüberliegenden Seite hatte Hal nicht erwischt, weshalb zunächst der schwere, unhaltbare Kopf auf seine Brust prallte, bevor es auch den Rest nach unten zog.

Hal schaute sich um, um sicherzugehen, dass er niemanden der fünf Piets vergessen hatte. Dann holte er schwer atmend sein Funkgerät hervor.

»Darf ich sie auch noch töten?«

Heaven schnaubte ein hörbares Lächeln hervor. »Von mir aus.«

Hal drehte die Feuerwehraxt, holte aus, atmete ein und kräftig wieder aus. Dann trieb er die Eisenspitze des hinteren Teils des Axtkopfes zwischen Lucias aufgeweckte Augen, direkt in die pineale Drüse.

Aufgabe drei war erfüllt. Selbst wenn er Lucia nicht umgebracht hätte, war genug Blut von den anderen Piets innerhalb des Kreises gelandet.

»Wow!«, sagte Heaven, doch Hal beachtete ihn nicht.

Er hatte genug. Er spürte es nun deutlicher denn je in dieser Nacht. Er verspürte einen Hass und eine riesige Abscheu gegen Gewalt. Ihm wurde schlecht von dem ganzen Blut. Nun stand er auf der Gewinnerseite, doch selbst jetzt fühlte er sich dreckig und kaputt.

Er fing an, in den Hosentaschen der Piets zu wühlen. Er hatte einen Verdacht und würde sich eigenständig in den Hintern beißen, wenn er sich nun nicht die Zeit nähme, diesen auf seinen Wahrheitsgehalt hin zu untersuchen.

Bereits beim zweiten Piet, dem mit dem Holzhammer, wurde er belohnt. Hal hielt Autoschlüssel in der Hand. Er klopfte auch die Taschen der anderen ab, doch Holzaxt-Piet war der einzige andere, der noch einen Schlüsselbund bei sich trug. Hal nahm beide mit.

Sobald er auch den Letzten, Rotschopf-Piet, untersucht hatte, machte er sich daran, ihm die Schuhe auszuziehen. Danach zerrte er ihn aus seiner Jeans.

Hal wischte das Blut auf seinen Waffen an der Kleidung der Piets ab und verließ den Dachboden, vollgepackt mit seinen zwei Messern, der Luger, der Taschenlampe, der Feuerwehraxt, dem Funkgerät, den beiden Schlüsselbunden und der Hose.

Sein bisheriges Hab und Gut verstaute er wie gehabt. Die Axt und die Jeans schmiss er nach unten, bevor er die Leiter wieder herabstieg. Unten sammelte er alles wieder ein und spazierte in das Wohnzimmer.

Die Luft wurde besser, der Pflanzenabwehrduft versiegte, kein Chor mehr, nur noch das plötzlich so viel sympathischere Rattern des Filmprojektors. *Tanz der Teufel 2* war gerade an einer Stelle angekommen, in der der Protagonist einen abgetrennten, noch lebenden Frauenkopf in einen Schraubstock steckte und nach einer Kettensäge suchte, als jählings der kopflose Zombiekörper einer Frau, mit einer Kettensäge bewaffnet, durch die Werkstatttür stürmte. Der Held schaffte es, mit einer Eisenstange die Kettensäge in den Halsstumpf der Frau zu schlagen, woraufhin die laufende Säge sich ihren Weg nach unten bahnte. Der Zombiekörper hing deutlich an Schnüren und der Puppenspieler manövrierte ihn immer wieder auf den von Panik attackierten Protagonisten zu. Es sah zugleich sehr unecht und lächerlich als auch zum Schreien komisch aus. Hal versuchte zu lächeln und es gelang ihm ein wenig, auch wenn ihm eigentlich noch weniger zum Lachen zumute war als vor der jüngsten Auseinandersetzung.

Er zog sich seine Schuhe und die von Urin getränkte Hose und Unterhose aus. Seine Beine und Genitalien stanken und würden es wohl auch weiterhin tun, wenn er nicht duschen ginge, aber das würde er sich nicht erlauben. Das Einzige, was er nun tat, war alles etwas trockener zu wischen; am Ledersofa. Es musste lächerlich aussehen, besonders als er sich mit einem erhobenen Bein an einer der Sofaecken rieb. Es brachte nicht viel, aber ein bisschen. Danach streifte er sich seine neue Jeans über. Sie war enger als seine alte und er hätte seinen Gürtel nicht gebraucht, aber er zog ihn dennoch durch die Laschen. Wie zuvor würde er als Messer- und Taschenlampenverstauer herhalten. Es war ungewohnt, ohne Unterhose herumzulaufen, allerdings immer noch besser, als eine von Fremden benutzte anzuziehen.

Hal griff in die Hosentasche seiner jetzt zurückgelassenen Hose, zog das Stück Papier, von dem er hatte vorlesen müssen, heraus und steckte es in seine neue.

Bei all dem Aufruhr hätte er beinahe den Zettel mit der Oma-Geschichte in seiner Gesäßtasche vergessen. Auch dieser wechselte seinen Stammplatz.

Sein dunkelrot werdendes, ehemals dunkelblaues Hemd störte den Sweeper nicht, abgesehen vom Geruch. Es war aber nicht nur sein Hemd, es war seine gesamte Kleidung. An ihr haftete noch immer der Pflanzengestank. Hoffentlich würde er gleich nachlassen, wenn er an der frischen Luft war.

Hal nahm das Funkgerät, setzte sich auf das Sofa und schaute sich den Film an, während er unhöflicherweise ein lautes Gespräch führte.

»Lass hören«, sagte er.

»Ach, Hal. Du bist der Beste. Du bist einfach nur der Beste.«

Ein Kompliment aus Heavens Mund zu hören, war irgendwie ... irgendwie ... nichtig. Ja, das Wort *nichtig* traf es ganz gut, dachte Hal.

»Ja, ich weiß, ich bin ´ne Wucht. Also Ziffer und Magazin bitte.«

»Du bist aber forsch.«

Hal riss sich zusammen und bat freundlicher: »Bitte.«

»2 und in der Schublade neben dem Kühlschrank.«

Die 2? Hal hatte angenommen, dass es die 0 sein würde. 86, 11, 3. Diese Zahlen waren als Datum vorstellbar. 86 gab das Jahr, die 11 den Monat an und mit der 3 begann der Tag. Und da es im November bloß 30 Tage gibt, hätte es, basierend auf dieser These, nur die 0 sein können. Im Nachhinein überlegt, wofür hätten dann die letzten beiden noch ausstehenden Ziffern gestanden?

»Bevor du nun aber in die Küche gehst, verrate mir doch bitte, was das für ein Zettel ist, den du gerade aus deiner Tasche gezogen hast. Und erzähl mir bitte nicht, dass es der ist, von dem du gerade vorgelesen hast.«

»Den Zettel hab ich im Wald gefunden. Ich nahm an, du wolltest, dass ich ihn erhalte. Oder war das falsch?«

»Was steht da drauf?«

»Bloß eine Geschichte. Sie ist ziemlich langweilig, wie ich finde. Ich hab sie auch nur mitgenommen, weil ich nicht wusste, ob sie noch einmal wichtig sein könnte.«

»Eine Geschichte? Ich will sie auch lesen. Lass sie auf dem Sofa liegen, ja?«

Verdammt! Genau deshalb hatte er Heaven nicht darauf angesprochen. Für genau diesen Fall, dass Heaven nicht der Autor war und sie ihm abknöpfen wollte.

»Ich kann sie dir vorlesen, wenn du magst.«

»Ich lese sie lieber selbst. Aber danke für das Angebot.«

»Okay, dann lass es mich anders formulieren: Ich möchte dieses Papier behalten. Es gefällt mir. Gurtis, komm mir da bitte entgegen.«

»Ähm, nein. Aber nun danke ich dir, denn jetzt freue ich mich wirklich auf die Geschichte.«

Hal räumte seine Niederlage sichtlich ein und legte den Zettel mit der ach so echten Beschwörungsformel auf das Sofa. Heaven lachte.

»Und jetzt bitte den Zettel, den ich eigentlich haben wollte.«

Hal tat es widerwillig. Als er nun den ersten Zettel wieder einstecken wollte, legte Heaven noch einmal nach.

»Und den lässt du jetzt bitte auch dort.«

Hal bewegte seine Lippen zu Worten, die er nicht wagte, laut auszusprechen. Danach spazierte er in die Küche.

Neben dem Kühlschrank, an dem viele Magnete hafteten,

öffnete er eine der Schubladen. Besteck und ein gefülltes Magazin für die Luger lagen darin. Nach einer kurzen Untersuchung wechselte er die Magazine; das leere ließ er einfach auf den Boden plumpsen.

Wenn schon mal ein neues Sortiment an Messern vor ihm lag, dann wollte er es auch nutzen und stahl kurzerhand das längste und sehr spitze Küchenmesser mit schwarzem Hartgummigriff. Nun war er wirklich überfüllt. Das kleine breite Messer passte in die linke Hosentasche; der Schaft schaute etwas heraus. Links an der Hüfte steckte das neue, lange Messer und auf der rechten Seite das scharfe Jagdmesser. Hinten drückte ihm die Taschenlampe in den Rücken, vorne die Luger. Die rechte Hosentasche füllten die zwei Schlüsselbunde. Die Feuerwehraxt und das Funkgerät verstaute er nicht. Er würde sie nur in den Händen halten, irgendwo abstellen oder hinlegen.

Der Kühlschrank war gut gefüllt. Der Sweeper entdeckte darin etwas, das er sich spontan genehmigte. Es waren noch einige Dosen Bier übrig, wie Hal sie auf dem Tisch im Vorführzimmer gesehen hatte. Die Bierdose klackte auf und Hal trank sie leer. Er setzte nur einmal ab, um Luft zu holen. Man tat das gut! Erfrischend, belebend, beruhigend. Nun gut, zumindest ein wenig. Hal stieß ein genussvolles »Ahhh« aus, zerdrückte die Dose und warf den Müll desinteressiert irgendwo in den Raum. Dann schnappte er sich seine Sachen und spazierte Richtung Haustür.

Draußen genoss er wie so oft den Liebreiz ungetrübter Luft. Er sah sich um, doch niemand war da. Auch als er Blicke durch die dreckigen Scheiben vom Kleinbus warf, entdeckte er keine Gefahr. Der Autoschlüssel von Krocketschläger-Piet schloss die Tür auf. Hal kontrollierte noch einmal die Rücksitze. Er war allein und sicher. Das Auto roch nach Zigaretten, der Boden hatte wohl noch nie oder zuletzt vor sehr langer Zeit einen Staubsauger gesehen und mehrere leere Flaschen und zusammengeknüllte Papiertüten müllten herum.

Hal legte die Feuerwehraxt, den unnützen zweiten Schlüsselbund sowie vorläufig auch das Funkgerät auf den Beifahrersitz. Als er versuchte, den Wagen anzuschmeißen, begann der Motor zu arbeiten. Hal lächelte. Er stellte den Sitz und die Spiegel richtig ein. Die Taschenlampe drückte ihm unangenehm in den Rücken, weshalb er sie ebenfalls auf den Nebensitz legte. Danach schnallte er sich an und nahm das Funkgerät wieder in die Hand.

»Welche Richtung?«, fragte er.

»Hal …«, antwortete das Funkgerät.

22 LETIPAK

»… Fahr nach rechts.«

Hal trat die Kupplung durch, legte den ersten Gang ein und fuhr los.

Er prüfte, ob eine Kassette oder CD eingelegt war.

Das war es. Der eingebaute CD-Spieler begann mit *White Trash* von *Southern Culture On The Skids*. Hal gefiel dieser Hillbilly-Sound. Er hatte Charme und Hal drehte den Lautstärkeregler noch etwas auf, aber nicht so weit, dass er Heaven nicht mehr verstehen konnte.

Das Funkgerät behielt er in der Hand. Die Scheinwerfer leuchteten ihm den Weg durch die wolkenverhangene Nacht.

»Die zweite Abzweigung rechts, dann links, erste wieder rechts und dann rechts in die *Gale Panel Road*. Du kannst sie nicht verfehlen, sie ist eine der raren Straßen in Drewhound, die noch ein Straßenschild hat. Nach ein paar Hundert Metern gelangst du an ein eingezäuntes Herrenhaus. Da parkst du und gehst hinein.«

Nachdem Hal sich aus der Kuhle der winzigen Siedlung gearbeitet hatte, musste er noch einmal ein Stück Waldweg entlang, bevor die Bäume wieder Abstand zu ihm nahmen. Er fuhr an Telegrafenmasten vorbei, die teilweise bloß zwei, einen oder gar keinen Draht mehr trugen. Der Rest fehlte einfach oder hing durchgerissen oder -geschnitten auf der Erde.

Es blitzte, als er den ersten umgestürzten Mast passierte. Einige Sekunden später folgte der Donner. Bald würde das Gewitter genau über ihm sein. Noch gab es keinen Regen, nur sich nähernde Blitze und immer lauter werdenden Donner.

»Hättest du mal erst die Frau umgebracht«, meldete sich Heaven, nachdem ein weiterer Donner erklungen war. »Ist doch klar, dass Männer es nicht billigen, wenn du einem von ihren Freunden ein Messer in den Hals wirfst.«

»Da hast du wohl recht«, begann Hal so leise, dass er sich kurz darauf fragte, ob Heaven ihn bei der Musik überhaupt gehört hatte. Die nächsten Sätze unterlegte er mit etwas mehr Stimme. »Ich war mir nicht sicher, wer zu wem oder ob überhaupt jemand zu einem anderen stehen würde. Es hätte auch sein können, dass alle einen Tod einfach hinnehmen würden, immerhin haben deine Leute ja kein Problem damit, Menschen so zu betrachten wie du, Gurtis.«

Rechts von Hal erschien die erste Abzweigung. Am Ende stand ein Haus, an dem er gestern bereits geklopft und ein unergiebiges Gespräch mit einem Mann und seiner Nichte geführt hatte. Der Mann war zwar nicht missgestaltet gewesen, doch hatte sein Gesicht Hal irgendwie an ein Flusspferd erinnert.

»Ich hätte deine Aussage als eine Beleidigung aufgefasst,

wenn es nicht die Wahrheit wäre. Hal, glaubst du an Geister?«

Und so schnell, wie das eine Thema begonnen hatte, wechselte es auch schon, als könnte Heaven gar nicht genug davon bekommen, möglichst viel über Hal herauszufinden, oder als ob er sich eine Liste gemacht hätte, die er versuchte abzuhaken.

»Geister gibt es nicht.«

»Was ist mit den unzähligen Zeugenaussagen, technischen Nachweisen von plötzlichen Temperaturunterschieden, dem Wissen von Beobachtern über für sie unmöglich wissbare Dinge und nicht zu vergessen, den vielen selbst von Experten unerklärbaren Video- und Tonaufnahmen?«

»Gurtis, müssen wir uns jetzt ernsthaft über so ein unsinniges Thema unterhalten? Ist das wirklich nötig? Ich meine, du bist Wissenschaftler. Du solltest es eigentlich besser wissen oder machst du bloß Konversation und willst hören, wie ich argumentiere?«

»Exakt betrachtet, weiß ich es besser. Ich weiß, dass es Dinge auf dieser Welt gibt, die eben nicht durch bloße Hirngespinste, ausgelöst durch Infraschall, Schlafparalyse, Eigen-Suggestion oder andere bekannte physikalische Vorkommnisse, zu erklären sind. Und ja, ich glaube an Geister. Und bald wirst auch du deinen Glauben finden. Der Unterschied zwischen uns ist nur, dass ich, als Skeptiker und Analytiker, es am eigenen Leib miterlebt habe und du, als Skeptiker und Analytiker, eben noch nicht.«

Hal bog rechts in die zweite Abzweigung ein.

»Und du bist davon überzeugt, dass dein drogenverseuchtes Gehirn nicht fantasiert hat oder ausgetrickst wurde?«

»Ja.«

»Erzähl mir von deinem ach so bewegenden Erlebnis.«

»Beim besten Willen, aber egal was ich jetzt sage, du würdest mich nicht ernst nehmen. Insofern behalte ich es lieber für mich und lasse deine Zukunft für mich arbeiten. Ich kann dir aber erzählen, was andere erlebt haben.«

»Solche Geschichten kenne ich zur Genüge.«

»Aber nicht, was hier in Drewhound passiert ist. Und mit Drewhound meine ich das Gebäude, zu dem du gerade fährst.«

»Na dann, erzähl mir eine Gute Nachtgeschichte, Onkel Gurtis.«

Hal bog nach links ab. Die Straße bestand aus zerklüftetem Beton. Eine flackernde Straßenlaterne markierte die Biegung. Blitz und Donner verkürzten ihren Abstand.

»Oh, ich bin leider nicht geübt im spannenden Erzählen, tut mir leid. Aber ich kann dir die Informationen zukommen lassen, die ich mir aneignen konnte. Zweifelsohne fehlen viele Verbindungsstücke, Erscheinungen und Tatsachen, die einfach nicht weitergetragen wurden. Um noch einmal kurz auf mich zurückzukommen, meine, sagen wir mal, übernatürlichen Erlebnisse hängen übrigens auch mit diesem Herrenhaus zusammen. Zweimal war ich dort. Vor fünfzehn Jahren und vor einigen Wochen. Und ich wette Brief und Siegel darauf, dass an diesem Ort etwas nicht stimmt.«

»Beim besten Willen, ohne beleidigend wirken zu wollen, aber mit deinem Kopf stimmt ebenfalls etwas nicht. Oder würdest du mir da nicht zustimmen?«

»Ich verstehe deine Zweifel. Ich wollte auch bloß anmerken, dass ich Drewhound nicht ausschließlich aufgrund der Abgeschiedenheit ausgewählt habe. Dieser Ort hat etwas, das ihn von anderen unterscheidet, und speziell das besagte Haus.«

»Ich werde es ja gleich sehen.«

Rechts kam die nächste Abzweigung. Es rüttelte Hal durch, als er durch ein Schlagloch fuhr, aber bevor er sich darüber aufregen konnte, tauchte er bereits in das nächste ein. Blitze erhellten die Strecke. Die Wände um ihn herum waren mit hohen, kronenhaften Bäumen tapeziert. Der Himmel schien nur aus schwarzen und dunkelblauen Wolken zu bestehen. Von einem Mond und seinen Sternen fehlte jede Spur.

»Angefangen hat alles in den Vierziger Jahren«, erzählte Heaven. »Eine Familie bezog das Haus. Vater, Mutter, drei Söhne, eine Tochter. Der älteste Sohn war im jugendlichen Alter. Er berichtete immer wieder, dass er manchmal eine Gestalt mit Hörnern sehen würde. In einer Ecke, hinter dem Sofa, an seinem Bettende, neben seinem Bett und sonst wo. Es setzte dem Jungen so stark zu, dass er unbedingt wegziehen wollte, aber die Eltern wollten nicht, also riss er aus und versuchte, alleine zurechtzukommen. Daraufhin begannen die Erscheinungen beim Zweitältesten. In mehreren Nächten soll er in seinem Zimmer Stimmen gehört haben. ›*Schläft er? Schläft er schon?*‹ Es waren keine ihm bekannten Stimmen.«

»Wow.« Hal war kein Stück beeindruckt.

»Ist okay, du musst nicht alles kommentieren. Außerdem bekommst du schon den Schnelldurchlauf, also hör auf, hier so rumzumosern.«

»Apropos … hättest du mich diese Strecke echt laufen lassen?«

»Ja. Vielleicht. Halt die Klappe und hör mir zu. Kurze Zeit später wurde der Junge erwürgt aufgefunden. Die blauen Würgemale zeigten abnormal lange Finger, die mit keinen der anderen Familienmitglieder übereinstimmten. Die Familie zog daraufhin um. Neue Besitzer kamen, neues Pech folgte. Die Mutter spürte Präsenzen in vielerlei Formen. Zu gegebenen Zeiten führte sie Gespräche mit ihnen und vor den Augen ihrer Familie bat sie, dass sich diese Präsenzen bemerkbar machen mögen, woraufhin sich Dinge selbständig bewegten. Die ganze Familie wurde zunehmend bedrängt, erhielt keinen Schlaf. Als die Mutter sich in einem Trance ähnlichen Zustand selbst die Füße ansägte, zog die Familie um. Neue Besitzer, neues Pech. Geräusche wie Klopfen und Schreie weckten fast allnächtlich das Ehepaar. Der Mann tötete seine schwangere Frau und brachte sich selbst um. Wieder neue Besitzer. Eigentlich nur einer. Er war so besessen von der Vorgeschichte, dass er anfing, Menschen zu entführen, und sie dazu zwang, sich gegenseitig zu verletzen, zu verstümmeln und zu töten.«

»Da kenne ich noch jemanden.«

»Ich sagte: Halt die Klappe und hör zu.

Der Besitzer ging noch weiter und hielt mit drei seiner Bekannten und zahlreichen für Geschlechtsverkehr eigentlich ungeeigneten – fassen wir sie mal unter dem Namen *Lebewesen* zusammen, damit auch alles abgedeckt ist – wochenlange Orgien mit den abscheulichsten Fetischen ab. Am Ende überlebten von den insgesamt sechsundvierzig Beteiligten nur geschlagene sechzehn. Danach stand das Haus einige Jahre leer. Die darauffolgenden Besitzer bezogen es jeweils für einen kürzeren Zeitraum als die davor. Wahrscheinlich erzählte man den potenziellen Käufern nichts von der Vorgeschichte.«

»Stellt sich die Frage, ob die Vorkommnisse erst ihren Lauf nahmen, nachdem die entsprechenden Besitzer von den anderen Dorfbewohnern die Geschichten gehört hatten, oder ob ihnen unabhängig davon etwas widerfuhr.«

»Guter Punkt. Ich kann es dir nicht sagen. Ich hatte überlegt, ob bestimmte Schallwellen, ein Gasleck oder sonst etwas verantwortlich sein könnten. Aber negativ.«

»Wer wohnt dort jetzt?«

»Ein älteres Ehepaar. Man hat sie seit Wochen nicht mehr gesehen.«

»Auch du nicht?«

»Auch ich nicht.«

Hal zweifelte an der Richtigkeit seiner Aussage, obgleich Heaven klang, als ob er die Wahrheit spräche.

Die Scheinwerfer beleuchteten ein Straßenschild: »*GALE PANEL ROAD*«.

Hal hatte sie gefunden und bog ab. Die CD spielte *8 Piece Box*, ein munteres Lied über frittierte Hähnchenschenkel.

»Gurtis, ich glaube nach wie vor nicht an Geister oder allgemein übernatürliche Lebensformen, aber wir können gerne noch einmal reden, wenn sich daran etwas geändert hat.«

»Gerne.«

»Was ich allerdings glaube, ist, dass du mir Angst machen willst.«

»Nicht doch.«

»Doch, doch. Weißt du, was ich tun würde, wenn ich Hotelbesitzer eines angeblich verfluchten Hotels wäre? Ich würde das entsprechende Zimmer manipulieren, um das Gerücht aufrechtzuerhalten und so das Interesse und die Anzahl der Gäste anzuschüren.«

»Manipulieren?«

»Ja. Nichts einfacher als das. Man braucht lediglich einen einfallsreichen, fähigen Techniker, Tonbänder, die ein Kinderlachen abspielen, Magnete, die Bilder an der Wand bewegen, Spiegel, hinter denen ein Licht angeschaltet werden kann und plötzlich eine Fratze erscheint. Und das sind nur spontane Ideen. So etwas hinzubekommen, ist nicht sonderlich schwer.«

Auf der linken Seite, nach einer langen Reihe Akazien, war die Sicht frei auf ein altes, dunkles Herrenhaus. Es war verkommen, aber für die Verhältnisse in Drewhound überaus passabel. Die Hälfte des Dachs bestand aus altmodischem Reet, der Rest war mit Dachziegeln bedeckt. Die Fenster schienen einen uneinladenden Blick zu haben, was neutral betrachtet, ziemlicher Schwachsinn war.

Hal fuhr auf das kurze Stück Einfahrt, bis er an einem 2,50 Meter hohen Eisengittertor, das oben in Spitzen endete, anhalten musste.

»Sie haben das Ziel erreicht.« Heaven äffte die Stimme eines Navigationsgeräts nach.

Hal schaltete den Motor ab und zog den Schlüssel. Die Musik hörte auf. Nur das regenlose Gewitter spielte noch. Grelle Blitze, ohrenbetäubende Donnerschläge und dazwischen ein himmlisches Grummeln. Ein Konzert, das man nur selten erleben durfte.

»Lass das Funkgerät im Wagen. Komm einfach wieder, wenn du fertig bist.«

»Und was ist meine Aufgabe?«

»Bring den Gehörnten zur Strecke.«

»Ist das dein Ernst?«

»Was meinst du?«

»Hast du ernsthaft einem Bewohner oder einem deiner Handlanger Hörner angenäht oder -geklebt, damit ich nun Assoziationen zu deiner vielleicht sogar ausgedachten Geschichte habe?«

»Mehr ist dazu nicht zu sagen.«

Der Funkkontakt endete. Hal schüttelte ungläubig über den fehlenden Anspruch den Kopf, schnappte sich die Taschenlampe und die Feuerwehraxt vom Nachbarsitz und stieg aus.

Die Luft bedrückte mit schwüler Wärme. Nachdem Hal den Wagen abgeschlossen hatte, steckte er den Schlüsselbund in seine Hosentasche und marschierte zum Eisengitter. Es quietschte beim Öffnen.

Lange nicht mehr mit Schmieröl eingecremt worden.

Um den mit großen Steinplatten ausgelegten Weg bis zur Eingangstür vertrocknete der Rasen. An anderen Stellen war das Gras fast kniehoch, kurz geschoren oder fehlte völlig. Das Herrenhaus war, zumindest so weit Hals Sicht reichte, umgeben von blühenden Akazien. Ein kleiner Apfelbaum stand rechts auf der Rasenfläche. Ein Blitz spendete genügend Licht, um zu erkennen, dass schwach grüne Früchte daran hingen, die wohl eher nur Insekten und Vögeln anstatt Menschen zum Essen dienten.

Wenn mich jetzt der Blitz trifft, weil ich diese Axt in der Hand halte, wär das echt ´n Witz.

Hals Gedanken spiegelten sich in seinem sich unbewusst mitbewegenden Mund wider.

Andererseits können Feuerwehräxte überhaupt Blitze anziehen? Sie bestehen ja eigentlich aus einem Material, das keine Funken schlägt, wenn sie irgendwo gegenhauen. Mmhh, keine Ahnung. Aber wahrscheinlich schon.

Hal stieg die zwei Stufen bis zur Haustür hinauf. Er war überdacht. Zwei Holzsäulen stabilisierten eine Schräge. Wenn man die eingefressenen Kuhlen betrachtete, lag die Vermutung nahe, ob nicht Holzwürmer sie bereits befallen hatten.

An der Tür war ein eiserner Anklopfer angebracht. Das Design war ein Babygesicht mit unterschiedlich großen Augen und nur einer, sich durchziehenden Augenbraue. Es hatte einen Schnuller im Mund, mit dessen Griff man anklopfen konnte. Hal zog es vor, dies zu lassen und sich unbemerkt Zutritt zu verschaffen, doch die Tür war abgeschlossen.

Aus seiner Laune heraus geboren, trat er dagegen. Das Holz splitterte und der Mechanismus brach. Nach einem weiteren Tritt barst die Tür auf. Hal trat ein.

Vor ihm ergoss sich der erste Raum größer als erwartet. Ein edel verarbeiteter, aber alter Teppich bedeckte sämtlichen Boden. Hal konnte den Staub darauf riechen. Eine große Treppe führte hinauf. Links, rechts und geradeaus waren Türen. Die zu Hals Seiten standen offen, die ihm gegenüber neben den Stufen war zu.

Ein halb zerstörter Kronleuchter hing von der Decke. Die zwei Fenster links und rechts waren so groß, dass ein jeder Blitz den gesamten Raum ausreichend erhellte, sodass Hal nicht einmal seine Taschenlampe zu zücken brauchte. Das linke Fenster stand auf Kipp.

Hal beschloss, zuerst nach rechts zu gehen. Das Schlimme am Donner war, dass er es teilweise unmöglich machte, eine sich nähernde Gefahr zu hören. Der dämpfende Teppich verschlimmerte es sogar noch. Hal sah sich mehrmals um und beruhigte sich mit sorgfältiger Vorsicht. Die Feuerwehraxt hielt er so, dass er mit der langen Eisenspitze und nicht mit der geschliffenen Seite zuschlagen würde.

Im nächsten Raum reihten vier große Fenster nebeneinander, von denen das dritte zum Teil mit einem Vorhang verdeckt war. Das Band, das dazu diente, alles zusammenzuhalten, hing offen herab. Es sah nicht so aus, als versteckte sich jemand dahinter.

Ein langer, nahezu ungedeckter Tisch bildete das Herzstück des Speisezimmers. Auf ihm standen zwei Vasen aus Porzellan. Die eine enthielt zwei gelbe Lilien, die andere einen Strauß Margeriten. Keine war verwelkt.

Zwei Gemälde sowie ein Puzzle hingen teuer eingerahmt an der Wand. Das erste Bild zeigte eine ältere Dame. Ein Mädchen mit langen schwarzen Haaren saß auf ihrem Schoß. Die Dame sah neutral aus, fast schon wie ein Roboter. Das Mädchen grinste gezwungen und krallte die Finger in seine blaue Schulmädchenuniform.

Das Puzzle in der Mitte, das mindestens aus eintausend Teilen zu bestehen schien, zeigte eine volle Tafelrunde an ebendiesem langen Tisch des Speisezimmers. Kinder, Erwachsene,

Erwachsene in Hals Alter und darüber hinaus saßen vor einem festlichen Mahl. Einige schauten nach vorne, andere lachten sich an, ein Junge heulte, der Junge neben ihm sah genervt in die andere Richtung und einer der Männer, er saß fast ganz links, sah gezwungen nach vorne, als wäre es ihm einerseits unangenehm, fotografiert zu werden, andererseits als wollte er trotzdem gut aussehen, was letztendlich in psychopathisch aufgerissene Augen und einem Kinderschänderlächeln geendet hatte.

Das Gemälde rechts zeigte einen Mann mit Kleidung aus dem Renaissance-Zeitalter. Er trug einen Degen an der Hüfte und stützte sich mit durchgedrücktem Rücken auf einem silbernen Gehstock auf. Sein Gesicht war steif fixiert, als hätte es nie etwas Wichtigeres gegeben, als dass diese Malerei perfekt zu sein hatte.

Hal betrachtete die dargestellten Personen, als er an ihnen vorbeispazierte. Er verharrte nicht bei ihnen, warf nur einen Blick auf sie, solange Blitze ihm die Chance dazu boten.

Am Ende des Zimmers wartete eine Tür. Ein dicker Schlüssel hing im Schloss. Hal benutzte ihn, als er merkte, dass die Tür verschlossen war.

Ein Musikzimmer lag dahinter. Es war ein Eckzimmer mit Fenstern an zwei Wänden. Das schwarze Klavier fiel Hal zuerst ins Auge. Eine Geige lag auf einem kleinen Tisch. Ein mächtiger Kontrabass lehnte gegen eine Wand. Daneben prangte eine Sammlung von über ein Dutzend Triangeln, an Nägeln aufgehängt. Ein hölzernes Xylophon lag auf dem Boden. Ein Notenständer hielt ein Heft mit Noten und Lyrik bereit. Hal sah sich die aufgeschlagenen Seiten an. Das Lied hieß *The Wheeping Song* von *Nick Cave And The Bad Seeds*.

»Eines muss man diesen Hinterwäldlern lassen: Sie haben einen wirklich guten Musikgeschmack.«

…

Hatte er sich gerade selbst zugehört?

»Na großartig! Jetzt rede ich schon mit mir selbst. So weit ist es also gekommen. Also gut. Dann sag doch mal, Hal, wo finde ich diesen Gehörnten?«

Dass er sich selbst noch nicht antwortete, war ein gutes Zeichen.

Er sah sich um, entdeckte nichts Wichtiges und zog weiter.

Ein Arbeitszimmer war übersät mit Papieren: Rechnungen und handgeschriebene Gedichte, Kurzgeschichten, irgendwelches Gekrakel und Sachen, für die Hal nun keine Zeit opfern wollte, sich näher damit zu befassen. Der einzige Sessel hatte eine aufgerissene Lehne und der Teppich war so weich, dass Hal beim Herüberlaufen zwei Zentimeter nach unten sank. Mehrere Fotos standen auf dem Fenstersims und dem überfüllten Schreibtisch. Die meisten zeigten ein altes Ehepaar und deren vermeintliche Kinder und Enkel.

Der Himmel grummelte und es klopfte dreimal.

Hals Sensoren schlugen aus. Hatte er es sich gerade eingebildet, dieses *Tock tock tock*?

Unwahrscheinlich. Obwohl, war es das?

Donner posaunte. Dann hörte er es noch einmal.

Tock tock tock.

Es kam vom Fenster.

Hal eilte hin und riss es auf. Die eingerahmten Fotos flogen herunter und die schwüle Luft von draußen Hal entgegen. Mit der Axt im Anschlag streckte er seinen Kopf hinaus. Erst sah er zu wenig, dann blitzte es und er sah alles: Nichts. Rasen und Akazien. Niemand versteckte sich unter dem Fenster oder war am Wegrennen. Nichts.

Hal zog sich wieder zurück. Er schloss das Fenster und sah sich im Raum um. War hier ein Tonband oder Funkgerät versteckt, das das Geräusch verursacht hatte? Doch ihm war so, als wäre es vom Fenster selbst gekommen. Hatte er nicht sogar gesehen, wie sich das Glas etwas bewegt hatte? Hatte er es sich vielleicht doch nur eingebildet? Oder hatte jemand aus dem Fenster ein Stockwerk über ihm eine lange Stange genommen, geklopft und sie schnell wieder hoch- und reingezogen? Vorstellbar … Aber eher nicht.

Der nächste Raum war ein Flur. Eine ganze Reihe Fenster, vier Stück an der Zahl, verliefen auf der rechten Seite. In der Mitte der linken Seite hing ein großer rechteckiger Spiegel. Auf den Fenstersimsen standen Porzellanvasen; eine verzierter und billiger als die andere.

Hal passierte das erste Fenster, als er erneut *Tock tock tock* hörte.

Ohne Zeit zu verschwenden, zog er das Fenster auf, riss dabei eine daraufhin zerschellende Vase mit Lilien herunter und spähte sich draußen um. Wieder nichts.

Hal machte sich nicht die Mühe, das Fenster wieder zu schließen, und stakste einfach weiter.

Am zweiten Fenster fehlte auf der linken Seite der Vorhang. Hal warf einen Blick nach oben. Die Vorhänge fehlten, weil sie abgerissen worden waren. Ein kleiner, unebenmäßiger, faseriger Rest Stoff hing von der Gardinenstange.

Tock tock tock.

Es war lauter als zuvor, als jemals zuvor.

»Mach das noch mal«, sagte Hal halb im Scherz, hoffte aber auf eine Erhörung seine Bitte.

Tock tock tock.

Das Klopfen kam nicht von der Fensterseite. Es kam vom Spiegel. Genauer gesagt, von hinter dem Spiegel.

Hal ließ sich nicht täuschen. Zumal er es gar nicht erst zulassen wollte. Er nahm den Spiegel von der Wand und freute sich über seine Intelligenz. Ein Loch befand sich in der Wand. Darin lag eine kleine Apparatur.

Hal wartete kurz, dann stieß sie einen Bolzen dreimal nach vorne. Es war exakt die Geschwindigkeit, in der das Klopfen erfolgte.

Die Konstruktion war so simpel wie ausgeklügelt. Sie war in die Wand geschraubt. Hal warf auch einen Blick auf die Rückseite des Spiegels. In den Rahmen war ein kleines Loch gesägt worden. Wenn sich der Bolzen nach vorne bewegte, traf er direkt auf das Glas.

Er stellte den Spiegel auf den Boden und lehnte ihn neben das Loch an die Wand.

Hal ging weiter. Das nächste Fenster hatte die meisten Vasen. Vier Stück, von denen die Hälfte leer war.

Das Fenster danach stand auf Kipp. Nur Margeriten bestückten hier die Vasen.

Am letzten Fenster waren Lilien und Margeriten gemischt.

Als Hal gerade die nächste Tür öffnen wollte, schaute er sich noch einmal um. Da hatte doch gerade etwas nicht gestimmt. Er sah in den Flur, speziell zu den vier Fenstern, und grübelte.

Bin ich nicht gerade, als ich von der Mitte weiterging, an drei Fenstern vorbeigekommen, obwohl da nur zwei sind?

Er rekapitulierte, was er geglaubt hatte zu sehen. Hal zählte alles nach. Mehrmals. Es gab kein Fenster, das auf Kipp stand und auf dessen Sims nur Margeriten waren. Dieses Fenster existierte nicht. Hal lief den Weg vom Spiegel aus von Neuem ab. Nach dem Fenster mit den leeren Vasen folgte das Fenster mit den gemischten Blumen. Wie konnte das sein?

Tock tock tock.

Der Spiegel!

Hal machte wieder kehrt. Er stellte sich vor den Spiegel, der nach wie vor neben dem Loch lehnte. Es donnerte. Der Bolzen bewegte sich dreimal. Kurz darauf machte es *Tock tock tock.*

Hals Konzentration fokussierte den Spiegel und er wartete. Es blitzte. Und donnerte. Und blitzte und donnerte.

Tock tock tock. Die Spiegelscheibe wackelte zeitlich abgestimmt mit dem Klopfen.

»Oh, du bist echt gut.«

Hal war erstaunt über Heavens Raffinesse. Er war nicht imstande, auf Anhieb sagen zu können, wie dieser Trick funktionierte. Darüber war er sogar so beeindruckt, dass er lächeln musste.

Er bewegte sich wieder ein paar Schritte weg und drehte dem Spiegel den Rücken zu.

Tock tock tock.

Die Feuerwehraxt schlug in die Scheibe ein, kurz nachdem das Klopfen geendet hatte. Hal ließ Scherben fliegen. Er zerstörte den Rahmen und nahm ihn auseinander. Dann unterzog er ihn einer Untersuchung. Doch er fand nichts. Keine Spuren, die das Geheimnis verrieten. Es war ein gewöhnlicher Spiegel in einem gewöhnlichen Rahmen.

Die Apparatur streckte noch immer in unterschiedlichen Intervallen den Bolzen wie eine Zunge heraus, das Klopfen jedoch kehrte nicht mehr zurück.

Die Küche war groß. Hal konnte sich nicht entsinnen, wann er zuletzt eine solch alte Eistruhe gesehen hatte. Mindestens die letzten dreißig Jahre nicht.

Aus Vorsicht kontrollierte er, ob der Gasherd angestellt war, aber er war aus.

Der zum Teil schon rostige Kühlschrank enthielt nichts Gutes. Nahezu jedes Lebensmittel war vergilbt oder schimmelte. Der Geruch war ätzend und unterstützte den Vorgang eines Erbrechens. Hal schloss den Kühlschrank, bevor er tatsächlich noch anfing, seine Magensäure wieder nach oben zu würgen.

Das gesamte untere Geschoss zeigte keine weiteren ungewöhnlichen Vorkommnisse oder eine Spur eines Gehörnten und dennoch war in jedem einzelnen Raum ein großes Unbehagen mitgeschwungen. Vielleicht rührte es einfach nur daher, dass Hals Besuch unter keinem guten Stern stand. Oder es stimmte tatsächlich etwas nicht. Es war an sich schon merkwürdig, dass Heaven hier nicht weitere übersinnliche Geistertricks präpariert hatte. Ausreichend Möbel und kleinere Gegenstände standen ja herum, die sich nur mit etwas Hilfe bewegen ließen.

Es gab zuhauf Familienfotos und fast überall hingen obskure Gemälde an der Wand; selbst die Panoramabilder, die Hafenstädte, Wälder, Berge, Sümpfe oder Wüsten zeigten, marterten allesamt mit einem Kolorit von Bosheit.

Bevor Hal sich jedoch aufmachte, in das nächste Stockwerk zu wechseln, wollte er noch einmal nach draußen, aber nicht durch die Vordertür, sondern via hinten. Nach der ersten Tür, die im Grunde bloß eine Glasscheibe mit Rahmen war, musste er noch eine Fliegengittertür aufziehen. Danach begab er sich in den hinteren Teil des Gartens. Hier war weniger Platz als angenommen. Akazien, so weit das Auge reichte. Die Luft war schwüler als zuvor und geradezu beklemmend. Der Donner schien jedes Mal durch Hals Körper zu fetzen und irgendetwas an den Blitzen bekräftigte noch sein Unbehagen.

Einige Meter entfernt stand ein Kaninchenstall. Wenn es sich beim Gehörnten lediglich um einen Hasen mit Hörnern hielte, wäre auch dieses Kapitel so gut wie beendet.

Hal schaute in den Holzbau hinein. Dieser war zweigeteilt, aber nur in der linken Hälfte hopsten Kaninchen herum. Ihre Augen waren blutüberlaufen und ihre Krallen und Zähne wiesen eine Länge und Verformung auf, die diese Tiere alles andere als knuffig aussehen ließen. Hals Auftauchen machte ihnen Angst und sie verkrochen sich in eine der hinteren Ecken.

Als er sie näher betrachten und sogar mit der Taschenlampe anleuchten wollte, hörte er ein seltsam dumpfes und irgendwie auch kratzendes Geräusch vom Boden kommend.

Ein paar Meter entfernt saß ein schwarz-weißes Kaninchen. Wie die anderen hatte auch dieses zu viel von Heaven´s Breath geschnüffelt. War es ausgebüchst? Oder war es ein wildes? War es vielleicht sogar freigelassen worden? Falls ja, warum?

Hal schaute wieder zu den Ställen und erschrak.

Die Kaninchen hockten jetzt vorne am Gitter und guckten ihn allesamt an. Sofort schwenkte seine Aufmerksamkeit wieder zu dem Ausreißer, der plötzlich nur noch ein paar Zentimeter von seinen Schuhen weg war.

Die Sache war Hal zu faul und er kehrte ins Haus zurück. Kaum durch die Tür getreten, wagte er einen Blick zurück. Die Kaninchen fixierten ihn noch immer. Dann begannen ihre Augen, rot zu leuchten. Es blitzte und donnerte.

Es war sinnlos, darüber nachzudenken, ob die Kaninchen etwas mit Geistern oder einem Fluch zu tun hatten. Ihre Augen leuchteten, weil es eine Reaktion auf Hals Gas oder, wer weiß, vielleicht sogar auch einer anderen Droge war.

Hal stieg die Treppe hinauf. Ein langer blauer Teppich lag ausgebreitet auf den Stufen, nur war er nicht breit genug, um auch die Seiten abzudecken. Auf der Hälfte der Treppe war ein farbenfrohes, dreckiges Mosaikfenster eingearbeitet.

Hal setzte keinen Fuß in die erste Etage, sondern stakste die Treppe weiter hinauf. Er hoffte, dass er Zeit sparen würde, wenn er gleich auf der obersten, der zweiten Etage, weitersuchte. Es war gut möglich, dass Heaven ihn möglichst lange umherirren lassen wollte, und er deshalb den Gehörnten möglichst weit weg platziert hatte. Aus diesem Grund begab Hal sich auch sofort in das hinterste rechte Zimmer im zweiten Stock.

Das nicht mehr komplette Mosaikfenster auf dem Treppenabsatz und den kleinen runden Tisch mit der Topfpflanze und dem Foto von dem älteren Ehepaar auf dem Flur registrierte er zwar, allerdings brachten sie ihn nicht dazu anzuhalten.

Hal drehte den Türknauf. Die Holztür schleifte sperrig über den Teppich. Nach ein paar Stößen hatte er sie erfolgreich geöffnet. Ein Blitz begrüßte ihn und zeigte ihm den Innenraum. Das Drücken des Lichtschalters brachte wie in jedem anderen Raum nur ein leises Geräusch mit sich.

Schmutzige Puppen, von denen die meisten kaputt oder bloß noch einzelne Glieder übrig waren, lagerten in zwei großen Haufen vor den Fenstern. In der Ecke dazwischen verband die beiden Hügel eine einen Meter hohe Landschaft aus dem gleichen Material. Tiefe Schnitte durchzogen viele der Köpfe, in denen teilweise ein oder sogar beide Augen fehlten. Es gab sowohl lose Puppenköpfe als auch welche, die auf einen viel zu großen oder kleinen Körper gesteckt, geklebt oder genäht worden waren. Der Puppenberg Hal gegenüber hatte seine Spitze direkt unter der Decke in Form eines nackten Puppentorsos mit linkem Arm. Das komplette Fenster war verdeckt. Es gab keine Lücke im Haufen, durch die Blitzlicht hindurchstrahlen konnte. Lediglich ein greller Schein umrandete den Totenstapel.

Am Fenster links von Hal reichte der Berg nicht ganz so hoch. Gut zwanzig Zentimeter lag die Scheibe frei. Das unregelmäßige, doch mittlerweile häufig aufkommende Licht beschien den Abstieg des kleineren Puppenfriedhofs fast so melancholisch, wie es bloß der Mond vermochte.

Auf einem Strohstuhl saßen mehrere Kuscheltiere: Ein blauer

Fasan, ein gelber Affe, ein roter Hund sowie ein lila Tiger. Dem Fasan war sein linkes Bein wieder angenäht worden. Der Tiger hatte anstelle von Knöpfen eingenähte X-e als Augen. Erstaunlicherweise waren die Stofftiere ansonsten sauber und gepflegt. Die hier hausende Person hegte anscheinend eine gewisse Liebe für plüschige Dinge, aber eine krankhafte Abneigung gegenüber Puppen.

Auf einem Schreibtisch lag nebst einigem Tand ein rosafarbenes Buch. Hal neugierte nach dem Inhalt. Er schloss die Tür, drehte den Holzstuhl neben dem Schreibtisch halb zur Mitte des Raums und halb zur Tür gerichtet. Die Feuerwehraxt legte er auf den Tisch. Dann nahm er seine Taschenlampe zur Hand und begann zu blättern.

Hal überflog bloß, doch anhand der wenigen Sätze und Satzfetzen, die er las, konnte er bereits einiges herausfinden. Das Tagebuch schien einem weiblichen Teenager zu gehören. Sie schrieb neben dem einsamen Leben in Drewhound, dem Privatunterricht zu Hause, dem Musikunterricht bei ihrer Großmutter, ihren zwei besten Freundinnen und den minderbemittelten Jungs im Ort auch von merkwürdigen Vorkommnissen. Hal genehmigte sich, ein paar kurze Auszüge daraus komplett zu lesen, da ihn beim Überfliegen bestimmte Worte einfach dazu veranlassten.

18.03.1995
Manchmal, wenn ich alleine bin, klopft jemand an meine Tür. Ich schaue durch das Schlüsselloch, doch sehe nichts außer die gegenüberliegende Tür.

...

23.03.1995

Mein Vater hat auf mein Drängen und Bitten hin meine Zimmertür gegen eine mit einem Türspion ausgetauscht. Jetzt kann ich sehen, wer klopft.

24.03.1995
Hinter der Tür steht ein Mann. Er ist in Schwarz gekleidet. Er trägt einen Zylinder auf dem Kopf, und hält einen großen Beutel in der Hand. Irgendetwas sagt mir, daß ich ihm nicht die Tür öffnen sollte, denn dann stopft er mich in seinen Sack, und nimmt mich mit.

...

31.03.1995
Ich glaube, er trägt einen Zylinder, damit man seine Hörner nicht sieht. Ich weiß nicht, warum ich das denke. Es ist jedes Mal dasselbe, aber nie ein Traum. Ich schlafe selten. Bin ich verrückt?

...

24.4.1995
Mein Magen tut mir seit drei Wochen weh. Ich esse und trinke normal. Dr. Kuhlmann weiß nicht, was mit mir ist. Er empfiehlt mir, viel zu trinken, und meinen Bauch warm zu halten. Es wurde schon besser, aber wenn es nicht bald aufhört, will ich zu einem anderen Arzt. Der Mann mit dem Beutel klopft seitdem aggressiver. Er kommt jetzt auch, wenn ich nicht alleine bin. Ich schreie um Hilfe, schaue durch den Türspion in der Hoffnung, daß wenn mein Vater kommt, er ihn sieht, aber irgendwie passiert das nie. Meine Eltern machen sich Sorgen, aber ich mir mehr.

...

46.16.1965
Seitdem ich dem Mann mit dem Mann *die Tür geöffnet habe, geht es mir besser. Er war unfreundlich, und hat mir, wie ich es es es gedacht habe, in seinen Mann gesteckt. Es war alles dunkel. Aber das ist gut, denn jetzt fühle ich mich guter.*

...

888.44.2.1.0
Ich sehe durch das Loch in der Tuer, und sehe drai Menschen. Eine Frau und drai mAennEr. Eine stimme SAKT ihnen, daßß sie sich GeGenSaitig beänden solllen, das haißt toeten. Nur ainer Soll uebrik bleiben. Alles wird dunkel. Als es Hal wird, ligt einer der Maenner in einer blutiGEN Lache. Alles WIrd dunkel. Wieder. Es wird hEll, und der zwaite MANN ist tod. Ich kann es genau sehen. Die Frau denkt, DAßß der Letzte der mäner der Moerder ist. Sie hat Angst. Ich auch. Ich freue FReUE mich. Es wird dunkel. Der dritte Mann IST TOT. Die Frau ist verwirrrrt. Dann wird eS Ain letzteses Mal duhnkel. Das Lichtlicht geht An. Die Frau ist beendet. Wie allE anderen abgeschlachtet. Der Mann, welcherf als ZwaitEr angeblich gestoben sai, steht da. Mit ainer roten Axxt.

...

Iuhrnfliwer765d6h782
Wunderbarbragutfuelt essichAnn Was alsnahcsstes???????Wasals-Nächst?ßßnn??DaliegtjemandUNTermeinemBett??Ja???DaliegtJE-MaNdinMeinemBett!!!BEIdehabnrecht..?Wiessso??Schoen««hb77

...

i845cvbtzi2uzbnc2nco28izutüvun3ü06uvnünücnio43nvciounoütiu-

noifhpjvfhjiuhcfuibh-
vüüü
üüü
üüü
üüü
üüü
üüüü

Hal fragte sich, ob der oder die Verfasserin die vielen ü-s einzeln oder zunächst eine beziehungsweise alle Reihen nur u-s geschrieben und die Punkte erst später darüber gesetzt hatte.

Er wollte nicht mehr weiterlesen. Er hatte genug. Er schwitzte. Die Symptome von Heavens Gas machten sich langsam wieder bemerkbar. Ihm wurde heiß oder vielmehr seinen Zellen. Es war, als suchte sein Körper Abstand zu ihm. Er fühlte sich krank. Noch spürte er keine Schmerzen, aber allmählich baute sich in ihm wieder ein gewisser Druck auf. Nicht mehr lange und das verhasste Pochen und Verkrampfen seiner Muskeln würde wieder einsetzen.

Er legte das Tagebuch beiseite und richtete sich auf. Das Niedergeschriebene war entweder sehr geschickt angefertigt worden oder das Mädchen hatte ernsthafte psychosomatische Probleme. Wenn Hal ihr Zimmer so betrachtete, lag der Gedanke nicht fern, dass sie ein Talent zur Verrücktheit besaß. Die unterschiedlichen Handschriften mitsamt allen Aspekten, die sie ausmachten – Linienführung, Rechtschreibung, Wortwahl, Zeichensetzung und nicht zuletzt der Inhalt –, wiesen eine solche Gegensätzlichkeit auf, dass man davon ausgehen sollte, dass zwei Personen daran geschrieben hatten. Stellte sich die Frage, ob es tatsächlich zwei gewesen waren oder das Mädchen in eine Art Schizophrenie verfallen war.

Hal hatte momentan nicht die Muße, sich näher damit zu beschäftigen, und wollte weiter seiner eigentlichen Aufgabe nachgehen. Er ging gerade zur Tür, als er von hinten überrascht wurde.

Ohne jegliche Vorwarnung, ohne Geräusch oder zumindest ein wackelndes Glied stieß ein Etwas aus dem Höheren der beiden Berge. Die Puppenteile rollten einer Lawine gleich herab und noch bevor sich der Sweeper umgedreht hatte, raste auch schon eine ihm größer gewachsene Puppe entgegen.

Sie hatte lange, glatte, schwarze Haare mit einzelnen dunkelblauen Strähnen. Ihr übergroßer Kopf besaß die Breite ihrer Schultern. Einen Hals hatte sie keinen. Sie trug ein mit Rüschen versetztes schwarzes Lolita-Outfit, darunter höchstens ein Höschen, das der Rockteil verdeckte, dazu passende Schuhe und aufreizende Nylonstrümpfe. Ihr Gesicht war nur aufgemalt und so unecht wie ihre steifen Hände, die sie gierig nach Hal ausstreckte.

Hal hatte kaum Zeit, sich zu drehen und noch weniger, um zu realisieren, was hier gerade passierte. Die Puppe war fast schon an ihm dran, als er ihr die Eisenspitze der Axt in den runden Kopf trieb. Er dellte etwas ein und kleine Risse entstanden um das Loch herum. Die Wucht stoppte sie, doch ihre steifen Arme versuchten weiter, Hal zu berühren. Statt ihrem Wunsch nachzukommen, verpasste er ihr einen kraftvollen Tritt gegen die Brust. Die Lolita tippelte nach hinten und die Axt war wieder frei.

Hal drehte die Eisenspitze nach hinten, holte weiter aus als das Mal davor, machte zwei Vorwärtsschritte und riss seine Waffe von oben zwischen die Puppenarme auf den bereits beschädigten Kopf hernieder. Der Puppenkopf platzte ein. Ein gewaltiges Loch entstand an der Stelle, an der zuvor noch das Gesicht gewesen war. Nun war lediglich noch der obere Teil der riesigen Augen mit ihren langen Wimpern sowie ihre rosigen Wangen übrig, die sich jetzt allerdings nach innen zum Loch hin wölbten.

Mitten im Geschehen verarbeitete Hals Gehirn, was ihm da gerade beschert wurde. In der Plastikpuppe war kein Mensch, zumindest nicht mit seinem Kopf in ihrigem. Entweder steckte also jemand auf Brusthöhe in ihr oder, was wahrscheinlicher war, die Puppe funktionierte mechanisch.

Sie zappelte nach wie vor und sobald Hal seine Axt befreit hatte, stob sie auch schon wieder nach vorne. Ihre kalte, rechte Plastikhand berührte sein Gesicht. Mit dem linken Arm stieß er sie weg und schlug sofort noch einmal mit der Axt zu. Der linke Puppenarm war im Weg, doch Hals rechter Oberarm presste ihn beim Hieb einfach nach unten. Der Axthieb zielte auf die Armpartie direkt neben ihrer rechten Schulter. Das Metall glitt hindurch und trennte ihren Arm ab.

Hal schlug mit der oberen Kante der Feuerwehraxt gegen die Brust der Puppe, da von ihrem Kopf nicht mehr viel übrig war. Mit dem Stoß drückte er sie auf Abstand. Nun folgte der nächste Hieb und einher ging der nächste Verlust. Der linke Arm fiel zu Boden.

Völlig sinnfrei presste der Rest der Puppe seinen Körper gegen Hals Hände. Aus Neugierde ließ Hal seine Deckung einfach sinken. Die Axt behielt er an seiner rechten Seite in nur einer Hand. Die Lolita, von der im Grunde, abgesehen vom eingedellten Wasserkopf, nur noch das Rüschenkleid, die Nylonstrümpfe und die Schuhe übrig waren, drückte ihren Leib gegen den von Hal. Der Sweeper musste dagegenhalten, um nicht nach hinten geschoben zu werden, denn einige Kraft steckte noch immer in der Puppe. Doch mehr passierte nicht. Sie konnte ihn nicht angreifen. Alles, was sie gerade tat, basierte auf einer etwaigen Art von Automatismus ohne jeglichen Sinn und Zweck dahinter. Hal grinste und genoss.

Der Puppenberg, der einst so hoch gewesen war, dass er das gesamte Fenster verdeckt hatte, war nun so tief gesunken, dass Blitze den Raum illuminieren konnten. Es donnerte, als Hal einen Schritt zur Seite machte, einen Fuß vor die Schuhe der nach vorne stolpernden Gothic-Puppe setzte und ihr mit Axt und Hand einen Klaps auf den Rücken gab. Sie wankte davon und versuchte noch, irgendwie ihre Balance zu halten. Ihr wäre es auch gelungen, hätte Hal ihr nicht seine Axt durch das steife Plastikknie getrieben. Die einbeinige Puppe stürzte zu Boden. Sie wälzte sich unbeholfen, doch es war hoffnungslos. Um wieder aufzustehen, fehlten ihr schlichtweg die dafür benötigten Glieder. Hal war froh, dass sich ihre abgetrennten Arme und das Bein jetzt zumindest nicht auch noch rührten. Sie waren so leblos, wie sie es sein sollten.

Hal war nach wie vor erstaunt darüber, wie sich dieses Ding überhaupt bewegen konnte. An ihren offenen Stellen hatte sie keinerlei Elektronik, lediglich einen Hohlraum. Von dem, was er bislang gesehen hatte, handelte es sich bloß um eine riesige Plastikhülle in einem Kleid mit Nylonstrümpfen und Schuhen. Er wollte sie nicht einfach so hier liegen lassen, ohne herausgefunden zu haben, wo sich die Technik in ihr verbarg.

Also legte er die Feuerwehraxt beiseite, nahm sein Jagdmesser und begann, ihren Oberkörper mitsamt dem Kleid zu öffnen. Was er sah, war nicht zu erklären. Sie war eine Puppe. Keine noch so kleine Maschine oder Gestalt steckte in ihr. Hal konnte es nicht glauben. Aber als er auch ihre Beine und sogar die Schuhe untersuchte, musste er es.

Die Puppe rührte sich schon lange nicht mehr. Ihr eingedellter Kopf war leer und gleichermaßen fühlte sich auch Hal.

Hatte er etwas übersehen? Enthielten das Plastik oder ihre Kleidung vielleicht Magnete, mit denen sie gesteuert werden konnte? Schwer vorzustellen, aber vielleicht nicht unmöglich.

Auch wenn es an seinem Ego kratzte und er sich selbst davon noch einmal überzeugen musste, so war ihm trotzdem durchaus bewusst, dass er viele Tricks von Zauberern nicht durchschauen konnte. Nicht einmal eine leiseste Ahnung hatte, wie manche Kartentricks oder Illusionen funktionierten. Aber sie taten es. Heaven hatte ihn geschlagen. Zumindest in diesem Fall. Eine riesige lebende Lolita-Puppe würde ihn allerdings bestimmt nicht dazu bringen, nun an übersinnlichen Quatsch zu glauben.

Er steckte sein Messer zurück, nahm die Feuerwehraxt wieder auf und ließ den blitzenden Raum hinter sich.

Die Tür gegenüber ließ sich ohne Probleme öffnen. Der Raum dahinter war voller Pokale und Fotografien. Die Pokale reihten auf zwei Regalen und standen für gewonnene Wettkämpfe im Bereich Tischtennis und Darts. Die Fotos klebten an der Wand; Familie, Urlaub, Freunde und der ganze andere uninteressante Käse. Was Hals Aufmerksamkeit jedoch für sich beanspruchte, war das Möbelstück am Fenster. Die Blitze regneten nieder und erhellten ein Utensil, das dazu geboren war, Erleichterung und Wohlergehen zu spenden: Einen Massagestuhl.

Hal überlegte, ob er ihn benutzen sollte. Die Versuchung war groß. Nach allem, was er in dieser Nacht durchgemacht hatte, war solch eine entspannende Vibration genau das Richtige. Aber die Zeit drängte. Er fühlte es. Er wusste nicht, wo der Gehörnte sich versteckt hielt und wie lange es dauern würde, bis er ihn fand. Was er jedoch wusste, war, dass die Umwandlung seines Körpers in einen der mutierten Piets nicht mehr lange auf sich warten lassen würde und er sich beeilen und seiner Pflicht nachgehen sollte, statt wie ein Waschlappen nach einer Entspannung zu suchen. Von daher verließ er den verführerischen Raum schnell wieder.

Zurück auf dem Flur riss ihn eine laut hörbare Sache zurück. Der Massagestuhl war von alleine angegangen. Er vibrierte, wie es sich für seinesgleichen gehörte. Hal zuckte zusammen, aber dachte sofort daran, dass jemand eine Fernbedienung benutzt haben könnte, um ihm diesen Streich zu spielen. Es war kein schwer auszuführender Trick. Er hatte auch schon seinen Sohn dabei erwischt, wie er Fernseher von Fremden auf volle Lautstärke gedreht oder die Kanäle gewechselt hatte, mit nichts weiter bewaffnet als einer Universalfernbedienung.

Erneut zurück auf dem Flur warf er einen Blick in den offen sichtbaren Raum mit den Puppen. Er verstand nicht, was er dort sah.

Die zugerichtete Lolita-Puppe, die eigentlich in der Mitte des Raums liegen sollte, lag angelehnt am Puppenberg. Sie hätte sich unmöglich selbst dorthin schleppen können. Wieso also lag sie plötzlich lehnend an dem Puppenhügel? Hatte sie jemand bewegt? Aber wieso? Nur um Hal zu verwirren?

Es war merkwürdig und Hal schenkte seiner Aufmerksamkeit besondere Beachtung. Vielleicht würde er ja einen umherwandernden Piet, Cooper oder eine Lucia entdecken, wenn seine Augen und Ohren nur wachsam blieben. Und so durchforstete er jeden einzelnen Raum. Manche mit wenig, andere mit weniger Erfolg.

In einem kleinen Schlafzimmer entdeckte er eine Bettdecke mit einer Beule, wodurch sie den Anschein erzeugte, als läge etwas darunter. Nichts Großes, etwas Kleines, aber etwas, das nicht dorthin gehörte.

Hal zog die Decke weg, aber da war nichts. Nur das Laken und darunter der normale Bettbezug.

Er legte die Decke zurück und die Beule war wieder da.

Wie war das möglich? Hatte er etwas übersehen? Spielte ihm sein Gehirn einen Streich? Schwer zu glauben.

Er zog die Decke wieder weg, aber nichts Auffälliges war dort. Er untersuchte Laken und Decke, er klopfte sogar alles ab, aber nichts war da.

Dann, als er die Decke erneut zurücklegte, baute sich die Beule wieder auf.

Was zur Hölle war das? Wie war das möglich? Decke weg, Beule weg. Decke da, Beule da. *Was zur Hölle?!*

Als er nun abermals die Bettdecke zurücklegte, bewegte sich die Beule sogar. Sie huschte von links nach rechts, von oben nach unten, kreuz und quer. Sie bewegte sich nur ein wenig, aber doch so viel, dass es bemerkenswert war. Etwas schien darunter zu kriechen. Es hatte kein Ziel, nur Bewegung in jede x-beliebige Richtung schien sein oder ihr Interesse zu sein.

Hal drehte den Kopf seiner Feuerwehraxt und schlug mit der flachen Seite auf die merkwürdige Beule. Als er traf, hörte es sich an, als würde etwas zermatscht.

Es war ein irgendwie beglückendes Geräusch. Als bestätigte der Gewaltakt, dass er nie verrückt gewesen war.

Mit einem zufriedenen Lächeln zog er die Bettdecke zurück. Und siehe da, es war nichts zu sehen. Anstelle des ach so zermatschten Etwas von Beule verhöhnte ihn ein flaches Bettlaken.

Das war … nun … unmöglich? Nein. Das war … hmm … eine Wahnvorstellung? … Hal stand da mit einem Gesicht, das nicht mehr als *Hä?* ausdrückte.

Als er sein Suchen fortsetzte, musste er vorerst noch ein Weilchen auf seine überlasteten Gedanken warten. Nachdem sie wieder zu ihm aufgeschlossen hatten, kam ihm etwas in den Sinn, was er im Laufe der Nacht verloren zu haben schien. Zumindest äußerte es sich in einer seiner jüngsten Aktionen. Hal dachte an die Riesenpuppe. Sie bestand zwar bloß aus Plastik, aber was wäre gewesen, wenn jemand darin gesteckt hätte? Jemand, der ein normaler, nichtinfizierter Mensch war … Er hatte ihr die Axt in den Kopf geklotzt, ohne zu wissen, ob es überhaupt ein Piet, Cooper oder eine Lucia war. Einige Tiere hatten das Gas nicht eingeatmet, wieso also theoretisch nicht auch der eine oder andere Mensch?

Der Sweeper hätte unabsichtlich zu einem Mörder werden und nicht einmal erfolgreich auf Notwehr plädieren können. Weder seine Ehrlichkeit und ganz sicherlich nicht diese dämlichen Überwachungskameras wären dazu fähig zu versichern, dass ihm die Puppe etwas hatte antun wollen. Sie hatte ihn nicht angegriffen. Vielleicht hatte sie es vorgehabt mit ihren steifen Gliedern. Vielleicht hatte sie aber auch einfach nur kuscheln wollen.

So weit hatte Heaven ihn also schon gebracht.

Hal nahm sich vor, solch eine Nachlässigkeit nicht mehr zu wiederholen.

Zwei Räume weiter, nach einem kleinen Badezimmer und einem abgesehen von alten Spielsachen in Kartons leer stehenden Raum, fand er sich in einer Art Abstellzimmer wieder. Andererseits war es für ein schieres Abstellzimmer eine zu große Fläche. Um ehrlich zu sein, wusste er nicht genau, wofür der Raum da war. Er registrierte noch eine Dartscheibe an der gegenüberliegenden Wand, als sich seine Aufmerksamkeit schlagartig auf das Zentrum des Spinnennetzes fokussierte, das sich links von ihm über die gesamte Wand spannte. Inmitten dieses komplexen Fädengewirrs saß eine haarlose Riesenspinne. Sie maß etwa einen Meter Durchmesser.

Hal hielt inne. Aus einem hoffentlich sicheren Abstand schaute er sie sich an.

Ihre langen Beine und ihr fetter Leib hätten jemanden mit einer Arachnophobie wahrscheinlich in eine schockartige Bewusstlosigkeit getrieben. Ihre acht Augen glichen großen schwarzen Perlen. Hal konnte sich in ihnen spiegeln sehen. Die Spinne bewegte sich keinen Millimeter, sie war starr, absolut.

Hal fragte sich, ob sie überhaupt echt war. Genauso gut konnte hier einfach eine sehr gut gemachte Attrappe hängen. Vorsichtig und bereit, notfalls mit immenser Geschwindigkeit zu reagieren, berührte er schließlich testweise einen der Fäden.

Die Spinne registrierte die Erschütterung und krabbelte blitzschnell auf den Sweeper zu. Sie war so schnell, dass ihm keine Zeit zum Ausweichen blieb. Sie tapste mit ihren widerlich langen Beinen seinen Arm hinauf und vergrub ihre Beißerchen in sein Fleisch.

Die Wunde brannte augenblicklich. Hektisch rüttelte er seinen Arm zu allen Seiten und schlug die Eisenspitze des Axtkopfes, einhändig geführt, mehrmals in den adipösen schwarzen Körper. Die Spinne ließ von ihm ab und krabbelte zurück in die Netzmitte, als wäre nie etwas geschehen. Von ihren Beißerchen tropfte etwas von Hals Blut. Aus ihren von ihm beigefügten Verletzungen trat grüner Schleim aus. Ganz langsam, als wäre er äußerst zähflüssig, sank er an ihr herab. Doch die Spinne selbst war wieder komplett ohne Bewegung.

Hal sah sich seine Wunde an. Sie blutete nur sehr wenig, aber schmerzte wie bei einer Verbrennung. Er testete seine Fähigkeit zu greifen. Sie war in keinster Weise beeinträchtigt. Zumindest etwas. Dennoch geriet er in Panik.

War die Spinne giftig? Musste er sich jetzt seinen Arm abhacken, damit das Gift sich nicht über den Rest seines Körpers ausbreiten konnte? Oder war es dafür sogar schon zu spät? Und wenn er es durchzöge, wäre er imstande, mit solch einer Verletzung umzugehen und zu überleben?

Hal konnte nur raten. Zunächst wollte er jedoch hier raus. Die Spinne war ihm egal. Mochte sie elendig in ihrem Netz krepieren oder ewig glücklich weiterleben. Er musste sich nun um seinen eigenen Scheiß kümmern.

Zurück auf dem Flur ging er seine Optionen durch.

Die Sache mit dem Abschlagen seines Arms verneinte er. Wenn er nicht dennoch durch das Gift sterben sollte, so würde es der Blutverlust erledigen oder einer der Bewohner bei der nächsten Konfrontation. Außerdem täte es bestimmt höllisch weh.

Letztlich lief es darauf hinaus, dass er einfach abwarten musste. Entweder würde er sterben oder nicht. Die Wunde brauchte er nicht zu verbinden, sie hatte bereits aufgehört zu bluten, was anhand der Größe der Beißer sehr merkwürdig war. Als er versuchte, das Gift auszusaugen, bekam er nichts in den Mund. Sein Unterarm war offen, aber er konnte nichts daraus extrahieren. Er spürte noch ein Brennen, aber das war es auch schon.

Das Gewitter ließ bereits nach. So doll wie es herumposaunt hatte, so schnell war ihm auch die Luft ausgegangen. Die Blitze kamen zu selten, damit Hal sie auch fortan als sichere Lichtquelle nutzen konnte. Er nahm seine Taschenlampe und hielt sie angeschaltet an den Griff der Feuerwehraxt gedrückt. Seine linke Hand hatte nun mehr zu umgreifen, aber dafür waren sowohl das Licht als auch ein guter Axtschwung gesichert.

Er klapperte das oberste Stockwerk ab. Der Axtkopf schwebte neben seinem Ohr, das strahlende Ende des Stiels zeigte nach vorne. Der Lichtkegel fegte alles ab, fand aber nichts außer immer mal wieder herumstehende Fotografien der Familie.

Ein stöhnendes Prusten entglitt dem Sweeper. Seine ihn bereits zweimal heute Nacht ereilten Kopfschmerzen kehrten zurück. Beständig schwitzte er, sein Körper wurde immer heißer. Seine Knochen begannen wieder herumzuquengeln. Ganz langsam veränderte sich der Rhythmus seiner Eingeweide. Er spürte es. Sie protestierten. Sein Körper rebellierte, angeführt von Heavens garstigem Gas. Noch hielt es sich im Rahmen, aber hämmerte stets dagegen. Lange würde dieser Rahmen nicht mehr halten.

Der Donner wurde stetig leiser und der darauf folgende Blitz lag immer weiter zurück. Im nächsten kleinen Flur hing ein weiterer, dieses Mal sehr einfacher Spiegel. Darunter stand eine hüfthohe Schuhkommode mit einer milchweißen Porzellanvase darauf, die mit Callas und Anthurien angefüllt war.

Hal folgte dem Weg und öffnete eine mit Lack beschmierte hölzerne Tür. Ein Fenster an der gegenüberliegenden Wand hatte fast durchscheinende, helle Vorhänge vor sich gezogen. Auf einer dicken Kommode lag vielerlei Krimskrams und neben einem Kleiderschrank hatte sich ein Glasschrank in die Ecke verkrochen. Ein Blitz zeigte ihm den Rest des Raums.

Links war ein türloser Durchgang. Nachdem er die lackierte Tür hinter sich geschlossen hatte, ging Hal weiter hinein. Ihm gegenüber lag ein weiteres Fenster mit hellen Vorhängen. Der Stoff verlieh dem Raum bei Blitzen ein diffuses Licht. Auf der linken Seite erspähte Hal die Ansätze eines weiteren Kleiderschranks. Als er den ersten Schritt auf den ausgelegten dunkelgrünen Teppich setzte, sah er rechts ein King Size Bett stehen. Dort war er.

Da saß er, mit den Beinen unter der Decke, den Händen darauf gelegt und dem Rücken an der Bettlehne. Er schaute den Sweeper an. Hal wünschte sich, dass er es nicht täte.

Hier saß kein Piet oder Cooper, es war ein Dämon. Sein Oberkörper lag frei. Seine Haut hatte die Farbe eines dunklen Blaus. Die Brust, der definierte Bauch und seine Arme kamen denen eines Menschen noch am nächsten. Seine Finger waren lang, die Fingernägel schwarz und zugespitzt wie kleine Speere. In seinem Gesicht waren bestimmte Partien stärker ausgeprägt, als Hal es jemals bei irgendeinem Menschen, so krank dieser auch gewesen sein mochte, gesehen hatte. Die an den Augenbrauen hervorgewölbte Stirn erinnerte leicht an die eines Neandertalers. Die Nase war breit und dick und merkwürdig ins Gesicht eingefügt, als verliehe ihr mehr als nur ein Knochen ihre Form. Die Wangenknochen ragten so hoch, dass sie fast schon etwas Erhabenes an sich hatten. Die Lippen sahen selbst aus der Ferne aus, als bestünden sie aus grobem Schmirgelpapier. Die Ohren waren doppelt so lang wie gewöhnlich und endeten spitz. Die Ohrmuscheln wiesen abnormale Verschnörkelungen auf. Zwei majestätische Hörner ragten ihm aus dem kahlen Schädel. Sie waren knochenfarben und zeigten nach einer Krümmung nach oben. Und dann diese Augen … Sie fixierten Hal in einer Art, die er noch niemals zuvor gespürt hatte. Sie leuchteten gelb und waren so groß, dass er ihre sehr flach ovalen Pupillen sehen konnte. Dem Sweeper stockte der Atem und er merkte es nicht einmal. Der Blick des Dämons durchfröstelte ihn. Es kam ihm vor, als fräße er sich direkt in sein Innerstes. Als verspeiste er seine Seele bei lebendigem Leib.

Der Himmel ließ ein verzweifeltes Grummeln durch den Raum schweben. Hal war starr. Die Symptome des Gases waren vergessen. Er spürte sie nicht mehr. Diese gelben Augen aus diesem blauen, dämonenhaften Höllenwesen waren so packend und schockierend zugleich, dass Hal für mehrere Sekunden nicht mehr fähig war zu denken. Hal schaute direkt in sie hinein, doch hatte das Gefühl, als könnte er nicht einmal einen Millimeter dahinter blicken. Ganz im Gegensatz zu seinem Gegenüber. Dem Sweeper war, als sähe der Dämon alles von ihm. Er war nackt und hilflos.

Dann öffnete der Blaue seine zerkratzenden Lippen, zeigte seine schwarzen Zähne, die vom Aussehen her auch kaputte, scharfe Glasscherben hätten sein können, und sprach mit einer Stimme aus dunkelster Tiefe.

»Ich … fress … dich.«

Die Worte hatten ihm Mühe abgefordert, als hätte er versucht, eine völlig fremde Sprache korrekt zu sprechen.

Hal ließ seine Feuerwehraxt fallen. Er hatte noch immer nicht geatmet, aber zumindest zog er nun den Stock aus seinem Hintern. Blitzschnell und mit schlimmster Angst gespickt, zog er die Luger aus seiner Hose, entsicherte sie, legte an und *PENG!*

Die Kugel traf in die Mitte des Lichtkegels. Der Kopf des Dämons knallte gegen die harte Bettlehne, an welcher sich nun, ebenso wie an einem Teil der Wand darüber, ein gewaltiger Blutspritzer verlustierte. Der Schuss hatte sich seine Bahn durch das Gehirn geebnet. Ein Loch markierte Hals goldenen Treffer. Und nach weiteren sechs Sekunden holte er zum ersten Mal wieder Luft.

»Puhhh! Boah!« Hal spannte ab.

Kurz darauf begann der Dämon, sich wieder zu bewegen.

Er lehnte sich mies gelaunt und knurrend nach vorne. Er machte sich auf, um sich den Sweeper zu greifen.

Hal legte an und drückte erneut den Abzug, doch ohne Erfolg. Ladehemmung.

Der Sweeper drückte noch ein paar Mal, aber nichts geschah.

Hatte Heaven das Magazin mit Blindgängern manipulieren lassen? Sollte er die Waffe wechseln? *Nein!* Vorhin im Wald war er auf sie gefallen, als er mit einem Fuß an einem Ast hängengeblieben war. Vielleicht war sie da dreckig geworden.

Hal riss den Verschluss kräftig nach oben und ließ ihn sofort wieder vorschnellen. Dann *PENG!*

Kurz bevor der Dämon Hal berührte, fetzte die Kugel durch das linke seiner verdammten gelben Augen. Den Dämon warf es nach hinten, ebenso wie den elenden Rest seines Schädelinhalts.

Hal wartete einige Sekunden, bevor er sich wieder daran erinnerte, atmen zu müssen.

Der Gehörnte lag nackt mit dem Bauch auf der Decke. Auf eine verquere Weise empfand Hal Neugierde, wie wohl die Genitalien eines solchen Geschöpfs aussahen. Und als er davon ausging, dass sich der Blaue nicht mehr rühren würde, ergriff er die Axt vom Boden, stemmte sie unter dessen Körper und drehte ihn auf den Rücken.

Irgendwie hatte er mehr erwartet. Der Gehörnte hatte nichts zwischen den Beinen, wie bei einer Puppe. Weder hinten noch vorne einen Schwanz. So hatte Hal sich keinen Dämon vorgestellt. Andererseits handelte es sich hier nur um eine sonderbare Ausführung von Heaven's Breath. Hier lag kein wirklicher Dämon. Nur warum hatte er keinen Hoden und Penis? Fehlten sie dem Mann schon seit seiner Geburt oder hatte er sie bei einem Unfall verloren? Waren sie ihm entfernt worden, vielleicht sogar von Heavens Männern selbst? Oder waren sie ihm bei der Verwandlung einfach abgefallen?

Es klirrte. Hals Gedankenspielerei musste warten; erst die Arbeit. Er ging den Weg zurück. Er hatte eine Ahnung, woher das Geräusch gestammt haben könnte.

Als er die Schlafzimmertür öffnete, fühlte er sich bestätigt. Auf dem Boden lag die Blumenvase von der Schuhkommode. Jemand hatte sie umgeworfen.

Hal leuchtete in den Gang. Er versuchte, diesen Jemand zu hören. Irgendwo hielt er sich versteckt. Aber wo?

Sein Blick streifte den rahmenlosen Spiegel. Da war etwas!

Die Taschenlampe zeigte ihm einen weiteren Versuch, ihn zweifeln zu lassen, ob dieser Ort nicht tatsächlich unter einem Fluch litt.

Auf dem Glas stand etwas in Rot geschrieben:

Nicht dein Job

Die Schrift war gespiegelt, aber Hal konnte es ohne Probleme lesen.

Nicht dein Job

Was mochte das jetzt wieder bedeuten? Was war nicht sein Job? Das Erschießen von Dämonen? Wollte ihm der Spiegel sagen, dass er kein *Winchester* sei? Natürlich nicht. Er war ein Sweeper.

Vielen Dank, Captain Obvious!

Beim näheren Betrachten der Schrift kam ihm etwas merkwürdig vor. Er berührte das Glas, aber spürte und sah keine Farbe an seinen Fingern. Die Nachricht war irgendwie von hinter der Scheibe geschrieben worden.

Hal nahm den Spiegel vom Haken und untersuchte das Mysterium. Weder die Wand noch die Rückseite des Spiegels wiesen eine Absonderlichkeit auf. Wie war also die Schrift dorthin gelangt? Hatte jemand den Spiegel ausgetauscht und dabei unabsichtlich oder mit Hintergedanken die Vase umgeschmissen?

Hal hängte den Spiegel zurück und seine Augen wurden groß. »Uh!«

Die Schrift war weg. Der Spiegel war sauber.

Guter Trick. Verdammt guter sogar.

Hal fühlte sich bereits wieder etwas schlechter. Ein Schweißtropfen rann ihm die Stirn herab. Seine Achselhöhlen sabberten. Er machte sich auf, das Haus wieder zu verlassen.

Die Axt und die Lampe harmonisch in den Händen haltend, kam er an jüngst betrachteten Familienfotos vorbei. Ihm entging nicht, dass der sonst so oft vorkommende Familienvater, der auch als alter Mann auf mehreren Bildern im Haus zu sehen war, nun auf keinem einzigen Foto mehr abgelichtet war. Ein anderer Mann hatte seinen Platz eingenommen. Irgendjemand hatte sich tatsächlich die Mühe gemacht, alle Fotos auszutauschen und sie an die exakt selbe Stelle zu postieren. Die gleichen Rahmen und vor allem die gleichen Motive. Oder gab es einen Trick, wie sich die Bilder ganz leicht verändern konnten? Irgendwie gruselig, aber mehr beeindruckend als beunruhigend.

Hal hielt seine Augen scharf wie die eines Falken, als er die Treppe nach unten und zur Eingangstür zurückschritt.

Es gab keine weiteren Vorkommnisse.

Er öffnete die Tür und trat nach draußen. Die zuvor so schrecklich schwarzen Wolken hellten bereits langsam wieder auf. Noch war es dunkel, doch die Finsternis würde nicht mehr lange vorhalten. Das brodelnde Gewitter schwebte davon und zehrte sich weiter selbst auf. Die Luft war nach wie vor unangenehm schwül. Ob es nun noch wärmer oder etwas kühler war denn zuvor, konnte Hal schlecht sagen, denn er fühlte sich fiebrig.

Als er den Weg zum Eisengittertor zurücklegte, blickte er in den Himmel. Zwischen offenen Wolkenfetzen erweckte der Himmel den Eindruck eines angebrochenen Morgens. Es konnte gut sein, dass die Nacht bereits vorüber war.

Na, was für ein Glück, dass wir klargestellt haben, dass die Aufgabe nicht mit dem Sonnenaufgang endet.

Dann erkannte Hal etwas. Eine Unstimmigkeit. Dieses Mal war er wirklich geschockt. Das war doch einfach nur unmöglich!

Die Bisswunde der Spinne war fort! Keine Spur einer Verletzung war zu sehen. Sein Arm war vollkommen in Ordnung.

Und er hatte nicht einmal bemerkt, dass er schon länger kein Brennen mehr darin gespürt hatte.

Hal warf einen Blick auf den Axtkopf. Zuvor hatte er sich noch nicht die Mühe gemacht, den grünen Schleim der Spinne von der Eisenspitze abzuwischen, und wie es schien, brauchte er sich darum jetzt auch keine Sorgen mehr zu machen. Kein grünes Blut, keine Bisswunde.

Was zur Hölle?!

Mit einem riesigen Haufen Überfragtheiten spazierte Hal durch das Tor zu seinem Kleinbus.

Er kontrollierte gewissenhaft die möglichen Aufenthaltsplätze feindlich gesinnter Gestalten.

Als er sich in Sicherheit wägen konnte, legte er die Axt und die Taschenlampe neben sich, nahm das Funkgerät vom Beifahrersitz in die Hand und redete hinein.

»Ich fühl` mich wie ´ne Rudelnutte.«

»Du meinst benutzt?«, fragte Heaven belustigt.

»Überarbeitet. Ich meine überarbeitet. Und ja, vielleicht auch benutzt. Überbenutzt.«

»Ach, wie schön. Ich freue mich für dich, Hal. Die Richtung für das Schloss ist übrigens links. Wieder links.«

»Dreimal links jetzt. Ist es auch links bei der vierten Zahl?«

»Wahrscheinlich schon. Sicher kannst du dir aber nicht sein.«

»Irgendwie bin ich das aber. Hilft nur alles nichts.«

»Hilft nur alles nichts«, wiederholte Heaven. Es sollte wohl Mitgefühl suggerieren, war jedoch so schlecht, linkisch, herabschauend und schmierig aus seinem stinkenden Mund gekommen, dass Hal, bevor er etwas sagte, dass er bereuen würde, einfach nur den Kopf auf die Hupe fallen und sie für mehrere Sekunden gleichgültig ertönen ließ.

32 LETIPAK

»Alles okay?«, fragte Heaven und Hal hätte ihm dafür am liebsten die Visage demoliert.

Stattdessen antwortete er ruhig: »Ich fühl` mich nicht so gut.«

»Pardon?«

Hal hob den Kopf von der Hupe.

»Ich fühl` mich nicht so gut.«

»Das kann ich verstehen. Könnte ich dir vielleicht wieder ein Lächeln aufs Gesicht zaubern, indem ich dir eine weitere Injektion zukommen ließe?«

»Ob mir dann zu lächeln zumute sein wird, bezweifle ich, aber schaden kann es wohl nicht.«

»Der gute Hal Furbita wird anscheinend noch zu einem richtigen kleinen Junkie, was?«

»Morgen hör ich auf. Ich schwör´s.«

Heaven lachte. »Na dann, setz mal den Wagen zurück und folge weiter der Straße, bis du links abbiegen kannst. Da fährst du rein und kurze Zeit später dankst du mir auch schon.«

Hal startete den Motor und das Lied über Hähnchenflügel wurde fortgeführt. Er fuhr vom Hof die Gale Panel Road entlang. Es schien tatsächlich schon Tag zu sein. Die Nacht war vorbei. Der Himmel hatte dies zwar noch nicht so richtig eingesehen, erleichternd war es trotzdem irgendwie. Das niederdrückende Gewicht der Dunkelheit ließ endlich nach.

»Geht es Dorothea gut?«

»Mach dir keine Sorgen um sie. Der fetten Prinzessin geht es ausgezeichnet. Ich hab ihr sogar zu fressen gegeben und jetzt schläft sie ihren Schönheitsschlaf.«

Hal drehte den Rückspiegel und betrachtete seine zertrümmerten Zähne. Danach rückte er den Spiegel wieder zurecht.

Die Richtung, in die er fuhr, führte ihn weiter von den gewittrigen Wolken weg. Der Wind und er arbeiteten entgegen, was die Trennung noch etwas beschleunigte.

Hal schwitzte, seine Organe rumorten und seine Knochen schmerzten. Seine Muskeln versteiften sich. Ausgehend vom Anfühlen, würde er die nächsten vier Wochen wohl getrost auf sein Training verzichten können, ohne danach schwächer geworden zu sein.

Zum ersten Mal verspürte er einen Anflug von Müdigkeit. Wenn er sich jetzt hinlegte, wäre er zwar nicht imstande einzuschlafen, aber sein Körper gierte nach einer Erholungszeit. Er zwinkerte ein paarmal schnell und ein paarmal kräftig.

Als die angekündigte Kurve nach links erfolgte, leckte er sich seine trockenen Lippen feucht, aber es brachte nicht viel, er verspürte noch immer einen ausgeprägten Durst. Die Erschöpfung und die permanent steigende Reizung seiner Muskeln verpasste ihm hin und wieder kleine Schüttelanfälle, gleichwie es einen kurz durchrüttelt, wenn es einen plötzlich fröstelt.

Bäume und Sträucher wuchsen über die Weggrenze hinaus und schlugen ihr Gestrüpp gegen den metallenen Eindringling. Irgendwann ließ ihr Trommeln nach, bis es schließlich ganz verschwand.

Vertrocknete, nicht einmal hüfthohe Getreidereste sprossen erbärmlich aus den Feldern. Viele Stellen waren lediglich kniehoch, niedergetreten oder gar völlig kahl.

Dann jedoch sah Hal etwas, von dem er hoffte, dass er es sich bloß einbildete.

Neben dem Feldweg auf dem beklagenswerten Ackerboden parkte sein getreuer alter Freund. Der dunkelblaue Mustang stand dort vereinsamt und wartete auf seinen ihn liebenden Besitzer, um ihn abzuholen oder vielmehr um sich von ihm zu verabschieden.

Hal war überfordert. Es lief so viel in ihm ab, dass er nach außen hin nur mit Ruhe reagierte. Der Anblick riss ihm ein Stück seines Herzens heraus. Unzählige Erlebnisse hatten die Bindung zu dieser Maschine immer weiter gestärkt und nun lag sie da, zu einem Schrotthaufen demoliert.

Hal hielt vor seinem Auto an, schaltete den Motor aus, ließ die zuvor so erheiternde Musik verstummen und stieg ungläubig aus. Alles, was er sah, war wie ein weiterer Stich ins Herz. Er liebte diesen Wagen so sehr, wie es ein Mann für seinen Wagen nur empfinden konnte.

Jeder Spiegel war eingeschlagen und alle Reifen zerstochen, doch das waren noch die geringsten Übel. Die Karosserie war dermaßen kaputt geprügelt, dass man nicht einmal mehr einsteigen konnte. Die Sitze lagen aufgerissen mit dem Innern nach außen. Der Motor ragte platt gehämmert wie eine Zunge aus der Haube und der Boden war eingeweicht von dessen öligem Speichel. Unabhängig davon, dass es bloß eine Maschine war, hatte Hal sie über die vielen Jahre hinweg immer mehr mit Leben gefüllt und nun lag hier sein zuverlässigster Gefährte tot vor ihm.

»Da du ja jetzt schon einen neuen Wagen hast, dachte ich mir, brauchst du deinen alten nicht mehr.« Heavens Stimme drang vom Beifahrersitz des Kleinbusses, aber Hal verzichtete auf einen Kommentar darauf. Stattdessen gab er einfach seinen schwachen Knien nach.

Er kniete und betrachtete sein Auto. Mehr tat er nicht.

Die Auswirkungen des Gases waren bemerkbar, doch sie interessierten ihn gerade nicht. Diesen Moment nahm er sich, gedachte und trauerte. Sein Wagen hatte ihn sich redlich verdient.

»Magst du mich jetzt etwa nicht mehr?«, fragte Heaven.

»Der Zug ist sowieso schon lange abgefahren.« Hals Konzentration durfte zurückkommen.

»Na dann, ist es ja nicht so schlimm.«

Der Autoschlüssel steckte noch im Zündschloss, allerdings nur der Autoschlüssel, der Rest des Bunds fehlte; der Haustürschlüssel, der Schlüssel für den Briefkasten und was sich sonst noch so an dem metallenen Ring angesammelt hatte.

Der Kofferraum stand aufgrund einer Zerbeulung leicht offen. Hal öffnete ihn und staunte nicht schlecht. Er war voll mit seinen Sachen: Seine Kleidung, zwei volle Benzinkanister, ein Erste-Hilfe-Kasten und die Nahrungsvorräte. Ebenso lagen hier auch einige andere Utensilien: Eine Schaufel, eine kleinere Karte der Stadt als die, die er davor gehabt hatte, sowie eine Spritze mit dem pinken Antiserum.

Hal nahm sich das medizinische Instrument, setzte sich mit dem Rücken an seinen Wagen, schaute überprüfend noch einmal darunter, da er vergessen hatte, dort zu kontrollieren, drückte die Luftblasen hinaus und setzte sich eine Injektion.

Die Dosis war gut, sehr gut sogar. Für einen kleinen Augenblick vergaß Hal sogar, was mit seinem Mustang passiert war. Dann jedoch fiel es ihm wieder ein und ein schlechter Beigeschmack gesellte sich dazu. Das pinke Wunderzeug heilte ihn und es fühlte sich wundervoll an. Aber von allen vier Malen, die er sich damit abgeschossen hatte, ging es ihm nun am dreckigsten. Es war, als würde einem Heroin-Junkie, während er sich zudröhnt, ein großer Spiegel vorgehalten, damit er zu keinem Zeitpunkt vergisst, was er sich da gerade eigentlich antut.

Nachdem Hal sich erfrischt hatte, legte er eine Stärkungspause ein. Er öffnete eine neue Wasserflasche und trank in einem Guss fast einen Liter. Danach leerte er sie langsamer. Von der siebzigprozentigen Edelbitterschokolade verdrückte er die

Hälfte. Normalerweise soll man sie lutschen, aber dafür wollte er sich nicht die Zeit nehmen. Er hatte auch noch eine Limonadendose. Immer rein mit dem Zucker und der Flüssigkeit. Danach streifte er sich die Kleidung vom Körper und genehmigte sich nebenbei noch was vom eingekauften Trockenfleisch.

Er kleidete sich neu ein. Die Ersatzhose passte besser als die geklaute und allgemein wieder mit einer Unterhose herumzulaufen, tat schon gut. Neue Socken und ein frisches, dunkelgrünes Hemd folgten. Der Wind wehte und es kühlte ab. Hal nahm sich seine Sommerjacke und zog sie über, ohne sie danach zu schließen. Er hätte auch ohne Probleme ohne sie auskommen können, aber einen extra Schutz um die Arme zu haben, war wahrscheinlich klug, auch wenn er sie erst nach hinten wehen musste, um an die Messer zu kommen.

Eigentlich bewahrte er seine Sweeperlizenz, die Steckbriefkarten, sein Handy und die Geldbörse in seiner Jacke auf, aber alles war ihm weggenommen worden.

Hal packte sein ganzes Zeug in den Kleinbus. Die Schaufel legte er wie die Feuerwehraxt auf den Beifahrersitz, denn es war abzusehen, dass er sie bald benutzen sollte.

Still schweigend und demütig verabschiedete er sich von seinem alten Freund. Hal versuchte, sich auf das momentan Wichtige zu konzentrieren und sich mit dem Gedanken abzulenken, dass sein Mustang nur ein Auto war und er sich deshalb nicht fertigmachen lassen sollte. Ein richtiger Gedanke, fürwahr, dennoch konnte er sich nicht mit ihm anfreunden.

Der Stadtplan war nicht so detailliert wie der andere, genügte jedoch, um sich in Drewhound zurechtzufinden. Vier Fixpunkte waren darauf markiert. Auf einen zeigte ein Pfeil mit den Worten *»Du bist hier«*. Die anderen drei Kreise waren unbeschriftet. Die am entfernteste Markierung kennzeichnete Heavens Unterschlupf, das Haus am See. Hal erinnerte sich an dessen Standort. Die zwei anderen Kreise lagen ziemlich auf dem Weg.

»Lass mich raten«, begann er ins Funkgerät zu sprechen. »Ich soll die Punkte auf der Karte abklappern.«

»Richtig, Watson. Am Ende landest du wieder bei mir. Sofern du überhaupt so weit kommst.«

»Du hast mich reingelegt.«

»Ja, habe ich.«

»Du hast mich glauben lassen, dass ich meinen Wagen wiederbekommen würde. Wie kann ich dir also vertrauen, dass die anderen Dinge, die du mir zugesagt hast, der Wahrheit entsprechen?«

»Erstens: Ich habe dich nicht angelogen. Kein einziges Mal, sofern ich mich richtig erinnere. Zweitens: Du hast dein Auto wiederbekommen, allerdings haben wir niemals darüber gesprochen, in welchem Zustand. Und drittens: Ob du mir vertrauen kannst, steht außer Frage, das kannst du nämlich. Ist nur die Frage, ob du auch bereit bist, es zu wollen.«

Hal biss ein Stück Trockenfleisch ab. »Okay, okay«, schmatzte er. »Dann beantworte mir bitte noch einmal folgende Fragen wahrheitsgemäß.«

»Das werde ich.«

Hal schluckte das Gekaute herunter und biss sofort ein neues Stück ab.

»Habe ich eine reelle Chance, lebend aus Drewhound herauszukommen?«

»Ja.«

»Wenn ich mir noch ein weiteres Mal das Antiserum injiziere, bin ich dann immun gegen Heaven's Breath?«

»Ja.«

»Und ich habe eine faire, solide Chance, die Injektion auch zu bekommen?«

»Aber ja.«

Hal kaute und ließ sich alles auf der Zunge zergehen.

»Glaubst du, ich werde gesund lebend, meine jetzigen Verletzungen ausgenommen, wieder zu mir nach Hause kommen?«

»Ich denke ja. Du hast dich bei den ganzen Aufgaben hervorragend geschlagen und ich bezweifle, dass die letzten so schwer sind wie die, die du schon überstanden hast. Es besteht natürlich ein gewisses Restrisiko, aber mittlerweile gehe ich stark davon aus, dass du überleben wirst. Und ich bin ein fairer Verlierer. Ich finde zwar nicht, dass ich hier verliere, aber du verstehst bestimmt, was ich meine. Warum sollte ich dich töten, wenn du mich so gut unterhältst? Wir können das Ganze gerne noch einmal wiederholen. Irgendwann. Ich bin jetzt schon die ganze Zeit am Überlegen, was ich für das nächste Mal planen soll.«

»Ernsthaft?«

»Hal, beim besten Willen, ich setze doch nicht meine Lieblingsserie ab, wenn sie mich so gut unterhält wie keine Serie davor. Vielleicht ist die zweite Staffel nicht ganz so prickelnd, aber selbst wenn sie nur halb so gut ist, will ich trotzdem sehen, wie es weitergeht. Und sollte sie mich dann doch nicht mehr begeistern können, kann ich sie ja immer noch abschalten.«

Hal startete den Motor. Die Redneck-Musik begleitete ihn fortan wieder auf seiner Fahrt.

»Mein Portemonnaie wurde mir gestohlen.«

»Oh, Hal, wie bedauerlich.«

»Ebenso mein Haustürschlüssel.«

»Die schlechten Nachrichten hören wohl gar nicht mehr auf, was?«

Eigentlich wollte Hal Heavens Sticheleien einfach ignorieren, aber mittlerweile nervten sie ihn tierisch.

»Werden du oder eher deine Handlanger bei mir einbrechen und/oder mithilfe meiner Bankkarte mein Geld stehlen?«

»Höchstwahrscheinlich. Mal schauen. Warum auch nicht? Immerhin sind wir ja die Bösen. Da kann man uns so etwas nun wirklich nicht vorwerfen.«

»Natürlich kann man das.«

»Na ja, vielleicht bist du ja noch schnell genug. Ich bin im Besitz deines Hab und Guts. Je nachdem wer zuerst aus diesem Kaff weg ist, hat einen klaren Vorteil. Außerdem dauert Stehlen ja auch etwas und ich muss vorsichtig sein, wem und wo ich mich zeige. Solltest du hier sterben, kannst du sicher sein, dass dein Sohn nicht viel zu erben bekommt. Solltest du allerdings überleben, gehe ich davon aus, dass du dich und sein Erbe schnell genug absichern kannst.«

Hal trank aus der nächsten Wasserflasche. Danach folgte noch etwas Trockenfleisch. »Lebt Dorothea noch?«

»Ja, ich gebe dir mein Wort darauf.«

»Jaaa, das ist mir ehrlich gesagt nicht sooo viel wert. Lass sie mich mal sprechen.«

Eine kurze Pause folgte und Hal ahnte bereits das Schlimmste.

»Das könnte ich tun. Ich könnte sie jetzt wecken. Kein Problem. Aber erinnerst du dich, dass ich dir gesagt habe, dass du gefälligst respektvoll und freundlich zu mir sein sollst? Ich habe kein Problem damit, wenn du mal einen frechen Spruch drückst, aber was ich an diesem Ende der Strippe hören muss, klingt alles andere als das, was ich gerne hätte.«

»Du hast mein verdammtes Auto zu einem Schrotthaufen verarbeitet und von den anderen Dingen, die ich mir die Nacht über deinetwegen bieten lassen musste, will ich gar nicht erst anfangen. Da verzeihst du mir vielleicht, dass ich etwas über die Strenge schlage.«

»Du musst mich nicht darüber aufklären, was du diese Nacht alles gemacht hast. Aber nicht nur, dass du deine Stimme gegen dein Herrchen erhebst, nein, du stellst auch meine Ehrlichkeit infrage. Ich bin ein böser Mann, aber auch mir sind gewisse Werte und Normen wichtig. Und mir platzt der Kragen, wenn eine Person, die ich bewundere und zu der ich mit offenem Herzen spreche, mir dieses Vertrauen nicht zurückschenkt. Von daher kannst du mich mal ordentlich an meinen verschwitzten Eiern lecken, Hal. Ich werde dir deine fette Freundin nicht an den Hörer holen. Du wirst mir vertrauen müssen oder auch nicht, dass sie noch lebt, wenn du hierher kommst. Und dann verlange ich verdammt noch mal eine Entschuldigung, wenn du siehst, dass ich nichts als die Wahrheit gesagt habe.«

Heaven klang absolut furchteinflößend, wenn er so sprach. Er klang überzeugend. Er klang so, aber das hieß nicht, dass Hal auch überzeugt war. Eine Ausweitung der Diskussion würde nichts bringen. Hal schluckte seine Wut herunter. Er würde alles über sich ergehen lassen und die erstbeste Chance nutzen, um Heaven das Fell über die Ohren zu ziehen. Aber der Zeitpunkt war noch nicht jetzt. Jetzt war der Zeitpunkt, um zu sagen: »Entschuldigung. Gurtis, es tut mir leid und wird nicht wieder vorkommen.«

Hals Worte schienen Heavens Wut wie ein kräftiger Fluss einfach hinwegzuspülen. »Ach, Hal, du kannst so gut lügen. Aber es gefällt mir. Lügen sind der beste Weg, um sich von etwas zu überzeugen. Wie wenn ein geliebtes Weib sich von einem trennt und man sich einredet, dass es einem ohne sie besser gehe. Oder wie siehst du das?«

Hal brach sich ein Stück der Edelbitterschokolade ab und lutschte sie. »Lügen sind der beste Weg, um sich von etwas zu überzeugen? Hmm. Ich hätte jetzt das genaue Gegenteil behauptet. Aber vielleicht stimmt ja beides.«

Die Straßen waren leer, ganz im Gegensatz zu Hals Kopf.

Eine gepflasterte Seitenstraße führte ihn an einem Metallgitter vorbei. Alle paar Meter war das Gitter an einer dunkelgrünen Stange befestigt. Durch die Maschen konnte man Grabsteine und vereinzelte Bäume sehen. Wie ihm aufgetragen, hielt Hal auf dem Parkplatz an.

»Ein Friedhof?«, fragte er.

»Ich mag Leichen«, antwortete es aus dem Funkgerät. »Sie strahlen so eine Ruhe aus.«

»Etwa auch, wenn sie nach einem Kampf zerfetzt daliegen?«

»Ich finde, dann strahlen sie mehr so etwas wie Zerschlagenheit aus.«

»Also, da du mir ja diese nette Schaufel hast zukommen lassen, gehe ich mal davon aus, dass ich sie auch benutzen soll. Wen oder was soll ich ausbuddeln?«

»Ilga Lindström.«

»Wen?«

»Illga Llind-sstrrööm … mm … wie masturbieren.«

»Ilga Lindström. Die Taschenlampe werde ich dann wohl nicht brauchen, oder?«

»Wirf doch mal einen Blick nach draußen. Wenn du nicht gerade schlechte Augen hast, wirst du auch so zurechtkommen. Allerdings ist es auch nicht gerade hell und ich habe dir eine Spur legen lassen, damit du nicht allzu lange brauchst. Wäre schlecht, wenn du die übersiehst. Entscheide selbst, ob du auf einem Friedhof gerne eine Lichtquelle hättest.«

Hal wollte eigentlich sagen, dass er schon ein großer Junge sei, der ohne ein Nachtlicht schlafen könne, aber irgendetwas an Heavens Worten und wie er sie aussprach, verleitete ihn, vorsichtshalber die Taschenlampe doch mitzunehmen.

»Du hast eine Spur gelegt, die mich zu Ilga Lindströms Grabstein führt und dort soll ich die Erde ausheben. Habe ich soweit alles richtig verstanden?«

»Ja, das hast du.«

»Muss ich sonst noch was wissen?«

Heaven überlegte kurz, dann sagte er: »Ganz wichtig: Immer mit Frauen schlafen, die die gleiche Haarfarbe und -länge haben wie die eigene Frau, denn so erweckt es keinen Verdacht, wenn ein Haar der Geliebten an der Kleidung haftet.«

Hal wartete kurz, ob noch etwas folgte, tat es aber nicht. Die Feuerwehraxt ließ er im Wagen. Er nahm sich die Schaufel und sprach noch einmal in das Funkgerät.

»Willst du eben im Auto warten?«

»Ja, Papi«, scherzte Heaven und landete daraufhin auf dem Beifahrersitz. Hal verriegelte die Türen und setzte seine Schritte auf den Hof des Friedens.

Zu seiner Linken gab es eine verzierte Kapelle. Er warf einen Blick darauf, als er an Blumenhecken vorbeispazierte. Die Hecken waren ordentlich quadratisch gestutzt und mit weißem Kies ausgelegt.

Eine Gittertür führte zu den Toten. Hal öffnete sie und sah sich um. Ein feiner Nebelhauch tauchte die Umgebung in einen eigenartigen Grauton. Der Friedhof war übersichtlich. Die Grabsteine waren nicht hoch, nur ab und an versperrte eine Kiefer den idealen Überblick.

Die Taschenlampe hab ich wohl doch umsonst mitgenommen.

Die Sonne hatte sich immer noch nicht gezeigt. Der Himmel klärte sich zwar auf, aber nicht so weit, dass er zuließ, dass Sonnenstrahlen dieses befleckte Stück Land erwärmen konnten. Und zu alledem kündigte sich bereits eine weitere dunkle Wolkenfront an. Das Wetter in diesem Ort oder vielmehr in dieser Nacht war wechselhaft und würde wohl in Dunkelheit enden, wenn er wieder beim Haus am See ankam. Vielleicht würden ja die nächsten Wolken den kühlenden Regen bringen. Der Wind böte leicht vor sich hin und vertrieb zumindest etwas die durch das trockene Gewitter angespannte Luft.

Der Friedhof wirkte friedlich. Sonderbar waren bloß die Amseln. Auf jedem Baum und vielen Grabsteinen saßen sie. Ihre Körper waren etwas dicker als gewöhnlich, ihre Füße länger und dunkler, und ihre Schnäbel, obgleich sie größer waren, sahen verkümmert aus. Einige putzten sich, einige zwitscherten, andere flogen umher oder pickten auf den Boden. Die meisten jedoch glotzten einfach nur Hal an, als wäre er ein exotisches Tier im Zoo, das endlich aufwachen und irgendetwas Interessantes machen soll.

Ein einzelnes Rotkehlchen, dessen einzige Mutationsfolge es war, noch plüschiger geworden zu sein, setzte sich auf einen Grabstein neben Hal und trällerte ihm fröhlich ein Liedchen. Der Sweeper bedankte sich mit einem Lächeln. Er wollte wissen, wie vertrauensselig es war, und näherte sich ihm. Als das Rotkehlchen fand, dass der Sicherheitsabstand in einen roten Bereich geraten war, flog es fix davon, nur um kurz darauf wieder auf einem anderen Grabstein in Hals Nähe Platz zu nehmen.

Hal machte ein paar Schritte auf einen großen Grabstein aus weißem Marmor zu, auf dem sechs Amseln hockten. Ihre Schnäbel waren abstoßend und ihr bedrohliches Gaffen regelrecht abscheuerregend.

Er holte mit der Schaufel aus und schwang sie einmal kräftig durch die Luft. Er hatte nicht vor, die Amseln zu treffen. Zwei gute Meter trennten sie voneinander und die Vögel stoben vor Schreck davon. Sie flogen aufschreiend in den Himmel und verteilten sich. Kurz nach seiner Vogelscheuchaktion dachte er noch, dass er ihre Blicke vielleicht einfach hätte ertragen sollen, nicht dass er es im Nachhinein noch bereuen würde. Er hoffte, dass sie ihn nun als Rache nicht angreifen würden, aber das taten sie nicht. Und so spazierte er den mit langen flachen Steinen ausgelegten Pfad weiter.

Es vergingen keine zehn Sekunden, da entdeckte er die Spur. Hirse lag auf den Steinplatten und wenn er sich so umblickte, tat sie es immer mal wieder. Die Menge an Getreide, dazu die Häufigkeit und Position ließen keinen Zweifel zu, dass es mit Absicht so hingelegt worden war.

Hal blickte sich gelegentlich um, während er die Schaufel lässig auf seiner Schulter trug. Der Hirse folgend, bog er an zwei Kreuzungen ab, woraufhin es ihn nur noch geradeaus weiterführte. Er wunderte sich, dass die Vögel sich nicht an dem Futter verköstigten.

Die Luft eines Morgens durchströmte seine Lungenflügel. Sie war trotz einer Restschwüle rein und belebend. Hal atmete genießerisch. Ein Schwarm Mücken flog ein paar Meter entfernt wirr umher. In der neblig-grauen Umgebung waren die kleinen Biester nur schwer zu erkennen. Sobald Hal sie jedoch entdeckt hatte, musste er immer wieder einen Blick auf sie werfen. Bei diesem Abstand konnte er es schlecht sagen, aber er vermutete, dass auch diese Mücken ein klein wenig größer waren denn gewöhnlich.

Das Rotkehlchen erstahl sich aufs Neue Hals Aufmerksamkeit, indem es mitten durch den Insektenschwarm flog und sich ein kleines Frühstück genehmigte. Es wiederholte die Aktion noch zwei weitere Male, dann pflanzte es sich erneut auf einen Grabstein. Und als hätte es gewusst, wohin die Hirse Hal geleiten würde, wartete es bereits auf seinem Weg. Es sang fröhlich vor sich hin und plusterte sein ohnehin schon fülliges Gefieder noch weiter auf. Hal konnte nicht anders, als sein Gemüt von diesem kleinen Etwas erhellen zu lassen.

Das Rotkehlchen begleitete den Sweeper mit erstaunlich aufgeweckter Treue, bis er schließlich ans Ende der Spur gelangt war. Ilga Lindströms Ruhestätte. Auf dem grauen, brüchigen Grabstein stand lediglich ihr Name sowie unter einem Stern ihr Geburtsdatum: Der *»08.10.1943«*.

Kein Sterbedatum? Was mochte das nun wieder bedeuten?

Das Grab war schon lange nicht mehr gepflegt worden. Weiße Steine, einst die Erde ordentlich umrandend, lagen nun verstreut. Lediglich einzelne Steingruppen ließen einen Eindruck davon erahnen, wo seinerzeit die anderen gelegen hatten. Die Erde war trocken, obwohl es tags davor noch geregnet hatte. Einige wild gewachsene Grashalme streckten sich in die Luft und längst verwelkte Blumen bedeckten das Grab. Vor nicht allzu langer Zeit war es umgegraben worden. Die zerwühlte Erde erzählte davon.

Hal spähte noch einmal den Umkreis ab. Als er keine Gefahrenquelle ausmachen konnte, schielte er ein letztes Mal zu seinem singenden Gefährten, bevor er dann die Schaufel in die Graberde versenkte.

Schicht um Schicht trug er ab. Er buddelte und spähte, buddelte und spähte und buddelte und spähte.

Irgendwann hörte das Rotkehlchen auf zu singen. Hal sah nach, woran es lag, aber da flog es einfach davon. Er verfolgte seine Flugbahn. Erst vermutete er, dass es sich einfach ein neues Plätzchen in seiner Nähe suchen oder ein viertes Mal durch den Mückenschwarm fliegen würde, doch das tat es nicht. Es entfernte sich so weit, dass es nicht mehr zu sehen war. Hal fand es irgendwie schade, aber es half ja nichts. Er buddelte weiter.

Nun war er alleine mit den finsteren Amseln. Nur wenige zwitscherten und wenn, dann waren sie weiter weg und er hörte sie bloß leise. Das Geräusch der eingestochenen Schaufel und das auf den Boden Klatschen der ausgehobenen Erde spielten nun ihre ganz eigene, einsame Melodie.

Die Ruhe der grauen Umwelt wurde jedoch jäh gestört, als unvorbereitet ein lauter Schuss fiel.

BOMM!

Etwas zischte keine dreißig Zentimeter an Hal vorbei, krachte in einen Grabstein fünfzehn Meter hinter ihm und hinterließ ein tiefes Loch. Alle Amseln stürmten hinauf in den Himmel. Hal schreckte zusammen, sein Kopf wischte verwirrt von einer Seite zur anderen, bis er nach fast einer Sekunde endlich verstand, dass er hier nicht so dumm herumstehen sollte. Er warf sich bäuchlings in den Dreck. Eine mit den Händen gut gestützte Falltechnik ließ ihn tief liegen und nicht mit dem Gesicht aufschlagen.

Von wo war der Schuss abgefeuert worden? Über den Daumen gepeilt, würde er sagen aus Richtung der Kapelle.

Hals Sicht war eingeschränkt. Er lag tiefer als selbst die niedrigsten Grabsteine. Er kontrollierte von seiner Position aus alle potenziellen Aufenthaltsorte des Schützen. Während dieser Zeit erfolgte kein weiterer Schuss, weshalb er sich sicher war, dass der Schütze ihn ebenfalls nicht sehen konnte.

Er entsicherte die Luger und robbte so schnell, leise und achtsam wie nur möglich voran. An jeder Stelle verifizierte er sich, dass er nicht in Gefahr war. Auf einen der Bäume schien der Schütze nicht geklettert zu sein, zumindest nicht auf denen, die auf dem direkten Friedhofsgelände standen.

Dann, als Hal circa dreißig Meter weit ohne Zwischenfälle gekommen war, lugte er hinter einem Grabstein hervor. Augenblicklich begrüßte ihn ein erschütterndes *BOMM!* Die Kugel zertrümmerte die abgeschliffene Grabsteinkante über seinem Kopf.

»Fuck!«

Da war der Feind! Etwas weiter rechts, als er anfangs angenommen hatte.

Hal warf einen Blick um die andere Seite des Grabsteins. Er entdeckte nichts und zog seinen Kopf vorzugsweise schnell wieder zurück. Entweder hielt sich der Angreifer gerade ebenfalls hinter einer Deckung versteckt oder er konnte Hal von hier aus nicht sehen.

Hal hielt ein weiteres Mal Ausschau.

Dann *BOMM!*

Eine Kugel fetzte mitten in den Grabstein und hinterließ tiefe Risse, die selbst von Hals Seite aus noch allzu gut zu sehen waren. Wollte der Typ etwa durch das Gestein schießen? Wenn Hal sich das nun brüchige Ding so ansah, konnte es gut sein, dass es ihm beim nächsten Mal gelingen würde.

Als das darauffolgende *BOMM!* tatsächlich den Grabstein zum Einsturz brachte, hechtete Hal tollkühn und notgedrungen rechts hinter den nächsten steinernen Schutzschild.

Beim nächsten Herumlugen erfolgte kein Schuss, dafür aber eine weitere Analyse der Umgebung.

Hal robbte weiter und hoffte, dass seine Berechnungen nicht falsch waren.

Er bewegte sich schnell. Ein *BOMM!* ließ ihn zusammenzucken, doch die Kugel traf nur den Baum zwei Meter schräg vor ihm.

Hal harrte aus. Er spähte und wartete.

Als er das nächste Mal seinen Kopf riskierte, sah er ihn. Der Schütze lief etwa fünfzig Meter entfernt in Deckung hinter eine weiße Engelsstatue. Er machte nicht den Eindruck, als hätte er Hal gesehen. Wenn Hal jedoch richtig gesehen hatte, dann trug sein Feind eine deutsche Soldatenuniform aus dem ersten Weltkrieg, inklusive Helm, Stiefel und Repetiergewehr, nur der Rucksack fehlte ihm. Und dann war da noch die Gasmaske.

Der Schütze trug eine Gasmaske. Aber warum? Hal kam ein Verdacht. Wenn der Mann eine Gasmaske trug, war es sehr gut möglich, dass er nie Heaven's Breath eingeatmet hatte. Als er die Plastikpuppe skrupellos massakriert hatte, hatte er Glück gehabt, dass kein Mensch in ihr gesteckt hatte. Und nun würde er nicht abermals den Fehler begehen, zu leichtsinnig und bösgläubig zu sein.

Hal bewegte sich weiter, ohne ins Blickfeld des Soldaten zu geraten, und gab es eine Sichtlücke, so sputete er sich extra. Des Weiteren hielt er auch weiter Ausschau, nur entdeckte er niemanden außer ein paar Kameras. Es fiel auch kein weiterer Schuss. Er konstatierte, dass es sich nur um einen einzelnen Feind handeln konnte, denn ansonsten wäre auf ihn schon längst von einer anderen Position aus gefeuert worden.

Hal war es gelungen, eine gute Strecke zurückzulegen. Nun befand er sich an einer Stelle, die fernab von dem Grabstein war, den der Soldat mit seinem Repetiergewehr zertrümmert hatte.

Hal lauerte. Er wartete und beobachtete. Der Winkel brachte ihn vorerst nicht in Gefahr, dafür konnte er aber auch nur schlecht zielen. Die weiße Engelsstatue bot einen guten Schutz. Wenn der Soldat nach ihm Ausschau hielt, sah Hal lediglich ein winziges Stück der Uniform. Leider reichte das nicht zum Treffen, zumal er dadurch seine Position verraten würde.

Es hieß abwarten. Der Gegner würde sich bewegen. Er würde die Spannung nicht aushalten.

Hal verharrte noch einen Augenblick, dann rückte der Soldat aus seiner Deckung hervor. Er war geschickt und schnell. Hal musste noch schneller sein. Er visierte an und schoss. *PENG!*

Daneben. Der Feind schreckte zusammen und drehte den

Kopf instinktiv in Hals Richtung. Schon jagte die nächste Kugel durch die Luft. *PENG!*

Hal traf dem Soldaten ins Bein. Es sah aus der Ferne wie der Oberschenkel aus. Das war gut, denn da hatte er ihn erwischen wollen. Den Feind riss es augenblicklich von den Beinen. Sein Körper bretterte auf eine schmerzhaft aussehende Weise auf den Boden; dabei verließ ihn die Kraft, sein Gewehr in den Händen zu behalten. Es lag nicht weit von ihm entfernt, doch zunächst versuchte er, den Sturz zu verarbeiten und kurz darauf mit dem paralysierenden Schmerz in seinem Bein zurechtzukommen.

Hal eilte aus seinem Versteck, die Luger permanent auf den Feind gerichtet. Als dieser jenen sah, griff er nach seinem Gewehr, doch anstatt dieses in die Finger zu bekommen, kassierte er – *PENG!* – ein weiteres Loch in seinem Bein. Die Kugel schmetterte durch das Schienbein des ohnehin schon verletzten Beins. Es war ein zertrümmernder Durchschuss, der sich dahinter tief in die Erde bohrte und eine Dreckschicht aufwirbelte. Der Soldat hielt seine Wunde, nur um dann zu merken, dass das wehtat.

Hal konnte ihn, nun da er näher kam, schreien hören. Die Stimme war gewohnt finster, allerdings konnte dies auch durch die Maske kommen. Der Soldat würde nicht noch einmal versuchen, nach seiner Waffe zu greifen, dessen war Hal sich sicher, dennoch zielte er weiterhin mit seiner Luger auf ihn. Einen Schuss hatte er noch übrig.

Das gedämpfte Schreien des Soldaten ebbte ab, als Hal neben ihm stand. Nun glich es mehr einem Mischmasch aus einem bassvollen Stöhnen und einem komplett unverständlichen Verfluchen. Hal erdreistete sich, ihm den Helm vom Kopf zu nehmen. Mit der einen Hand sprach er weiterhin die tonlose Drohung mit der Luger aus, mit der anderen fummelte er den Verschluss vom Helm unter dem Kinn auf. Der Soldat machte keine Anstalten, sich zu wehren. Er ließ alles über sich ergehen. Als der Helm weg war, entfernte Hal die Gasmaske. Dann blickte er in das Gesicht des bislang zweifelhaften Mutanten.

Eine totgequetschte, lange, fette, eingekringelte Made klebte ihm von seinem kurzen Haarschopf bis auf die Stirn. Seine Zähne ragten ihm schwarz und verfault aus dem Mund und dicke lilafarbene Venen pulsierten an seiner Stirn. Coopers Aussehen war einfach nur abstoßend. Eine schlimme Hautkrankheit befiel sein Gesicht und mit Sicherheit auch den Rest seines Körpers. Es handelte sich um eine Mischung aus Hautgewülsten und -lappen, von der Hal keine Ahnung hatte, wie sie hieß. Er konnte sich gut vorstellen, dass diese spezielle Ausführung erst seit letzter Nacht existierte. Außergewöhnlich waren abgesehen davon noch seine Augen. Das übergequollene Blut war getrocknet, aber jetzt, da das Blut nicht mehr sprudelte, hatten sich die Augen geklärt und zeigten ihr wahres Aussehen. Sie wiesen weder eine Iris noch so etwas wie eine Pupille auf, ja nicht einmal das Weiß war in ihnen zu sehen. Die Augen besaßen eine Farbe, mehr nicht. Sie waren stahlblau.

Der Soldat schnappte nach Luft und wimmerte. Es war ein perverses Wimmern, das zugleich Mitleid erregend als auch Angst einjagend war. Sein Mund öffnete und schloss sich, doch heraus kamen nur neue Variationen des düsteren Jammerns. Sein Gesicht verzerrte sich vor Schmerzen. Hal warf einen Blick auf die Beinwunden. Die Hose war vom Blut durchgesifft.

Hal legte die Luger vorsichtig auf die Erde, damit kein Dreck hineingeriet, und zog sein Jagdmesser.

Cooper versuchte noch, an seinem letzten, sinnlosen Rest Leben festzuhalten und hielt seine Arme schützend nach oben. Er schlug und presste Hals Hände weg, aber die Verteidigung hielt nicht lange stand. Der Sweeper stach ihm in die Lücken. Er stach in den Bauch, schnitt in die Hände, drückte den einen Arm über den anderen und beendete das Ganze mit dem Öffnen des Halses. Es war schnell vorbei.

Hal wischte das Blut vom Messer an der Uniform ab, dann steckte er es wieder weg. Danach wandte er sich der Repetierbüchse zu. Es handelte sich um das Modell *Gewehr 88*, auch *Kommissionsgewehr* genannt.

Er drückte den Kammerstängel, den Bedienhebel des Zylinderverschlusses, nach oben, zog ihn zurück und eine Patrone verabschiedete sich. Hal fing sie geschickt in der Luft auf.

Da haben wir ja den kleinen Lümmel.

Er sah sich das Mordinstrument an. Dann betätigte er einen weiteren Hebel und eine leere Magazinhülse sprang heraus. Sie bot Platz für fünf Patronen. Vier hatte Cooper verschossen. Hal schmiss die Patronenbehausung weg und presste die verbleibende Patrone zurück in den Lauf. Danach schob er den Kammerstängel zurück nach vorne und zur Seite. Die Waffe war einsatzbereit. Hal freute sich über sein neues Überlebensutensil, doch betrübte ihn die Anzahl seiner Munition. Insgesamt nur zwei Schuss.

Er tastete seinen Feind ab und – »Bingo!« – sein Verdacht bestätigte sich. Cooper bewahrte in seinen Taschen nicht nur drei volle Magazine für die Büchse, nein – und Hal vermutete, dass dies auf Heavens Mist gewachsen war –, auch zwei zusätzliche Magazine für die Luger auf.

Er hob die Pistole auf und sorgte dafür, dass beide Waffen auf ihre Kapazität von sechs beziehungsweise fünf Patronen aufgestockt wurden. Kurz darauf war er wieder mit seiner Schaufel am Graben.

Er musste noch eine Weile buddeln, bis er auf das befriedigende Holzgeräusch traf. Er stand in einem schmalen Loch, das ihm knapp bis zur Brust reichte. Er hätte auch die komplette Größe des Sarges ausheben und dabei Zeit verschwenden können, doch stattdessen hatte er sich an der aufgewühlten Erde orientiert und nur dementsprechend viel freigelegt.

In der Zwischenzeit hatten sich die Amseln wieder zu ihm gesellt. Sie waren nicht mehr so zahlreich wie zu Anfang, doch waren ihre Menge und besonders ihre gaffenden Blicke noch immer bedrückend. Das Rotkehlchen zeigte sich allerdings nicht mehr. Hal fand es schade. Er hätte es gerne wiedergesehen, am liebsten sogar für seinen Garten zu Hause gleich mitgenommen.

Hal grub den Sarg weiter frei. Dann sah er, dass etwas mit dicker, kräftiger, gelber Farbe darauf geschrieben war. Es war die Zahl ...

»5. 86 links, 11 links, 32 links, 5. Noch eine.«

Hal stieg aus dem Loch, packte seine Siebensachen und machte sich auf den Rückweg. Das Gewehr hielt er wie bei einem Marsch an die rechte Schulter gelehnt; die Schaufel hievte er auf seine linke.

Der Himmel war im Laufe der Zeit wieder dunkel geworden. Der Wind hatte die finstere Front über Hal gestülpt. Das Gewitter war schon lange vorüber und machte keine Anstalten wieder anzufangen. Dafür lag ein gleich eintretender Regenguss in der Luft.

Wie sonst auch erfolgte am Wagen der provisorische Kontrollgang. Als dieser abgeschlossen war, legte Hal die Taschenlampe zur Feuerwehraxt und die Schaufel ebenso wie die Repetierbüchse verfrachtete er auf die Sitzbank dahinter. Er klopfte sich den Dreck ab und stieg ein. Anschließend erstattete er seinem Sergeant Bericht.

»Hallo! Die 5?«

»Korrekt. Auftrag erfolgreich ausgeführt.«

42 LETIPAK

Die Fahrt über schwiegen sich die beiden regelrecht an. Hal startete irgendwann die CD von vorne und drehte sie sogar noch etwas lauter, als er sich sicher war, dass Heaven ebenso wenig zum Reden zumute war wie ihm. Vielleicht wollte er ihn aber auch einfach bloß mit sich und seinen Gedanken alleine lassen. Hal sollte es recht sein.

Seine Vorhersage sollte sich als wahr herausstellen. Nicht lange nachdem sich der Kleinbus vom Friedhofsgelände verabschiedet hatte, begannen einzelne Tropfen, gegen die Frontscheibe zu plätschern. Kurze Zeit später nieselte es aus dem dunklen Wolkendach. Hal schaltete die Scheibenwischer an. Wenn er so nach oben blickte, bezweifelte er, dass das bisschen Regen alles sein würde. Zu dick und schwarz waren die Wolken, zu voll, um ihren Druck noch allzu lange zurückhalten zu können.

Die Strecke war einsam und verlassen. Und obwohl dann und wann ein oder mehrere Gebäude, von denen die meisten brach lagen, an ihm vorbeisegelten, sah er keine Seele. Es mochte den Anschein erwecken, als lägen die Einwohner in diesen frühen Morgenstunden noch in ihren Federn oder dass sie sich einfach nicht die Qual bereiteten, sich bei Regen nach draußen zu begeben.

Auf einem Maisfeld war eine Vogelscheuche an ein Kreuz genagelt. Sie schien Hal mit ihrem Blick zu verfolgen, ohne ihren Kopf zu bewegen. Es hätte ihn nicht überrascht, wenn Heaven dort einen Menschen hineingesteckt hätte. Er hätte seinen Kopf drehen und versuchen können, Hal zu erschrecken, aber er tat es nicht. Vielleicht hing dort ein Bewohner, den die Bewusstlosigkeit oder sogar schon der Tod ereilt hatte.

Ein weiterer Blick auf den Stadtplan verriet ihm, dass er bald wieder abzubiegen und einer langen Kurve zu folgen hatte. Die Straße war mittlerweile sehr nass und Hal drosselte ein wenig die Geschwindigkeit. Für einen Moment drehte er die Lautstärke auf unhörbar und versuchte, stattdessen dem Prasseln des Regens zu lauschen. Er öffnete das Seitenfenster ein Stück. Vereinzelte Tropfen suchten sich ihren Weg in sein Gesicht. Die Luft hatte sich in der jüngsten Zeit rasant abgekühlt. Zwar drang sie nur durch einen Spalt ein, doch war sie jetzt schon gehaltvoll an Frische. Es war irgendwie ironisch, dass ein solches Fleckchen Land in einer Nacht wie dieser nicht nach Blut, sondern nach Seligkeit roch.

Hal schloss das Fenster und wandte sich wieder der fröhlichen Musik zu.

»Das zweite mit dem Welldach«, meldete sich Heaven zurück und beantwortete damit die unausgesprochene Frage, welches Haus genau auf der Karte gemeint war.

Eine kleine Nachbarschaft, bestehend aus vier Häusern, drei mit Welldach, das letzte mit altmodischen Dachziegeln, begrüßte Hal, ohne etwas zu sagen. Hal hätte sich am liebsten sofort wieder verabschiedet. Das besagte Haus, das er nun aufsuchen sollte, war zu einer Seite hin abgesackt; das Fundament stand schief. Das Anwesen hatte einen zerschrundenen weißen Anstrich. Das Dach trug einen hellblauen Ton.

Jedes der Häuser besaß eine große Rasenfläche. Beim ersten stand ein Spielplatz. Zwar war er abgenutzt, aber noch lange nicht so verfallen, dass Kinder an einem verlassenen, abgeschotteten Ort wie diesem keinen Spaß daran hätten finden können.

Hal blickte zu den Fenstern, aber entdeckte dort niemanden. Als er anhielt, schaltete er den Motor aus, die Musik endete zeitgleich und nur der vom Auto abprallende Regen untermalte noch die Szenerie. Hal hatte recht gehabt; aus dem Nieseln war mit der Zeit etwas Kräftigeres geworden. Die Zeit würde zeigen, ob dies bereits das Ende war. Hal vermutete nein.

»Dies ist deine vorletzte Aufgabe«, murmelte Heaven und Hal hielt sich das Funkgerät näher an das Ohr. »Und wie ich bereits angekündigt hatte, dürfte sie im Gegensatz zu den meisten anderen ein Kinkerlitzchen für dich sein. Ganz zu schweigen von der letzten Aufgabe, aber dazu später mehr. In dem netten Häuschen vor dir findest du im Keller entführte Personen, aber sie stammen nicht aus Drewhound. Zumindest nicht alle. Ein paar. Für mehr fehlte mir die Zeit. Denen aus Drewhound dürfte es aber wohl von allen noch am besten gehen. Zumindest ging es ihnen vor dem Einatmen des Gases besser als den anderen. Mittlerweile geht es wahrscheinlich allen gleich gut.«

Hal schluckte seine Wut erneut herunter, ebenso wie einige Verfluchungen und Beleidigungen, die er nur zu gerne Heaven an den Kopf geworfen hätte.

»Was ist meine Aufgabe?«, fragte er.

»Beseitige jeden Einzelnen von ihnen.« Heaven klang hart und kalt. »Das Funkgerät kannst du hierlassen. Da drinnen wartet ein weiteres auf dich.«

»Gibt es da drinnen Licht oder sollte ich meine Taschenlampe besser mitnehmen?« Hal war sich durchaus bewusst, dass, wenn Heaven nun behauptete, dass er die Lampe besser mitnehmen solle, es immer noch gut sein konnte, dass er ihn nur wieder ärgern wollte. Aber er tat es nicht.

»Lass die Taschenlampe hier. Die Luger und die Büchse würde ich an deiner Stelle allerdings lieber nicht vergessen.

Und das ist kein Ratschlag oder eine Bitte, sondern eine Anweisung. Testen wir mal, wie schnell du tatsächlich schießen kannst.«

Hal legte das Funkgerät beiseite und rüstete sich aus, so klug er konnte. Die drei Messer, zwei im Gürtel und das kleine breite in der linken Hosentasche, hatte er nie abgelegt. Die Luger wechselte ihren Platz nach hinten in den Gürtel, damit die Sommerjacke darüber hängen und sie so vor Nässe bewahren konnte. Die Axt ließ er an Ort und Stelle. Wenn er schon das lange Gewehr in den Händen hielt, konnte er nicht auch noch eine Axt gebrauchen.

Er steckte den Autoschlüssel ein und stieg aus. Augenblicklich kühlte der Regen seine Haut. Die klare Luft hatte etwas Reinigendes. Ohne Probleme hätte er hier eine Stunde lang einfach nur herumstehen können, so angenehm war es. Stattdessen bewegte er sich auf das schiefe Gebäude zu. Seine Jacke hielt er schützend über die Repetierbüchse, die er senkrecht an seinen Körper presste, damit kein Wasser in sie hineingeriet.

Er kam an einem Blumengarten vorbei. Ein zurechtgestutzter Buchsbaum ragte aus mehreren Blüten und sich dazwischen ansammelndem Unkraut hervor.

Das Klingelschild schrieb: *»Mintken«*. Nicht dass es wichtig gewesen wäre, nur hatte Hal sich schlichtweg gefragt, in wessen Haus er hier nun eindrang.

Der Schlüssel steckte im Türschloss. Er hing mitsamt einigen weiteren an einem Schlüsselbund mit Flaschenöffner. Nachdem er unnötigerweise probiert hatte, die Haustür einfach so zu öffnen, benutzte er den Schlüssel. Ein Erfolg verkündendes Klacken ertönte und Hal trat ein.

Mehrere Jacken hingen über einer Kommode, die bis zu einer Tür reichte, in deren Mitte ein unebenes bräunliches Glas eingearbeitet war. Hal gegenüber lag eine weitere Tür, an welcher ein WC-Symbol klebte. Zwei Schränke, einer links, einer rechts, erdeten schwer und nahmen den Rest der Wände ein.

Hal griff nach hinten und steckte die Luger wieder vorne in die Hose. Der Unterschied beim Ziehen würde nur minimal sein, dennoch war es ihm lieber, nicht erst die Jacke beiseiteschieben zu müssen, bevor er die Waffe ziehen konnte.

Hinter der Tür mit dem braunen Glas gelangte er auf einen kleinen Flur. Eine Karikatur von einem Mann mit langen schwarzen Haaren und einem kleinen Jungen hing an der Wand. Links gelangte man in eine Küche. Das Zimmer geradeaus war uneinsehbar, da eine Tür den Blick versperrte. Drei Meter weiter rechts führte eine Treppe nach oben. Unter ihr und neben der geschlossenen Tür befand sich noch eine weitere Tür. Sie war wie die Treppe aus Holz und ein Eisenriegel war davorgeschoben. Ein Stuhl war unter dem Knauf eingeklemmt; er lehnte schräg dagegen.

Unter der Schwelle sah Hal Licht brennen. Er lauschte an der Tür, konnte aber nichts hören. Dann zog er den Stuhl weg. Er schien sich in den Boden gekerbt zu haben und Hal musste seine Muskeln etwas spielen lassen.

Und nun, ohne dass er ein zweites Mal sein Ohr an das Holz drücken musste, vernahm er Geräusche. Schritte waren es, ganz leise, aber schnell und viele. Stöhnen, nicht eines, sondern mehrere glaubte er zu hören und vielleicht auch ein Wimmern.

Seine Waffen waren entsichert und die gute alte Büchse 88 lag fast schon krampfhaft in seinen Händen. Er würde schnell schießen und eventuell sogar noch schneller damit zuschlagen können. Er zog den Eisenriegel zur Seite, öffnete die Kellertür und zwang sich seine Schritte auf.

Der Schweiß stand ihm auf der Stirn. Er lief noch nicht herab, sondern sammelte sich erst. Und ein fetter Kloß hing ihm im Hals, der nur zäh und langsam nach unten rutschte.

Der Keller war größer, als er erwartet hatte. Eine nackte Glühbirne hing von der Decke. Asseln und Schnecken krabbelten und klebten an den Wänden.

Die armen Seelen, die hier hausten, hatten in die Ecken gestrullert und defäkiert, weil sie den Druck nicht mehr ausgehalten hatten. Einige waren zu langsam gewesen und liefen mit nassen und beschmutzten Hosen herum und die, die sich nicht dafür schämten, hatten sich untenrum einfach ausgezogen. Einige malten. Ein paar der Bilder waren auf dem Steinboden ordentlich gestapelt. Der Großteil jedoch flog herum.

Messer, Beile, Spieße, Knüppel und vielerlei andere gefährliche Gegenstände lehnten an den Wänden oder lagen auf dem kalten Grund.

Hal stieg die Stufen weiter hinab. Viele erschraken bei seinem Erscheinen und sahen ihn ungläubig an. Andere bemerkten ihn erst, als er den Fußboden berührte oder andere auf ihn aufmerksam machten. Einige schliefen auch und wurden geweckt oder wachten durch den Aufruhr von selbst auf.

So viele hatte Hal noch nie gesehen. Es war ein ganzer Haufen Piet Burnhards und Lucia Torhinos. Alles Kinder.

Sie waren hier eingepfercht und sich selbst überlassen worden. Die Kameras in den Ecken zeichneten alles auf. Giftgasbehälter, wie Hal sie aus dem Raum im Haus am See kannte, waren gleich daneben angebracht. Es war pervers. Nichts als krank und pervers.

Als die vergasten Kinder anfingen, auf Hal zuzustürmen, begann die Schießerei.

Einige hielten bereits Waffen in den Händen, die meisten jedoch waren bei Hals Erscheinen einfach in eine natürliche Angriffslust verfallen und hasteten mit leeren Händen auf ihn zu. Nur ihre schwarzen Fingernägel und ihre widerlichen Mäuler dienten ihnen als Mittel zum Zweck. Hal hatte keine Ahnung, ob es daher rührte, dass Heaven bestimmte abnormale Versuche mit ihnen durchgeführt hatte oder ob es einfach daran lag, dass das Gas bei noch heranwachsenden Lebewesen solch drastische Nebenwirkungen mit sich zog, aber Fakt war, dass diese Piets und Lucias aussahen wie von einem anderen Planeten. Ihre Gesichter waren nach oben gestreckt und ihre Mäuler lang und verdreht. Sie ließen nichts anderes interpretieren als blinde Wut und Verzweiflung, als wären die Kinder seit Tausend Jahren gequälte Seelen aus der Hölle. Ihre Schreie waren nicht so dunkel, wie die der Erwachsenen, denen Hal in der Nacht begegnet war, gleichwohl brannten sie sich nicht minder ein. Es war skurril, wie sie sich anhörten. Sie waren Mark erschütternd und stimulierten Hals Blase in einer Weise, dass er sich am liebsten augenblicklich von Neuem in die Hose gepinkelt hätte. Bevor dies jedoch passierte, lenkte er sich gezwungenermaßen selbst ab.

BOMM!!!

Die Repetierbüchse war ohnehin schon laut, doch hier unten im Keller vergrößerte sich noch einmal der Schall. Die Gewehrkugel brach durch das verkrümmte Etwas, was man wohl als Stirn hätte bezeichnen können. Piets Kopf zersprang durch den Druck. Bei dieser Entfernung blieb der Kugel nichts anderes übrig, als sich sofort noch ein weiteres Opfer dahinter zu suchen. Das winzige Stück Metall stülpte das Gesicht einer Lucia in einem verdreckten Blümchenkleid schier nach innen, bevor es sie von ihren taubenblauen Schühchen haute.

Bei dem Knall zuckten sie alle zusammen. Selbst Hal verjagte sich, ließ sich allerdings nicht aus dem Takt bringen und riss den Kammerstängel nach oben, nach hinten, zurück nach vorne und zur Seite. Es machte *Klick-klack-klack-klick*, wobei er das letzte *Klack* und *Klick* dermaßen schnell ausführte, dass es zu einem Geräusch verschwamm. Kaum frisch durchgeladen, feuerte er auch schon das nächste Kind ab.

BOMM!!! Die linke Schädeldecke einer vielleicht Achtjährigen flog durch die Luft. Dahinter trieb es die Kugel durch die Brust eines blonden Piets. Weiter als in den Oberarm eines weiteren Jungen konnte Hal die Flugbahn nicht verfolgen.

Die Piets und Lucias hatten kaum Zeit, um das zu verarbeiten, was hier gerade vor sich ging. Erst hatten sie Hal noch packen wollen, nun hielten sie sich die Ohren zu und rannten in dieser Sackgasse um ihr Leben. Es herrschte Aufruhr. Jeder wollte nach hinten an die Wand. Sie drängelten, schubsten und begannen, sich gegenseitig zu schlagen. Einige waren derart aufgebracht, dass sie sogar mit Waffen versuchten, an den anderen vorbeizukommen. Und dazu das Geschrei. Bei manchen hörte es sich an wie Warnrufe, andere klangen nach puren Schmerzen, obwohl sie nicht einmal verletzt waren. Es dröhnte ekelhaft in den Ohren. Auf eine verkannte Art war Hal sogar froh, dass die Schüsse so laut waren, denn dadurch dämpfte es die Kinderschreie.

Klick-klack-klaick, BOMM!!! An der linken Wand sackte ein Mädchen mit einer Machete zusammen und hinterließ einen fetten Blutklecks auf den herumkrabbelnden Asseln und Schnecken.

Klick-klack-klaick, BOMM!!! Patrone vier erledigte zwei weitere Piets. Der erste war etwa zwölf Jahre alt, der andere nicht einmal zehn. Der erste hatte geschrien, der zweite gerade wieder Luft geholt. Beiden fetzte die Kugel durch den Kopf.

Die hintere Wand war kaum mehr einzusehen, denn die vergasten Kinder türmten sich schon teilweise. Wer stürzte, wurde einfach niedergetrampelt. Wer sich eine Waffe greifen konnte, tat dies, doch es brachte nichts. Niemand kam an den Sweeper heran. Es war das Abscheulichste, was Hal jemals hatte tun müssen, aber als er sah, wie sich manche der ohnehin schon verdrehten Mutantenköpfe noch weiter in die Höhe schraubten und ihre grotesken Münder aufrissen, wusste er, dass dies hier bloß ein Psychospiel von Heaven war. Und obwohl Hal bewusst war, dass das Leben dieser Kinder bereits zu dem Zeitpunkt vorbei gewesen war, als sie das Gas eingeatmet hatten, und sie ihre Erlösung sogar noch mehr und viel eher verdient hatten als alle anderen, denen er begegnet war, zerriss es schier sein Herz.

Er blieb standhaft und tat, was ohnehin erledigt werden musste, ob nun von ihm oder irgendwelchen Soldaten oder Polizisten. Er vergoss keine Träne, obwohl ihm seit sehr langer Zeit zum ersten Mal wieder danach zumute war. Er verfluchte Heaven und musste an ein Zitat von einem alten Cowboy denken, über den er gerne gelesen hatte.

Möge dein erster Tag in der Hölle zehntausend Jahre währen.

Klick-klack-klaick, BOMM!!! Hal schoss in den Turm, der sich hinten an der Wand erstreckte. Er erwischte irgendeinen Rücken und alles, was dahinter lag.

Das Hallen der Schüsse und die Klagerufe derer, die es hörten, sangen in einem albtraumhaften Chor.

Hal musste das Magazin wechseln. Das alte flog heraus, das neue, das er aus seiner Jacke fischte, rastete ein. Dann ging das Feuer wieder an.

Klick-klack-klaick, BOMM!!! Klick-klack-klaick, BOMM!!! Klick-klack-klaick, BOMM!!!

Einige der Kinder waren klug genug und suchten ihre einzige Überlebenschance im Angriff. Die Älteren waren mutiger als die meisten Jüngeren. Sie rasten auf Hal zu, doch dadurch legten sie im Grunde nur die Reihenfolge fest, in der er sie niederstreckte. Köpfe und andere Körperteile zersprangen. Gehirnmasse und Eingeweide flogen durch die Luft und verteilten sich auf dem Boden. Es machte ein widerliches *Flatsch*-Geräusch, als die Kinder darüber stapften.

Klick-klack-klaick, BOMM!!! Klick-klack-klaick, BOMM!!!

Hal schoss um sein Leben. Er zählte die Opfer nicht. Immer nur dachte er: »Einer weniger. Den als Nächsten.«

Die Luft stank nach Schießpulver, Scheiße, Pisse und Blut.

Das Magazin war leer. Er lud gerade das nächste nach, als eine Axt an ihm vorbeiflog. Einer der Piets hatte sie erfolglos geworfen. Er war untenrum nackt.

Das Magazin rastete ein und Hal schlug einem herannahenden Piet in einem gelben T-Shirt, der mit einem Messer gefährlich nah an ihn herangekommen war, den Gewehrkolben in das verkrüppelte Aliengesicht. Es hörte sich an, als hätte er sowohl seine Nase als auch das Jochbein gebrochen sowie einige Milchzähne kaputt- und ausgeschlagen.

Piet sackte bewusstlos zusammen.

Nachdem Hal dem nackten Axtwerfer ein Drittel des unteren Gesichts abgeschossen hatte, verpasste er auch dem im gelben T-Shirt seinen Gnadenschuss. *Klick-klack-klaick, BOMM!!!* Und *klick-klack-klaick, BOMM!!!*

Es war so einfach wie schwer.

Dann jedoch vollführte eine der Lucias einen strategischen Geniestreich. Sie war fast so hochgewachsen wie die Größten der Piet-Jungen und trug zwei Zöpfe. Was sie besser machte als alle anderen, war, Hal das Einzige zu nehmen, was er benötigte und für das er nicht mehr vorgesorgt hatte: Das Licht.

Sie zerschmetterte mit einem Baseballschläger die Glühbirne in der Mitte und Dunkelheit verschluckte den Keller. Das diabolische Geschrei dauerte fort, nur sah Hal nicht mehr, zu wem die Stimmen gehörten. Ein bisschen Tageslicht trat noch durch die offen stehende Tür und beleuchtete die Stufen dementsprechend fahl.

Hal schoss noch einmal ins Schwarze und hoffte, dass er etwas Nahes traf. *Klick-klack-klaick, BOMM!!!* Es hörte sich nach einem Ja an. Ein weiterer Körper stürzte zu Boden.

Die Sicherheit der Finsternis beruhigte die Kinder nicht. Im Gegenteil. Sie kreischten und stöhnten und wimmerten sogar noch lauter. Andere hingegen hasteten weiter auf den Sweeper zu.

Hal musste seine Strategie ändern. Er raste die Treppe zurück nach oben. Als er wieder im Flur stand, drückte er die Tür zu. Zwei langgekurbelte, aufstöhnende Kinderköpfe waren dicht hinter ihm. Das wenige Licht zeigte ihre kleinen Körper, bis die Tür das Sichtfeld abschnitt. Hal schob den Eisenriegel vor und klemmte vorsichtshalber auch den Stuhl wieder unter die Klinke.

Daraufhin rüttelte es an der Tür, aber nicht so lange, wie er erwartet hatte. Hal besaß noch eine weitere, bloße Patrone für das Gewehr. Er steckte sie zu den anderen beiden in sein Magazin und klickklackte die oberste in den Lauf. Nachdem er die Luger wieder hinten in seine Hose gesteckt hatte, lief er nach draußen.

Er war nur kurz in dem Haus gewesen, doch der Regen hatte in der Zwischenzeit bereits an Intensität zugenommen. Seine Jacke wieder schützend über das an den Körper gedrückte Gewehr haltend, rannte er zu seinem Wagen. Sein Überprüfungsblick fiel kürzer aus als sonst. Dann schloss er auf.

Er schnappte sich die Taschenlampe und spuckte Gift und Galle. »So ein Spast! Lass die Taschenlampe hier, hat er gesagt.« Hal ging in seiner herabwürdigenden, übertrieben und albern hervorgebrachten Nachäffung von Heaven völlig in seinem Zorn auf. »Natürlich brauchst du keine Taschenlampe, Hal. Da ist es doch nicht dunkel. Ich verarsch dich schon nicht. Nein, glaub mir. Ich bin der Tollste. Ich schiebe mir gerne alle möglichen stacheligen Dinge in den Arsch und habe einen verkümmerten Hoden. Aber zum Glück ist der größer als mein Mikropimmel. Gehst du jetzt bitte wieder rein und schießt weiter auf die Kinder? Ich hab sie extra nur für dich entführt, misshandelt und mit meinem fotzigen Gas verseucht. Oh, vielen Dank, Gurtis. Du bist ja so nett. Du bist wahrlich der größte Stuhlprobenwichser, den ich kenne.«

Hal schloss die Haustür hinter sich und steckte die Luger wieder nach vorne. »Fick dich, du Spast!«

Er atmete noch einmal kräftig durch, dann zog er leise den Stuhl unter der Klinke weg und den Eisenriegel zur Seite. Die Taschenlampe hielt er in seinem Mund, doch war sie für den ersten Piet noch unnötig. Er wartete recht oben an der Treppe und lief panisch auf Hal zu, als er ihn sah.

BOMM!! Mitsamt einer Vielzahl von Schädelknochenstücken, Blut und Hirnschwall katapultierte es Piet die Stufen hinab. Dabei riss er die Lucia mit dem Baseballschläger um. Bestialisches Geschrei und Gestöhne erfüllten mit neuer Kraft den Keller.

Hal lud durch. *Klick-klack-klaick.*

Das Licht zeigte ihm den Weg und er folgte ihm. Die Stufen waren mit frischem Blut gestrichen. Ein Knüppel flog durch die Luft und erwischte Hals Schienbein. Der Schmerz war deutlich, doch abgesehen von einem kurzen Anheben des Beins, ignorierte er ihn.

Die kluge Lucia lag nach dem Sturz jetzt am Boden. Ihr Knöchel war ungesund verdreht, andererseits wusste Hal nicht, ob das bei einem solch durchgezwirbelten Körper überhaupt etwas Schlimmes zu bedeuten hatte.

BOMM!!!, hallte es durch die Finsternis und aus Lucias früher bestimmt einmal niedlichem Gesicht war nun ein hässlicher Haufen Matsche geworden.

Klick-klack-klaick. Hal stieg die Treppe hinab. Plötzlich verspürte er ein heißes Stück Eisen, das sich unten an seiner Wade durch sein Fleisch brannte. Er biss kräftiger auf die Taschenlampe und konnte es gerade noch verhindern umzufallen, indem er nach vorne sprang und seinen Aufprall gegen die Wand mit seinen Armen abstützte.

Neben ihm wartete ein Junge mit einem Spieß. Seine Augen sprühten nur so das Blut in die Luft. Hal erschoss ihn mit der letzten Patrone seiner Repetierbüchse. *BOMM!!!*

Die Brust des jungen Piets zerbarst in ein rotes Puzzle. Hal schmiss sein unnütz gewordenes Gewehr einer Lucia in vollgenässter Unterhose gegen den Rücken, woraufhin sie bäuchlings auf eine andere, tote Lucia fiel.

Der Schmerz in seiner Wade war ihm bekannt. Jemand hatte eine Klinge in ihn gestochen. Nur wenige Millimeter weiter links und es hätte seine Achillessehne erwischt. Hal nahm die Taschenlampe in seine linke Hand und leuchtete unter die Treppe. Ein Piet in einer blutverschmierten Latzhose lungerte darunter. Er hielt ein Messer in der Hand und versuchte, nicht gesehen zu werden.

Hal nahm die Luger und schoss ihm durch einen Halswirbel. *PENG!!!* Die Pistole war sogar noch lauter als das Gewehr. Es war ohrenbetäubend. Ein paar Dezibel mehr und Hal hätte als Konsequenz ein Piepsen gehört.

Nur wenige Kinder waren noch übrig und Hal verfiel in einen regelrechten Schusswahn. Es machte ein *PENG*-Geräusch nach dem anderen. Die Schallwellen überschnitten sich und erzeugten so eine noch größere Lautstärke. Die letzten beiden Schüsse klangen dann bloß noch wie einer.

Schließlich war nur noch ein Piet übrig. Er hockte in einer Ecke und wimmerte abnormal. Er war acht oder neun Jahre alt. Von seiner Hose tropfte Pipi auf den Fußboden. Er hatte

Hal seinen Rücken zugewandt. Sein breiter, lilaner Hals pumpte dumpf pochend dicke Klumpen in den verrenkten Mutantenkopf.

Während Hal nach vorne schritt, legte er das neue Magazin ein, riss den Verschluss nach oben und ließ ihn wieder vorschnellen. Er wich den toten Körpern aus und latschte über Lebenssaft und Gedärm. Erneut machte es das ekelerregende *Flatsch*-Geräusch.

Als er nur noch zwei Meter entfernt war, blieb er stehen und richtete die Luger auf das nun so harmlos erscheinende Wesen. Das Wimmern wurde zu einem Krächzen. Es war pure Disharmonie für die Gehörnerven. Hal verharrte kurz; er konnte nicht anders. Als der kleine Junge nach einem Moment des Nichtsgeschehens seinen Kopf drehte …

PENG!!!

Dann war es ruhig. Niemand rührte sich noch. Keine Klagelaute mehr aus der Hölle. Nichts.

Die ganze Schose war vorüber und Hal kotzte sich seinen kompletten Magen leer.

Sein Kopf drehte sich. Ein plötzliches Zittern setzte ein, das nicht so schnell wieder verschwand.

Als er fertig war, das Trockenfleisch und die Schokolade wieder auszuspeien, hörte er eine altbekannte und immer verhasstere Stimme.

»Hal? Hal! Hal!« Heaven klang, als trüge er eine Maske. »Ich glaube, du musst mich suchen. Kann gut sein, dass ich in dem Gemenge ein wenig hin und her getreten wurde.«

Hal suchte mit der Taschenlampe und seinen Ohren nach dem Funkgerät.

»Hörst du mich schon besser? Hier bin ich! Hier! Komm! Wo ist das Stöckchen? Ja, wo ist es denn? Such! Such!«

Dann endlich fand er es. Ein nasser Junge lag mit seinem

Körper darauf. Hal stemmte ihn mit seinem Fuß zur Seite, dabei durchfuhr ihn wieder der frische Schmerz in seiner Wade. Er hob das Funkgerät auf und leuchtete vor dem Aufstehen kurz seine Verletzung an. Sie sah nicht gut aus, aber auch nicht außergewöhnlich schlecht, trotzdem sollte er gleich besser einen Druckverband anlegen.

Zunächst wollte er allerdings aus diesem Raum heraus. Er vermied es, mit Heaven zu sprechen, und machte sich auf den Weg zurück nach oben.

»Das hast du gut gemacht. Fühl dich gelobt, Hal. Aber sei doch so gut und nimm, wenn du schon da unten bist, einen Bogen Papier sowie einen Stift mit.«

Hal war momentan nicht in der Stimmung zu diskutieren, fluchen, meckern oder sonst was und suchte einfach, wonach er suchen sollte. Es dauerte etwas, bis er ein Stück Papier fand, das nicht allzu begossen war. Dieses hatte nur wenige und kleine Blutflecken. Der erste Stift, den er anfasste, war dermaßen nass und klebrig, dass er ihn augenblicklich wieder zu Boden fallen ließ. Ein blauer Wachsmalstift sollte es dann schlussendlich sein.

Er trug alles nach oben, mitsamt der Repetierbüchse für den Fall, dass ihm noch weitere Patronen gewährt werden sollten, sowie einer herumliegenden Machete, bei der er sich nicht mehr die Mühe machte, das darauf gespritzte Blut abzuwischen.

Oben im »Hellen« wieder angekommen, schloss er die Kellertür. Dann ließ er sich mit dem Rücken gegen sie sacken. Seine Sachen ließ er einfach fallen und wischte sich mit den Händen durch sein Gesicht. Seine Innenflächen wurden nass. Als er sie betrachtete, sah er Blut an ihnen. Sein Gesicht war voll davon. Er hatte es da unten nicht als so viel empfunden. Zunächst wollte er sich mit seinem Hemd abtrocknen, doch als er sah, wie blutig auch dieses war, benutzte er stattdessen die Innenseite seiner Jacke.

Danach setzte er sich auf den Boden. Gerade als er in das Funkgerät sprechen wollte, musste er von Neuem würgen. Es kam nichts heraus, da sein Magen nichts mehr hatte, was sich einen Weg nach draußen hätte bahnen können.

»Hal, du hast den Boden, auf dem du dich bewegst, mit Leichen gepflastert. Wie fühlt sich das an?«

Hal befürchtete, erneut würgen zu müssen, doch er tat es nicht. »Ich mache mir keine Vorwürfe.«

Er presste mit der Hand seine Hose kräftig gegen die blutende Wade. Er würde sie gleich versorgen, doch vorerst wollte er noch zwei oder drei Minuten einfach nur hier sitzen bleiben. Die Wunde war nicht so schlimm, dass er sich diesen Luxus nicht leisten könnte.

»Tut mir leid, dass du dir falsche Hoffnungen gemacht hast, aber alles, was ich hier getan habe, fällt unter die Kategorie Überlebenskampf. Du bist derjenige, der diesen Kindern ihre Menschlichkeit und ihrem Dasein den Sinn geraubt hat. Ich hingegen kämpfe hier für zwei Leben und habe nebenbei einer Vielzahl von zutiefst misshandelten Opfern, die zu waschechten Monstern wurden, ihre verdiente Ruhe gebracht.«

»Ob nun Monster oder nicht, du bist ein Mörder.«

»Wenn du es so sehen willst, in Ordnung. Ich habe gemordet.« Dieser Satz kam Hal schwerer über die Lippen, als er gedacht hatte, obwohl ihm dessen mindere Bedeutung eigentlich bewusst war.

»Nagt es nicht wenigstens ein bisschen an dir?« Obwohl Heavens Wortwahl auf Enttäuschung hätte schließen können, hörte er sich bemerkenswert glücklich an, so als könnte nichts seiner guten Laune schaden.

Hal schwieg.

»Och, Mensch! Mein Lieber, ich hoffe, ich kann dich wieder aufmuntern, indem ich dir die letzte Ziffer des Codes verrate. Es ist die glorreiche 7.«

»Juhuu.« Hals Jubelruf war leise und ohne Begeisterung, doch wenigstens brachte er noch genug Engagement mit ein, um eine seiner Hände leicht nach oben zu heben.

52 LETIPAK

Hal spürte die Wärme seines Blutes, das in die Jeans einzog.

»Du erinnerst dich, dass du noch zwei gut bei mir hast?«, fragte der Mann aus dem Funkgerät.

»Mich erinnern? Ich warte schon die ganze Zeit darauf.«

»Wie schön. Also, für deine tollen Namensgebungen und dein engagiertes Bestreben, meine Versuchsobjekte auf Herz und Nieren zu testen, habe ich mir gedacht, gebe ich dir für den Rest des Tages einfach frei.«

»Frei?« Hal hegte keinen Zweifel daran, dass ein Haken in dem Köder steckte.

»Nun ja, komplett frei ist übertrieben. Zunächst einmal kommen wir zu meinem ersten Dankeschön. Das letzte Antiserum bekommst du von mir völlig umsonst. Es ist geschenkt. Na, wenn das nichts ist. Du musst nichts dafür machen. Hol es dir hier einfach ab.« Als Hal dem nichts hinzufügte, machte Heaven weiter. »Nun zu meiner zweiten Vergütung. Diese ist zwar nicht umsonst, dafür stellt sie aber auch keinerlei Herausforderung dar und kann somit, wie ich finde, als ein bedankendes Präsent angesehen werden. Dir fehlt noch die letzte Richtung für das Schloss. Ich verrate sie dir, nur musst du dafür auch etwas für mich tun, allerdings bloß eine winzige Kleinigkeit.«

»Was?«

»Ich hätte gerne nichts weiter als ein Erinnerungsstück an unsere gemeinsame, unvergessliche Nacht. Vielleicht stecke ich es mir in meine Geldbörse oder rahme es zu Hause gar ein.«

»Du hast doch stundenlanges Videomaterial. Reicht dir das nicht?«

»Ja, schon, aber nein. Nimm dir den Zettel und den Stift und schreib: ›*Sie haben es verdient. Töten macht Spaß.*‹« Heaven erzählte es mit einem hörbaren Glanz in der Stimme, als wäre er ein perverser Stalker, dessen Opfer vor Gericht keine einstweilige Verfügung durchsetzen konnte. »Und darunter setze doch bitte noch einen Smiley oder so was.«

Hal hatte nicht mal Lust, über diese Aufgabe nachzudenken. Er kritzelte die paar Worte und ein ausgesprochen billiges Punkt-Punkt-Komma-Strich-Gesicht einfach aufs Papier.

»Halt ihn mal hoch.« Hal hob den Zettel in die Luft und bewegte ihn langsam in alle Richtungen. »Ja, wo ist die Kamera? Wo ist sie denn?«

»Ich weiß es nicht und es ist mir auch egal.« Hal imitierte Heavens verhöhnende Hundesprache, woraufhin dieser vorerst die Klappe hielt.

Wenige Sekunden später schien Heaven zufrieden zu sein.

»In Ordnung. Leg den Zettel einfach auf den Boden. Ich hole ihn mir dann später ab. Und du kannst dir jetzt deine letzte Injektion abholen.«

Hals Körper sehnte sich schon wieder danach. Allein von dem erlösenden Antiserum bloß zu hören, weckten bereits Anzeichen einer ihn anekelnden Sucht. Aber solange es nur um seine Heilung ging, war ein solches Verlangen wahrscheinlich noch zu entschuldigen.

»Der Spuk hat nun ein Ende«, redete Heaven weiter. »Ist das

zu fassen? Ich habe dir ja einiges zugetraut, einiges, aber dass du wirklich die Nacht überstehen würdest … zu schön, um wahr zu sein. Hätte ich einen drei Meter hohen Zylinder, ich würde ihn vor dir ziehen. Du hättest es verdient. Und ja, schieß mir einer ins Knie, du hattest sogar recht mit der letzten Richtung für das Türschloss. Es ist wieder links. Viermal links. Nun steht dir sämtliches Wissen offen. Erfreue dich deiner Taten und hole dir deine holde Maid ab. Du darfst wirklich stolz auf di–«

»Gurtis?«

»Ja?«

»Werden wir uns gleich noch einmal sehen?«

»Das bezweifle ich. Ich kann mir durchaus vorstellen, dass du nicht so viel Vergnügen wie ich gehabt hast und deshalb auch ein wenig wütend auf mich bist.«

»Ein wenig?«

Heaven stöhnte genervt auf. »Dann platzt dir eben die Hutschnur, du oller Kleinkauer. Wie dem auch sei, ich bin nicht gewollt, dem Spartaner in dir von Aug zu Aug zu begegnen, von daher werde ich mich gleich geschwind aus dem Staub machen. Du erledigst, was du zu erledigen hast, und ich gehe meiner Wege. Sei dir jedoch gewiss, dass wir uns wiedersehen werden. Entweder besuchst du mich, wenn du weißt, wo ich wohne, oder ich werde dich einfach entführen lassen und dich zu einem Wiedersehen zwingen.«

»Weißt du eigentlich, was mein Nachname bedeutet? Interessiert dich das?«

»Mich interessiert so ziemlich alles, was dich betrifft. Meine Aufmerksamkeit gehört ganz dir.«

»Furbita steht für *Fuck u right back in the ass*.«

Kurze Zeit war nichts zu hören. Dann lachte Heaven herzhaft. »Du bist mir vielleicht eine Ulkzofe.«

Der Regen war außer sich. *Prasseln* traf es nicht mehr. Innerhalb kürzester Zeit war daraus ein Bullern geworden. Die dicken Tropfen gruben sich in die Erde hinein, als wollten sie weder mehr sehen noch gesehen werden. Das Welldach klapperte in millionenfacher Katharsis vor sich hin. Und der Kleinbus erweckte den unwahrscheinlich eintretenden Eindruck, als bräche er unter dem bestialischen Scheppern bald zusammen.

Hal hielt seine Sommerjacke schützend über sich und seine Gegenstände. Der schmerzhafte Sprint dauerte lange genug, um das Stoffdach durchzunässen. Am Auto angelangt, verzichtete er auf eine ausgiebige Kontrolle, warf lediglich einen schnellen Blick hinein, schloss auf und brachte seine Sachen in Sicherheit.

Er hätte sich seine Tasche mit den Klamotten nehmen können, ein paar saubere besaß er noch, aber er blieb lieber, wie er war. *Scheiß drauf.* Falls es doch noch wieder blutig werden sollte, müsste er sich ja schon wieder umziehen.

Zunächst spülte er seinen Mund mit Wasser aus, um den Geschmack vom Erbrochenen wenigstens zum Teil loszuwerden. Er öffnete die Tür, ließ den wütenden Regen hinein und spuckte aus.

Auf dem Fahrersitz war es eng, weshalb er den Sitz zunächst so weit wie möglich nach hinten drückte. Die Lehne tat das, was ihr Name sagte, und lehnte sich weiter zurück. Hal krempelte seine Hose hoch und warf einen Blick auf seine Wade. Kurz vorher äußerte er noch unausgesprochen den Wunsch, dass die Wunde verschwunden sein möge wie der Spinnenbiss zuvor, aber das Leben spielte auch dieses Mal kein Wunschkonzert für ihn.

Er griff sich den Erste-Hilfe-Kasten und versorgte seine Wadenverletzung, soweit es sein medizinisches Wissen zuließ. Nach dem Reinigen und Desinfizieren, was noch schmerzhafter war als der Messerstich selbst, legte er einen Druckverband an. Danach kümmerte er sich auch um seine andere Wadenverletzung, die er sich im Labor zugezogen hatte. Irgendwann in der Nacht hatte sie zwar aufgehört zu bluten, aber Vorsicht war besser als Nachsicht, besonders wenn es um offene Wunden ging. Diesem Motto widersprechend, verzichtete er vorerst auf die Versorgung seiner anderen Verletzungen.

Fast fertig um zu starten, langte Hal noch einmal in seine Jackentasche. Eine Patrone für die Luger schwirrte nach wie vor darin herum. Es wäre eine Schande, wenn er statt seiner möglichen sechs, nur seine momentanen fünf Geschosse in seiner Waffe hätte. Und so fummelte er fast schon automatisiert auch diese letzte goldene Münze in seinen Überlebenssafe.

Er rückte den Sitz wieder zurecht und startete den Motor. Das Wasser vom Himmel hämmerte wie im Wahn auf das Dach. Die Motorhaube diente als Trampolin. Es war laut und Hal drehte die Lautstärke der Musik, von deren einst schon wenig erheiternden Effekt nun kaum mehr etwas übrig war, dementsprechend auf. Die Musik schallte zwar in seine Ohren, doch war sie mehr wie ein Dröhnen, das er nicht so recht wusste wahrzunehmen.

Er fuhr vom Hof die unebenen Straßen entlang. Die Pfützen plätscherten wild umher, als Hal mit seinen Reifen durch sie preschte. Der dunkle Himmel erschien ihm schwärzer denn je. Er lag fast schon wie eine zweite Haut über ihm. Eine sonderbare Melancholie floss mit ihm einher.

Hal fuhr durch die Siedlung, die er am Anfang der Nacht zu Fuß durchquert hatte. Zuvor hatte er noch Silhouetten an den Fenstern wahrgenommen, die ihn zu beobachten schienen. Er hatte sich hinter den Häusern und Zäunen versteckt und war den vermeintlich patrouillierenden Piet Burnhards ausgewichen. Er hatte versucht, einer Auseinandersetzung aus dem

Weg zu gehen, was ihm auch gelungen war, bis er dem Sennenhund begegnet war. Als er an der besagten Stelle vorbeifuhr, schoss ihm dessen Anblick wieder in den Kopf. Diese abnormal wirren, wurmartigen Gewülste hatten sich an seinen oder besser gesagt ihren Eingeweiden gelabt. Wie war noch mal der Name der Hündin gewesen? Er hatte es bereits vergessen. Er wusste nur noch, dass er auf der Hundehütte gestanden hatte.

Vorher in Mondlicht getaucht, erlag die Siedlung nun einer Bombardierung unschuldigen H2Os. Es war merkwürdig. Und mit »Es« war die Zeit gemeint. Zugegeben, die Nacht war lang gewesen, doch das Durchqueren der Siedlung schien bereits endlos zurückzuliegen. Und auch diese Tatsache war Bestandteil der bizarren Melancholie, die den Sweeper begleitete.

»Nimm das neue Funkgerät mit« waren die ersten Worte Heavens seit ihrer letzten Unterhaltung. Sie drangen aus jenem Funkgerät, das noch immer vom Blut der jüngst Unterlegenen gezeichnet war. Mehr Worte fielen nicht und mehr waren auch nicht nötig.

Hal sah den See. In der Nacht hatte er ihn mehr als gegeben hingenommen. Vielleicht unter anderem deshalb, weil er sich mit dem Rücken zu ihm von ihm fortbewegt hatte. Nun allerdings steuerte er auf ihn zu. Er konnte ihn zwischen einer Handvoll Bäumen bestaunen. Die Strenge des Regens brachte die Oberfläche in einen Aufruhr, den Hal zu fassen wünschte. Unwillkürlich fragte er sich, was sich wohl für Missformen in diesem Gewässer tummeln mochten und wie sich ein hiesiger Angelausflug gestalten würde. Erstaunlich, wie sehr die Natur einen in den Bann ziehen kann, obwohl sie es nicht einmal beabsichtigt.

Dann hielt er an. Hal schaltete den Motor ab. Von außen war

das Haus so ansehnlich. Das schön verarbeitete helle Holz, der Balkon, dieses Idyll am See, das nichts von dem erahnen ließ, was eigentlich dahintersteckte. Wer dahintersteckte. Hal wartete nicht, bis Heaven weitere Instruktionen hören ließ. Wenn er nichts sagte, so sollte Hal auch nichts hören. Seltsam war es trotzdem, dass Heaven wollte, dass er eines der beiden Funkgeräte mitnahm.

Jetzt saß er da. Er hatte sich schon vorher überlegt, was er alles mitnehmen wollte, wenn er zu dieser letzten Station gelangte. Zunächst steckte er das geforderte Funkgerät in seine Jackentasche. Sofern er sich nicht zu stark bewegte, sollte es nicht herausrutschen. Die Luger würde in seiner rechten und die Machete in seiner linken Hand liegen. Die drei Messer durften an seiner Hüfte beziehungsweise in seiner Hosentasche bleiben. Und auch die Taschenlampe wollte er vorsichtshalber dabeihaben; er steckte sie hinten in die Hose. Er war vollgepackt.

Es war ein Graus zu wissen, das im Grunde alles davon abhing, wie Heaven diese Geschichte enden lassen wollte.

Hal trat durch die Haustür. Es war merkwürdig, nicht in der Nacht hier hindurchzuspazieren. Hinter ihm ergoss sich ein förmlicher Wasserfall, den der Türrahmen fast schon fernsehergleich abgrenzte. Hal schloss die Tür und nur die Fenster lieferten ihm fortan einen Eindruck von der Außenwelt.

Die vielen Möbel, die in seinem Wutauslassungswahn zerfetzten Kartonstücke und auch die beiden von ihm getöteten Piets lagen noch immer dort, wo er sie zurückgelassen hatte. Dem einen hatte er den Hals zerstampft, der andere kauerte mit geronnenem Birnenblut unter der Steintischecke.

Die Treppe zum Keller knarzte noch immer wie zuvor.

Die Glühbirne war anscheinend die ganze Nacht über an gewesen. Die Kartons unter der Treppe hatten keine Anstalten gemacht, sich zu bewegen oder ihre Anzahl zu verändern. Zumindest machten sie nicht den Eindruck, auch wenn Hal nicht exakt im Kopf hatte, wie er das Bild zurückgelassen hatte.

Dann stand er vor der schwarzen Eisentür. Sie war offen. Hal hatte sie nie geschlossen. Mit erhobener Luger und Machete öffnete er sie weiter.

Der erhellte grüne Raum mit seiner Lautsprecheranlage, der Überwachungskamera in der einen und den Giftgaskonstrukten in den übrigen Ecken wies keine offensichtliche Veränderung auf. Piet lag mit seinem gebrochenen Genick auf dem weißen Fliesenboden und döste den Schlaf ewigen Friedens.

Hal schritt mutig voran, bis er vor der silbernen Stahltür mit dem Safeschloss stehen blieb.

Er steckte die Machete in seinen Gürtel und wechselte die Schusshand. Sein Schweiß, der durch das Ausbleiben der Injektion bereits am Laufen war, legte noch einmal zwei Gänge zu und innerhalb von wenigen Sekunden einen Film über die Haut. Seine rechte Hand tauchte das Drehschloss augenblicklich in einen Überzug aus wässrigem Sekret.

»Links 86 … Links 11 … Links 32 … Und links …«

Hal hielt den Atem an, ohne es zu registrieren.

»… 57.«

Ein beglückwünschendes, von Erfolg sprechendes Ineinanderspielen von Zahnrädern ertönte und erlöste ihn. Die Tür war offen. Hal wusste nicht, ob er lächeln sollte oder nicht. Mit einigem Krafteinsatz stemmte er die schwere Tür auf.

Der mattgelbe Raum war kaum groß genug, um nicht in Blut zu treten. Selbst die Wände waren wild bespritzt. Es stank nach Eisen.

Dorothea saß noch immer in der Mitte, gefesselt auf dem Stuhl. Ihre Leggings war zwischen ihren Beinen verfärbt. Sie hatte sich eingeharnt. Ein Teil ihrer Kleidung war zerschnitten, ein anderer abgetrennt und versiffte in ihrem Blut auf dem Fußboden. Hal benötigte einige Zeit, um das Ausmaß ihres Zustands überhaupt zu erfassen.

Sie war skalpiert worden. Ihre Haare mitsamt dem Hautlappen waren ihr in den Mund beziehungsweise tief in den Hals gestopft worden.

Ihre Augen waren nicht mehr in ihren Höhlen, stattdessen befanden sich dort nun ihre abgetrennten Ohren.

Beide Bizepse waren herausgeschnitten; lediglich noch sehnige Löcher mit Fleisch und Knochen klafften, wo einst schwabbeliges Fett und Haut gewesen waren.

Ihre Finger waren so weit nach hinten gebogen und gebrochen, dass sie auf dem Handrücken auflagen.

Ihre Achillessehnen waren aufgeschnitten.

Ihr weit herausragender Bauchnabel war abgeschnitten worden und steckte jetzt tief in ihrem Nasenloch. Aber das alles war noch immer nicht das Schlimmste.

In ihrem Bauch gab es drei große Schnittwunden. In zwei von ihnen steckte jeweils eines ihrer Augen. Mitsamt der dritten Schnittwunde, die als Nase fungierte, und dem fehlenden Bauchnabel ergaben sie ein Gesicht absonderlichster Art.

Und womit war sie so zugerichtet worden? Welche diabolischen Werkzeuge hatte Heaven dafür benutzt? Die Antwort war so finster wie die Nacht. Jeweils eines von Hals Wurfmessern steckte bis zum Griff in Dorotheas Brustwarzen. Das letzte steckte tief in ihrer Achselhöhle und drückte den übrig gebliebenen Rest ihres Oberarms nach oben.

Seine Klingen waren nie für dergleichen gedacht gewesen. Nie waren sie für solche Dinge genutzt worden und niemals hätten sie es sollen. Aber sie waren perfekt gewesen für das, was Heaven mit ihnen modelliert hatte.

Hal war nicht überrascht über Dorotheas Hinscheiden. Tief

in seinem Innern hatte er sich diesen Ausgang bereits gedacht. Er hatte die Hoffnung zwar nie aufgegeben, doch es war nur logisch, bei Heaven das Schlimmste zu erwarten.

In Hals Kopf schwirrten unzählige Fragen herum, nur würden ihm ihre Antworten nicht helfen können.

Hinter dem mattgelben Zimmer gab es noch einen weiteren Raum. Hal rüttelte an der zweiten schwarzen Eisentür, doch sie rührte sich nicht.

Ihm ging es alles andere als gut. Die blutigen Umstände beiseite genommen, fühlte er, wie sein Körper aufs Neue rumorte. Er wurde allmählich wieder von innen geschändet, wie er es vor letzter Nacht niemals für möglich gehalten hätte. Er brauchte seine Injektion.

Hal meldete sich via Funkgerät: »Gurtis. Du hast mir eine letzte Spritze mit dem Antiserum zugesagt. Wo ist sie? Ich könnte sie jetzt wirklich gut gebrauchen. Ich warte.«

Kurze Zeit später, gerade als Hal schon dabei war, einfach wieder hinauszuspazieren, antwortete Heaven.

»Warte. Bleib da, wo du bist. Ich werde dir das Antiserum bringen.«

»Du persönlich?«

»Ja, ich will es mir nicht nehmen lassen, dich noch einmal zu treffen. Wenn du nichts dagegen hast, würde ich das Stelldichein gerne genau hier abhalten. Was sagst du zu der neuen Inneneinrichtung?«

Geh sterben, du niederstes Stück Scheiße der Welt!

»Ich bin kein Fan von Rot.«

»Verstehe. Tut mir leid, das wusste ich nicht. Und wie geht es dir mit deiner fetten Prinzessin? Ihr frühzeitiges Dahinscheiden war auch für mich ein Schock. Mein aufrichtiges Beileid.« Das Erschreckende an Heavens Worten war die Natürlichkeit seiner »Aufrichtigkeit«, mit der er Hal verhöhnte. Ein

Außenstehender hätte dahinter keinerlei Scheinheiligkeit heraushören können.

»Ich hatte bereits mit ihrem Tod gerechnet. Es war also keine Überraschung. Und wenn du denkst, dass mich ihr Zustand besonders schockt, muss ich dich enttäuschen, Gurtis. Bei all den Dingen, die ich in der letzten Nacht gesehen habe, ist dies auch nicht mehr als ein Tropfen auf dem heißen Stein.«

Hal log. Und wie er log. Heaven hatte Dorothea in einer Art misshandelt, malträtiert und sich an ihr ausgelassen, die alles andere als ein Tropfen auf dem heißen Stein war. Eher glich es einem heißen Stein, der in einen Swimmingpool geworfen wurde.

»Nun, Hal, das klingt ja alles ganz nett und ich verstehe, was du da versuchst, aber lass mich dir sagen, dass ich dich mittlerweile gut genug kenne, um zu wissen, dass du gerade nur den toughen Kerl mimst. Oder liege ich da falsch?«

Hal fiel auf Anhieb keine gescheite Antwort ein, woraufhin Heaven einfach weiterredete.

»Ich glaube, du verstehst noch überhaupt nicht das Ausmaß von dem, was ich dir angetan habe.«

»Wieso kommst du nicht einfach her und wir reden darüber von Angesicht zu Angesicht. Du meintest doch, dass du mich noch einmal sehen willst. Nur sei so gut und vergiss meine Medizin bitte nicht. Immer wenn ich vergesse, sie einzunehmen, werde ich ganz ungehalten.«

»Natürlich. Sehr gerne. Ich mach mich auf den Weg. Es kann etwas dauern. Warte hier bitte solange. Keine Angst, dir wird nichts geschehen. Ich mache mir allerdings Sorgen um meine Unbeschadetheit. Von daher bitte ich dich, deine ganzen Waffen inklusive Taschenlampe in eine der hinteren Ecken des grünen Raums zu legen. Danach ziehst du dich wieder hierher zurück. Und vergiss nicht, du wirst videoüberwacht. Halte dei–«

»Welchen Arm halte ich gerade nach oben?«

Es vergingen einige Sekunden und Hal fühlte sich bereits bestätigt, dass Heaven bloß bluffte und ihn überhaupt nicht mehr sehen konnte, doch dann kam die Ernüchterung.

»Du hältst keinen nach oben.«

Hal klemmte die Luger unter seine Achsel und streckte den Zeige- und kleinen Finger seiner freien Hand in die Luft.

»Jetzt schon. Wie viele Finger?«

Heaven stöhnte genervt auf. »Zwei. Wie lange möchtest du noch so weitermachen?«

Hal nahm die Luger wieder in seine Hand. »Schon okay, ich bin jetzt still.«

»Dann sei jetzt bitte so freundlich und geh in den grünen Raum. Halte dort deine Sachen in die Kamera, sodass ich sicher sein kann, dass du nichts Gefährliches mehr an deinem Körper hast, leg alles in einer der hinteren Ecken ab und komm wieder hierher. Verstanden? Ja, oder? Ist ja nun nicht gerade kompliziert.«

Hal war davon alles andere als begeistert. »Verstanden.«

Er ging in den Raum mit dem toten Piet zurück und trug dabei blutige Fußspuren mit hinüber. Dort wandte er sich einer Kamera zu. Demonstrativ zog er die Machete, das Jagdmesser, das lange schmale Küchenmesser sowie die Taschenlampe aus dem Gürtel. Zusammen mit der Luger legte er die Sachen in die linke Ecke neben der schwarzen Eisentür, die in den Raum mit der Treppe führte. Danach zog er sich wie befohlen zurück.

Hal war nervös. Würde Heaven etwas sagen? Hatte er bemerkt, dass das kleine breite Messer noch immer in seiner linken Hosentasche steckte? Von außen, besonders aus dem Blickwinkel der Überwachungskamera, war es unmöglich zu sehen, dass er nach wie vor bewaffnet war. Er hoffte, dass Heaven nicht mitgezählt hatte.

»Gut«, sagte Heaven und Hal fiel ein kleiner Stein vom Herzen. »Hal, ich bin unterwegs. Ich freue mich schon auf unser Treffen. Nur lass mich eine Sache noch ein letztes Mal betonen: Wenn du irgendetwas versuchst, was mir nicht gefallen könnte, lösche ich dein Leben aus. Ohne zu zögern. Du kannst dir hoffentlich ausmalen, dass ich dazu imstande bin.«

»Ich warte hier einfach, wie du gesagt hast, freue mich auf dein Mitbringsel und bin gespannt auf das erste menschliche Gesicht seit gefühlten Tagen, auch wenn es deines ist.«

»Na, das klingt doch vielversprechend. Bis gleich. Ich beeile mich.«

Der Funk endete. Dann begann das Ausharren.

Hal wartete. Und wartete. Und wartete. Wie ein Tiger in seinem viel zu kleinen Zoogehege patrouillierte er ziellos umher. Mit seinen Schuhen verteilte er Dorotheas Blut, vermied es jedoch, sie längere Zeit anzustieren.

Irgendwann stützte er sich nicht mehr aus Unruhe und Langeweile an den Wänden ab, sondern weil er es musste, ansonsten fiele er um. Der Blutgeruch setzte ihm zu. Er brannte sich in seine Nase bis in den Kopf hinein, obwohl er ab einem bestimmten Punkt nicht mehr sagen konnte, ob es nun daran oder schon an den ausgeprägten Anzeichen der Mutation lag. Hal kam es vor, als schwitzte er wie ein Inuit in der Wüste. Sein Mund war so trocken, dass er eigentlich aufplatzen müsste. Seine Kehle verzerrte sich nach Flüssigkeit. Es ging sogar so weit, dass er kurzzeitig mit dem Gedanken jonglierte, Blut vom Boden zu lecken.

Die Kopfschmerzen verwandelten sich allmählich in ein summendes Wespennest, dessen Bewohner nicht aus seinem

Schädel herausfanden, obwohl sie von innen wie wild dagegenflogen. Seine Muskeln kontrahierten immer stärker. Er hatte Krämpfe; manchmal an einzelnen Körperstellen, manchmal an mehreren zugleich, woraufhin es ihn irgendwann sogar in die Knie zwang. In einer der hinteren Ecken schließlich suchte er sich ein Nest.

Seine Knochen schienen sich zu biegen, als legten sie es darauf an, sich selbst zu brechen. Ähnlich quälten ihn seine Zähne. Sie schienen sich nach links und rechts, nach vorne und hinten zu bewegen und der Kiefer tat sein Bestes, um sie aus sich herauszudrücken. Dem Gefühl nach müssten sie bald ausfallen. Es war, als hätte sich sein Körper gegen ihn verschworen. Hal stöhnte vor Schmerzen. Er wusste, er musste wie ein winselndes Kind klingen, das im Fieberwahn nicht aufhören konnte, wirres Zeug zu stammeln. Doch es war ihm gleich. Das Gestöhne tat gut, es erleichterte die Qual. Zumindest bildete er sich das ein. Und einmal angefangen, wollte er nicht wieder damit aufhören.

Dann allerdings wurde er doch still. Er hörte Schritte auf der Treppe. Es waren viele. Trotz des Gedröhnes und Summen in seinem Kopf, was sich bis hinter seine Trommelfelle erstreckte, hörte er heraus, dass es mehr als eine Person war.

Hal wollte aufstehen, aber er kam nicht mehr auf seine Beine. Also biss er die Zähne zusammen und setzte sich zumindest aufrecht hin. Seine Beine hörten nicht auf zu zittern, selbst nachdem er aufgehört hatte zu versuchen, sie zu benutzen. Er fühlte sich so schwach wie ein Kleinkind, auch wenn er seine Muskeln mehr spürte denn je. Und trotz all dieser niederschmetternden Widrigkeiten war die letzte Glut seines Willens noch immer nicht erloschen. Es mochte vielleicht nichts bringen, aber vorsichtshalber steckte er seine Hand in die Hosentasche. Er umfasste den Griff des Messers. Es brachte ein Gefühl der Vertrautheit und Sicherheit mit sich. Ein Gefühl, mit dem es in Ordnung sein würde abzutreten.

Hals Blick war auf die offen stehende Tür fokussiert. Von hier aus konnte er zu seinem Bedauern nicht weit in den grünen Raum hineinsehen.

Er staunte nicht schlecht, als nicht Heaven, sondern vier Piet Burnhards in den Raum stürmten. Sie platzierten sich links und rechts neben der Tür. Sie hielten einen intelligenten Abstand zu Hal und richteten Schusswaffen auf ihn. Einer kam Hal bekannt vor, nur war er damals noch kein Piet gewesen. Er hatte lockige, hellbraune Haare, einen gepflegten Dreitagebart, trug eine rahmenlose Brille, Hosenträger und ein blaues Hemd mit Schweißflecken unter den Achseln. Es war Shaky, der Wirt.

Geschieht dir recht, dachte Hal und verspürte dabei einen Anflug von Genugtuung.

Weitere Schritte folgten. Und hinter den Piets tauchte ein Geschöpf auf, das aus den tiefsten Untiefen des tiefsten Rings der Hölle emporgestiegen sein musste.

Das Geschöpf musste sich herabbeugen, um durch die Tür zu passen. Im gelben Zimmer dann richtete es sich wieder auf, doch war es zu riesig, um ausgestreckt stehen zu können. Es hielt seinen Kopf schräg nach vorne, knapp über Schulterhöhe. Die Decke drückte es nieder, nur schien es ihm nichts auszumachen. Das Geschöpf hatte an den Seiten seines Kopfes jeweils ein Horn. Sie zwirbelten sich in einer Spirale leicht abwärts. Seine Ohren lagen mittendrin. Hal konnte nur einen Ansatz von ihnen zwischen den Lücken erhaschen. Was er sah, sah nicht wie gewöhnliche Ohren aus. Das Geschöpf trug einen langen, weißen, edlen Mantel, den weitflächige rote Sprenkel zierten. Das sonderbar aussehende Kleidungsstück sprach von unermesslichem Reichtum oder einem wahrlich adligen Geschlecht, dessen Ursprung bereits vor dem der Menschheit gelegen haben musste. Seine Finger waren abstrus lang, dreißig Zentimeter wären untertrieben gewesen, und wie sein Gesicht waren sie mit einer dunkelgrünen, faltigen Haut überzogen. Die Augen ruhten in einer dunkelblauen Farbe. Sie waren alt und voller Weisheit. Sie sahen trotz ihrer durchstechenden Schärfe müde aus. Pechschwarze Augenringe wurden hier zum ersten Mal ihrem Namen gerecht. Anstatt ausschließlich unterhalb der Augen zu residieren, umgaben sie das komplette Sehorgan. Es hatte einen Touch von Waschbär, was in diesem Fall nur alles andere als niedlich war. Vielmehr erweckte es dadurch noch weitaus mehr den Eindruck, als stünde hier ein fremdes Wesen. So fremd, dass es nimmer von einem Ort der hiesigen Erde stammen konnte.

Beim Anblick des unmöglich existierenden Lebewesens revidierte Hal seine Meinung. Den leibhaftigen Teufel gab es tatsächlich. Der blaue Dämon aus dem Horrorhaus war bloß eine schlechte Kopie gewesen. Dies war der wahre Fürst der Finsternis. Hätte Hal in diesem Moment gestanden, hätte er sich aus Angst, natürlichem Überlebenstrieb, aber vor allem purer Ehrerbietung vor ihm verneigt. Stattdessen senkte er nun lediglich seinen Blick. Er hielt den Anblick nicht aus. Was war das nur für ein Gefühl? Es war, als sagten ihm sein Instinkt und seine Vernunft, dass er diesem König nicht würdig war. Das war es. Er war nicht würdig. In der natürlichen Rangfolge aller Lebewesen unterstand er diesem … Er wusste nicht einmal, was es war. Es besaß eine undefinierbare dunkle Erhabenheit. Wenn es überhaupt so etwas wie eine *dunkle Erhabenheit* gab, dann höchstwahrscheinlich genau hier.

Hals König, sein Herr und Meister, bewegte sich sogar auf eine den menschlichen Bewegungen überlegene Weise. Es erschien so logisch, sich so zu bewegen, nur würde es Hal oder irgendeinem anderen Menschen wahrscheinlich niemals möglich sein, dergleichen nachzuahmen. Die höhere Lebensform redete in einer Sprache, die so harmonisch und intelligent wie furchteinflößend war. Die Tonlage war anders als die der ganzen Piets, Lucias und Coopers. Sie war nicht minder tief, durchdringend und bösartig, doch erweckte sie den Eindruck einer Macht, für deren Standhalten gewöhnliche Ohren nicht gemacht worden waren.

Erst konnte Hal seinem König nicht in die Augen sehen, dann fand er nicht mehr aus ihrer Hypnose heraus. Er war überwältigt. Hals Augen waren bis zum Bersten aufgespannt, begannen zu tränen und schmerzen, doch er konnte sie nicht abwenden. Der König sah ihn an, als wollte er, dass Hal ihn ansah. Also gehorchte er. Er musste. Es war nur selbstverständlich. Das Natürlichste der Welt.

Dann griff sein König mit seinen langen Fingern in seine Manteltasche. Hal wandte seinen Blick nicht ab, registrierte es bloß mit der peripheren Sicht. Was er allerdings aus der Tasche hervorholte, stimmte nicht. Es passte nicht. Nicht zu diesem erhabenen Urwesen. Es war ein plumpes, einfaches, unwürdig menschliches Funkgerät. Das Geschöpf hielt es an seinen Mund und sprach hinein.

»Verstehst du es jetzt?«, erklang es aus Hals Funkgerät.

Es war Heavens Stimme! Der König grummelte oben an der Decke in sein Funkgerät und unfassbarerweise waren seine Lippenbewegungen nahezu synchron mit den Worten, die Heaven am Boden an ihn richtete.

»Wie sehe ich für dich aus? Was siehst du? Verrat es mir. Was ist los? Hast du die Fähigkeit zu sprechen verlernt? Ich würde wirklich nur allzu gerne wissen, was ich für dich darstelle. Deinem Gesichtsausdruck nach zu schließen, muss ich furchterregend auf dich wirken. Na, bin ich dein schlimmster

Albtraum? Verstehst du es jetzt? Verstehst du es endlich, Hal? Ich habe leider kein Antiserum für dich. Du wirst ohne auskommen müssen. Aber das ist gar nicht mal so schlimm, musst du wissen. Die Injektionen tun dir nicht gut. Überhaupt nicht. Du bist nicht mehr du selbst, wenn du sie nimmst. Hättest du sie mal nicht genommen, dann wäre vieles von dem, was heute Nacht passiert ist, nicht passiert. Ich denke, es ist das Beste, wenn ich dich erst mal auf einen kalten Entzug setze. Aber keine Sorge, du bist mein bester Freund. Wir stehen das zusammen durch. Ich lass dich nicht allein.«

Es dauerte nicht lange, bis die Symptome eine Phase erreichten, in der Hal das niederdrückende Augenpaar nicht mehr wahrnehmen konnte. Irgendwann war er so in sich gekehrt, dass er von außen kaum noch etwas mitbekam. Er sah zwar die Silhouetten der Piet Burnhards und des Geschöpfes, das er vor kurzer Zeit noch als seinen König bezeichnet hatte, doch zu dieser Zeit hatten ihn seine Qualen schon völlig in ihrer Gewalt.

Jedes einzelne seiner Organe schien einzuschrumpfen gleich einem wässrigen Pilz in einer heißen Pfanne. Es war, als zögen sich Risse wie ein unebenes Netz durch seine Knochen. Hal verwandelte sich. Die Mutation, die er all die Nacht mühsam hatte bekämpfen können, übermannte ihn nun und er war absolut machtlos dagegen. Er sah und spürte seine Fingernägel zu schwarzen Knorpeln verrotten. Kurz darauf konnte er das Blut in seinen Augen fühlen. Es pumpte sie auf, bis sie kurz davor waren, einfach zu explodieren. Dann begann das Blut, sein Gesicht herabzurinnen und auf seine Kleidung und Hände zu tropfen. Hal fühlte, wie seine Zähne wegfaulten. Es war, als würde an jedem seiner Zähne am Nerv gebohrt. Sein dadurch entstehender Mundgeruch brachte ihn beinahe dazu, sich ein weiteres Mal zu übergeben. Bevor dies jedoch geschah, verschwamm alles um ihn herum. Er registrierte noch, dass sein Gehirn nun anfing, seine Funktionen abzuschalten. Dass er einfach zur Seite kippte und mit dem Schädel auf den harten Fliesenboden aufschlug, merkte er schon gar nicht mehr. Irgendwo ganz weit entfernt gab es einen sehr leisen dumpfen Ton, aber er glaubte nicht, dass er etwas damit zu tun hatte.

Dann verlor er das Bewusstsein. Hal sank an einen wundervollen schwarzen Ort, an dem er endlich keine Schmerzen mehr zu erdulden hatte.

LETZTES KAPITEL

Hal wachte auf.

Er brauchte etwas, um zu verstehen, dass er geschlafen hatte, und noch etwas länger, um sich ins Gedächtnis zurückzurufen, wo er hier eigentlich war. Es war nach wie vor das mattgelbe Zimmer. Dorothea saß noch immer in der Mitte. Sie war schlimmer zugerichtet als ein zertretener Käfer. Unzählige Fußabdrücke zeichneten sich in ihrer Blutlache ab.

Trotz eines gewissen Dröhnens wie nach einer moderat durchzechten Alkoholnacht wirkte Hals Kopf irgendwie klarer. Als hätte jemand die Jalousien hochgezogen und zeigte ihm nun, wie das Wetter draußen war.

Seine Kleidung war von Schweiß durchtränkt. Dorotheas Blut klebte daran. Während seines Herumliegens war es eingezogen. Mittlerweile hatte es eine dunkle Farbe angenommen.

Hal warf einen Blick auf die Safetür. Sie war verschlossen und unmöglich von dieser Seite aus zu öffnen. Dafür, dass er nun eingesperrt war, blieb er erstaunlich ruhig.

Er stand auf. Seine Beine brauchten etwas, um eine festere Form als Wackelpudding anzunehmen. Er stützte sich an der Wand ab, schüttelte und bewegte seine Glieder, bis sie wieder benutzbar waren.

Als er ein paar Schritte machte, sah er, dass die schwarze Eisentür zum ersten Mal einen Spalt weit offen stand. Er erinnerte sich an das Messer in seiner linken Hosentasche und nahm es in die Hand. Da er Rechtshänder war, wechselte die Klinge zu seiner schokoladigeren Seite.

Die Tür führte in einen Raum mit kräftig dunkelroten Wänden. Hal brauchte kein Licht einzuschalten, es war bereits ausreichend beleuchtet. Ein riesiges Kontrollpult nahm fast die komplette Fläche ein. Sechsundzwanzig Bildschirme und drei

Computer, alle ausgeschaltet, reihten an- und aufeinander.

Hals letztes Funkgerät, an dem noch immer das Kinderblut haftete, stand senkrecht auf dem Pult. Ein Zettel mit *»Melde dich«* war daran geklebt. Daneben lag eine gebrannte DVD in einer Hülle. Hal nahm das Funkgerät.

»Hallo?«, sagte er zaghaft.

Erst erhielt er keine Antwort, dann jedoch hörte er eine altbekannte Stimme.

»Jaaaa, Hal, mein Bester! Wie geht es dir? ... Du willst nicht antworten? Auch gut. Für den Fall, dass du mich vor deinem Nickerchen nicht verstanden haben solltest, lass mich dich noch einmal aufklären. Es hat nie ein Gas gegeben, dass die Bewohner in irgendwelche Ungetüme verwandelt hat. Das, was du eingeatmet hast, hat lediglich deine Fantasie angeregt und diente bloß dazu, dass du dir das pinke Serum spritzt. Diese Droge brachte dich dann dazu, sehr stark zu halluzinieren. Und schon war es um dich geschehen. Die Droge beginnt fast augenblicklich nach der Aufnahme, sich wieder abzubauen. Im Grunde sind es nichts weiter als Entzugserscheinungen. Durch sie sieht man, was man erwartet zu sehen. Und ich habe dich dazu gebracht, die Hölle zu erwarten.«

Hal musste an das erste Szenario in dem grünen Raum zurückdenken. *»Siehst du, was mit seinen Augen passiert?«*, hatte Heaven gefragt, woraufhin sich die Augen des Handlangers in rote Wasserfälle verwandelt hatten. *»Warte erst mal seine Stimme ab.«* Kurz darauf hatte Hal zum ersten Mal diese markerschütternden Bassergüsse gehört, die ihn die ganze Nacht hindurch verfolgt hatten.

»Und weißt du, was das Beste daran ist? Die Droge lässt sich bereits nach wenigen Stunden nicht mehr im Körper nachweisen. Ich hab sie selbst erfunden. Heaven's Breath. Bin ich genial, oder was? Du siehst die DVD vor dir? Die ist für dich. Sie enthält einen kleinen Zusammenschnitt deiner jüngsten Taten. Für alles fehlte mir die Zeit. Schneiden dauert leider immer viel zu lange, aber dafür sind die Ausschnitte auch mit den dazugehörigen Tonaufnahmen synchron. Die ungeschnittene Fassung landet natürlich bei der Polizei. Gewisse Beziehungen erlauben mir so einiges, musst du wissen. Viel Vergnügen. Ich hoffe, es gefällt dir.«

Hal nahm die DVD aus der Hülle. Er brauchte etwas, um herauszufinden, wo er sie hineinstecken sollte. Dann entdeckte er einen kleinen DVD-Player, der an einen der Bildschirme angeschlossen war. Hal drückte einige Knöpfe, probierte aus und kam schließlich durch Versuch und Irrtum zum Erfolg.

Er setzte sich auf einen von zwei Drehsesseln und schaute sich den Film an.

Jedes Szenario war von einer oder mehreren Überwachungskameras aufgenommen worden. Teilweise war es erstaunlich, aus welchen Winkeln gefilmt worden war. Mal ganz fern aus einer oberen Ecke, mal ganz nah aus der Froschperspektive.

Der erste Auszug zeigte den hinteren Teil der Fleischerei. Hal sah sich. Er erinnerte sich, wie und wo er langgegangen war, trotzdem war es merkwürdig, sich auf diese Weise zu beobachten. Anders als in seiner damaligen Wahrnehmung sah er nun, dass der lebende fleischige Schleim, der den gesamten Raum überzogen und ihn zum Übergeben gebracht hatte, gar nicht existierte. Es war eine gewöhnliche Fleischerei. Kein stinkender Schleim, nur gewöhnliches, herumhängendes Fleisch und die glatten metallenen Oberflächen.

Dann tauchte die Furie von Fleischerin auf. Hal beugte sich nach vorne, um es besser erkennen zu können. Sah er gerade richtig? Auf diesem Bildmaterial handelte es sich überhaupt nicht um eine Frau. Es war ein geschminkter Mann in einem Fatsuit für Frauen. Bloß ein Mann in einem Ganzkörperfettanzug! Er erinnerte sich an ihr schief zusammengetackertes Gesicht. Wie könnte er es jemals wieder vergessen? Auf dem realistisch aussehenden, für Hal jedoch surreal wirkenden Video existierte dergleichen nur in abgeschwächter Form. Das Gesicht war weder schief noch bluteten die Augen. Die Heftzwecken waren nicht zu übersehen, aber mit ziemlicher Sicherheit nichts weiter als Make-up.

Hal wusste noch, wie wild und schnell die Fleischerin mit der heraushängenden Brust das Hackebeil und den Haken durch die Luft geschwungen hatte. Hier war sie nicht mal ansatzweise so schnell. Sie war nicht langsam, aber trotzdem. Von dem einstigen Eindruck, ihm bliebe nichts anderes übrig als zu fliehen, war nicht mehr viel übrig. Er sah sich wegrennen, bis er ihr oder vielmehr ihm mit gezielten Würfen seiner Küchenmesser den Gar ausmachte. Kurz darauf hob er die falsche Brust an, die ein paar Körbchen kleiner war, als er einst gedacht hatte. Sie hing auch nicht an der Seite bis zum Boden herab. Es war bloß ein Fatsuit.

Als Nächstes fand er sich in der Bibliothek wieder. Diese verdammenswerte, schwarze, mucksmäuschenstille Bücherei. Hal wanderte mit der Petroleumlampe umher. In seiner Erinnerung war die Lagerhalle über und über mit Büchern zugestellt gewesen. Auf dem Bildschirm sah sie zwar ebenfalls gut gefüllt aus, doch nicht zu vergleichen mit seiner einstigen Realität. Dann wurde er angegriffen. Hal wich geschickt den Angriffen mit dem Totschläger aus und rammte sein Messer schließlich in den Unterarm des darauf flüchtenden Mannes. Ein Mann, kein Piet.

Er wollte sich gerade neu bewaffnen, als die Bibliothekarin ihn überraschte. Sie schlug mit ihrem Weidenstock brutal auf ihn ein. Als Hal dies sah, erinnerte es ihn unweigerlich an den peitschenden Schmerz. Die Male hatte er noch immer und würde sie wohl auch noch eine ganze Weile behalten. Er sah sich die Szene an, aber irgendetwas war merkwürdig. Die Bibliothekarin trug zwar ihre Brille, den Dutt und den langen Rock, doch konnte Hal sich nicht entsinnen, dass sie auch einen Dreitagebart besessen hatte.

Heaven meldete sich erneut zu Wort. »Siehst du, es war bloß deine Einbildung. Deine Einbildung gemischt mit nichts weiter als etwas Make-up und ein paar Kostümierungen. Faszinierend, nicht wahr? Zu was das Gehirn alles fähig ist, wenn man einfach nur glauben will.«

»Hallo?«, begann Hal sanft auf dem Bildschirm zu sagen. Er befand sich nach wie vor in der Bibliothek. Die Frau in dem weißen Sommerkleid, ihre Haare waren mittellang und schwarz gewesen, stand mit dem Rücken zu ihm. Sie hielt sich an einem der Regale fest. Sie antwortete nicht. »Kannst du mich verstehen?«, fragte er weiter. Wieder reagierte sie nicht. »Ich will dir nichts tun. Wenn du mich nicht angreifst, lasse ich dich in Ruhe. Erschrick bitte nicht. Ich komme dir langsam näher. Wenn du das nicht möchtest, sag es einfach oder zeig es mir mit einer Geste und ich entferne mich wieder.«

Von nun an näherte er sich ihr ganz behutsam. »Hast du die ganze Zeit meinen Namen gerufen? Hast du immer wieder ›Hal‹ geflüstert? Brauchst du Hilfe? Wenn du Hilfe brauchst, helfe ich dir gerne, teile es mir einfach nur mit.«

Der Vergangenheits-Hal blieb knappe zwei Meter vor ihr stehen. »Dreh dich bitte um«, bat er sie. Dann drehte sie sich um.

Sie war wunderschön, soweit er es aus diesem Blickwinkel und bei der Bildauflösung erkennen konnte. Sie weinte. Ihr Gesicht sprach von Angst, Verzweiflung und aufkommender Hoffnung.

»Bitte bring mich von hier weg«, wimmerte sie leise. Sie streckte ihre Hände flehend nach Hal aus. Sie wollte, dass er sie in ihre Arme nahm. Stattdessen schlug er ihr das Gesicht ab.

Hal hörte immer wieder »Hilfe«-Rufe. Sie wandelten sich von der anfänglichen »Ist da jemand?«-Bedeutung zu einem panischen »Bitte, ich flehe euch an! Hier bin ich! Bitte! Hierher!«.

Hal gelangte zu dem Schreier. Es war der Nachtwächter. Hinter ihm begann ein Feuer auszubrechen. Sein Tisch war voller Bücher, nur rührte er sie nicht an. Hal erinnerte sich, wie der grinsende Piet wie im Wahn Seiten herausgerissen und sie in der Luft zerfetzt hatte. Mit einem Bleistift hatte er durch die Seiten gedrückt. Er hatte immer wieder Hals Namen geschrien. Hier rief er: »Hallo« und »Hilfe«. Ein anderer Blickwinkel zeigte, dass seine Hände hinter dem Stuhl festgebunden waren. An seinen Schultern waren Puppenarme montiert, deren Hände sich mithilfe von angeklebten, batteriebetriebenen Spielzeugen hin und her bewegten.

»Helfen Sir mir bitte! Hinter mir brennt es. Ich wurde überfallen und gefesselt. Bitte kommen Sie her! Was ist los? Warum gucken Sie so? Beeilen Sie sich! Kommen Sie! Bitte, Sir, helfen Sie mir!«

Hal ließ seine Lampe fallen und hastete los. Den Nachtwächter packte die Panik. »Nein. Nein, nein, nein, bitte nicht!« Hals Gesicht sagte ihm, dass er von seinem vermeintlichen Retter alles andere als Hilfe erwarten konnte. Er versuchte, Hal zu beschwichtigen. Er argumentierte, versuchte, Einsicht zu erzielen und Mitleid zu erwecken. Mehr konnte er in seiner Lage nicht machen. »Hilfe!«, schrie er. »HIL– «

Dann versank auch schon das Hackebeil und das Geschrei verebbte. Die Klinge schnitt seinen Kopf mittig entzwei, bis sie kurz vor der Nasenspitze stoppte. Hal rüttelte das Beil hin und her, damit er es wieder freibekam.

»Ach ja, der Nachtwächter«, kommentierte das Funkgerät. »Ein feiner Kerl. Er hatte eine aufopfernde Frau und zwei Kinder. Ich hatte das Vergnügen, sie kennenzulernen. Sie wissen noch nichts von seinem Dahinscheiden. Wie es ihnen wohl ergehen wird? Uh, jetzt kommen die Motten. Das war ganz besonders witzig.«

Hal sah sein anderes Ich die Pappschachtel öffnen. Ein kleiner Schwarm Motten flog heraus. Sie waren weder esstellergroß noch unzählig noch griffen sie ihn an. Sie stoben in die Luft und verteilten sich, doch Hal drehte am Rad. Er fuchtelte unbeherrscht und geistesgestört um sich. Er schlug nach nichts und fürchtete sich vor nichts. Er rannte hinaus. Unterschiedliche Kameras verfolgten seine Panikattacke. Er jagte die Treppe hinauf und verschwand ins Badezimmer. Selbst hier wurde er überwacht. Er stellte die Dusche an und kämpfte gegen etwas Unsichtbares.

Als Nächstes fand er sich auf der Farm bei Miss Drewhound wieder. Er folgte ihrer Stimme, die sich danach erkundigte, wer im Haus sei. Sie war aufgebracht und rief immer wieder um Hilfe. Sie rief, wo sie zu finden sei. Hal hatte alles ganz anders in Erinnerung. Für ihn hatte sie abweisend geklungen. Er wusste noch, was für eine enorme Überwindung und Kraft es ihn gekostet hatte, ihrem abschreckenden Geschrei entgegenzulaufen.

Schließlich gelangte er in ihr Zimmer. Er inspizierte es, bevor er sich der vermeintlichen Lucia zuwandte. Sie redete mit ihm. Sie freute sich, diesen fremden Menschen zu sehen, beruhigte ihn, dass niemand hier sei, der ihm etwas antun werde. Er möge ihr helfen und sie losbinden. Ihr Handgelenk war nicht bis auf den Knochen abgenagt, sondern lediglich etwas wundgescheuert von der Handschelle. Sie wollte Hal mit ihrer freien Hand anfassen. Nur kurz. Sie wollte Nähe. Sie brauchte Nähe.

Dann packte Hal ihren Arm. Sie merkte, dass etwas nicht stimmte, und begann, sich zu wehren. Sie rangen um die Oberhand. Hal drückte den Arm der jungen Frau auf ihren Körper, dann setzte er sich mit seinen Schienbeinen auf sie drauf. Ihre Hand war durch sein Gewicht eingeklemmt. Ihre Beine zappelten. Mehrmals rammte sie ihre Knie in Hals Rücken. Sie versuchte noch, ihn zu beißen, doch es brachte nichts. Er brach ihr das Genick. Sie erschlaffte leblos mit einer verstörenden Grimasse.

Die vier Hunde, die ihm ein Stockwerk tiefer auf den Hals gehetzt wurden, wiesen keinerlei Deformationen auf. Es handelte sich um gewöhnliche Hunde. Hal hatte allerdings ganz richtig ihre Rassen erkannt. Ihr Herrchen hatte etwas Längliches im Mund. Es war auf dem Bildschirm schlecht zu erkennen, aber es war gut möglich, dass es sich bloß um einen Grashalm handelte und keine Schlange. Der Mann mit dem Jagdhut und der Heugabel hielt seine Hände nach vorne. Er versuchte, Hal, den Eindringling, zu beruhigen. Schüsse und Hunde fielen und der Mann mit dem Hut redete weiter auf ihn ein. Er diskutierte mit dem angespannten Schützen, bis eine Frau im Nachthemd Hal von hinten überraschte. Sie schrie aus Angst und Verzweiflung, um mutig und aggressiv zu bleiben. Hal warf sie über sich rüber und versetzte ihr einen Kopfschuss.

Nachdem er den Shar Pei erschossen und den Jagdterrier getreten hatte, schrie der Mann ihn völlig überfordert an – »Was machst du?!« –, nur um kurz darauf ebenfalls mit einem Kopftreffer gerichtet zu werden.

»Was machst du?!« und nicht »Cthulhu!«. »Was machst du?!«

Der Kommentator aus dem Funkgerät ergriff wieder das Wort. »Sind dir eigentlich keinerlei Ungereimtheiten aufgefallen? Nein, oder? Oder doch? Ach, antworte doch mal. Was ist denn los mit dir? Ich fühle mich ja schon, als würde ich wie ein Irrer Selbstgespräche führen. Ist schon schwer, alles logisch zu betrachten, wenn das Gehirn sich in erster Linie darum kümmern muss, nicht völlig durchzudrehen.«

In dem Zusammenschnitt gab es nun einen erneuten Zeitsprung. Dieser war größer als die bisherigen. Der nächste Handlungsort war das Herrenhaus. Genauer gesagt handelte es sich sogar direkt um das Finale. Hal brauchte etwas, um zu verstehen, was er hier geglaubt hatte zu sehen. Es war die Stelle mit dem Gehörnten. Nur gab es hier nicht einmal ansatzweise so etwas wie einen Dämon. Es gab lediglich ein altes Ehepaar, das sich in seinem Bett, um die Leben bangend, Arm in Arm hielt. Hal erkannte die beiden von den Bildern aus dem Haus. Es hatte genügend Fotos gegeben, damit er sich an ihr Aussehen erinnern konnte. Beide trugen dunkelblaue Pyjamas, dieselbe Farbe, die die Haut des Dämons besessen hatte.

Der Mann sagte: »Was … wollen … Sie?«

Hal antwortete mit einer Kugel für dessen Ehegattin. Erst war der Mann geschockt, dann packte ihn die Wut. Er schnellte nach vorne, um sich den Mörder zu schnappen, doch dieser machte auch ihm ein Ende.

»Das klang nach dem alten Ehepaar«, stellte Heaven erfreut fest. »Du siehst, Hal, von allen Monstern in diesem Dorf warst du die gefährlichste Instanz. Ist Macht nicht etwas Großartiges? Kommen wir nun zu meiner Lieblingsstelle. Dem Höhepunkt des Ganzen. Sperr schön die Äuglein und Ohrmuscheln auf, damit du auch ja nichts verpasst.«

Die Kinder. Hal hatte es bereits im Laufe des Films verstanden, die Wahrheit bislang jedoch immer vor sich hergeschoben, aber nun brach sie wie eine gigantische Lawine über ihn hinweg und vergrub ihn tief, sehr tief unter sich.

»Weißt du, warum sich die Kinder so sehr über dein Erscheinen gefreut haben? Ihnen wurde erzählt, dass jemand kommen und sie retten werde.«

Hal durchzuckte es bei jedem einzelnen Schuss. Er hörte ihre Schreie, sah ihre Angst, ihre Panik, wie sie sich in ihrer Verzweiflung gegenseitig umschubsten und niedertrampelten. Sie krächzten so laut, dass es in den Ohren ihrer Nachbarn klingeln musste. Ihre Hälse klangen schmerzvoll überlastet, nur hielt sie das nicht davon ab weiterzuschreien. Hal malte sich aus, wie sich ihre Tränen in ihren Mündern ansammelten und sie sie bei dem desperaten Kreischen wieder ausspuckten. Er sah die Kinder, hörte sie, sah, was mit ihnen passiert war, sah, was er ihnen angetan hatte. Hal stand dort und feuerte sie nieder, als wären sie irgendwelches Schlachtvieh.

Er war über sich selbst schockiert. Er wünschte sich aus tiefstem Herzen, dass der Mann, den er hier auf dem Bildschirm sah, nicht er wäre. Er täte alles dafür. Dieser Anblick war mehr, als er ertragen konnte. Hal brach. Er spürte, wie er zusammenfiel. Dies war schon keine Tragödie mehr. Hal verstand. Es war eine wahr gewordene Dystopie.

»Hal, mein Held, findest du den Film auch so gut wie ich? Soll ich dir mal verraten, warum ich so begeistert von ihm bin? Nun, die Kameraarbeit, Ton und Licht lassen zugegebener Maßen sehr zu wünschen übrig, dafür stimmt aber die Action. Allem voran ist es jedoch die Geschichte, die mich so hinreißt. Du siehst hier leider nur einen kleinen Auszug, deshalb lass mich dir eine auf den Punkt gebrachte Zusammenfassung, die endgültige Symbolik und Bedeutung hinter der ganzen Geschichte geben. Deine Unschuld, die du dir seit jeher, wenn es auch manchmal sehr schwer gewesen sein muss, bewahren konntest, als auch die Anerkennung und der Ruhm, den du dir in deinem Leben so hart erarbeitet hast, sind dahin.«

Mehr konnte Heaven nicht erzählen. Hal machte das Funk-

gerät aus. Er wollte nun seine Ruhe haben. In einem Loch ohne Boden weint es sich am besten allein.
Irgendwann holte ihn die Polizei ab. Er wehrte sich nicht, denn es gab nichts in dem Loch, für das es sich zu kämpfen lohnte. Nichts außer Finsternis, so weit das Auge reichte.

EPILOG

Hal wurde zu lebenslanger Haft verurteilt.

EPILOG 2

»Furbita, Sie bekommen einen Zellengenossen«, sagte der Wärter und öffnete die Zellentür.

Hinter ihm tauchte ein Gefangener auf.

Hal ließ seinen Löffel in das Essen fallen.

»Haku Bareknuckle. Wie ich hörte, habt ihr zwei eine gemeinsame Vergangenheit. Dann viel Spaß euch beiden. Besonders Ihnen, Furbita, Sie Stück Hundescheiße.«

EPILOG 3

An Hals 50. Geburtstag brachen er und Haku gemeinsam aus dem Gefängnis aus.

NACHWORT

Als nachhallende Abspannmusik (oder abrundenden Absacker) empfehle ich *Little Drop Of Poison* von *Tom Waits.*

Und da man auf einem Bein bekanntlich nicht stehen kann … *Down In The Valley* von *The Devil Makes Three.*

– MCD

Das komplette Zitat von Seite 380 lautet: *Möge dein erster Tag in der Hölle zehntausend Jahre währen, und möge er der kürzeste von allen sein.* Es stammt aus Stephen Kings *Wolfsmond.*

Printed in Poland
by Amazon Fulfillment
Poland Sp. z o.o., Wrocław

60875188R00249